Open einde

Corine Hartman

Open einde

Een nieuwe De Winter Case

Karakter Uitgevers B.V.

© Corine Hartman

© 2009 Karakter Uitgevers B.V., Uithoorn

Zetwerk: ZetSpiegel

Omslag: Wil Immink

Omslagbeeld: Catherine Larre/Millennium Images, UK/Imagestore

ISBN 978 90 6112 710 9

NUR 305

I

Anne-Wil snuift de geur van de witte zijde op. De jurk is gekreukeld, maar met een beetje goede wil is te zien hoe chic hij ooit was. Een strookje aan de onderkant van de sleep is gescheurd. Die bleef destijds achter het hekje naast de pastorie haken, al voordat de ceremonie begon. Ze deed alsof het haar niet kon schelen, maar ze ergerde zich er de hele dag aan en heeft stiekem gedacht dat het een slecht voorteken was. Ze strijkt de kreukels glad en stopt de jurk terug in de brede, platte doos. Er is geen tijd voor romantische herinneringen, of wat voor herinneringen dan ook. Geen tijd voor de fotoalbums, noch voor *Pippi Langkous* en *De scheepsjongens van Bontekoe*. Het verleden moet plaatsmaken voor de toekomst. Boven de winkel, hier, op de eerste verdieping en op de vliering, creëert ze ruimte om haar voorraad op te slaan. Berend zal alles vanavond verhuizen. Van de tijdelijke opslag naar de definitieve stek, op hun nieuwe zolder.

Nu het bijna zover is slaat de aarzeling toe. Veel langer wachten kan niet. Voor de spiegel heeft ze gerepeteerd, gekeken of haar ogen eerlijk genoeg recht vooruit – en niet schuin naar boven – bleven kijken als ze het zegt. Haar lach was gemeend, daar zal het niet aan liggen.

Niet aan denken, niet nu. Ze moet door, aan het einde van de dag komen de boeken. Ze haalt een dunne kwast uit de terpentine en wrijft die zorgvuldig droog in een oude theedoek. Eerst een paar plekken bijwerken. Dan nog één muur een tweede laag verven en het donkerbruin is definitief begraven onder maagdelijk wit. Ze is blij met dit werk, waarbij ze haar handen moet gebruiken. Het heeft haar geholpen, het had misschien zelfs een therapeutisch effect. Met het witten groeide het besef dat dit is wat ze wil. Het is een openbaring dat ze met haar handen iets kan. Bovenal voelt ze opluchting dat ze nu haar eigen deadlines en doelen stelt. Niemand kijkt over haar schouders mee of ze de geprognosticeerde omzetcijfers en verkoopindexen haalt.

Zelfs de aanbiedingsbordjes zijn klaar. De wil om dit op te zetten heeft het verleden, met haar veilige topsalaris inclusief vette jaarbonus, verdrongen. 'Ik ben marketingmanager in stedenbouwontwikkeling en vastgoed,' was haar standaardantwoord op een receptie, als iemand vroeg wat ze deed. Soms wachtte ze dan af, benieuwd naar de reactie van de ander, meestal liep ze meteen door naar de bar voor een spa rood met citroenschijf.

Een vrouw met een kind loopt langs haar winkel, achter een ouderwetse grijze kinderwagen met grote wielen. Ze steekt een hand op als de jonge moeder door de etalageruit naar binnen tuurt, haar aankijkt, waarop de vrouw gehaast haar blik afwendt. Anne-Wil vraagt zich opeens weer af waaraan ze is begonnen.

De heerlijkheid Bredevoort. Wie dat ooit heeft verzonnen?

Het idee ontstond toen Berend op een hete julizaterdag genoeg had van gevelstenen en gaten boren in hun nieuwe oude huis. Ze bezochten zijn ouders, even buiten Bredevoort, en na afloop liepen ze door het centrum. Een groot woord voor het met kinderkopjes geplaveide plein waaraan slechts één terras te vinden is. Ze kibbelden over het diner. Dat wil zeggen, in welk restaurant ze dat zouden gaan gebruiken. Zij wilde naar Doetinchem, Berend stelde voor op dat dichtstbijzijnde terras neer te vallen; bij Bertram iets te eten. Lekker dichtbij. Eten van terug in de tijd met rare namen. Wie verzint er in vredesnaam 'Poelepetaat' voor parelhoenfilet? Het eten is eigenlijk best in orde voor een dergelijk tentje, maar ze heeft een afkeer van het bruine, zogenaamd ouderwetse stenen servies waaraan je niet kunt zien of het schoon is. Om nog maar te zwijgen van witte wijn in een stenen beker.

Na het eten wilden ze met een kleine omweg naar huis lopen. Ze staken het plein over, toen haar aandacht ineens werd getrokken door een monumentaal, leegstaand pandje. 'Hier een boekwinkeltje beginnen met nieuwe boeken, in plaats van al dat oude papier,' had ze gemijmerd, zonder zich ervan bewust te zijn dat iemand luisterde. Zonder zelfs te beseffen dat ze dat echt zou willen. Maar ze zag zichzelf. In het midden van rijen met boeken. Ruikend aan een nieuwe uitgave van een van haar favoriete auteurs. Een klant adviserend. Het boek verslindend, om daarna een persoonlijke aanbeveling op de website van haar eigen winkeltje te zetten.

Berend was abrupt stil blijven staan en had haar aangekeken alsof ze de hoofdprijs in een loterij hadden gewonnen. 'Wat een wereldidee!' Om daar direct aan toe te voegen dat hij nog blijer zou zijn geweest als ze een antiquariaat had gewild. 'Jij wilt natuurlijk weer iets nieuws, in plaats van oud in zijn waarde te laten,' had hij plagend gezegd. 'Dat had ik kunnen weten.' Hij vond het echter een formidabele vooruitgang dat ze ermee stopte Nederland vol te proppen met nieuwe gebouwen, en hij was vooral blij dat ze vaker thuis zou zijn, zodat ze meer tijd voor elkaar zouden krijgen.

De gedachte groeide langzaam in haar hoofd, terwijl in evenredig tempo de burn-out naar de achtergrond verdween. Met de dag werd ze gemotiveerder, ging ze er waarachtig voorzichtig in geloven, met als hoogtepunt een bezoek aan een beurs voor boekinkopers.

Haar vriendin Ellis was direct enthousiast en smolt hun beider ideeën in drie minuten samen tot een sluitend bedrijfsplan. Ellis praat zelfs de meest ervaren topadviseur van welke bank dan ook onder tafel.

Ze werd aangestoken door Ellis' overtuigende e-mails en Berends motiverende woorden, en ze twijfelde er steeds minder vaak aan of haar plan in financieel opzicht kans van slagen had, zo helder was het beeld van een goedlopende boekenzaak. Tot vanmiddag. Nu het echt gaat gebeuren, krijgt ze de kriebels.

Terpentine en kwasten heeft ze voldoende ingeslagen. Ze komt alleen verf tekort. Eén laag wit is ze verwijderd van beginnen. Dan heeft ze een atmosfeer geschapen waarin mensen graag iets willen kopen. Althans, dat hoopt ze. Het hoort allemaal bij haar nieuwe leven. Ze zal langs de verfwinkel gaan. Of eerst bij Berend langslopen, kijken hoe die vordert. Hij had haar willen helpen, maar hij was al zo druk en ze wilde dit als echt van haarzelf kunnen bestempelen. Hij mocht alleen uitleggen hoe ze de gaten moest plamuren. 'Als mijn winkel mislukt, kan ik altijd nog bij jou aan het werk,' had ze gezegd.

Zelf gedaan. Zelf bedacht. Zelf een succes ervan maken. Hoe het ook zal gaan, zij is er verantwoordelijk voor. Voor mislukking, voor succes. Misschien kan ze onderweg alle moed bij elkaar rapen en Berend de waarheid vertellen. Zal ze hem om zijn nek vallen, het plompverloren zeggen?

'Geef het maar toe,' mompelt ze in zichzelf, 'je bent bang voor zijn reactie.'

Verven. Ze moet aan het werk. Oneffenheden van het verleden bedekken, opnieuw beginnen. Zal ze het aankunnen, verder leven alsof er niets aan de hand is, met een geheim?

Ze hoort haar winkelbel; voor het eerst doordat iemand anders dan zijzelf de deur opendoet. Nieuwsgierig draait ze zich om, met een hand haar lange vlecht over haar schouder naar achteren wippend.

'Jij bent het,' zegt ze.

Ze ziet Onno's ogen tot spleetjes verkleinen. 'Een niet-kleur.' Hij veegt met zijn vingers over de muur.

'Kijk uit, dat is nat. Het is helemaal geen niet-kleur. Wit is schoon. Helder.'

'Reinheid, zuiverheid. Maar ook de kleur van de overgave.' Zijn stem klinkt rauw. 'Het was een mooi zaakje, dat hier zat. Met eigengemaakte honing, jam.'

'Zo mooi dat iedereen het zonde vond om dat beeld te verstoren en iets te kopen.'

Onno komt dicht bij haar staan. 'Ga je je overgeven aan mij? Geef je je idiote plan op?' Hij schuift zijn zwarte hoed achter op zijn hoofd, waarbij de armbanden om zijn rechterpols rinkelen.

'En jou gelijk geven? Over mijn lijk.'

Toen ze in Doetinchem woonden ging Berend negen van de tien keer naar Onno's huis, omdat Onno zei dat hij het benauwd kreeg in hun tuinloze appartement, al was dat een luxe penthouse. Of misschien wel juist daarom. Zij zag hem amper, maar sinds ze hier wonen...

'Is er iets met je?' vraagt hij.

'Nee.'

'Zeker weten?'

'Wat wil je?' Ze werkt door, haar blik strak op de muur gericht. 'Als je Berend zoekt, die is in ons huis aan het werk.'

'In jullie huis?'

'Ja. Middagje vrij.'

'Berend en vrij? De Bredevoortse lucht doet hem echt goed!'

'Als je niet voor hem komt, dan kom je zeker alleen kijken in de hoop dat het hier misgaat.'

'Een foute veronderstelling. Ik heb een aardse mededeling. Ik moest je vertellen dat de *Bredevoortse Koerier* is vergeten je advertentie voor de opening te plaatsen.'

'En je popelde om me dat te vertellen.'

'Natuurlijk niet.'

Nee, natuurlijk niet. Dat gelooft ze. Net zoals ze gelooft dat hij de nieuwe *Snoecks* straks bij haar zal kopen.

'Ik kom er toevallig net vandaan, ze gaan een stuk schrijven over mijn expositie.'

'Pas maar op, straks word je nog wereldberoemd in Bredevoort.'

'Er horen geen nieuwe boekwinkels hier. Dit is de plaats voor handelaars in tweedehandsboeken en gevestigde winkelantiquaars, zoals Bücher Mammut. Niet voor Boeken-punt-nu,' zegt Onno.

Ze hoort hoe hij elke lettergreep van haar winkelnaam afkeurend beklemtoont. 'Jullie antiquaars moeten altijd met een hoop op een kluitje zitten, anders vloeit de intelligentie en zelfs het leven uit je weg, ik zou het bijna vergeten. Elkaar de loef afsteken met de meest zeldzame titels die je in je prachtige collectie hebt, maar die geen hond komt kopen!' Steek die maar in je zak, charmeur.

'In het midden van de zeventiende eeuw had deze stad maar liefst acht afgestudeerde meesters in de rechten; de heerlijkheid Bredevoort fungeerde als bestuurscentrum voor een flink stuk Achterhoek.'

'Wat is je punt?'

'Dat we een eer hebben hoog te houden. Bredevoort is een monument. Het mag niet verloederen tot een willekeurig, inwisselbaar stadje met een Blokker, een HEMA, noem maar op.'

'Alsof die hier zouden willen komen,' sneert ze. Hij gunt haar gewoon het succes niet. Verdient zelf geen droog brood met zijn oude boekenzooi en beeldhouwwerken. Mislukte artiest!

Zelfs na zijn vertrek blijft haar adem halverwege steken. Als dit de trend is voor haar winkelbel ziet de toekomst er niet best uit.

Dat ze over haar praten heeft ze heus wel in de gaten. Soms verdenkt ze zelfs de kwetterende gele kwikstaartjes in de tuin, fladderend om de stacaravan, van ongegeneerd geroddel. In dit dorp – want dat is het gewoon in de ogen van elk normaal denkend mens – hoort ze niet thuis. Ze kleedt zich anders, gedraagt zich anders. Berend gelooft niet dat ze haar mijden, dat ze hun blik afwenden als ze haar zien. Hij vindt dat ze hun de tijd moet gunnen. 'Ze kijken de kat uit de boom,' zei hij laconiek.

Boekenstad Bredevoort: beklemmend, benauwend, bekrompen, bonst haar hoofd in het ritme van haar voetstappen. Het is dit gat, deze gereformeerde gemeenschap. Als ze er met de auto binnenrijdt heeft ze het gevoel dat ze ingesloten wordt, alsof ze een vesting binnengaat en de poorten zich achter haar sluiten. De medegevangenen zijn allesbehalve solidair met haar lot. Een afstandelijke, vijandelijke sfeer die haar de adem beneemt. Een koele ongeïnteresseerdheid. Misschien ligt het aan haar. Of aan de grauwe, donkere lucht, die weinig goeds voorspelt.

Ze moet niet zo doemdenken. Het is vast waar wat Berend zegt, ze moeten gewoon aan haar wennen. En zij aan hen. Dat is altijd zo in kleine plaatsen. Berend is van hier, voor hem ligt het anders; hem accepteren en respecteren ze. Zij is een vreemde en doet bovendien iets wat de bevolking niet aanstaat. En Onno? Een mug, die haar rust verstoort, hinderlijk voor het moment, maar die vergeten is zodra hij verdwijnt. En als ze niet krabt aan zijn beten, verdwijnen ook die vanzelf.

Van haar winkel naar het huis, waar Berend zich al negen maanden de pijpen uit zijn overall werkt om hun droomhuis te verwezenlijken, is het een minuut of vijf wandelen. Slechts vijf minuten, ondanks de onhandige kinderkopjes, waarop ze al twee paar pumps heeft stukgelopen. Daarom loopt ze voor het eerst in jaren op hakken lager dan vijf centimeter.

Nagelbijtend, en zichzelf hatend omdat ze die vervelende en soms pijnlijke gewoonte niet kan afleren, loopt ze langs een historisch pandje dat voorzien is van een wapenschild.

Ze huivert als er een koude windvlaag om de hoek waait.

Een geest die haar waarschuwt voor komend onheil. Voor de zekerheid checkt ze of het gouden kruisbeeldje aan de dunne halsketting er nog is en houdt het beschermend vast. 'Gek mens,' zegt ze hardop tegen zichzelf, zich afvragend of het gehucht ook debet is aan haar rare gedachten.

2

'Als sterren aan de hemel staan...' Berend zingt het populaire deuntje uit volle borst mee, al verzandt de rest van de zin in een ordinair la-la-la omdat hij nooit de moeite heeft genomen goed naar de tekst te luisteren. Dat mag de pret niet drukken. In de holle ruimte klinkt zijn stem nog beter dan onder de douche. Volgens Anne-Wil zingt hij zo vals als zeventig kraaien en ze heeft gelijk. Een kniesoor die daar nu op let. Hij voelt zich bijna zoals Frans Bauer zich vroeger gevoeld moet hebben, wonend in een stacaravan. Hij grinnikt bij de gedachte aan haar bedenkelijke blik toen het oerlelijke, lompe geval in de tuin werd geplaatst. Dat het tijdelijk was, voor de duur van de verbouwing, bood op dat moment geen troost. Of er geen spinnen binnen konden komen, vroeg ze hem, terwijl ze haar gezicht in een plooi trok alsof ze verbannen werd naar de rimboe.

Op dat moment was ze ver heen. Hij had haar in elkaar zien lazeren, zien veranderen van een sterke, onafhankelijke zakenvrouw in een onzeker, rusteloos dier. De caravan was het dieptepunt. Achteraf bezien is haar burn-out de redding geweest van hun huwelijk, zoveel is zeker.

Ze is veranderd. Voorheen vervloekte hij soms de zelfverzekerde arrogantie op haar mooie smoeltje. Vroeger speelde ze toneel, weet hij nu, en ook al ging haar dat zakelijk goed af, hij haatte het. Hij houdt des te meer van de pure overlevingskracht die ze de afgelopen maanden heeft tentoongespreid. Haar doorzettingsvermogen. Dat ze durft te laten zien hoe ze ploetert om erbovenop te komen.

Het wordt prachtig, zijn mooiste project ooit. Zijn droomhuis, de mooiste villa in hun stadje. Anne-Wil zei per ongeluk een keer 'dorp' in gezelschap van Onno. Word je bij de meeste Bredevoortse inwoners, licht gepikeerd, er dan fijntjes op gewezen dat ze stadsrechten hebben, voor Onno is het als vloeken in de kerk en zijn reactie kon nergens als fijntjes worden omschreven. Hij kon er wel om lachen. Zij minder. Ze moet wennen. De mensen ook. Ze willen weten wat voor vlees ze in de kuip hebben. Vanaf het moment dat ze weten dat je niks kwaads in de zin hebt, is het in orde. Dan zullen ze je helpen. Hier brengt de uitbater van het plaatselijke café een klant die te diep in het glaasje keek nog eigenhandig thuis. Kom daar nog maar eens ergens om. Hij houdt van het stadje. En van de omgeving. Omdat er respect is voor de natuur, en ook voor de oudheid. Eeuwenoude panden, prachtige historische gevels, die bewaard moeten blijven voor het nageslacht. In ere houden wat ooit is geweest. Er horen verhalen bij en zonder de gevels zullen ook de verhalen verdwijnen. Zelf heeft hij er de afgelopen jaren een aantal van gerestaureerd. Herstellen met originele, oude materialen; het is zijn vak, of eigenlijk een passie waarmee hij geld verdient.

Elk huis hier heeft zijn eigen karakter. Een stiekem karakter dat perfect wordt geïllustreerd door de kleine ruitjes met dikke vitrages, vindt zijn lief, zoals ze soms ongenuanceerd kan overdrijven. Hij houdt van de miniatuurwoningen, schuin gebouwd om optimaal te profiteren van de zon, en van de smalle straten met de authentieke lantaarns. Niets maakt hem gelukkiger dan hier weer te wonen en hij prijst de dag dat zij ook viel voor het huis.

Al toen hij elf was liep hij er met open mond langs. Diepe bewondering had hij voor iemand die zoiets met zijn handen voor elkaar had gekregen. Later pas leerde hij dat het de neo-renaissancestijl was waar hij verliefd op was. Minder uitbundig dan de renaissance, maar wel prachtig, gedetailleerd metsel-werk. De verliefdheid is nooit overgegaan.

Een van zijn medewerkers belt met een vraag over het cen-trumproject in Zutphen en hij belooft er morgen te gaan kij-ken. Hij heeft het gesprek amper beëindigd als hij schrikt van gehaaste, zware voetstappen op de trap. Hij moet wennen aan de geluiden in dit huis.

'Harrie? Wat doe jij hier?' Even heeft hij de illusie dat zijn ex-werknemer zomaar langskomt, uit interesse, maar als hij Harries blik ziet, begrijpt hij dat de man iets dwarszit. Harrie te Bokkel oogt nerveus.

'O, kolere, liet ik je schrikken?'

Berend zet de radio zachter. 'Nee hoor, ik hoorde je alleen niet komen. Hoe wist je dat ik hier ben?'

'Ze zeiden het op kantoor. Jij en een middag vrij, dat mag in de krant!'

'De installateur is geweest.' Alsof hij verantwoording moet afleggen. Even overweegt hij om er iets van te zeggen.

Eind mei hebben ze afscheid genomen van Harrie te Bokkel. Met een korte speech en een horloge. Slechte rug, kapotte knieën. Het resultaat van achtendertig jaar metselzand kruien en vloertegels leggen. Harrie wilde de veertig volmaken, maar het slijtageproces was hem voor. Hij zou zichzelf, eigenwijs als hij is, compleet de vernieling in helpen.

'Ik heb even rondgebaggerd beneden,' zegt Harrie. Hij kijkt om zich heen. 'Je krijgt het fijn voor elkaar.'

'Ja, hè? Nog een maandje, schat ik, dan is het klaar.'

'Heeft flink wat flappen gekost, zeker.'

Hij mompelt iets over veel zelf doen en goedkope inkoop van materialen en begint dan over het weer, dat het zo koud en somber is en dat de collega's klagen. De man die bij zijn af-scheid geen receptie wilde reageert met gemopper en lijkt zijn gedachten niet bij het weer te hebben en dus besluit hij er niet omheen te draaien. 'Wat is er?'

'Ik eh… ik hoorde van die overval langs de A18 bij Doetinchem. Lullig voor Jan.'

'Ja.'

'Is daar nog wat van bekend geworden?'

'Er zit een groot team op, heb ik begrepen.'

'Niks over de daders?'

'Ze denken bij de politie dat er een bende actief is; er zijn meer overvallen gemeld de laatste tijd. Meer weet ik niet. Hoezo?'

'Och, zomaar. 't Is toch niet niks, voor Jan ook niet. Heb je hem nog gesproken?'

'Ja. Het komt wel goed, Jan is een taaie.' Hij ziet hoe de voormalig tegelzetter met zijn schoen over de vloer schraapt. 'Wat doe je nerveus, is er iets?'

'Kan ik een paar dagen komen klussen? Je wilt het spul toch pico de bello voor elkaar hebben, niet?'

Berend zucht. 'Dan had ik je ook wel kunnen laten doorwerken. Het spijt me, Harrie. Mona wil het ook niet hebben, dat weet je.' Hij ziet het gezicht van zijn ex-werknemer langzaam ontevredener worden. De borstelige blonde wenkbrauwen raken elkaar bijna als hij fronst, de mond een dunne, vastberaden streep. Hij lijkt iets te willen zeggen, maar bedenkt zich blijkbaar, want de bouwvakker die tegen zijn zin geen bouwvakker meer is draait zich om en trapt met een hoop lawaai een van de emmers met water omver. 'Hé, Har, kom op, het is nu eenmaal niet anders.' Wat verwacht hij nou van hem?

3

Het is nu eenmaal niet anders. Ja, ja. Berend heeft makkelijk praten. Hij wil verdorie aan het werk. Dat thuiszitten is niks voor hem. Dan gaat hij veel te veel nadenken. Over die ene dag, vorige week, vooral.

Harrie polst zijn voormalige baas niet voor niets over die overval. Gelukkig kijkt Berend hem niet aan, anders zag hij vast het schaamrood op zijn kaken.

Hij zou het even doen. Stoer. Hij wist wel welke hij moest hebben, welke de dure waren. Sommige van die lichtgewichtjes zouden makkelijk driehonderd euro doen, daar had hij zich van tevoren in verdiept. Het moest een simpel, snel gevalletje worden van gereedschap van de ene in de andere wagen laden. Wat kon daar moeilijk aan zijn?

'Tempo met die spullen,' had hij op zeker moment naar zijn maten geschreeuwd. 'Dikke Jan komt er zo aan.'

Hij kende Jan, die had nog minder dan een dwarse scheet nodig om uit zijn humeur te raken. De chauffeur, die met gemak over de honderdtwintig kilo woog, zou hem maar één goeie teringklap hoeven te verkopen en de enige reden waarom er dan nog een boor- of zaagmachine nodig zou zijn, was om de zes plankjes voor zijn kist in elkaar te klussen. Maar Jan was nu eenmaal degene die wekelijks de leveranciersroute reed.

Hij moest de zaak niet verknoeien. Dat had hij zich heilig voorgenomen...

Intussen hadden de zenuwen hem door de keel gegierd. Dat was één keer en nooit weer, had hij besloten. Bij zijn maten had hij niks van stress gemerkt, ze leken het allemaal wel grappig te vinden. Een vrijetijdsbesteding. Hij had nerveus gegrinnikt bij de gedachte aan Mona's reactie als hij zou vertellen dat dit zijn nieuwe hobby was. Zijn vrouw zou geen seconde bedenktijd nodig hebben en hem bij het grofvuil zetten. Ze kon hem, met zijn pezige bouwvakkerslijf, natuurlijk nooit de baas als het er echt op aankwam, maar je moest je gedeisd houden op het moment dat ze dat muiltje van haar lostrok. Dan wilde je wel gehoorzamen.

'Hier, kijk eens, deze zit er ook nog bij,' zei Willy, de oudste van zijn twee maten, met zijn bewonderende blik gericht op een boormachine. Hij klonk onduidelijk door een sjekkie tussen zijn lippen. 'Elfhonderdvijftig watt. Een sterke jongen.'

Het was puur mazzel dat Dikke Jan juist bij het chauffeurscafé langs de A18 altijd een broodje bal met mayo bestelde, want het parkeerterrein erachter was de ideale afgelegen plek om in te pikken waar hij recht op meende te hebben.

Hij had een goede avond uitgezocht. De maan liet zich niet zien door de zware bewolking en het was een beetje mistig, waardoor de mensen in de verte, buiten het tankstation hun sigaretje rokend, slechts wazige schimmen leken. Op het parkeerterrein stonden, iets verderop, twee jonge hoertjes, waarschijnlijk smachtend naar een warme chauffeurscabine en een rit wie weet waar naartoe, maar, in dit geval gelukkig, zonder interesse voor hem. Niet dat hij ze zou meenemen, in die uitdagende korte rokjes. Hij had één keer zijn lepel in een andere jampot geduwd en toen Mona daarachter kwam waren de rapen niet gaar, nee, ze waren volledig, door en door tot pap gekookt.

Willy had een combi-hamerboormachine voor zijn neus gehouden. 'Een heel fijne. Kan 45 millimeter in beton boren.'

'Inpakken maar,' knikte hij. 'Prachtig dingetje.'

'Zes kilootjes,' zei Willy. 'Ideaal.'

'Haal dan die stront uit je ogen en ga kijken of er daar nog een paar van liggen.'

'Dan laad ik er ook eentje voor mezelf in.'

'Niks ervan,' gromde hij.

'Pleur niet in de stress, ouwe,' lachte Keesje, die alles één grote grap leek te vinden.

Hij had het beter alleen kunnen doen. Het was nog maar de vraag of ze hun mond konden houden. Hij vertrouwde zijn maten altijd blind, maar als het om geld ging?

Tot zover was het gesmeerd gegaan. Alleen, toen kwam Jan onverwacht opduiken.

Hij had zacht gevloekt toen hij, voorzichtig om de achterkant van de truck loerend, Dikke Jan langzaam met een of andere vette snack in zijn hand richting de wagen zag sjokken. Heel voorzichtig probeerde Willy de rechterklep van de vrachtwagen dicht te doen. Hij gebaarde naar Keesje; die moest hetzelfde doen met de linkerklep.

Zelf hield hij Jan in de gaten. Als die nu maar gewoon doorliep en dat dikke lijf van hem in zijn cabine ging hijsen, dan konden ze misschien de deuren sluiten en zich gedeisd houden achter de wagen, tot Jan wegreed.

Maar Jan liep niet meteen naar de cabine. Hij liep weg van de truck, richting de grijze containers.

Als Jan zich zou omdraaien zou hij de achterkant zien, met de deuren die nog niet dicht waren. En hen erbij. Wat moest hij doen?

Ineens werd hij aan zijn jas getrokken. 'Hier, kom.'

De deuren waren nog niet dicht. Dat zou Jan gaan zien.

Harder getrek aan zijn jas. Hij liet zich meezeulen, naar de zijkant van de wagen, zodat Jan aan zijn zicht werd onttrokken.

Ineens had hij twee korte klikken gehoord. Een vuurwapen werd op scherp gezet. Wel potver, had hij in zichzelf gevloekt. Dat hadden ze niet afgesproken! Hij maakte een fel, afwijzend gebaar.

'Als hij ons in de gaten heeft moeten we wat,' zei Willy. 'We laten ons toch niet pakken, wel?'

Keesje wapperde iets zachts onder zijn neus. 'Trek die over je kop.'

Brutaal. Was dat niet precies de reden dat hij de jongen had gevraagd om mee te doen?

Terwijl hij de slordig kapotgeknipte panty over zijn hoofd trok, was hem ontgaan hoe hij ooit op dit stomme idee was gekomen. Hij had nog nooit iets misdadigs in zijn leven uitgespookt, tenminste, als hij het jatten van een paar stukken trekdrop na schooltijd buiten beschouwing liet. En nu dit. Hij had zich serieus zorgen gemaakt dat er doden zouden vallen. 'Ik wil geen kloterij, Willy,' siste hij. 'Een paar dingetjes jatten, een beetje incasseren, dat was het idee, weet je nog?'

'Koest nou even, ouwe, wat wil je? Dat we het komende jaar tegen vier kale wandjes aan kijken?'

Wat had hij in vredesnaam gedacht met zijn domme kop. Dat het in een poep en een scheet gepiept zou zijn, dat had hij gedacht. Dom.

Er was geen weg terug.

Zijn linkeroog was deels bedekt geweest door het te kleine gat in de panty en geïrriteerd had hij het nylon verder uit elkaar getrokken. Hij loerde voorzichtig om de achterkant van de vrachtwagen en zag Jans logge lijf hun kant op komen. Van schrik stootte hij met zijn hand tegen de stalen laadbak.

Het hart klopte in zijn keel.

'Hé, wat moet dat... Kom eens achter mijn wagen vandaan, en als het even lukt vandaag nog.' Jans woorden lieten helemaal niets te raden over. 'Ik neem geen lifters mee, van z'n lang zal ze leven nooit niet. Hoe mooi of geil je ook bent.'

De slepende voetstappen waren dichterbij gekomen. Als hij zijn best doet hoort hij nog steeds het gesteun en gevloek van de corpulente truckchauffeur.

Jans nijdig kauwende mond was opengevallen en voor hij het in de gaten had, hadden zijn twee maten de chauffeur een vuurwapen tegen zijn schedel gezet.

Zijn hart had nog nooit zo loeizwaar in zijn keel gebonkt.

'Houd je bek, dikke, of we dumpen je lijk ergens waar ze je de eerste honderd jaar niet weer vinden.' Dat was Willy geweest.

Het was alsof hij er zelf niet bij was op dat moment, zo ver weg hadden de woorden geklonken.

'Ja. We hadden een paar dingetjes nodig, dat vind je toch niet erg, dikke?' had hij Keesje horen zeggen.

Hij had Jan zien kijken. Naar hem, ook. En hij had gedacht dat hij ter plekke mocht doodvallen als hij niet iets van herkenning in Jans ogen bespeurde.

Niets zeggen, vooral niets zeggen, want Jan kende zijn stem. Dat stukje helderheid van geest had hem gelukkig niet in de steek gelaten.

'Ik kom jullie achterna en breek al je botten.' Daarbij had Jan hem recht in de ogen gekeken en hoorde hij diens tanden knarsen.

Toen had hij gevoeld hoe zijn kruis langzaam warm en vochtig was geworden en hij moest zich inhouden om niet als een klein kind een potje te gaan janken.

Door een waas van angst had hij gezien dat zijn twee kompanen de truckchauffeur vastbonden aan het deksel van een container. Ze hadden een prop papier in zijn mond geduwd en het enige geluid dat Jan nog produceerde was een onverstaanbaar gegrom.

Het maakte dat hij zichzelf ineens krachtiger was gaan voelen. Waarom was hij eigenlijk bang voor deze zielige figuur, had hij gedacht. Hij was sneller, slimmer, waar maakte hij zich druk over?

Ja. Waar maakte hij zich druk over!

Sinds die avond, vorige week, ligt hij elke nacht zwetend in bed en beleeft hij alles opnieuw. En overdag kan hij zijn ei niet kwijt. Mona scheldt op hem, in de kroeg scheldt hij op zijn vrienden. Kan Berend nou niet even een beetje meewerken? Verdomme.

4

Ze kunnen van alles zeggen, maar niet dat hij slecht is voor zijn mensen. Zelfs een verjaardagsbloemetje voor de vrouw, dat moeten ze hem nageven. Als het op de zaak aankomt, moet hij soms echter hard zijn. Hij moet het rendement in de gaten houden, dat is zijn verantwoordelijkheid, zeker in economisch mindere tijden. Met pappen en nathouden kun je geen bedrijf overeind houden. Harrie kon gewoon niet meer, hij is op. En als Harrie niet presteert, kost het hem, Berend, geld. Zo zitten die dingen nu eenmaal in elkaar. Hij probeert het Harrie voor de zoveelste keer uit te leggen. Simpel, helder. Maar Harrie lijkt er met zijn gedachten niet echt bij.

Berend schudt een handvol kalk in de specie en roert.

'Ik wil gewoon aan het werk, dat is alles. Hoeveel luie donders zitten er niet thuis schaamteloos hun uitkering op te strijken? Ik wil dat niet, verdomme, zo steek ik niet in elkaar. De muren komen op me af, baas.'

'Dan moet je ze een lichtere kleur geven,' probeert hij met een grijns. 'En je hoeft geen baas te zeggen.' Opwekkende praat is echter niet aan Harrie besteed vandaag, er kan geen lachje vanaf op het door zon en wind verweerde gezicht. 'Het spijt me, ik kan je niet helpen. Je moet iets anders verzinnen om je vrije tijd te vullen.' Hij kan er niets aan doen, ergert zich nu toch een beetje. Hoe vaak moet hij het herhalen? Het is toch zijn eigen schuld dat hij niet zuiniger op zijn lijf is geweest?

Harrie vloekt er stampend nog wat op los; hij doet alsof het hem niet irriteert en werkt door. Zijn ex-werknemer blijft even om hem heen drentelen, dan hoort hij hem iets onverstaanbaars mompelen en ziet hij vanuit een ooghoek Harries verdwijnende schoenen.

Was hij nu toch even bezorgd? Bang dat Harrie zich er niet zomaar bij zou neerleggen? Nou ja, de man mag dan handen als kolenschoppen hebben, de zijne liegen er ook niet om. Hij moet lachen om het idee dat ze hier als twee kwajongens over de vloer zouden rollen. Als ze niet oppasten zouden ze zo de verdiepingsvloer af sodemieteren. De trap zit er aan de andere kant van de vestibule weer in, maar aan deze kant kijkt hij de diepte in. Een flinke diepte. Ruim vier meter. Zo maakten ze vroeger de rijke huizen en zo wilde hij het dus uiteraard herstellen. Wel extra werk, als je het nuchter bekijkt. Hogere plafonds, dus meer muuroppervlakte. Hogere trappen, meer treden, meer hout.

Hij zet de radio harder en fluit met de Golden Earring mee. 'When the lady smiles…' Anne-Wil is nog steeds niet gewend aan de caravan. Een luxe hondenhok noemt ze het. En toch. Het is eerlijk waar, ze zijn letterlijk en figuurlijk dichter bij elkaar gekomen. Dat vónd hij althans. Sinds een paar weken is ze stiller en hij vraagt zich af of ze ergens mee zit. Hij krabt zich peinzend op zijn achterhoofd en herinnert zich dat ze eerder ook zo'n periode had. Toen bleek ze uiteindelijk die burnout te hebben. Ze mankeert wel vaker wat, neigt naar sombere stemmingen en depressiviteit. Altijd maar nadenken of ze het wel kan, of het wel goed gaat… Ze zal toch niet weer…? Nee. Ze heeft zin in dit nieuwe leven. De onzekerheid hoort bij haar, zoals de bouw bij hem hoort. Bovendien, hij heeft het haar gevraagd, en hij is ervan overtuigd dat ze niet loog toen ze het ontkende. Hij kent zijn lief langer dan vandaag.

Hij weet ook zeker dat ze niets vermoedt van zijn plan. Als ze daar inmiddels lucht van had gekregen, zou ze kwaad worden, niet stiller. Waarschijnlijk komt het gewoon omdat ze die stap zo spannend vindt. Een eigen winkel is niet niks. Dat het huis straks klaar is, zal vast helpen. Daarom wil hij opschieten.

Een paar weken doorpezen, dan kunnen ze erin. Hun slaapkamer en de woonkamer zijn tegen die tijd zeker klaar. De keuken is vorige week geplaatst.

Eigenlijk vindt hij het niet eens erg dat de verbouwing langer duurt. Hij is gewend geraakt aan de routine van overdag werken en 's avonds klussen, om vervolgens doodmoe over haar heen in het korte bed te duikelen. Bijna negen maanden nu, dankzij onverwacht houtrot in de balken. En hij kon er te weinig tijd voor vrijmaken. Ze had het voorspeld.

Hoorde hij iets, binnen, of buiten? De nieuwe geluiden kan hij nog niet plaatsen.

Hij zet de muziek zachter en kijkt uit het raam. Bij het zien van zijn vrachtwagen voor het huis glimlacht hij. Een van de zes inmiddels. REBO, RESTAURATIE & BOUWMATERIALEN staat er met sierlijke letters op. Zes vrachtwagens voor de handel – eentje net nieuw – vier busjes voor de bouwvakkers. Hij wilde klein blijven om de mooiste klussen te kunnen kiezen, maar intussen groeit het hem bijna boven het hoofd. Bijna, want zo ver zal het niet komen. Als hij geen boekhouder had gehad was hij er misschien nooit achter gekomen. En dat zal hem niet gebeuren, nooit.

Hij hoopt dat haar winkeltje gaat lopen. Zodra ze klaar is met de inrichting ervan zal hij iets moois voor haar kopen. Dat heeft hij al in geen eeuwen meer gedaan. Een ring met een diamantje, met de datum van de opening van de winkel erin. Hij is geen lezer, hooguit het vakblad *Bouw & Restauratie* op een regenachtige zondag, maar dat zij smaak en kennis heeft, daar twijfelt hij niet aan. Hij heeft zich wel eens afgevraagd of ze hem niet te dom vond. 'Ieder zijn vak,' zei ze dan. 'Jij maakt tenminste iets wat je kunt aanraken, ik verkoop alleen gebakken lucht.' Het is waar, ze vindt zijn werk altijd prachtig en op verjaardagen is zij degene die vol trots vertelt met welk project hij nu weer bezig is. En, eerlijk is eerlijk, zijn bedrijf loopt al jarenlang als een tierelier, met niet alleen mooie omzetten maar ook dikke marges en winsten.

Opnieuw hoort hij voetstappen op de trap en hij kijkt om. Een kwartier later stort zijn honderdvijf kilogram wegende, bijna een meter negentig lange lijf op de tegelvloer van natuursteen, die hij weken daarvoor met liefde en precisie heeft gelegd. In de paar seconden dat zijn lichaam tussen de verdiepingsvloer en harde grond is – waar morgen de trap teruggeplaatst zou worden – is zijn enige en laatste gedachte dat hij een van die tegels wilde vervangen, omdat er een lelijke breuklijn in zit. De tegels die ongelooflijk snel dichterbij komen. Hij doet een wanhopige poging om zijn val te breken en voelt hoe zijn lichaam op de grond smakt. Onmiddellijk voelt hij een gigantische steek in zijn hoofd en er kraakt iets. Hijzelf. Zijn eigen botten. Hij denkt het en tegelijkertijd lijkt het alsof zijn gedachten niet echt bij hem horen. Hij verwacht meer pijn en is verbaasd als die wegblijft. Vaag is hij zich bewust van de ijzeren smaak in zijn mond. Tegelijk wordt het licht in zijn hoofd. Onvoorstelbaar licht.

5

Na elk schot laat inspecteur Nelleke de Winter haar Walther P5 zakken, om daarna opnieuw te richten. Precisievuur vanaf de vijfentwintig meter, in geknielde houding. De laatste serie, heeft de instructeur gezegd. Als het magazijn leeg is laadt ze een volgende. Concentratie, daar draait het om. Of het nu om noodweer gaat of schoten vanuit dekking. Die concentratie kan ze moeilijk opbrengen, voor welke oefening dan ook, en ze vraagt zich af of ze de test deze keer met succes zal afsluiten. Het is haar eer te na als ze zou zakken, maar ze verbetert zich met de laatste precisieschoten amper, ondanks een ultieme poging om de acht kogels doel te laten treffen. Ze is niet gefocust.

Tot haar opluchting zegt de instructeur dat het in orde is. Hij klinkt alleen niet overtuigd. Moet ze zich er druk over maken? Ze mag weer een halfjaar de straat op en daar gaat het om. Niemand die haar op een cruciaal moment zal vragen hoe de laatste schiettoets verliep.

Drie weken zonder resultaat. Nog één week te gaan. Ze wil positief blijven. Zelfs als de daadwerkelijke actie voorbij is, blijven er kansen. Berichten blijven jarenlang via Google opvraagbaar, kranten worden niet altijd dezelfde dag weggegooid.

Na vorig jaar augustus, een maand die de geschiedenisboeken in ging als een van de natste van de afgelopen decennia, na haar inzinking, durfde ze de zoektocht naar Suzan niet meer aan. Ze meende op een gegeven moment haar dochtertje zelfs daadwerkelijk te zien en de erkenning dat ze hallucineerde ervoer ze als een nederlaag. Toen de moordzaak waar ze op dat moment mee bezig was kort daarna was opgelost – godzijdank is haar dat nog wel gelukt – heeft ze zich wekenlang niet op het bureau laten zien. Ze heeft haar hardloopschoenen in de container gegooid, waar Jaap ze later uit gevist bleek te hebben. Niet omdat hij haar wilde aansporen om weer te gaan lopen, maar omdat ze nog goed waren en Emma precies pasten. Ze kon er niet om lachen en liet haar zoektocht rusten.

Ze doet haar beschermbril en gehoorbeschermers af en hangt ze aan de haken op de houten tussenwand. Op de baan naast haar hoort ze de zelfverzekerde schoten van Han Simmelinck. In een mooi opeenvolgend, trefzeker ritme weet hij zonder twijfel te slagen voor de test. Het is veilig om te weten dat haar collega's haar gebrek aan focus compenseren. Want ook Ton Cornelissen, Simmelincks partner, levert een opeenhoping van gaten in hun rubberen dode doel. De FAT, de schietbaan met filmbeelden, waar ze in een split second werd geacht de juiste keuzes te maken, bood tenminste enige overeenkomst met de werkelijkheid. Snel beslissen of ze wel of niet moest optreden. Soit. Ze heeft het voorlopig weer gehad.

Afgelopen mei heeft ze voor het laatst daadwerkelijk een kogel afgevuurd. Haar team verleende bijstand aan een Team Grootschalig Optreden en er moesten enkele arrestaties worden verricht. Niemand raakte gewond, het bleef bij enkele waarschuwingsschoten, die de verdachten genoeg angst aanjoegen om hun plannen bij te stellen in het voordeel van de politie. In het voordeel van hun eigen leven.

Zelfs haar assistent, Ferry Wagener, scoort een goede reeks treffers. Ze had niet anders verwacht. Wagener is een perfectionist. Van zijn gestreken shirt tot de keurig uitgewerkte rapporten op regelafstand anderhalf. Zijn enige uitspatting zijn de

Bic-pennen, die hij gedachteloos afkluift tot het kleurloze topje is verdwenen. Ze glimlacht om de trotse blik in zijn ogen. Eigenlijk mag ze hem geen assistent meer noemen.

Cornelissen en Simmelinck vegen de hulzen bij elkaar, wat natuurlijk niet zonder vrolijk opscheppen over hun sublieme schietkwaliteiten gaat. Een bezorgde opmerking van de schietinstructeur wuift ze weg met een vage opmerking dat ze haar dag niet heeft. Ze laat haar voorraad kogels aanvullen tot de standaardvoorraad van zestien en ontvlucht de ruimte, waarin ondanks het goede afzuigsysteem kruitdampen hangen.

Buiten ademt ze de koude novemberlucht in en steekt een sigaret op, schuilend in een hoek waar de wind minder vat op haar heeft. Het wordt tijd voor actie. De overval op een vrachtwagen vindt ze matig boeiend. Ze heeft het onderzoek overgedragen aan Simmelinck en Cornelissen. Die redden zich wel in dat wereldje van truckchauffeurs, daar hebben ze haar niet bij nodig.

Ze zou willen dat het voorbij was. Dat ze het kon afsluiten. Het zoeken, wachten en telkens weer de teleurstelling. Het put haar uit, het kost haar te veel kracht, te veel energie. Dat deed het toen, dat doet het nu. Zelfs zonder het hardlopen moet ze op haar tenen lopen om het niveau van haar werk, en dus van haar team, op een hoger peil dan slechts 'voldoende' te houden. Het is geen schande. Ze inhaleert en drukt de half opgerookte sigaret uit in de daarvoor bestemde afvalbak, gevuld met fijn zand en erin gedrukte filters; een miniatuurlandschap van slordig afgezaagde boomstammen in de woestijn. Met gebogen hoofd loopt ze tegen de wind in naar de ingang van het Doetinchemse districtsbureau.

'Dag, Nelleke, kom binnen.' De commissaris schudt haar hand, waarbij hij zijn linkerhand over de hare legt. Als een extra deken. 'Wat ben je koud.' Het heeft iets intiems zonder vervelend te zijn. Misschien komt dat omdat zijn glimlach erbij oprecht sympathiek is. Hij zet de radio uit, waarmee de goedkope geluiden van een volkszanger die ze niet kent tot haar opluchting wegsterven. 'Prachtig weer, niet?'

'Prachtig? Ga weg! Heb je die paar aders Schots bloed van je soms wakker gemaakt?'

Van hogerhand is er nog geen definitieve vervanging geregeld voor haar vorige baas, commissaris Markant; ze heeft al drie invallers zien komen en gaan. Deze corpulente interim mag wat haar betreft blijven. Hij ruikt naar ouderwetse pijptabak. Net als haar vader vroeger. Gefascineerd volgde ze dan hoe hij de pijp stopte en de brand erin stak, een met grootse precisie uitgevoerd proces waarmee hij in haar herinnering uren zoet was. Groenenveld ruikt naar heimwee.

Markant is met vervroegd pensioen gegaan; zo luidt althans de pr-versie. Intern weten ze beter. Er is flink gegniffeld door de collega's toen duidelijk werd dat zijn aanblijven onhoudbaar werd en ook zij heeft zijn lange benen in driedelig maatpak zonder een greintje mededogen de deur uit zien gaan.

'Ga zitten, inspecteur. Koffie?'

Tussen rondslingerende papieren, volle postbakjes, pandabeertjes van het WNF en gele memoblaadjes, op de meest onmogelijke plekken vastgeplakt, zet de commissaris een mok zonder oor voor haar neer. Markant had gegruweld bij de aanblik van zoveel wanorde.

Blazend in de hete koffie praten ze over weinig opzienbarend regionieuws en over conditietests waarbij collega's gewond zijn geraakt. De ronde brillenglazen van de commissaris beslaan en geroutineerd poetst hij ze op met een smoezelige zakdoek. Nelleke ziet dat ze niet schoon worden. Ze geeft Groenenveld een kort verslag van de assistentie van hun team bij het TGO in Apeldoorn. 'Ik heb gisteren alle rapporten ingeleverd,' zegt ze. 'Dus wat mij betreft is die zaak afgerond.'

Groenenveld zegt dat alle hulp nodig is om de grote reeks overvallen te stoppen. 'Nu zelfs een overval in ons district! Bedrijven in het hele land protesteren omdat het zo lang duurt voor de schuldigen in de kraag worden gegrepen. De chauffeurs worden ongeduldig, inspecteur. Straks gaan ze actievoeren, blokkades opwerpen, nog langere files veroorzaken, en daar zit niemand op te wachten. Apeldoorn was belangrijker, maar als je nu tijd overhebt, kun je je dan alsjeblieft persoonlijk tegen die zaak aan gaan bemoeien? Je moet de informatie in het BPS erop nalezen, er zijn wat hoopgevende ontwikkelingen in het onderzoek.'

Ze knikt, met tegenzin. Als ze ergens geen behoefte aan heeft is het om die rapporten in het Bedrijfs Processen Systeem te gaan napluizen.

'Mmm. Goed zo.'

Ze staat op het punt om op te staan, als Groenenveld haar verrast.

'Ik vroeg me af wat de zaak-Suzan Hoopmans in SCC moet. Zo'n oude zaak die al meermaals heropend is. Tot een collega me vertelde dat het jouw dochtertje is; dochter, inmiddels, als... Dat moet vreselijk voor je zijn geweest. Nog steeds.'

Daarmee heeft hij haar ineens op het puntje van haar stoel.

'Gaat het wel goed met je?' vraagt hij, als ze niet weet wat ze moet zeggen. Met bedreven gebaren stopt hij een pijp vol met tabak. Stukjes van het bruine goedje vallen op zijn geruite overhemd.

Ja, het gaat goed met me, wil ze antwoorden. Maar hij ziet vast aan haar dat ze van haar stuk is gebracht. Tientallen uitvluchten gonzen in haar hoofd. Zal ze zeggen dat ze te druk is geweest met de zaak in Apeldoorn, dat Jaaps jongste dochter naar het ziekenhuis moet, of dat haar moeder met een kapotte verwarming zit en dat ze daar naartoe moet? Of dat ze zich in Lichtenvoorde zorgen maken over vandalen die coniferen in de fik steken?

Ze kan niet liegen tegen deze man die in elke kilo overgewicht zoveel empathie weet te leggen. Net zomin als ze kan liegen tegen Jaap. Hoogstens de waarheid wat afzwakken. 'Een beetje druk,' antwoordt ze uiteindelijk. 'Werk, gezin, je kent het wel.'

'Suzan is al drie weken lang landelijk nieuws,' zegt hij. 'Wat heet, zelfs in Engeland, Duitsland en België is er aandacht voor deze oude zaak.'

Die haar leven opnieuw overhoopgooit, vult ze in gedachten aan. Die haar heen en weer slingert tussen hoop en teleurstelling, tussen weten dat ze dood is en de onrustige dromen waarin ze zo levendig opduikt dat ze haar kan aanraken. Gedachten die tollen in haar hoofd, tot ze zo uitgeput is dat ze alle hersenspinsels uitbant met wijn of cognac.

'Ik heb de foto's gezien,' zegt Groenenveld. 'Een knap staaltje werk.'

Bij de gedachte aan Suzans gezicht, zo realistisch, krijgt ze kippenvel. 'Ze heeft mijn mond, mijn neus en mijn rode haar,' fluistert ze. En ze keek recht in de bruine ogen van Gijs. Dat vertelt ze er niet bij. Gijs, die ooit het verdriet met haar deelde, toen ze Nelleke Hoopmans heette. Het lijkt een leven geleden. Het ís een leven geleden. Ze was opgelucht dat hij geen bezwaar had tegen deze laatste wanhoopspoging. Waarschijnlijk onderkende hij zelf ook dat het dat is, en verwacht hij geen enkel resultaat. Wat verwacht ze zelf? Een delicate vraag waarop ze het antwoord niet durft te geven.

'Is de zaak vorig jaar ook niet in System Cold Case gezet?'

Ze schraapt haar keel en dwingt zichzelf bij de les te blijven. 'Vorig jaar was het programma nog niet uitontwikkeld. Nu worden alle media erbij betrokken. Internationaal. Radio, tv. Toen Wagener met de laatste mogelijkheid aankwam, heb ik impulsief besloten om die aan te grijpen. Ze zijn overbelast, de collega's van SCC, zoals je weet. Er is een stop voor onbepaalde tijd aangekondigd. Dus als ik nog iets wilde...'

Groenenveld lurkt aan zijn pijp en blaast de rook uit. Nelleke snuift de vertrouwde geur op.

Hij knikt. 'Je hoeft aan mij geen verantwoording af te leggen. Als de collega's het de moeite waard hebben gevonden om de zaak te heropenen, is dat hun beslissing. Ik vraag me wel af of het niet verstandig zou zijn om vrijaf te nemen, gezien de ervaringen van vorig jaar.'

Ze wimpelt zijn suggestie schijnbaar achteloos weg. 'Ik bemoei me er ditmaal niet mee. Er zijn zeer capabele collega's in Utrecht mee belast, die zelfs in ploegendienst werken om alle cold cases te behandelen. Via internet, webcam en telefoon vangen zij alle meldingen op en ze nemen de serieuze in behandeling.'

Groenenveld dringt niet aan. Hij drukt haar alleen op het hart aan de bel te trekken als ze voelt dat het niet meer gaat.

Alsof haar telefoon heeft gewacht, zwelt het ouderwetse gerinkel precies aan nadat de commissaris haar dat laatste advies meegeeft. Ze kijkt hem verontschuldigend aan. 'Het is ons bureau,' zegt ze, voor ze het groene knopje indrukt en ziet dat de tijd op het apparaatje 15.25 aangeeft. 'Ja, met De Winter?'

Even later is ze Groenenvelds kantoor uit en haast ze zich naar haar auto.

6

De smalle, kronkelende weg tussen Barlo en Bredevoort wordt geflankeerd door oude bomen, die heftig bewegen in de gure wind. Beuken, vermoedt Nelleke. Haar groene vingers reiken niet veel verder dan rozen en tulpen. Ze schrikt op uit haar overpeinzingen door een tak die in de harde wind tegen de voorruit van haar auto wordt geblazen, gevolgd door het geluid van haar telefoon. Han Simmelinck, ziet ze aan het nummer op de display. De rechercheur licht toe hoe het met het onderzoek staat, waaraan hij samen met zijn collega Ton Cornelissen werkt.

Langs de A18, ter hoogte van Doetinchem, is vorige week een vrachtwagen overvallen en het lijkt erop dat er een bende actief is die zeer selectief kostbare ladingen weet te vinden en te ontvreemden. Sommige tankstations langs de snelweg zijn daarbij nog steeds erg populair, ondanks veiligheidsmaatregelen van overheidswege. Als de chauffeur geniet van een kop koffie en een snelle hap, haalt de bende in een handomdraai de buit binnen. Van de daders geen spoor, de Technische Recherche doet onderzoek.

'De TR vergelijkt sporen en alles wijst erop dat onze zaak losstaat van de vorige overvallen. Andere werkwijze, verschillend aantal overvallers,' zegt Han.

'Herman heeft me gevraagd om me erin te verdiepen,' zegt ze. 'Ik ben nu onderweg naar Bredevoort, er is een lijk aangetroffen in een woning. Ferry is ter plekke en twijfelde kennelijk over de doodsoorzaak, vandaar dat ik ga kijken. Als het een natuurlijke dood is moeten we aan het einde van de dag even briefen over die A18 en de andere overvallen, want dan stort ik me er ook in.'

'Daar zit je echt op te wachten.'

'Natuurlijk.'

Het duo Simmelinck-Cornelissen is sinds Cornelissens terugkeer hechter dan ooit en ze is soms jaloers op de ongecompliceerdheid van hun samenwerking. Mannen steken anders in elkaar. Duidelijker. Alsof ze minder geheugen hebben voor vervelende zaken. Ze uiten hun mening of frustratie, drinken er een pilsje op en de lucht is geklaard. Er valt bij de twee ook nooit meer een onvertogen woord over de crisis van Cornelissen. Terwijl hij zelfs wilde stoppen. Dat kan ze zich nu helemaal niet meer voorstellen bij de rechercheur met de zeeblauwe ogen, die met zijn politie-identificatie in zijn versleten strakke spijkerbroek lijkt te zijn geboren.

Simmelinck wil weten of ze naar de plaats delict moeten komen. 'Als het dat blijkt te zijn.'

'Voorlopig kunnen we het alleen af. Mocht het anders worden, dan bel ik.'

Er worden ontelbare boeken- en rommelmarkten gehouden in het stadje dat zichzelf in de jaren negentig heeft uitgeroepen tot Boekenstad van Nederland. Er is iets wat haar tegenstaat aan Bredevoort, en ze probeert zich, terwijl ze het gaspedaal dieper intrapt, te herinneren wát.

Nelleke kent er geen mensen. Ze snuffelt er af en toe in de boekwinkels, volgestouwd met voorbije tijden. Soms weet ze er een onverwacht pareltje over psychologie of misdaad tussenuit te pikken. Jaap zit dan met zijn neus in de boeken over kunst en fotografie.

Bredevoort roept een gevoel bij haar op van terug-in-de-tijd. Kinderkopjes en kleine huisjes, scheef en strak aan de smalle straten gebouwd, zodat er geen ruimte is voor auto's. Die passen niet in de oubollige ansichtkaartsfeer. Twee houten stoeltjes, strak tegen de voorgevel, die passen nog net. Bij mooi weer worden er lief en leed – en roddels – uitgewisseld.

Er is ooit een lijk uit de Slingeplas opgevist. Het schiet haar te binnen zodra ze het bordje met de naam van de recreatieplas erop langs de kant van de weg ziet staan. De zaak is vijftien jaar geleden heropend omdat een man op zijn sterfbed zou hebben gezegd dat het geen zelfmoord zou zijn geweest. Daarop is een buurtonderzoek in gang gezet, dat geen nieuwe feiten opleverde. Ze had destijds het idee dat het stadje haar eerder omklemde dan dat het haar omarmde. Welkom voelde ze zich er allerminst, en of dat aan de mensen lag of aan het doel van haar bezoek heeft ze nooit met zekerheid durven zeggen. Terwijl ze de smalle doorgang op rijdt, waar vroeger de brug over de gracht moet hebben gelegen, komt met de herinnering het benauwende gevoel terug.

Het huis in de Hozenstraat staat in de steigers. Ze rijdt de korte oprijlaan in, de autowielen knarsend op het grind. 'Huis' is een te oneerbiedige benaming voor de woning; 'villa' lijkt meer op zijn plek.

Rond 1900 gebouwd, schat ze, met een op het eerste gezicht perfecte symmetrie. Geen uitbundig metselwerk, maar mooi gedetailleerd. De buitenkant lijkt zo goed als klaar, de steigers staan er wellicht nog voor een enkele schilderklus.

Er staat een vrachtwagen van Rebo geparkeerd. De afkorting staat voor 'restauraties & bouwmaterialen', leidt ze af uit de kleinere letters onder de naam. Is een werknemer van dat bedrijf verongelukt? Wat voor mensen hier ook gaan wonen, hun liefde voor architectuur is overduidelijk.

'Ik gok op een gebroken nek. Weinig bloed, maar enorm dood,' zegt Wagener. In zijn ene hand heeft hij een bijna opgegeten broodje, met zijn andere hand probeert hij zijn haren uit zijn gezicht te houden.

'Dus je bent al binnen geweest.'

'Tien seconden.' Haar assistent trekt de rits van zijn jas hoger op. 'De TR is er net, en de schouwarts.'

'Wie heeft hem gevonden?'

'Een buurman. Die liet zijn hond uit en zag de voordeur openstaan.'

'Wat denk je?'

'Ik weet het niet. Hij is van de eerste verdieping gevallen of geduwd. Een meer dan gemiddelde hoogte voor een verdieping, ik vermoed wel een meter of vier, maar te laag om dood te vallen, leek me. Niek zei net dat het volgens hem wel kan.'

'Wie weet een zoveelste slachtoffer van bouwfraude. Heb je de kranten gevolgd de laatste tijd? Het schijnt om miljarden te gaan.' Ze blaast in haar handen en wrijft ze met snelle bewegingen over elkaar om ze warm te krijgen. Koud. De laatste tijd heeft ze het continu koud. Energiegebrek. Of gewoon pokkenweer. Alleen als ze 's morgens wakker wordt is ze warm, soms zelfs doorweekt van het zweet.

'Heb je gisteravond op internet gekeken of er vorderingen zijn in het onderzoek?'

'Nee,' liegt ze. 'Was er nieuws?' Ze drukt op de voordeurbel. De entree, een met Belgisch hardsteen betegeld bordes, is voorzien van een overkapping, die niet alleen chic oogt maar ook redelijk windvrij is. De bewoners zijn nog niet toegekomen aan een naamplaatje.

'Helaas,' zegt Wagener. 'Er was een hoopvolle melding via de webcam, die later loos alarm bleek. Ik zal je de details besparen.'

Een vierentwintigjarige vrouw die slechts in de verte voldeed aan het signalement en uit bleek op aandacht voor haar eigen probleem. 'Graag,' zegt ze, haar boosheid van de vorige avond wegdrukkend. 'Ik reken nergens op en ik wil alleen bericht als je het zeker weet.'

Een week. Zo lang is er nog hoop.

Wat is nu een week?

'Volgens mij functioneert de bel nog niet; klop eens een keer, wil je?' Als haar assistent hard op de deur bonkt, ziet ze het smalle fonkelende goud om zijn ringvinger. 'Verloofd?'

Hij kijkt op zijn horloge. 'Geconstateerd binnen de drie minuten, mevrouw speurneus, u gaat door naar de volgende ronde.' Zijn ogen stralen. 'Gisteren hebben we het samen gevierd, met champagne en al.'

'Als je maar oppast. Verliefdheid lijkt mooi, maar grenst fysiologisch aan krankzinnigheid.'

'Wat?'

'Je hersens schijnen aan alle kanten op hol te slaan. Ik las het vanmorgen in de krant. Het komt door een stofje, dat heet oxytocine. Dat zorgt voor een stimulerende werking op de hersengebieden die ook verantwoordelijk zijn voor het geluksgevoel dat je plotseling kan overvallen, bijvoorbeeld als je er na een maandenlang durend moordonderzoek ineens achter komt wie de dader is.'

'Er speelt vast meer mee bij verliefdheid. Wat dacht je van hormonen?'

'Natuurlijk,' zegt ze. 'Maar deze hebben ze ontdekt na een of ander onderzoek met woelmuizen. Ik vond het nogal grappig. De professor die het schreef adviseerde in ieder geval om geen grote beslissingen te nemen over trouwen en kinderen krijgen in de eerste verliefdheidsfase. Je zou beter kunnen wachten tot de roze wolk is opgetrokken.'

'Dat is-ie bij ons allang.'

'Is dat zo?'

Hij antwoordt niet.

Ze weet dat hij denkt over een carrièreswitch en dat bevalt haar niets. Wagener is een talent zoals ze dat niet vaak tegenkomt in de politiewereld en zulke talenten moeten ze koesteren. Hij praat over een leven als muzikant, omdat Karin bang is dat hem iets overkomt. Ach wat. Ze moet zich er niet mee bemoeien. Die twee redden zich wel. En wie weet schat ze Ferry's relatie met de integere jeugdvriendin met de vrolijke lach helemaal verkeerd in. Ze schudt hem de hand en geeft hem spontaan een zoen. 'Van harte. Ik gun je alle geluk van de wereld. Weten ze wie het is?' Ze wenkt hem om nogmaals aan te kloppen; zelfs haar neus voelt nu ijskoud aan.

'Misschien intussen wel,' antwoordt Wagener. 'Nog even en ons slachtoffer is al begraven ook.'

Een agent van de geüniformeerde dienst opent de deur. 'Excuses,' zegt hij, als Nelleke hem kwaad aankijkt. Ze loopt naar binnen en werpt een blik in de spiegelende ruit naast de voordeur. Ze haalt een hand door haar krullen. Vragen waar ze naartoe moet is overbodig. Aan de rechterkant van de ruime hal met smetteloos witte muren en een antracietkleurige stenen vloer ligt het lijk van een man. De hakken van haar schoenen klinken hol. Een mooie entree, ruim, met aan de linkerkant van de vestibule een trap met een lichte draai naar rechts. Dezelfde trap, in spiegelbeeld, moest ongetwijfeld aan de andere kant komen, zodat de symmetrie van buiten hier terugkomt.

'Het lijkt alsof hij was vergeten dat er aan de rechterkant nog geen trap is,' is het droge commentaar van Wagener. Hij doet zich stoerder voor dan hij zich voelt, want ze hoort hoe hij zijn vingers een voor een achteroverbuigt, wat een dof gekraak van gewrichten veroorzaakt, een geluid waar ze steevast kippenvel van krijgt.

Haar telefoon rinkelt. 'Ik kom er zo aan.' Ze loopt weg bij de drukte van de TR.

Jaaps jongste dochter Josien wil weten of ze ook aan surprises doen met Sinterklaas. 'En gedichten, Nel, moeten die ook? Daar ben ik niet goed in, en als jij geen tijd hebt om me te helpen dan krijg ik een grote mond van Anouk omdat ik geen rijmpjes heb.' Het is even stil. 'Nel? Ik verveel me te pletter hier omdat ik niet mee kon paardrijden.'

'Wat? Je rijmpjes. Ach, dat komt wel goed, mop.'

'Ga je me helpen?'

Sinterklaas. Ze schrikt ervan dat het jaar haar te pakken heeft genomen door in razend tempo richting het einde te snellen. Nog een dag of wat en deze mistroostige novembermaand gaat over in wat de mooiste periode van het jaar moet zijn. Kerstmis. Familie en vrienden. Ze verwaarloost de mensen die haar dierbaar zijn. Het ontbreekt haar continu aan tijd. Dat heeft hooguit alleen de laatste drie weken een duidelijke oorzaak. Maar ook zonder haar cold case verdient ze geen schoonheidsprijs voor het onderhouden van sociale contacten. In december zal ze het allemaal goedmaken, met gevulde kalkoen en paté met cranberrysaus. Jaap heeft de recepten al klaarliggen. In december zal ze vrij nemen. En ze zal haar eerste eindejaarsfeest als echtgenote van meneer De Geus beleven; de uitnodiging lag gisteren bij de post.

Ze stelt Josien nogmaals gerust. 'Natuurlijk help ik je met de gedichten. Ik moet met iemand praten, lieverd. We hebben het er vanavond over, oké? Maak je geen zorgen. Alles komt goed.' Ze beëindigt de verbinding en is kwaad op zichzelf dat ze niet heeft gevraagd hoe Josien zich voelt. En zei ze nou dat ze alleen was?

Even is ze van haar stuk als Niek Bulten haar hevig hoofdschuddend aankijkt. Ze had hem niet zien aankomen en hij staat ineens voor haar neus.

'Alles komt goed? In sprookjes, ja.' In de stem van de lijkschouwer sijpelt geen spatje medelijden door. 'Deze man heeft de grootste pech van de wereld gehad,' zegt hij. 'Werkelijk waar de grootste pech. Heel sneu.'

7

'Ben je niet bij Berend geweest?' vraagt haar vriendin.

'Nee, hoezo?' Anne-Wil hoopt dat ze niet kleurt. Het blozen heeft ze nooit kunnen afleren; niet bij complimentjes, niet bij een leugen om bestwil. Zelfs bij haar afscheidsreceptie nota bene, na zoveel jaren met de collega's, wist er een haar wangen rood te krijgen met een opmerking over haar ogen, die de meest keiharde potentiële klant tot een handtekening konden verleiden. Niemand praatte over de reden waarom ze wegging. Niemand vroeg hoe het nu echt met haar ging. Ja, zoals mensen het kunnen vragen – 'Hoe gaat het?' – om vervolgens bijna onmiddellijk daarna zelf al te zeggen 'Goed hoor', alsof ze niet anders verwachten dan dat je zult antwoorden met 'Goed, en met jou?'. Het zorgde ervoor dat ze met iets minder twijfel kon bedanken voor de jarenlange prettige samenwerking.

'Nou ja, ik dacht dat jullie vandaag spullen van hier naar daar wilden verhuizen,' zegt Ellis, vaag in richtingen wijzend die er niet toe lijken te doen.

'De spullen van zolder, ja, die zouden we vanavond doen.'

'Zouden?'

'Hè?' Ze schrikt van Ellis' schorre stem. Ze moet haar gedachten er wel bij houden. Vooral nu. Het komt haar helemaal niet goed uit dat Ellis juist dit moment uitzocht om op visite te komen. 'Gáán we doen, bedoel ik.'

Haar vriendin kijkt tevreden rond. 'Het ziet er prachtig uit.'

Ellis schuift een langwerpige doos haar kant op, feestelijk verpakt in haar lievelingskleuren. En een kaartje aan de glimmende rode strik.

'Op een succesvolle Bed & Breakfast,' leest ze voor. Als ze het papier heeft losgescheurd ziet ze wat er in het karton verpakt zit. Met een brede lach zet ze de hoge folderstandaard rechtop. 'Lief van je.'

'Blij dat je hem leuk vindt. Ik dacht, die ga ik meteen brengen. Dan ben je er helemaal klaar voor om al die schrijvers uit te nodigen, die komen logeren. Dat ga je toch doen?'

'Natuurlijk,' zegt ze, een glimlach forcerend. 'Dat hebben we toch afgesproken?' Ze vraagt zich af of ze weer naar het huis zal gaan; en dan gewoon doen alsof er niets aan de hand is. Redt ze dat?

'Wacht even,' zegt Ellis. 'Ik heb het voorbeeld van de drukker bij me. Helemaal vergeten.' Ze veert op en grist haar autosleutels van tafel.

Tot overmaat van ramp heeft ze de verkeerde verf meegenomen. Ze had ook niet met een afwezig hoofd naar de schilderswinkel moeten gaan.

Gelukkig is Ellis niet het type dat dwars door je heen kijkt en ruikt dat je liegt. Daarvoor is ze te druk met zichzelf en haar werk. Als haar vriendin qua inzicht en inlevingsvermogen iets meer op Columbo had geleken, had ze de schijn allang niet meer kunnen ophouden. De laatste weken voelt ze zich alsof ze in een spagaat zit. Tussen waarheid en liefde. Kiest ze voor het een, loopt ze het risico het ander te verliezen. Kan ze de liefde in stand houden zonder die waarheid op te biechten?

Wat had ze nu graag iemand gehad aan wie ze haar probleem zou kunnen voorleggen. Ellis is geen optie. Ze zou haar overspoelen met goedbedoelde adviezen en vervolgens als een moederkloek op haar nest erop toezien dat ze die zou opvolgen. En binnen de kortste keren zou Bredevoort het weten. Haar winkeltje moet nog beginnen. Bredevoort heeft haar niet in de armen gesloten; de gracht is er voor hun verdediging, niet voor haar bescherming. Redenen te over om haar vriendin erbuiten te houden. Ze zou haar moeder willen bellen, maar dat durft ze niet. Die prikte vroeger al probleemloos door haar heen.

Een zwaaiende hand verschijnt in de deuropening, gevuld met fladderend papier. Direct daarna Ellis' kleine gestalte, breeduit lachend. 'Brr, koud zeg, het is eigenlijk onverantwoord zonder jas buiten. Zul je zien, komen zaterdag de eerste gasten, lig ik snipverkouden in bed.' Met haar vingers schuift Ellis haar sluike halfblonde haar achter haar oren. 'Kijk. Mooi geworden?' De kleurrijke folder die ze zelf heeft gemaakt, vol plaatjes van de Bredevoortse natuur en een paar uitbundig lachende hoofden voorop, ziet er uitnodigend uit. 'Volgens mij is-ie perfect zo, die plaatjes motiveren enorm om te komen. Ik heb de drukker opdracht gegeven om nog iets met de teksten te schuiven en zo moet het volgens mij helemaal goed zijn.'

Ze zucht. Hoezo heeft Ellis nou weer zitten schuiven met teksten, haar ontwerp was toch af, en goed? Ineens wordt het haar allemaal te veel. Ze probeert zich goed te houden, maar voor ze het in de gaten heeft lopen de tranen over haar wangen.

'Hé, meid, wat is dat nou? Vind je de folder niet mooi?'

Ze voelt een hand over haar rug wrijven.

'Het is ook allemaal niet niks, toe maar even. Soms moet je de emoties laten gaan. Heel goed.' Ellis drukt haar tegen zich aan. Een iets te zwaar aangezette geur voor overdag kruipt in haar neus. Musk.

'Gaat het weer een beetje?' vraagt Ellis, terwijl die haar polsend aankijkt en zachtjes een traan wegveegt. 'Lucht het op? Wil je erover praten?'

Ze schudt haar hoofd.

'Naweeën,' beslist haar vriendin.

Soms is het wel handig dat Ellis antwoord geeft op haar eigen vragen, dan hoeft ze zelf niets te zeggen.

'Ik zie je nog zo voor me, met dat witte, afgetrokken bekje in dat steriele appartement van jullie. Het is natuurlijk wennen nu, met zoveel veranderingen; geen wonder dat het je even boven je hoofd groeit. Maar geloof me, over een halfjaar zit jij hier met gezond blozende wangen en een berg energie.' Om haar woorden kracht bij te zetten snuift Ellis in één teug zoveel mogelijk zuurstof via haar neus naar binnen. Als ze buiten waren geweest was dat een legitieme actie geweest, nu doet het enigszins kolderiek aan en ze kan een glimlach niet onderdrukken.

'Zie je wel,' knikt Ellis, 'daar is-ie al.'

Ook Ellis heeft het niet altijd makkelijk, als gescheiden vrouw die haar eigen kostje moet verdienen met vertaalwerk. En nu dus als eigenaresse van een Bed & Breakfast, hopelijk een extra inkomstenbron. Berend heeft een paar van zijn mannen het oude, ingezakte gastenhuis bij Ellis' miniboerderij laten verbouwen. Hij vond het een goede investering, maar dan moest Anne-Wil natuurlijk meedoen. Ze zou sowieso de pr regelen voor haar vriendin, en zo gleed ze min of meer vanzelfsprekend in haar rol als mede-eigenaar.

'Kijk.' Ellis slaat de folder open. 'Het gastenhuis, de drie kamers met elk een piepkleine badkamer en de gezamenlijke kleine zitkamer met tv en boekenkast, alles staat er prachtig op. Toch?'

Ze knikt.

'De gasten mogen dan niet samen onder de douche passen, ze hebben wel het meest weidse, rustieke uitzicht dat je je kunt indenken. Prachtig gedaan, Anne-Wil, mijn complimenten voor je ontwerp. Je had gelijk met die foto van dat gelukkige gezinnetje op de voorkant.'

Ja. Laat dat maar aan haar over. Je sterke punten uitbuiten. Dat is haar afdeling. Vraag haar iets over communicatie of stadsplanologie, en je krijgt een deskundige lezing. Geen oeverloze reclamepraat, nee, een serieuze uiteenzetting van feiten en prognoses. 'Hij is mooi geworden,' zegt ze, haar neus snuitend. 'Verder gaat het wel. Echt. Dank je.'

'Ik pak koffie.' Ellis schenkt koffie in en laat er twee suikerklontjes en een scheut melk in vallen. 'Hier. Een oppepper. Je weet toch wel echt zeker dat je er geen spijt van hebt dat je niet meer kunt praten over groene assen en ongrijpbare omgevingskenmerken?'

'Nee. Geen spijt.' Die ontkenning komt daadwerkelijk uit de grond van haar hart. Al had ze dat nooit durven denken. Ze was bijna klaar geweest met een vraagstuk over de toepasbaarheid van stadsplanologie voor *computer supported collaborative learning*, in opdracht van een landelijk opererend bedrijf in flexibel afstandsonderwijs. Het bedrijf was razend enthousiast en wilde haar zeker voor een halfjaar inhuren om de resultaten in het bedrijf te implementeren. En toen was het, op een regenachtige donderdagochtend, ineens over en uit. Met het definitieve rapport in haar leren koffertje in één hand en een paraplu in haar andere wilde ze uit haar auto stappen. Haar benen weigerden eenvoudig dienst.

'Ik heb de verkeerde verf meegenomen. Loop je even mee om de pot te ruilen? Jij moest toch ook nog een likje hebben voor de gastenentree?'

'Dat is goed. Moet je niet naar Berend, dan?'

'Later. We hebben om halfvijf afgesproken.' Het klinkt weifelend en ze verandert snel van onderwerp. 'Welke kleur moet de entree worden? Ook dat mosgroen?'

'Ja. Lijkt me een goede keuze.' Ellis is tot haar opluchting druk met haar jas en haar plannen.

8

De verdiepingsvloer is hoger dan die van een doorsnee gezins-woning, constateert Nelleke. Vier meter, minimaal. Maar is het voldoende om een mens zo te grazen te nemen?

'Zeker,' zegt Bulten, haar gedachten radend. 'Ik zie u kijken, inspecteur. Het is mogelijk. Met ontzettend veel pech, dat wel.' De stem van de boomlange schouwarts klinkt zwaar en hol in de ruimte. 'Honderd procent zeker dat de man achter-over is gevallen als u het mij vraagt. Als hij was uitgegleden of met zijn gezicht richting de diepte had gestaan, was hij anders terechtgekomen. Verder is het duidelijk dat de man de vloer als eerste met zijn hoofd heeft geraakt en daarbij zijn nek heeft gebroken. Misschien heeft hij nog enkele seconden geleefd, daarna ging definitief het licht uit.'

'Zullen we eerst de sectie afwachten, voor we een oordeel vellen?' oppert ze.

'Hoe bedoelt u?'

'Je concludeert nogal voorbarig dat hij is gevallen. Weet je zo zeker dat er geen sporen worden gevonden van een helpende hand bij die val?'

Ze wacht zijn antwoord niet af en loopt om het slachtoffer heen. Bordjes wijzen haar naar mogelijke sporen. Stukjes steen, die lijken op beton, misschien van de verdiepingsvloer. Of bouw-afval van elders, dat zal verder onderzoek moeten uitwijzen.

Aan de rechterkant van het hoofd ligt een plasje bloed.

'Uw assistent liep meteen weer weg,' zegt Bulten. 'Hij zag nogal bleekjes.'

'Dat ligt vast aan de kou,' antwoordt ze.

Ze gunt de jonge arts het plezier niet dat hij ongetwijfeld zal hebben als ze hem vertelt dat Wagener, zelfs na tientallen bijgewoonde secties, week in de knieën wordt bij de aanblik van bloed. Het is en blijft een teer punt.

De dode ogen zijn gericht op de witte halmuur, met in het midden een deur waarachter zich een ruime woonkeuken blijkt te bevinden. Hebben die ogen iemand gezien, vraagt ze zich af. Ze kan geen specifieke uitdrukking op het gezicht ontdekken. Geen verbazing, geen woede.

Hij is rond de een meter negentig, schat ze, met zo'n tien, vijftien kilo overgewicht. Enigszins ruwe huid aan de binnenkant van grote handen. De man is gewend met zijn handen te werken maar lijkt dat niet hele dagen te doen, daarvoor zijn ze niet ruw genoeg. Schoenen met stalen neuzen. Geen hobbyist. Toch een bouwvakker? Ergens heeft hij iets wat daarmee in tegenspraak is. Alsof hij zich ook in driedelig pak thuis voelt. Het komt door zijn ronde gezicht, dat geen typisch bouwvakkersgezicht is, verweerd door het buitenleven. Daarvoor is hij te glad, te mooi. Volle lippen, beschaafd formaat oren, dicht tegen de schedel. Goed verzorgd kapsel met iets krullend kort haar. Ze gokt erop dat hij in zijn eigen woning aan het werk was, hoewel ze de vrachtwagen daarbij niet direct kan plaatsen.

Wit overheerst om haar heen in de ruimtes die indringend naar verf ruiken. Aan het strakke uiterlijk van de keuken af te lezen komt er geen romantische vitrage voor de ramen.

Wat ze Bulten moet nageven, is dat hij altijd gelijk heeft. Hij is nuttig. Zoals ook een wesp nuttig is. En dat spijt haar eigenlijk nog het meest. Graag zou ze een keer triomfantelijk zijn kantoor binnenstormen, een sectierapport als dodelijk wapen omhooghoudend, en met een brede lach 'fout!' tegen dat grote ego roepen. Het uitblijven van dat moment doet haar terugverlangen naar de tijd met Frits van Amerongen, die, niet geheel onverwacht, aan een tweede hartaanval bezweek. Of dat ze Harm van der Haar zou kunnen oproepen voor hulp. Haar favoriete forensisch onderzoeker en goede vriend heeft een leerstoel geaccepteerd in het buitenland. Voor de onderzoeksmogelijkheden, zei hij. Dat hij daarnaast moest lesgeven vond hij een bijkomend ongemak. Het lijkt lang geleden dat ze met beide mannen samenwerkte.

De tijd is haar vaak te sluw af.

Dan pas herkent ze technisch rechercheur Simon Jolink, pratend met een collega bij de doorgang naar de keuken.

Ze vraagt of hij al een identificatie heeft van het slachtoffer.

'Uw assistent is met een van mijn collega's in de stacaravan achter in de tuin,' antwoordt hij. 'We hebben het bedrijf gebeld waarvan die vrachtwagen voor de deur staat. Volgens de boekhouder, de heer Rouwenhorst, had de baas een vrije middag. Berend Bouwmeester. Het is zijn huis. Een triest ongeluk.'

De eigenaar van het huis dus. Met een vrachtwagen van de zaak, vast om wat bouwmaterialen te vervoeren die hij nodig had. 'Had de buurman die het slachtoffer heeft gevonden iets noemenswaardigs te melden?' vraagt ze.

'Nee. Ik heb Ferry zijn adres gegeven.'

'Is er verder iets bijzonders gevonden?' wil ze weten.

'Niet echt. Beetje afval, vermoedelijk van de verdiepingsvloer. Wat wijst op een val.' Simon richt zijn blik naar boven. 'Daar heeft u geen sporen voor nodig, lijkt me.'

Weinig aanknopingspunten. Een huis dat wacht op een ziel. Hoe mooi en veelbelovend de buitenkant ook is, en ongetwijfeld geldt hetzelfde voor de binnenkant, op dit moment leeft er niemand in. Geen ouders of kinderen, met hun boeken, foto's en andere persoonlijke bezittingen. Geen glazen vaas met kunstbloemen of cd-collectie van de Beatles; details die haar, als ze er waren geweest, iets konden geven om zich aan vast te klampen.

Ze verlaat het huis door de achterdeur en loopt door de tuin, waar vooral puin heeft gelegen, zodat het enige groen dat rest dood en platgetrapt is.

Als ze de deur van de stacaravan opent komt haar assistent net naar buiten, vergezeld door de TR-collega.

'Berend Hein Jan Bouwmeester,' zegt Wagener, terwijl hij haar een plastic pasje onder de neus drukt. 'Geboren op 4 augustus 1967. Een trouwfoto ligt in het kastje boven de bank.'

Ze kijkt naar de kleine foto op het rijbewijs en er is inderdaad geen twijfel mogelijk.

'Wil je dat ik zijn vrouw lokaliseer? Rouwenhorst vermoedde dat ze in haar winkel is. Hier vlakbij, aan het plein.'

'Laten we daar zo samen naartoe gaan. Eén moment, ik wil zelf ook even binnen kijken.'

In de tijdelijke woonruimte van het slachtoffer krijgt ze alsnog een beeld van hem. Een vakblad over de bouw tussen een stapeltje tijdschriften. Een geblokte, stoere mannensjaal, passend bij een donkerblauw suède jack. Kleding verraadt dat hij inderdaad niet als bouwvakker werkt. Nette pakken, overhemden en zijden stropdassen voeren de boventoon in de kast, die voor kampeerbegrippen zeer ruim is. Zijn vrouw is duidelijker in de ruimte aanwezig. Met een boodschappenlijstje in onmiskenbaar, keurig vrouwenhandschrift, donkerrode lippenstift in een bakje onder een spiegel aan de binnenkant van de deur. Door de geur, vooral. Zonder twijfel Chanel. Ultiem vrouwelijk, jasmijn, vanille.

Een opgeruimd stel. In de kleine ruimte, waar ze vast alleen de hoognodige tijd spenderen, slingert geen panty rond, ligt geen geopend boek op tafel. De kookunit is dichtgeklapt. In de kastjes en in de koelkast ligt alleen het hoogstnoodzakelijke. Brood, beleg, een pak koffie, melk. In een van de hoge kastjes boven de bank vindt ze een stapeltje papieren. En de trouwfoto. In een goudomrande lijst. Aan de kleding te zien heeft de bruiloft zeker twintig jaar geleden plaatsgevonden. Ze moeten jong zijn getrouwd.

Een trotse, stralende bruidegom, zijn arm stevig om zijn kersverse vrouw. Een witte bruid. Bruine ogen, donker in vergelijking met de bleke huid. De ogen stralen intelligent maar ietwat te somber voor de gelegenheid de camera in. De bon vivant met het mooiste meisje van de klas? Haar donkere haren zijn in perfect model opgestoken boven haar opgeheven hoofd en rechte schouders. Een dame die weet wat ze wil, tegelijkertijd gebukt gaat onder grote twijfels of misschien zelfs depressief kan zijn. Ze is benieuwd of er enige waarheid schuilt in haar vermoedens. Zei Wagener niet iets over een winkel?

Anne-Wil Bouwmeester-van der Zee, leest ze op een afgestempelde envelop. Een briefje erin, met een uitnodiging voor een reünie van de middelbare school. Het antwoordkaartje is niet ingevuld.

Ze was het niet van plan, maar toen de meiden bleven aandringen heeft ze alsnog een heuse jurk gekocht. Geen wit. Dan lijkt ze in het gunstigste geval – in de zomer, als haar lichte huid iets is gekleurd – nog steeds ziek. Een crèmekleurige jurk had ze gekozen, met gouden halsketting en een oranje boeket bloemen van Jaap. Na de ringen, die Josien keurig op een kussentje aanreikte, en de ceremoniële kus, kon ze haar tranen niet bedwingen en ze zag ook de ogen van haar nieuwbakken echtgenoot vochtig worden. Achter zich hoorde ze Evelien snikken en haar moeder hoesten. Een eind op weg in de veertig uiteindelijk toch nog getrouwd. Voor de tweede keer, dat wel, maar van de eerste keer zijn de foto's oud en vergeeld. Dat huwelijk leverde haar wel het mooiste op wat het leven haar kon schenken: haar dochter Suzan. Ze gaat zitten. Straks moet ze voor de zoveelste keer iemand vertellen dat diens partner dood is.

Soms verfoeit ze haar werk.

Een klop op de deur. 'Ze willen weten of het lijk weg kan,' zegt Wagener.

'Ik kom eraan.'

Ze geeft toestemming om het slachtoffer naar het ziekenhuis in Doetinchem af te voeren voor de sectie. De schouwarts wil met alle plezier een verklaring van natuurlijke dood ondertekenen en vraagt zich hardop af of dat nu nodig is, een sectie, na zo'n ongeluk.

De handtekening onder het formulier voor de sectieaanvraag beëindigt ze met een stevige punt. 'Zeker,' zegt ze, met een ironische glimlach. 'We willen toch absoluut alle twijfel wegnemen dat je hem zelf een zetje hebt gegeven.'

'Stel dat de man is geduwd, dat wil niet zeggen dat u dat kunt aantonen,' zegt Bulten.

'Van later zorg,' beslist ze met een knik in zijn richting. 'Bedankt voor je komst.'

Ondanks het slechte weer kiest ze ervoor om de paar honderd meter te lopen. Ze steekt een sigaret op en negeert Wageners afkeurende blik, zoals ze vaker – soms zelfs met afschuw gevulde – blikken negeert; alsof ze een of andere enge ziekte heeft. Echt handig ook; net toen er een algeheel rookverbod van kracht werd, begon zij weer.

'Afgezien van één gezellige kroeg niet echt een bruisend centrum. Kom je hier wel eens?' vraagt Wagener aan zijn chef.

'Af en toe. Ik heb wel veel hardgelopen in de omgeving. Glooiend landschap met zandpaden; ideale trainingsondergrond ter afwisseling van vlak asfalt. Ga jij naar de sectie vanavond?'

'Sectie? Het is toch een ongeluk?'

'Dat weten we niet.'

'Denk je werkelijk dat hij is geduwd?' vraagt haar assistent.

'Dat ben ik wel geneigd te denken, ja, maar misschien is dat mijn verrotte criminele geest.'

'Vanwege de stalen neuzen?'

'Heel goed, Watson. Een prof met ervaring in de bouw. Die laat zich niet verrassen door het ontbreken van een trap. Maar hij heeft vrijwel zeker met zijn rug naar de diepte toe gestaan, wat dat betreft heeft Bulten denk ik gelijk...'

Wagener lacht zijn perfect verzorgde witte rij tanden bloot. 'Zoals gewoonlijk en helaas.'

'... wat het moeilijk maakt om te beoordelen of hij werkelijk is gevallen.'

'Zelfmoord?'

'Lijkt me uitgesloten. Dan laat je je toch niet achterovervallen? En zou jij de gok nemen, van die hoogte?'

'Nee, dat leek mij ook sterk. Je was snel weg, trouwens, na de schietoefeningen.'

'Ik heb mijn dag niet,' zegt ze.

Een vrouw loopt langs met een kind, dat zich huppelend vasthoudt aan moeders jas. Twee staartjes met roze linten dansen op haar rug. Ligt het aan haar of ziet ze de laatste weken inderdaad alleen maar moeders met kleine kinderen? De vrouw staart haar aan.

'Gezellig dorpje, vind je niet?' vraagt Wagener.

'Stád, Ferry. Niet vergeten. Anders gaan ze je misschien wel lynchen.'

'Hangen ze me op aan een van die dikke bomen op het plein,' grinnikt hij. 'Heb jij weer een zaak erbij.'

'In ieder geval een methode waar geen bloed aan te pas hoeft te komen, dat vind ik een passend einde voor je,' pareert ze.

'Ik heb hier laatst gespeeld op een zondagmiddag in het jazzcafé. Volle bak met laaiend enthousiaste mensen. Er werd zelfs gedanst.'

'Volgens mij moeten we daar zijn.' Even legt ze haar hand op zijn arm. 'Was er echt geen nieuws? Je vertelt het me toch, Ferry, wat het ook is?' vraagt ze.

'Ja,' antwoordt hij.

Ze wacht op meer. Dat hij zal zeggen dat ze tips natrekken, zoiets. Tevergeefs.

9

'Mis je het niet, dat lopen? Ik dacht dat het zo'n verslaving is?'
Ferry kon zich er nooit iets bij inbeelden als zijn chef gepassioneerd over hardlopen praatte. Het leek hem niet eens gezond.
Een uurtje per week naar de sportschool en een beetje wandelen elke dag, oké, maar uren lopen, een marathon?

'Verslavingen zijn er om van te ontwennen.'

Als ze dat zo goed weet, waarom stopt ze dan niet met roken! Nelleke ziet er niet best uit. De onzekerheid vreet aan haar en maakt de glans in haar diepgroene ogen dof. Ze rookt weer, tot zijn afschuw. Hij ruikt het, altijd. Karin is er gelukkig mee gestopt. Die rookte alleen tijdens feestjes, maar die hebben ze nogal eens en hij vindt het smerig als hij daarna 's nachts haar adem ruikt, laat staan als ze zin heeft om te vrijen.

'Hier is het,' zegt zijn chef.

Een charmant pandje, aan het plein. Restaurant Bertram op kruipafstand.

In de paar jaren dat hij met haar werkt, heeft hij haar niet weten te doorgronden. Zelfs Karin, die zegt met hem oud te willen worden, is soms een groot mysterie voor hem. Hij doorliep het vwo met vette negens op zijn eindexamen, deed de politieacademie op zijn sloffen, hoeft zelden iets op te zoeken in het Wetboek van Strafvordering omdat hij de meeste artikelen in zijn hoofd heeft, maar vrouwen...

'Een etalage om je vingers bij af te likken,' zegt Nelleke.

Ze is voor een van de winkelruiten blijven staan en wijst. 'De nieuwe van Elizabeth George!'

'Die heb ik in het Engels gelezen,' zegt hij. De verkoop van een boek zal het laatste zijn waar Anne-Wil Bouwmeester straks aan zal denken.

BOEKEN.NU staat op de gevel, in zwarte letters, de punt in blinkend rvs. Ingetogen en stijlvol. Als de dame dit zelf heeft vormgegeven, is ze een natuurtalent. Of heel ervaren. Hij heeft geen idee wat voor vrouw ze gaan ontmoeten, maar hij heeft nu al respect voor haar. Het getuigt van lef om in zo'n stadje een winkel met nieuwe boeken te beginnen. Hier lijkt alles oud, zelfs de jonge mensen die hij zag lopen, weggedoken in hun dikke jassen, lijken de lasten van de historische tragiek te dragen.

Wiskunde was ooit zijn beste vak, maar geschiedenis boeide hem eigenlijk vele malen meer en dat de bewoners van dit dorp, deze stad, in vorige eeuwen de nodige oorlogen en armoede hebben meegemaakt, dat is hem allesbehalve ontgaan.

Vanavond dus een sectie. Gepland om halfacht. Dat zal Karin leuk vinden. Ze zouden naar de schouwburg. Misschien wil ze wel met hem mee naar een indrukwekkende liveshow waarbij zelfs een schedel wordt gelicht.

Hij haalt een keer diep adem.

De deadline is over een week. Langzaam verliest zijn chef de moed dat haar dochter wordt gevonden. Ze zegt er weinig over, hij voelt echter haar toenemende onrust. Hij heeft geen idee wat het is om een kind te hebben, laat staan hoe het voelt om er een te verliezen. Nu beschouwt hij zich medeverantwoordelijk voor haar twijfel. Aan de andere kant, stel dat het iets oplevert? Het is mogelijk. Alles is mogelijk. Als die Suzan nog leeft, waar dan ook, dan moet ze tevoorschijn komen en als ze dood is, leiden nieuwe tips misschien naar het lijk. Daar was hij in ieder geval tot voor kort van overtuigd.

De vrouw, die hij herkent van de foto in de caravan, excuseert zich. De zaak is nog niet open. Zodra ze melden dat ze van de politie zijn en hun identificatie laten zien, fronsen haar wenkbrauwen zich in een bezorgde blik.

'Anne-Wil Bouwmeester,' zegt ze, terwijl ze enigszins terughoudend een hand uitsteekt ter begroeting.

Ondanks de onflatteus grote blouse, waar enkele witte verfvlekjes op zitten, ziet hij onmiddellijk dat ze iets bijzonders heeft en dat had hij op de foto eveneens geconstateerd. Midden dertig, schat hij. Het zijn vooral haar ogen die indruk maken.

'U kunt misschien beter even gaan zitten. Ik ben bang dat we slecht nieuws hebben.' Zijn chef zegt op zachte toon de woorden die niemand ooit wil horen. 'Uw man is van de eerste verdieping op de vloer in de hal terechtgekomen. Hij heeft waarschijnlijk zijn nek gebroken... Het lijkt erop dat hij na de val binnen enkele seconden dood was.'

Ongeloof en paniek lijken elkaar af te wisselen in de donkerbruine ogen.

Even meent hij een flikkering in de ogen te zien als Anne-Wil Bouwmeester zijn chef aankijkt. Wilde ze iets zeggen? Daar leek het wel op. In plaats daarvan barst ze in huilen uit, en hij schuift een zakdoek over de tafel haar kant op.

Als ze haar tranen kan bedwingen glinsteren er zweetdruppels op haar voorhoofd. Ze mompelt iets van een excuus en loopt weg. Kort daarna horen ze gedempte braakgeluiden. Even later komt ze terug, bleker dan ze al oogde.

'Gaat u rustig zitten,' zegt Nelleke. 'Is er iemand die we voor u kunnen bellen?'

Geen rijen met boeken, zoals verwacht. Enkele uiterst strak vormgegeven stellingen en kasten van donkerrood kersenhout staan tegen een wand, wachtend op hun voor de hand liggende functie. De etalage was veelbelovend, maar hier moet overduidelijk alles nog worden ingericht. Alleen in het midden, waar zij nu zitten, staat een tafel, eveneens van kersenhout, met tien stoelen eromheen. Een thermoskan, koffie- en theespullen op een blad, tijdschriften en de krant van vandaag netjes gerangschikt.

Nelleke zit naast de vrouw, een arm om haar schouders, en probeert enige vorm van troost te bieden. Zou ze in de gaten hebben dat hij twijfelt over zijn toekomst bij de recherche? Nu ze af en toe zo afwezig lijkt, weet hij dat niet zeker. Hij twijfelt, meer dan ooit. Omdat Karin twijfelt. Ze is bang dat ze eerdaags bezoek krijgt van twee politiemensen, zoals deze mevrouw Bouwmeester nu. Ze heeft ja gezegd op zijn huwelijksaanzoek, alleen niet met een enthousiast uitroepteken erachter. Ze had een komma, en vlak daarna volgde haar 'maar'.

Mevrouw Bouwmeester heeft zichzelf onder controle, veegt voorzichtig onder haar ogen met een tissue en vraagt of ze Berends ouders willen bellen, anders horen ze het misschien van iemand anders.

'Waar wonen ze?'

'Vlakbij, net buiten Bredevoort.'

'Dan gaan wij daar zo naartoe,' belooft Nelleke.

'Mijn moeder woont in Aalten, die bel ik straks liever zelf.' Anne-Wil Bouwmeester vertelt dat haar mans grootste passie naast zijn bedrijf dat huis was en dat hij daar elke vrije minuut in stak. Dat hij het bedrijf van zijn vader heeft overgenomen. En dat ze jarenlang in Doetinchem in een luxe penthouse aan de IJssel hebben gewoond. Hij meent spijt in haar stem te horen. Logisch; als ze veilig in hun appartementje waren gebleven was manlief niet van de verdiepingsvloer gestort. De woorden mogen dan hortend en stotend uit haar mond komen, ze zijn keurig afgewerkt, geen ingeslikte 'n' of spatje dialect sijpelt door in haar heldere stem. Een aangename stem. Vriendelijk, ietwat zacht en voorzichtig.

Ze toont een waterige, onzekere glimlach als ze over haar winkel praat. 'Dit wordt mijn nieuwe leven, hoe dan ook. Ik kan niet meer terug. Ik wil niet meer terug. En ook Berend verheugde zich op het huis, op ons nieuwe...' De stem stokt.

'Nieuwe?' dringt Nelleke aan.

De vrouw bijt op de nagel van haar rechterwijsvinger. Daar heeft hij een gruwelijke hekel aan. Als ze er maar geen geluid bij gaat maken...

'Leven. Het ging een tijdje niet zo goed tussen ons,' zegt ze, op nog zachtere toon, 'en toen kwam die burn-out van mij er nog bij...'

Hij maakt korte aantekeningen van dingen die belangrijk kunnen zijn. 'Hoe zag uw leven eruit voordat u hier bent komen wonen?' vraagt hij, terwijl hij met enige afschuw constateert dat zijn zoveelste Bic-pen vandaag een roemloos, afgekloven einde wacht.

'Werk, werk en nog eens werk. Tachtig uur in de week was standaard. Tot die burn-out.'

'En deze winkel?'

'Een nieuwe start.' Zelfs met rode ogen en een glimmende neus oogt ze charmant.

'U verkoopt nog geen boeken,' zegt hij. 'De etalage nodigt wel uit...'

'Een lege etalage vind ik zo kil, en zo kunnen de mensen vast zien wat voor assortiment ik ga bieden. Ik wilde net naar... Wat moet ik nou?' De vrouw barst opnieuw in huilen uit.

Zijn chef laat haar rustig uithuilen. Hij vult het glas water voor mevrouw Bouwmeester opnieuw. Hij is er niet goed in. Verhoren van verdachten en getuigenverklaringen afnemen gaan hem uitstekend af, maar dit, zo, met mensen die bijna omkomen in hun verdriet, dat is andere koek.

'Mevrouw Bouwmeester, er zijn vragen die wij graag beantwoord willen hebben,' zegt Nelleke. 'Heeft uw man ruzie gehad met iemand, de laatste tijd?'

Waarom vraagt ze dat nu? Is dat niet voorbarig?

Anne-Wil Bouwmeesters mond valt open. 'Hoe bedoelt u, wilt u zeggen dat...'

'Het gaat om een ongeluk, tenminste, daar gaan we van uit.

Wij moeten echter altijd rekening houden met alle mogelijkheden zonder iets uit te sluiten,' zegt zijn chef.

Hij ziet de ontzetting in de bruine ogen. En opnieuw denkt hij een moment dat ze iets gaat zeggen. Omdat haar ademhaling hapert. Maar nee. In plaats daarvan neemt ze een slok water. Hij vraagt zich af of hij iets moet afleiden uit haar gedrag, misschien is het een aanwijzing die hij niet kan plaatsen. Hij overweegt er iets van te zeggen, maar doet het niet. Nelleke heeft het vast ook gezien en misschien heeft ze een reden om er niet op te reageren.

'Ik zou graag willen dat u antwoord op mijn vraag geeft.' Nelleke herhaalt haar vraag.

'Vijanden? Berend? Natuurlijk niet. Berend is... Berend was ongecompliceerd, eerlijk. Altijd lachend, optimistisch. Als er al eens een klant ontevreden was, loste hij het probleem op, zonder na te denken hoeveel hem dat ging kosten. Hij heeft een bouwbedrijf hier in Bredevoort. Pardon, een restauratiebedrijf moet ik het noemen. En een bouwmaterialenhandel in Winterswijk.'

'Een van zijn medewerkers misschien?' oppert Nelleke.

'Wat denkt u, een personeelslid dat geen loonsverhoging kreeg?' Het is even stil. 'Sorry,' zegt ze dan. 'Ik weet het niet, eerlijk niet.'

Het geluid van de winkelbel klinkt en een blonde vrouw komt binnen, vergezeld van een flinke windvlaag, die enkele bladeren naar binnen doet vliegen. Met moeite sluit de vrouw het slechte weer met de deur achter zich. Ze hebben het voorspeld. In de loop van de middag zware tot zeer zware windstoten in het noordwestelijk kustgebied. Met snelheden tot wel honderd kilometer per uur. Eenmaal aanbeland in de Achterhoek halen ze die snelheden bij lange na niet meer, maar ze gaan hun best doen, lijkt het.

De vrouw condoleert Anne-Wil en strijkt troostend over haar rug. 'Wat vreselijk,' zegt ze hoofdschuddend.

'Hoe weet u wat er aan de hand is?' vraagt Nelleke, nadat ze haar ID heeft laten zien.

Anne-Wils vriendin, Ellis Grijsen, geeft een stevige handdruk. Ze doet enigszins mannelijk aan, vindt Ferry, ook al is ze klein van stuk. Niet alleen door haar schorre stem, maar ook door de vierkante trekken in haar gezicht. Een groter contrast met Anne-Wil is ondenkbaar en een moment ziet hij de vrouw uit jaloezie het geluk van haar vriendin vernietigen. In één snelle, onverwachte duw.

'Ik reed langs Anne-Wils nieuwe huis en daar stonden politieauto's. Een buurman vertelde dat Berend dood was. Wilt u dat ik ga?'

'Nee, integendeel,' antwoordt Nelleke. 'We zijn bijna klaar. We vroegen mevrouw Bouwmeester net of haar man de laatste tijd ruzie heeft gehad met iemand.'

'Is... Bedoelt u...' Verbazing, gemengd met ongeloof. Tegelijkertijd ziet hij hoe Ellis' ogen nerveus van links naar rechts draaien, beurtelings Anne-Wil en zijn chef peilend. 'Is Berend vermoord?' Bij de o's slaat haar stem over.

'Op dit moment moeten we elke mogelijkheid openhouden,' antwoordt Nelleke. 'Heeft u enig idee of de heer Bouwmeester ruzie met iemand had?'

Ellis Grijsen schudt bedachtzaam haar hoofd. 'Ik kan me niet voorstellen dat Berend... Zo'n aardige man... maar, An, nu ik eraan denk, Berend had toch laatst problemen om van een van zijn werknemers af te komen?' De vrouw lijkt opgelucht dat haar iets te binnen is geschoten en spoort haar vriendin aan. 'Toe, die blonde met die stekeltjes. Die heeft bij mij nog gemetseld.'

'Harrie te Bokkel bedoel je, die zo ontzettend plat praat.'

'Ja.'

Anne-Wil Bouwmeester knikt. 'Tja, ik weet niet of... Harrie was kwaad, dat hij eruit moest, maar hij lijkt me niet het type om dan zo...' Ze kan haar tranen opnieuw niet bedwingen. 'Het spijt me,' zegt ze. 'Ik voel me niet zo goed.'

10

Nelleke had zich voorgenomen het gesprek met Bouwmeesters ouders kort te houden. Na een kwartier, waarin vooral stilte en ongeloof overheersen in de kleine huiskamer, zit ze echter met een gerafeld fotoalbum op schoot. Met Berend als baby, Berend als peuter en Berend als puisterige puber doet de moeder met rode, opgezwollen ogen verwoede pogingen haar kind in leven te houden. De vader zit vol vragen en Nelleke kan weinig antwoorden bieden.

Ferry laat zich een plak chocoladecake smaken. Haar assistent knikt intussen instemmend als de vader daadkrachtig besluit om de leiding van Berends bedrijf weer op zich te nemen.

'Bemoeide zijn vrouw zich niet met het bedrijf?' vraagt ze.

'Anne-Wil heeft nooit interesse gehad in de bouw,' zegt hij resoluut. 'Stenen en specie is ook niets voor vrouwen.'

Ze laat de opmerking voor wat die is. Wijzer wordt ze niet bij de ouders. Ze kunnen haar weinig anders vertellen dan dat Berend een harde werker was, goed voor zijn personeel zorgde en geen vlieg kwaad deed. Het enige wat ze met eigen ogen kan constateren is dat Berend een echte zoon van zijn vader is. De zoon heeft het stoere postuur van pa, evenals het ronde gezicht en de oren, die dicht tegen het hoofd staan. Ze probeert zonder onbeleefd te lijken het gesprek snel af te ronden.

De vader loopt met hen mee als ze weggaan. 'U gaat hem toch wel pakken?' Ze voelt zijn sterke hand op haar arm.

'Wie bedoelt u?' vraagt ze.

'Rots.'

'Wie is Rots?'

'De architect met wie Berend samenwerkte.'

'Hoezo?'

'Ik heb hem een paar keer gezien bij Berend en Anne-Wil. Ik heb nooit gestudeerd, maar ik had aan mijn boerenverstand genoeg om te merken dat er iets niet in de haak was.'

'Tussen uw zoon en Rots?'

'Dat weet ik niet. Maar de spanning in die kleine caravan was te snijden. Ik moet hem niet, die architect. Hij doet joviaal, maar intussen meent hij de koning zelf te zijn. Terwijl-ie ook gewoon een kind van hier is.'

Met de woorden van Berend Bouwmeesters vader in haar hoofd rijdt ze hard over de smalle binnenwegen via Barlo naar Lichtenvoorde.

Een kwartier later ziet ze vanuit een raam van het Lichtenvoordse bureau hoe Ferry Wagener bij de invallende duisternis zijn auto op de parkeerplaats neerzet. Bij het uitstappen strijkt hij zijn jas glad en als hij het portier dichtdrukt ziet ze zijn blik, die zorgvuldig keurend langs het smetteloze staal glijdt.

Ze neemt koffie mee naar het kantoor van haar collega's.

Het lokale politiebureau is uit twee gezinswoningen samengesteld. Weinig opzienbarend, het verdient allesbehalve een schoonheidsprijs. Hetzelfde geldt voor de inrichting. Robuust, duurzaam meubilair dat tegen een stootje kan maar in geen enkel woonblad zal worden aangeprezen. Ze geeft haar assistent instructies om oriënterend onderzoek te doen. Alles wat hij in korte tijd te weten kan komen over Berend Bouwmeester wil ze op de teambespreking horen. 'En ga na wie die ex-werknemer van hem is, die Harrie te Bokkel, en of je iets over hem kunt vinden in ons Herkenningssysteem,' geeft ze hem mee.

'Kijk meteen ook naar de dames. Wat was je trouwens lang onderweg,' zegt ze grijnzend.

'Maar wel een stuk goedkoper.'

'Hoezo?'

'Heb je die lasercontrole niet gezien?'

Ze haalt haar schouders op en loopt het kantoor uit. 'Flauw om op die weggetjes te controleren.'

Ze zet de koffie op haar bureau en draait een rondje in haar stoel. De adrenaline giert nog steeds door haar lijf en ze maant zichzelf om rustig te blijven. Alleen valt dat niet mee. De woorden van de oude Bouwmeester zijn alarmerend genoeg om niet te negeren. En dat is niet het enige. 'Je verbergt iets, mevrouw Bouwmeester,' mompelt ze in zichzelf, terwijl ze een polaroidfoto van de dode echtgenoot op het bureau legt. 'Ik wilde je niet onder druk zetten, vlak na een gruwelijk doodsbericht, maar ik kom er wel achter wat het is. En die vriendin van je was me ook te druk, te gemotiveerd, om een zondebok te noemen.'

Ze checkt op de website van het SCC, die boven aan haar lijstje favorieten staat, of er nieuwe berichten zijn en sluit de site voor de zoveelste keer met gemengde gevoelens af.

Er is werk te doen. Afleiding, dat is goed. Een moordzaak in Bredevoort. Ze voelt tot in haar tenen dat er meer aan de hand is dan een man die ongelukkig is terechtgekomen op een granieten vloer.

Anne-Wil Bouwmeester was vreselijk van slag door de dood van haar man; daar twijfelt ze niet aan. Er waren echter twee momenten waarop ze iets voor zich hield, wilde reageren en zich bedacht. Toen ze het trieste nieuws vertelde dat Anne-Wils man was gevallen en op het moment dat ze zei dat ze er rekening mee houden dat hij is geduwd. Beide keren zag ze iets in die donkerbruine ogen onder de perfect geëpileerde wenkbrauwen.

Een klop op de deur haalt haar uit haar overpeinzingen. 'Ja?'

'Nelleke, als je zover bent? Han en Ton zijn er ook.'

'Ik kom eraan.'

'En, vertel eens, is er eentje van de zolder af gedonderd, wat hoor ik?' Ton Cornelissen laat grijnzend drie klontjes suiker in zijn koffie plonzen.

'Nee, het is gebeurd in Bredevoort. De man is over een stapel oude boeken gestruikeld, dat kan niet anders,' grinnikt Han Simmelinck.

'Ook goedemiddag, heren.'

Wagener pakt een broodje uit een volle papieren zak. 'Als jullie ook willen...'

Met een stift schrijft ze in het midden van het doorzichtige wandbord 'Berend Bouwmeester'.

'Een moordzaak?' vraagt Cornelissen verbaasd. 'In dat gat?'

'Met een historie van dood en geweld in dat stadje zou je daar juist veel meer moorden verwachten,' meent Simmelinck. 'Ze leven erg op zichzelf, volgens mij. En flink eigenwijs.'

'Dus misschien liggen er nog wat lijken in de kast,' zegt Cornelissen gniffelend.

'Hoezo eigenwijs?' vraagt Wagener.

'Wist je dat er een straat in New York is vernoemd naar een van de inwoners?' Zoals Simmelinck het zegt, klinkt het niet eens als een vraag. Hij stroopt de mouwen van zijn zwarte overhemd op. 'Hendrik van Bredevoort ging in zeventienhonderdnogwat naar Amerika en bouwde aan de rand van New York zijn eigen huis. Toen de stad groter werd stond Hendriks huis in de weg, want alle straten moesten recht worden.'

'Laat me raden, dat is gelukt, behalve één,' zegt Nelleke.

'Broadway,' knikt Simmelinck. 'Er zit ook daadwerkelijk een knik in die weg, wordt gezegd. Ik heb het helaas nog nooit met eigen ogen kunnen constateren.'

'Die Hendrik zal mij jeuken,' zegt Wagener. 'Wij hebben Berend. Volgens de schouwarts een geval van domme pech.'

'Ik heb geen bewijzen, ik voel alleen dat er daar meer aan de hand is dan domme pech. Dus wat mij betreft hebben we een moordzaak tot het tegendeel is bewezen. Let wel, "we" wil in dit geval zeggen Ferry en ik. Hoe is het met jullie serie overvallen?'

'Weinig aanknopingspunten,' zegt Simmelinck. 'Er worden diverse sporen onderzocht, ze hebben niets concreets. Er staat een groepje veelplegers boven aan hun lijstje, maar een van die gasten heeft sowieso een alibi voor onze overval, vorige week.'

'Toen zat hij in voorarrest,' vult Cornelissen aan.

'Ze hebben onze man, ene Jan Derksen uit Winterswijk, foto's laten bekijken in Doetinchem. Dat heeft geen resultaten opgeleverd. De drie mannen hadden panty's over hun hoofd getrokken.' Simmelinck probeert de verpakking van een mueslireep open te krijgen, zonder veel succes.

'Je moet ook niet van die goedkope krengen kopen,' verwijt Cornelissen hem, terwijl hij de reep van zijn collega afpakt. 'Ik word zwaar gestoord van je gekraak.' Hij houdt zijn aansteker bij het plastic en blaast het snel aanwakkerende vuurtje snel uit als het gat in de verpakking groot genoeg is. 'Zo. Dat is beter.'

'Kunnen we door?'

'Jazeker. Dankzij een informant denken ze op korte termijn wat oude bekenden op te pakken,' zegt Simmelinck. 'Wij helpen onder andere met het opsporen en horen van getuigen. Een grote klus, want het gaat in totaal om zeven locaties. Hopelijk vinden we ergens een aanwijzing waarmee we ook onze zaak kunnen oplossen. Maar tot nu toe geloof ik niet dat de overval langs de A18 met de rest heeft te maken.'

'Morgen zitten we in Amsterdam. Twee recente overvalletjes op wagens gevuld met computerzooi.' Cornelissen zegt het met een overdreven Amsterdams accent.

'Kun je nog eens met je vroegere collega's werken,' zegt ze.

'Alsof ik daarop zit te wachten,' bromt hij. Cornelissen biedt haar een sigaret aan.

Ze schudt haar hoofd. Zijn merk is niet het hare. 'Geef het nog een dag, in Amsterdam, zoek naar connecties. Als je die niet vindt, concentreer je dan op die in onze eigen regio. Groenenveld wordt onder druk gezet om ons allemaal naar Utrecht te bonjouren, van waaruit de zaak wordt gecoördineerd, omdat ze chronisch mensen tekortkomen. Maar ik wil het liefst met spoed duidelijkheid over onze man van vanmiddag. Ferry?'

'Ik heb informatie ingewonnen over het slachtoffer,' zegt Wagener. 'De collega's kwamen met weinig spectaculairs. Van Bouwmeester junior hebben ze alleen een paar openstaande boetes voor het overtreden van de maximumsnelheid. Dat komt in de beste families voor.' Zijn besmuikte glimlach is uiteraard voor haar bestemd. 'En daarna heb ik gebeld met enkele mensen van zijn bedrijf en die wisten iets meer.'

'Laat horen dan, junior. Iemand nog koffie, eerst?' Cornelissen reikt naar zijn koffiekop, Simmelinck schuift de zijne ernaast.

'Berend Bouwmeester liep al op zijn zesde rond in het bedrijf van zijn vader, dat hij overnam toen hij negenentwintig was,' vertelt Wagener even later, als de geur van verse koffie haar neus binnendringt. 'Ik heb Rouwenhorst, de boekhouder, aan de telefoon gehad. Die heeft zelfs nog voor zijn vader gewerkt. Hij weet dat jij morgen komt. Hier heb je zijn gegevens.' Wagener geeft haar een memoblaadje.

Ze pakt het papiertje van hem aan. 'Als hij als knul van zes al op de steigers huppelde, is het des te ongeloofwaardiger dat hij van een verdiepingsvloer valt.'

'Hij zag de prijs van het installatiewerk en kelderde puur van schrik de diepte in,' oppert Simmelinck. 'Die jongens zijn echt niet te betalen, en dan nog moet je maar afwachten of ze komen opdagen. Ik heb...'

'Dank je voor je suggestie,' interrumpeert ze. 'Ik wil liever weten wat de positie van het lichaam moet zijn geweest voordat hij viel. Ferry, wil jij die vraag bij de TR neerleggen? En ik heb met de architect gebeld, er ligt een setje bouwtekeningen met specificaties voor ons klaar, wil je die ophalen?'

'Dat is goed,' antwoordt de rechercheur, die weet te melden dat het slachtoffer eigenaar is van een restauratiebedrijf. 'Dat is iets anders dan een renovatiebedrijf. Bouwmeester gebruikt voor zijn werk oude materialen, bij renovatie knappen ze woningen op met nieuwe. In zijn bouwmaterialenhandel heeft hij blijkbaar ook veel materialen van begin vorige eeuw.'

'Dat noemen wij oude meuk,' zegt Cornelissen.

'Het is niet de eerste de beste,' vervolgt Wagener onverstoorbaar. 'Het bedrijf staat in het hele land bekend als zeer vakkundig en ervaren. 'Tenminste, volgens meneer Rouwenhorst. Hij vertelde dat het bedrijf zelfs meewerkt aan het Rijksmuseum.'

'Ze hebben in het westen altijd graag mensen van hier,' zegt Simmelinck. 'Die zijn goedkoper.'

En betrouwbaarder, volgens Cornelissen. 'Hoewel we daar nu dus vraagtekens bij gaan zetten.' Gewoontegetrouw trekt hij zijn portemonnee. 'Ik zet twintig euro op een van de werknemers van die man. Vast iets met foute vakantiezegels.'

'Bestaan die nog, vakantiezegels?' vraagt Simmelinck. 'Nee, ik denk de jaloerse echtgenote. Knappe vent, die is vast buitenshuis gaan eten met een jong blondje.'

'Jij hebt zijn vrouw niet gezien.' Wagener zet zijn geld op een zakenrelatie. Hoewel die omschrijving nogal vaag is, vinden de collega's dat voor deze keer geen punt.

Ze glimlacht, maar wijst hen er daarna op dat ze een *open mind* moeten houden. Overbodig, maar eveneens geheel in de lijn van hun traditie.

11

Josiens gezicht spreekt boekdelen. De blauwe ogen staan angstig in het bleke gezichtje, waarop in zonniger tijden de sproeten vrolijk hun weg weten te vinden. Ze kreeg geen hap door haar keel, zei Jaap, en heeft de hele middag stilletjes op de bank gelegen.

Nelleke strijkt met haar vingers door Josiens rossige haar. Mensen nemen soms als vanzelfsprekend aan dat het haar eigen dochter is, maar Josiens rood is evident anders dan dat van haarzelf. De brugpieper heeft de kleur van haar moeder, Jaaps ex. Ze vraagt zich af of het meisje nu liever bij haar eigen moeder in Amsterdam zou zijn.

'Zenuwachtig?' vraagt ze zacht.

Josien schudt haar hoofd, allerminst overtuigend.

Over een tijdje is ze vast vergeten hoe ze zich nu voelt. Net zoals ze vergeten lijkt te zijn hoe bang ze was toen een psychopaat haar ontvoerde en een pistool tegen haar slaap drukte. Rotteveel. Nelleke kan hem in haar hoofd zo uittekenen. Josien heeft erover gepraat met Simone, psychologe en Nellekes vriendin. 'Denk je nog wel eens aan die nare man, toen, in het bos?' vraagt ze voorzichtig.

Josien schudt haar hoofd. 'Nee, waarom? Dat is echt eeuwen geleden en hij is toch weg?'

'Hij is weg. Je zult hem nooit meer zien, dat heb ik je beloofd.'

'Nou dan,' zegt Josien, een mager glimlachje tevoorschijn toverend.

'Droom je nooit meer van die middag?'

'Nee.'

Ze voelt hoe koud Josien aanvoelt. 'Wil je soep, of hutspot? Je moet iets eten,' zegt ze, terwijl ze over de smalle rug strijkt, in de hoop wat warmte over te brengen. 'Dan gaan we straks alvast een sinterklaasgedichtje maken.'

'Geen trek,' mompelt Josien.

'Morgenvroeg mag je niets hebben en dan ga je van je stokje. Dat is niet handig. En daarom ben je ook zo koud. Kom, eten we samen wat.'

Met tegenzin laat Josien zich meetronen naar de keuken, waar ook Jaaps middelste dochter Emma is aangeschoven bij de hutspot.

Een halfuur later vertrekken de twee om muziek te downloaden.

'Ik zal blij zijn als we een paar dagen verder zijn,' zegt Jaap.

'Morgen na de operatie ken je haar niet terug,' voorspelt ze.

Na de val van haar paard bleef Josiens knie pijnlijk en op foto's was niets te zien, dus ontkomt Jaaps jongste niet aan een kijkoperatie, hoe vervelend ze het ook vindt. Een spuitje voor de verdoving, het stelt niets voor; allerlei verzachtende omstandigheden hebben ze verzonnen en eindeloos herhaald. Maar het ellendige gevoel van de dertienjarige laat zich niet sturen.

'Wil je deze tekeningen bekijken?' Nelleke haalt de bouwtekeningen tevoorschijn uit haar tas en spreidt ze uit op tafel. 'Het leek me nogal een kapitale verbouwing.'

'Van Dijkhuizen als aannemer? Dat is die grote, in Doetinchem. En de architect is Rots,' leest Jaap. 'Een goeie. Hij heeft dat huis van die bekende Nederlander gedaan, kom, hoe heet hij, die in Aalten woont.'

Ze kan niet op de naam komen, en eerlijk gezegd boeit die haar niet. Geïnteresseerder is ze in de mogelijkheid dat er een motief op tafel ligt. 'De eigenaar van deze woning is vanmiddag dood aangetroffen. Jij hebt toen toch hier de verbouwing geregeld, die nogal boven de begroting ging. Stel dat er zo'n soort probleem speelde bij deze man?'

'Is hij vermoord?'

'Mogelijk.'

'Als die aannemer of architect zijn eigen klant om zeep helpt is hij niet al te snugger, dan weet hij zeker dat er geen geld meer binnenkomt,' meent Jaap.

'Ze kunnen ruzie hebben gekregen, totaal niet aan geld hebben gedacht. En trouwens, daar zijn ze toch voor verzekerd?'

Jaap haalt zijn schouders op. 'Dat moet je Pim vragen. Die kent de architect misschien ook wel persoonlijk. Ik zet de tv aan, ga je mee?'

'Dadelijk.'

Ze kan het niet laten, een paar minuten later zet ze haar iMac aan en surft naar de beveiligde website voor de vorderingen in het scc.

In het keuzemenu staan maar liefst vierendertig cold cases benoemd, een drietal opgelost. Een schamel resultaat...

Geen nieuws over Suzans zaak. Ze zucht en zoekt op haar computer naar informatie over Van Dijkhuizen. En over Rots.

Pas als ze de stem van Simone hoort sluit ze haar computer af en gaat naar beneden. 'Hé, Siem, is er iets?'

Haar vriendin staat hijgend in hardloopkleding in de keuken en schenkt een glas water in. 'Even bijkomen,' zegt ze.

'Hoe ver heb je gelopen?'

'Tien,' antwoordt Simone.

'Is Pim thuis? Laat die je ophalen, dan kan ik hem meteen wat vragen over Bredevoort. En kunnen wij gezellig een flesje wijn opentrekken. Of houd je het bij het water?'

'Nee, een wijntje, lekker.'

'Knap hoor, dat je het nog steeds volhoudt,' zegt ze, als ze twee glazen fruitig ruikende rode wijn heeft ingeschonken.

'Ik houd het wel bij de tien kilometer,' zegt Simone. 'Meer dan genoeg voor een gezond lijf. Dat kun jij ook doen. In plaats van roken, bijvoorbeeld.'

Ze steekt haar tong uit. Eigenlijk wilde ze net een sigaret pakken.

'Ik mis onze loopjes samen.'

'Wie weet, over een poosje.'

'Wat is er in Bredevoort?'

'Iemand is tijdens een verbouwing van de verdiepingsvloer gevallen en zeer ongelukkig terechtgekomen.'

'Dood. En dus vroegen ze jou om te komen.'

'Precies.'

'En Suzan?'

'Geen nieuws,' zegt ze. 'We hebben nog een week.'

'Ik duim voor je, Nel.' Simone maakt een proostend gebaar, dat ze beantwoordt met eenzelfde beweging. '*Salute.*'

'Hoe is het in je praktijk?'

'Rustig. Mensen denken altijd dat de meeste psychische gevallen in het najaar zijn, als de blaadjes vallen, maar het echte hoogtepunt ligt altijd in het voorjaar.'

'Omdat dan de zomer erachteraan komt, met allemaal vrolijke mensen,' meent Nelleke.

'Ik vind het niet erg, kan ik eindelijk beginnen met mijn proefschrift over de werking van het menselijk brein.'

'Het is stoer van je dat je wilt promoveren. En dan? Onderzoeker op een universiteit?'

'Niet per se. Ik wil een nieuwe uitdaging en dit onderwerp boeit me mateloos. Ik ben net bezig om een Amerikaans onderzoek hier uit te voeren.'

Nelleke schenkt hun beide glazen nog eens vol.

'Dank je,' zegt Simone. Ze neemt een slok van haar wijn en pakt een papiertje. Schrijft er een aantal letters op. *Jvrraaoo.*

Ze schuift het papiertje onder Nellekes neus. 'Wat staat daar?'

Ze kijkt een moment verbaasd, dan ziet ze het. 'Een anagram,' zegt ze. 'Voorjaar.'

'Je zag het woord ineens. Of was je alle combinaties aan het proberen?' vraagt Simone.

'Nee, ik zag het plotseling.'

'Dan ben je een creatieve probleemoplosser. Jouw brein werkt anders dan dat van een systematische oplosser, ook als je niet nadenkt over een probleem. Maar dan wordt het natuurlijk juist pas interessant. Want, wat kun je met die wetenschap? Nu jij dit bijvoorbeeld van jezelf weet, kun je daar iets mee? Kun je leren systematisch te denken zodat je nog meer problemen kunt oplossen, zaken kunt oplossen zelfs? Dat zijn vragen die ik graag wil onderzoeken. Er zijn tal van beroepen waarvoor dit een interessant thema is. Wetenschappers, uitvinders, de reclamebranche, noem maar op.'

'Ik word jaloers. Heerlijk om je in zo'n grote klus te kunnen storten. Krijg je hulp? Hoe is het met je pogingen om er iemand bij te krijgen in je praktijk?'

'Bedroevend. Er is er ook eigenlijk maar een die ik echt wil, daarom vallen alle sollicitanten af. Ze zijn te jong, te mannelijk, te veel geïnteresseerd in geld...'

Nelleke heft haar glas en lacht. 'Voorlopig nog niet, Siem, maar wie weet, wie weet. Jij nog?' Ze houdt de fles omhoog.

'Nee, nog een glas en je kunt me horizontaal afvoeren. En jij gaat wel als een speer.'

Ze doet alsof ze Simones kritische blik niet ziet en schenkt haar glas vol.

Als Pim Simone komt ophalen, vraagt ze hem naar de villa.

'Ik ken het pand,' zegt Pim. 'Het was slecht onderhouden en heeft lang te koop gestaan. We hebben er in het verleden de kozijnen vervangen, als ik het me goed herinner. Jammer genoeg kwam er floatglas in. Nieuw glas,' legt hij uit als hij Nelleke vragend ziet kijken, 'en niet het oude, getrokken glas. Dat is bobbelig, dat soort glas hoort erin. Ik had al gehoord dat Van Dijkhuizen ermee aan het werk was.'

'Ken jij Berend Bouwmeester? Eigenaar van het huis?'

'Van Rebo, ja, ik ken hem wel. Niet goed, maar we zijn elkaar wel eens tegengekomen op een feestje, en bij aanbestedingen. Joviale gozer.'

Ze vouwt de tekeningen voor hem uit op tafel en wijst Pim op de gegevens.

'Van Dijkhuizen, aannemer, en Rots, architect. Dat wist ik ook.'

'Ken je hem?'

'Zeker. Heeft nogal eens een rechtszaak aan zijn broek omdat de kosten te hoog uitpakken vergeleken bij de raming. Maakt wel opvallende bouwwerken. Ik vind ze niet allemaal even mooi, maar ze zijn altijd bijzonder.'

'Ik dacht neorenaissance, rond negentienhonderd,' zegt Jaap.

'Denk ik ook. Niet helemaal zijn stijl, maar zo'n verbouwing kan hij ongetwijfeld,' zegt Pim. 'Rots houdt van de jaren twintig en dertig van de vorige eeuw, zoals Mies van der Rohe. Hij vergeet in mijn ogen alleen vaak dat er ook nog mensen in moeten wonen. Een woonkamer met pilaren vlak voor het raam bijvoorbeeld. De architectuur steunt op drie principes: stevigheid, schoonheid en bruikbaarheid. Het is de bedoeling dat die drie in balans zijn, waarbij de een de ander niet overheerst. Bij Rots wil de bruikbaarheid nog wel eens tekortschieten.'

'Liever die dan de stevigheid,' grijnst Jaap.

'Architectuur werkt net als misdaden oplossen,' mijmert ze filosofisch, 'het is ook een kwestie van logica en volgorde. Zeg, Pim, ben jij verzekerd? Stel dat een klant van jou sterft, en jij hebt nog geld van hem te goed?'

'Uiteraard. Wij hebben soms werk dat een jaar of meer in beslag neemt, dan moet je dat soort risico's afgedekt hebben. Wat moet jij hier eigenlijk mee?' Hij wijst op de tekeningen op tafel.

'Hij is vanmiddag overleden.'

'Wie is "hij"?'

'Bouwmeester.'

'Berend? Dat meen je niet.' Pim laat zich op een stoel zakken. 'En jij bemoeit je ermee, dus hij is vermoord? Dat kan ik me niet voorstellen. Berend was de goedheid zelve.'

Nelleke legt uit dat hij van de verdiepingsvloer op de natuursteentegels in de hal is gestort en naar alle waarschijnlijkheid zijn nek heeft gebroken.

'Dus hij was in zijn eigen huis aan het werk,' zegt Pim.

'Ja.'

'Berend is een zeer ervaren vakman,' reageert Pim verbaasd. 'Hij, gevallen terwijl-ie daar aan het werk was? Onvoorstelbaar. Dan heeft hij echt vette pech gehad.'

'Ik dacht dat er misschien iets mis is met het huis. Foute constructies of iets dergelijks. Of dat hij ruzie heeft gekregen met de aannemer, of de architect. Hier, bij de tekeningen zat ook een prijsindicatie van de verbouwing.' Ze wil Pim de papieren geven, waarbij ze haar glas wijn omstoot. Een vloek ontsnapt uit haar mond. Simone haast zich om een doekje te pakken en beperkt de schade.

Ze ontwijkt Jaaps fronsende blik. 'Zijn dat reële cijfers?' vraagt ze aan Pim.

Hij bestudeert de tekeningen en de offerte met hernieuwde aandacht. Met al zijn kennis als aannemer kan hij er blijkbaar niets afwijkends in ontdekken, want hij knikt goedkeurend. 'De tekeningen zien er degelijk uit. Wat kleine dingetjes die ik anders had gedaan, niets bijzonders. En die prijzen lijken me reëel. Het kan goedkoper, maar er worden oude, dure materialen gebruikt.'

Het zou ook te mooi zijn geweest. En toch. Pims verbazing dat een vakman als Berend Bouwmeester zomaar zou vallen sterkt Nelleke in haar mening dat ze deze zaak niet zomaar kan afdoen als een ongeluk.

Haar intuïtie laat haar nooit in de steek. Tenminste, dat hoopt ze.

12

Nelleke opent haar ogen, om ze onmiddellijk weer te sluiten na een blik op haar wekker. De tijd geeft aan dat ze uitgerust moet zijn, alleen is haar lichaam het daar niet mee eens. Ze zou willen dat haar lijf niet klam aanvoelt vanwege de onrustige slaap maar door een lome middag in een hete, zonnige omgeving met een metershoge stapel boeken. Suzan. Ze heeft weer gedroomd. Het duurt even voor ze in de gaten heeft dat Daya met kleine, drukke bewegingen haar hand likt. Is die kleine nu net de trap op geslopen op haar zachte pootjes? De Tibetaanse terriër heeft nooit moeite om op te staan. Van een diepe slaap, compleet met hondendroom, staat ze binnen een paar seconden kwispelend bij de deur, klaar om de buurt onveilig te maken.

Jaap streelt met een hand over haar wang. Hij hoeft niets te zeggen, ze leest de bezorgdheid – en ja, ontken het maar niet, ook een lichte afkeuring – in zijn ogen. Ze strijkt met een duim tussen zijn wenkbrauwen alsof ze de frons zo kan wegvegen. 'Een wijntje helpt,' fluistert ze. 'Het bespaart me in ieder geval een maagzweer en dure uren bij de psycholoog op de bank.'

Hij bromt iets onduidelijks onder het dekbed. Haar man. Soms bekruipt haar ineens een gevoel van grenzeloze dankbaarheid dat haar dit geluk is gegund. Tegelijk benauwt het haar, want ze weet hoe breekbaar het is. De watten in haar hoofd voelen vertrouwd. Een mist die in de loop van de dag niet oplost, alleen maar dikker wordt en het denken bemoeilijkt. Roken is dodelijk, las Jaap gisteren voor. Een kreet die niets te raden overlaat. Weinig creatief, was haar zwakke verweer. Zelden klaagt ze over de hoofdpijn; hij merkt het evengoed. Natuurlijk weet ze dat de combinatie met alcohol niet bevorderlijk is voor de gezondheid. Als ze dat gisteravond niet in de gaten had, dan nu wel. Maar het is haar manier om rust in haar hoofd te krijgen. Want ze wordt soms gek van de verwarring, het malen, denken dat ze iets heeft gemist, toch, ondanks die honderden keren dat ze de rapporten heeft gelezen. En verdorie, hij weet toch wie verantwoordelijk is voor die rusteloosheid in haar hoofd.

Het is nooit anders geweest. Alleen nu, met de onomkeerbare komst van het moment dat ze definitief moet afsluiten zonder resultaat, neemt de onrust evenredig toe.

Ze kijkt uit het raam, zonder veel te zien. De tuin is gehuld in een grijze nevel en even gelooft ze dat hogere machten zo laten blijken dat ze met haar meeleven, dat ze het begrijpen. De geiten in de wei zijn onzichtbaar. Misschien voelen ze zich ook nog niet opgewassen tegen de nieuwe dag en hebben ze zich verscholen onder het afdak.

In de badkamer slikt ze twee paracetamol weg met een flinke hoeveelheid water. Na een verfrissende douche voelt ze zich beter. Ze kiest voor een dekkende make-up om haar bleke huid een gezondere teint te geven en accentueert haar ogen met mascara en oogschaduw, zich afvragend of ze de onzekerheid erin daarmee kan camoufleren. Een lichtbruine corduroy broek, een beige trui en haar hoge, bruine laarzen. Met haar geruite jasje erover is de outfit compleet. Comfortabel, een beetje stoer. Ter ondersteuning. We zullen het ermee doen vandaag, De Winter, mompelt ze tegen haar spiegelbeeld. Ze woelt met haar handen door haar korte, geverfde krullen. Haar eigen kleur, maar toch. Geverfd rood. Ze geeft het nog steeds met tegenzin toe. De grijze haren waren te talrijk om eruit te blijven trekken.

Haar tarotkaart van de dag is De Keizer. Oftewel het archetype van het vaderschap, de man als autoritair leider. De Keizer personifieert de stabiliteit van een gemeenschap die haar burgers in de persoonlijke behoeften laat voorzien, en die ze vrijlaat hun eigen ontwikkeling te volgen. Een positieve ontwikkeling voor Bredevoort?

Nelleke zal volgens de kaart op confronterende wijze met gezagdragers – zoals de politie! – in aanraking komen.

Ze glimlacht. Dat moet in ieder geval lukken, confronterend of niet.

Beneden mist ze de geur van geroosterd brood. Uit solidariteit met Josien eten Emma en Jaap deze ochtend ook niet. Onder het genot van een kop koffie leest ze enkele berichten in *de Gelderlander*. De overval langs de snelweg A18 haalt elke dag de voorpagina van het streeknieuws. De berichtgeving is echter summier, tot haar opluchting; de media zaaien al paniek genoeg in het bedrijfsleven.

En alweer een reportage over bouwfraude. Bedrijven die elkaar opdrachten toespelen, andere juist buitenspel zetten. Deksel voor deksel worden tientallen beerputten losgetrokken en ze vraagt zich af hoeveel arbeidsplaatsen het gekonkel gaat kosten. De hoge heren redden zich wel, natuurlijk. In het artikel wordt commentaar gegeven door onder meer de architect Karel Mans, die grootse politieke plannen heeft, als ze het verhaal mag geloven. Hij geeft de indruk van een charmante persoonlijkheid en veroordeelt alles wat naar fraude ruikt. Een familieman ook, zijn vrouw en drie kinderen staan vol trots voor een kast van een huis. Mans houdt van licht. In de villa is veel glas verwerkt, een hele zijgevel is zelfs opgetrokken uit glazen bouwstenen. Een ontwerp van de architect, van vijftien jaar geleden.

Twee koppen koffie later drukt ze een extra zoen op Josiens hoofd, voor die met trillende knieën bij Jaap in de auto stapt. 'Nog even, mop, dan ben je ervanaf. Voor je het weet zit jij weer op je paard!' Ze zwaait de twee uit, zorgt ervoor dat Emma met schooltas en brood de deur uit gaat en dan haast ze zich naar het bureau. Een flauw zonnetje breekt door tussen de wolken als ze de Twenteroute oversteekt.

Wagener lijkt, net als zijzelf, weinig gemotiveerd om zich aan te sluiten bij het overvalteam. Haar assistent heeft zich verdiept in Bouwmeesters aannemer. 'Een groot bedrijf, tweehonderd man personeel, gevestigd in Doetinchem. Ze schijnen het niet zo goed te doen op het moment. Wie weet is een woordenwisseling over het werk uit de hand gelopen?'

'Ga jij die Van Dijkhuizen met een bezoekje vereren. Hoor hem uit over zijn relatie met Bouwmeester, vraag naar hun samenwerking, de verbouwing van zijn huis, kijk wat je te weten kunt komen.'

Hij glimlacht en begint meteen zijn spullen te pakken. Inclusief een gloednieuwe Bic-pen.

'Hoe was het trouwens gisteravond bij de sectie?'

'Chirawari heeft geconstateerd dat het slachtoffer zijn nek heeft gebroken. Je krijgt vandaag het rapport, heeft hij beloofd.'

13

Het strak vormgegeven kantoor van Rots Architecten aan de Haitsma Mulierweg in Winterswijk oogt bijna als een woonhuis, met veel ramen en een dakterras. Voor het pand kabbelen eenden in een ondiepe vijver, die over de volle breedte van het gebouw loopt. Hoge planten maken het pand levendig. Dezelfde strakke vormgeving van buiten is binnen doorgetrokken in natuursteen en glas. Daar is het groen nog uitbundiger aanwezig, midden in de ontvangstruimte staat zelfs een olijfboom. Ze neemt een van de blaadjes tussen haar vingers en constateert dat de boom echt is. Nelleke staat versteld van de hoeveelheid licht in het kantoor.

Aan de wand hangen enkele foto's van de Winterswijkse omgeving – ze herkent onder meer de steengroeve – waarop filosofische spreuken zijn geschreven in een sierlijk handschrift. *'Beauty is in the eye of the beholder'* – *William Shakespeare.*

Eric Rots verwelkomt haar met een ingetogen beleefdheid en knikt als hij hoort waarvoor ze hem wil spreken. 'Ik heb het gehoord,' zegt hij. 'Vreselijk.'

Hij neemt haar jas aan en biedt koffie aan.

'Eén moment,' zegt hij, als zijn telefoon gaat. 'Deze moet ik beantwoorden.'

Een zwarte broek, maatwerk, volgens de laatste mode, en

78

een zwart overhemd, de bovenste knoopjes nonchalant open. Geen colbert. Italiaanse schoenen. Sierlijke gouden manchetknopen en een bijpassend, groot horloge. Ze vangt delen van het gesprek op. Iets over smaakloze gestandaardiseerde portiekflats uit de jaren zestig, waarvoor nieuwbouw in de plaats komt. Een opdracht, kennelijk. Hij praat over het gebruik van milieuvriendelijke toepassingen zoals zonne-energie.

Rots heeft een prettige luisterstem en is geduldig in zijn antwoorden. Als het nodig is legt hij een tweede keer iets uit. Alleen als de persoon aan de andere kant van de lijn blijkbaar te veel doorzeurt, voelt ze zijn ongeduld en ziet ze aan zijn dichtgeknepen ogen dat hij inwendig tot tien telt.

Even later beëindigt hij het gesprek en maakt een notitie.

De architect vertelt dat zijn secretaresse gisteravond belde met het nieuws.

'Is dat de dame die bij de receptie zit?'

'Ja.'

De nieuwe Saab op de parkeerplaats is van hem. Geen twijfel mogelijk. Iemand die graag afwijkt van de standaard. Dat nodig heeft om zijn creatieve geest te stimuleren, geeft hij wellicht graag als uitleg.

'Kende u Berend Bouwmeester goed?'

Rots wrijft met zijn handen door zijn haar, waarna het eigenwijs terugvalt. Slanke handen, met lange vingers. Heldergrijze ogen. 'Een jaar of vijf. Als ik projecten had waar renovatiewerkzaamheden aan te pas kwamen, belde ik Berend. Andersom schakelde hij mij in voor tekenwerk en constructieberekeningen. Een uitstekend vakman, en altijd vrolijk. Ik weet dat hij getrouwd was, verder kende ik hem privé niet erg goed. Doet u dit werk al lang?'

Een moment is ze van slag door zijn vraag. Ze twijfelt of ze zal antwoorden, ziet zijn vrijpostige blik. Wat is zijn motivatie voor die vraag? 'Lang genoeg om te beschikken over een flinke dosis mensenkennis,' antwoordt ze na de korte stilte. 'Meneer

Rots, ik wil de boekhouding van uw werk voor Bouwmeesters woning controleren,' zegt ze.

'Boekhouding? Wat denkt u, dat ik Berend...' Zijn blik straalt ongeloof uit. 'Het was een ongeluk, nietwaar?'

'Maakt u zich niet ongerust. We willen een beeld vormen van de laatste maanden van zijn leven, en de verbouwing maakte daarvan deel uit. We gaan er inderdaad van uit dat het een ongeluk is geweest.'

'Ben ik verplicht om...'

'Ja,' antwoordt ze stellig. 'U kunt weigeren. Dan ga ik een formulier invullen en sta ik zo weer bij u op de stoep.' Ze doet alsof ze iets zoekt in haar tas, zijn blik ontwijkend om zeker te weten dat hij niet merkt dat ze bluft. Ze heeft geen enkele gegronde reden om wat dan ook mee te nemen. Ze verwacht dat hij daarom zal vragen.

In plaats daarvan haalt Rots zijn schouders op. 'Als ik u daarmee kan helpen... De bouw ligt voorlopig stil, neem ik aan. Maar ik moet alles wel terug hebben; het project is niet afgerond. Ik zou ook het interieur doen.'

Een opgeruimd bureau. Pennenbakje, memobakjes met een stapeltje briefpapier, een chique telefoon. Ze staat op en loopt rond in de ruimte. In ieder geval hoeft ze niet te vragen naar zijn inspiratiebron. Uitvergrote foto's sieren zijn kantoorwanden. Werk van Mies van der Rohe en Le Corbusier. 'Notre Dame du Haut' leest ze onder een van de foto's. Het meest opvallend in de ruimte is echter een schilderij van zeker anderhalf bij één meter. Haar ogen worden als een magneet naar het doek getrokken. Het is een eenvoudig beeld, van een meisje, gehurkt langs de kant van het water. Het beneemt haar de adem, ze moet zich inhouden omdat ze niets liever wil dan de verf aanraken en ze moet haar ogen dwingen ergens anders naar te kijken.

'Zo, kijkt u eens.'

Ze hoopt dat hij niet merkt hoe ze schrikt.

'Daarmee bent u vast een middagje onder de pannen!' Rots legt een stapel papieren op tafel.

Ze bladert ogenschijnlijk geïnteresseerd door een map en dwingt zichzelf tot de orde. 'Mooi kantoor,' zegt ze.

'Dank u. Ik ben er eigenlijk nooit. Daarom is het zo opgeruimd. Mijn accountant vindt het weggegooid geld, dit grote kantoor voor vier personen. Maar ja. Het is wel mijn visitekaartje.'

'Was dat ook de filosofie van Le Corbusier? Niet te klein denken?'

'Dat is mijn filosofie,' antwoordt hij. 'Licht, ruimte, dat is wat mensen nodig hebben. Waar denkt u dat al die radicale overtuigingen ontstaan? In bedompte, rokerige holen waar het zonlicht geen kans krijgt. Waarom denkt u dat de criminaliteit in de Randstad veel groter is dan hier, in de Achterhoek? Licht en ruimte!'

'Als het aan u ligt wordt er veel meer glas gebruikt.'

'Glas is een van de mooiste producten voor een huis.' Rots straalt. 'Dat is wel Le Corbusier. *La fenêtre en longueur.* Lange, horizontaal doorlopende ramen, die zorgen voor een diepere lichtdoordringing in de woning. Een van zijn vijf basisprincipes.'

'Uw stijl wijkt af van die van de oude huizen die de heer Bouwmeester restaureerde.'

'Maar zo gauw het om een aanbouw ging, kwam ik vaak in beeld. Een oud object is het beste te combineren met een totaal andere stijl, iets moderns dus.'

'Geen problemen gehad over de kosten van zijn eigen woning?'

Rots haalt zijn schouders op. 'Natuurlijk was er wel eens wat, maar wij konden altijd alles bespreekbaar maken.'

Zijn aftershave is mannelijk. Vaag herkent ze de geur van dennennaalden, een aroma van musk en een zoet ingrediënt dat ze niet kan thuisbrengen.

'Wat is er waar van wat ik hoor over rechtszaken waarbij u bent betrokken?' vraagt ze.

'Overdreven. Meneer Pietersen denkt: ach, ik vind ons huis toch wel een beetje duur worden, laat ik proberen of ik de architect een poot kan uitdraaien. Terwijl hij zelf opdracht heeft gegeven voor al die extra luxe wijzigingen tijdens de bouw.'

'De mensen moeten beter lezen, beter nadenken?'

'Precies. Ik reis veel en zie hoe mensen met weinig middelen ontzettend veel kunnen bereiken. Alleen al door optimisme en geloof in de goedheid van de mens. Daar put ik mijn inspiratie uit. Mensen hier zijn snel geneigd negatief te denken en ik weiger daarin mee te gaan.' Hij lacht, met een jongensachtige bravoure. 'Niemand lijkt te begrijpen wat er aan de hand is met ons land. En dan praat ik niet alleen over de architectuur, het gaat ook over religie, politiek, noem maar op. Iedereen roept van alles en nog wat en herhaalt wat anderen zeggen, maar als je dan vraagt wat het probleem nou werkelijk is en wat ze daar zelf van denken, dan staan ze met hun mond vol tanden. Volgers en na-apers. Vraag lukraak iemand om een eigen, gefundeerde mening over de kwestie Irak en je wordt aangekeken alsof je niet goed snik bent.'

'Ik zou nog uren met u kunnen praten. Alleen, u heeft vast ook werk te doen.' Ze staat op en kijkt naar de foto's aan de muur. En ontwijkt het schilderij. 'Nog één vraag, dan laat ik u met rust. Wanneer heeft u Berend voor het laatst gezien, of gesproken?'

Rots denkt even na. 'Eergisteren. 's Avonds om een uur of zeven. Hij was in zijn nieuwe huis aan het werk, boven, de vloer egaliseren. Ik heb een project aan hem voorgelegd waarin ook werk voor hem zit.'

Ze pakt de papieren van tafel.

'Hier, mijn kaartje. Als u nog eens een verbouwing wilt...'

Ze vertelt hem dat ze gelukkig alles achter de rug heeft, en als Rots hoort waar ze woont, reageert hij enthousiast. 'Die boerderij? Had ik ook graag gedaan. Maar ik kan niets ten nadele van mijn collega zeggen. De oude sfeer is optimaal in stand gehouden.'

Dan gaat haar blik toch ineens weer naar het schilderij. Het gaat vanzelf. 'Uw dochtertje?'

Hij schudt zijn hoofd.

Ze wacht, hij zwijgt.

'Ik zal zorgen dat u de papieren vandaag terugkrijgt,' belooft ze, en ze geeft hem een hand. 'Bedankt voor uw tijd.'

Aan de secretaresse vraagt ze welke auto op de parkeerplaats van haar baas is.

'De Saab. Hoezo?'

'Zomaar.'

Een op het eerste gezicht aantrekkelijke man die met de nodige bravoure, soms wellicht met zevenmijlslaarzen, door het leven stapt – en wie weet op vrouwenharten trapt. Iemand die verder denkt dan zijn neus lang is, overdenkt ze in de auto, terwijl de hoofdpijn zich manifesteert achter haar ogen. Maar hij heeft andere kanten. De gekwelde blik in zijn ogen toen ze vroeg naar het schilderij laat daar geen twijfel over bestaan. Een moeilijk te doorgronden man, die niet het achterste van zijn tong heeft laten zien. Met zijn automerk zat ze goed.

Rots vroeg niet eens hoe Bouwmeester is overleden. Dat heeft hij vast gehoord via de plaatselijke tamtam.

Als ze de Twenteroute oversteekt en Lichtenvoorde in rijdt meent ze de auto achter zich eerder te hebben gespot.

14

Als Anne-Wil het dekbed van zich af schuift, huivert ze. De kachel is uit. Ze draait de gaskachel op de hoogste stand en slaat het dekbed om zich heen. Ze trekt de gordijntjes open. Klein. Alles is hier pietepeuterig klein. Het is al licht buiten. Ze zit op de miniatuurbank. Wacht op warmte, die geen haast lijkt te hebben. Ze had net zo goed niet kunnen gaan slapen. De dromen en het telkens met schrik wakker worden hebben haar uitgeput.

Berend dood. En nu?

Met elke minuut die ze vannacht naar het grauwe kunststof plafond staarde, leek het schuldgevoel zich dieper te nestelen in haar lijf. Misselijkheid komt vanuit haar buik naar boven, wil eruit, en even later hangt ze voorover over de wasbak. Tot ze uitgeput en leeg is. Haar hoofd bonkt. Ze kijkt op haar horloge; halftien. Niemand heeft de moeite genomen om haar te wijzen op een nieuwe dag. Waarom zouden ze ook. Wie zou dat moeten doen, trouwens? Ellis? Die hoopt dat ze een gat in de dag slaapt, dat ze wegdroomt in een mooiere wereld dan de echte. Haar vriendin drong er zo op aan dat ze een slaaptabletje zou nemen, dat ze uiteindelijk deed alsof. Die pilletjes wil ze niet. Ze helpen even; daarna komt de pijn in dubbele dosis terug.

Toen ze klein was legde ze haar hand in die van haar vader. Dan durfde ze. Naar de dokter? Aan de hand van papa. Een gat in haar knie gevallen? Papa hield haar hand vast. 's Avonds, als hij terug was van zijn werk, dan pas mocht de jodium erop.

Zijn rug, verdwijnend via de voordeur. In de ene hand een koffer, in de andere een bruine tas. Ze stond als versteend en gaf hem geen kus. Hij verdween en zij huilde. Ineens kwam hij via de achterdeur weer binnen. Nog één keer voelde ze zijn sterke armen om haar heen en toen was hij verdwenen. Alsof het niet echt was gebeurd. Maar ze veegde een traan van haar voorhoofd, en die kon niet van haar zijn. Hij was teruggekomen voor haar.

Ze hoort iets, aan de deur. Is hij teruggekomen? Ze wordt wakker uit haar gemijmer en schudt een keer met haar hoofd. Er was echt een geluid, buiten. Haar hart versnelt. Even later klinkt het opnieuw en dan herkent ze het. Krabbende nageltjes. Ze opent de deur, laat de kat binnen en sluit de kou zo snel mogelijk weer buiten.

'Je hebt gelijk, Kat. Wakker worden. Het leven gaat door.' Ze had het beest graag een iets meer tot de verbeelding sprekende naam gegeven, maar Berend bleef 'Kat' zeggen, zodat ze zich daar uiteindelijk bij neerlegde. Het verbaast haar dat het dier in de buurt blijft en geen terugreis naar Doetinchem onderneemt, zoals elke zichzelf respecterende kat zou doen. Kat is er te lui voor, vermoedt ze. Die jaagt zelfs niet op muizen.

Ze kleedt zich aan en brengt haar make-up aan. Het stoort haar eerst niet dat de eyeliner links een millimeter te ver doorloopt aan de zijkant. Dan corrigeert ze het puntje te veel zwart alsnog met een tissue.

Wat moet ze doen, vraagt ze zich voor de zoveelste keer af. Die inspecteur en haar assistent komen terug, willen haar opnieuw spreken.

Moet ze alles eerlijk opbiechten? Ze vraagt zich af hoe haar leven er dan zal gaan uitzien.

De kat miauwt bij haar voeten en ze vult een bakje met vier afgestreken schepjes brokjes. 'Kijk eens, je zult wel honger hebben.' Ze aait het beest, dat spinnend ruikt aan het eten, een gretige aanval doet op de brokjes en daarna direct weer naar buiten wil. 'Ga maar, het is hier gezellig noch warm.' Ze opent de deur opnieuw. 'Hier, ook een verse bak water,' zegt ze, terwijl ze met een gieter de stenen waterbak vult, die niet alleen dient als drinkbak voor de kat, maar ook als verfrissend bad voor kwetterende merels en mussen.

Berends ouders waren lief voor haar gisteren. Ze kwamen onmiddellijk in de winkel om haar te ondersteunen en ze mag bij hen komen wonen, zeiden ze, zolang ze wil. Haar schoonvader bekommert zich om het bedrijf, ook dat is een pak van haar hart. Wat daarmee definitief moet gebeuren is van later zorg. Ze durfde hem niet te vertellen dat hij het wat haar betreft direct van de hand mag doen.

Haar moeder huilde aan de telefoon. 'Wat een ellende,' zei ze. 'Kom je bij me? Je doet toch geen rare dingen?'

Ze beloofde driemaal gauw langs te komen of snel weer te bellen. Haar voornemens om over haar vader te praten bleven voor de zoveelste keer precies dat. Voornemens.

Met pijn en moeite heeft ze later Ellis weg kunnen krijgen, nadat die haar met soep en een broodje dwong om iets naar binnen te krijgen. De schat heeft zich gisteren een slag in de rondte gewerkt om de voorraad boeken, die eind van de middag werd afgeleverd, te ordenen. In het te korte bed van de caravan heeft ze gehuild tot ze geen tranen meer overhad en haar hoofd suisde.

Tot de nek toe gevuld met twijfels en verdriet. Het maakt ademhalen zwaar. Ze moet aan de gang blijven. Niet zwelgen in haar ellende. Geen tweede burn-out. De winkel, daar moet ze zich op focussen, daar ligt haar toekomst. Ze wrijft over haar buik, verlangend naar een huis. Hoe moet dat nu, nu Berend er niet meer is om hun droomhuis af te maken? Zo dichtbij waren ze, zo dicht bij misschien wel het geluk van vroeger, toen ze elkaar net kenden.

In het donkerste café van Doetinchem, aan de Grutstraat. Bruine, versleten velours gordijnen hielden het daglicht buiten, waardoor ze elk besef van tijd verloor. Door een waas van rook zag ze hem staan, aan de bar. Overmoedig door de wiet stak ze lachend haar arm omhoog en bestelde een grote pils.

Ze verbaasde zich nog duizendmaal dat Berend bij haar bleef. Berend die overal de lol van inzag, nieuwe wegen wilde inslaan, en zij remde alleen maar af, zag hordes beren op de weg, verlangde terug naar de studententijd die ze zich herinnerde als één grote roes. En toch hadden ze fijne jaren, in het begin. Na haar studie sociale geografie kreeg ze een mooie baan bij het bedrijf waar ze een halfjaar geleden definitief afscheid nam, nadat ze zichzelf had opgewerkt tot marketing- en projectmanager. Uitdagende opdrachten en alleen verantwoording afleggen aan de directeur. Berend begreep niet zoveel van wat ze deed, maar hij was trots op haar en zeurde nooit over de periodes waarin ze het niet meer zag zitten en nog harder aan het werk sloeg.

Dat zou allemaal gaan veranderen. Ze ging er net in geloven. Een nieuw geluk. Dat hadden ze misschien weer kunnen hebben. Als... als alleen...

Haar mobiel piept. Een sms'je.

Ellis, met de vraag of ze komt. De koffie loopt.

Het zou haar niet verbazen als ook Ellis haar een woonplek aanbiedt. In feite heeft ze er zelfs recht op. De Bed & Breakfast is net zo goed van haar. Nee. Geen haar op haar hoofd. Ellis is een trouwe vriendin, maar ze wil niet continu gebukt gaan onder haar soms wel erg dominante aandacht, hoe goedbedoeld ook. Ze is zevenendertig, geen zeventien.

Al deed Berend dan de kachel aan als hij wegging, ze is niet anders gewend dan dat ze hier alleen wakker wordt. Toegegeven, de laatste maanden ging het beter, ging het de goede kant op; eerdaags was het geheid alsnog misgegaan.

Op eigen benen staan.

Hoe? Hoe moet ze verder, in godsnaam? Wie moet ze in vertrouwen nemen? Misschien houdt ze het nog een tijdje vol, maar niet lang meer. Wat heeft ze zichzelf in de nesten gewerkt.

Gek genoeg zou ze alles aan Onno willen vertellen. Berends vriend mag het dan niet eens zijn met wat ze doet, hij laat iemand in nood nooit vallen. Hij zou haar ook kunnen helpen met Berends begrafenis. Ze heeft geen idee wat Berend had gewild, met Onno heeft hij daar vast ooit over gepraat.

En per slot van rekening is ook Onno een buitenbeentje in dit stadje. Ze heeft de verhalen over hem gehoord. Over zijn scheiding, zijn losse handjes en zijn kunstenaarsfrustraties.

Ze recht haar rug. Ze zal naar haar winkel gaan. En dan op hoge poten naar de krant en eisen dat ze alsnog – gratis – een bericht plaatsen over de opening van Boeken-punt-nu. Er valt met haar niet te sollen, ze was niet voor niets goed voor zeven miljoen euro omzet op jaarbasis.

Eerst orde op zaken stellen. Het huis verkopen. Dat is waarschijnlijk de beste oplossing om financieel ruimte te scheppen. Al het spaargeld zit zo onderhand in de verbouwing, Berend was van plan een extra hypotheek af te sluiten. Als ze het huis goed kan verkopen kan ze het zelfs zonder inkomen een flinke tijd uitzingen. Ze kan vandaag nog een makelaar in de arm nemen. Een moment twijfelt ze of ze wel in Bredevoort wil blijven wonen, maar direct neemt ze zich voor niet verslagen te willen afdruipen, als een hond met de staart tussen de poten. Zo steekt ze niet in elkaar. En ze zal Berends accountant vragen om de jaarcijfers, vragen wat ze moet doen.

Praktisch denken. De zaken regelen, het niet te moeilijk maken. Dan beperkt ze automatisch de problemen tot een minimum. Misschien kan ze op de zolder, boven de winkel, een ruimte voor zichzelf creëren. Zelfs met een redelijke voorraad blijft er ruimte genoeg over. Meer dan genoeg, ook voor twee. Berend heeft het pandje gekocht. Als investering kon dat geen kwaad, zei hij, dus ze kan ermee doen wat ze wil. Niet eens zo'n gek idee. 's Avonds tussen de geur van papier inslapen…

Ja. Ze zal naar de winkel gaan, eerst naar Berends ouders en dan naar de winkel. Een plek van haarzelf, waar niets herinnert aan Berend. Haar telefoon mee, en de map met verzekeringspapieren. In de winkel heeft ze een plek voor zichzelf. Daar kan ze ook beter die inspecteur te woord staan, daar, in de omgeving die bij haar zal gaan horen. Die nu al voelt als een tweede huid. Die De Winter komt terug; ze was voorkomend, net na de gebeurtenis, maar de inspecteur ruikt onraad, zeker weten. Laat haar maar komen. Ze heeft besloten hoe ze het zal aanpakken en als ze echt wil, dan is ze sterk genoeg om ook die beproeving goed te doorstaan.

15

Bredevoort was in de middeleeuwen een vrijwel onneembare vesting. Het stadje heeft maar liefst bijna vijftig keer een aanval afgeweerd; het is evengoed twintig keer veroverd. De bewoners hebben het nodige te verstouwen gekregen. Is het niet vanwege aanvallen, dan wel vanwege een explosie in het kasteel, halverwege de zeventiende eeuw. Meer dan driehonderd vaten zwart kruit veegden in een moordende klap tien procent van de lokale bevolking weg. Dat het daarbij 'slechts' om achtenveertig mensen ging, volgens hedendaagse begrippen niet echt opzienbarend, doet niets af aan het feit dat het voor de bewoners, toen, een regelrechte ramp moet zijn geweest.

Rijdend in een boetevermijdend tempo vraagt Nelleke zich af of een gewelddadige geschiedenis invloed heeft op het huidige gedrag van een kleine bevolking als die van Bredevoort.

Onderzoeken naar de herkomst van misdadig gedrag volgt ze met meer dan gemiddelde belangstelling. Helaas leveren die nog steeds geen eenduidig resultaat op; de heren geleerden tasten overwegend in het duister over de vraag of misdadig gedrag genetisch is bepaald, aan de opvoeding ligt of anderszins te herleiden is. Alleen bij psychopaten lijken ze goed op weg door aan te tonen dat bijvoorbeeld hersenbeschadiging en seksueel misbruik in de jeugd een rol kunnen spelen.

De papieren van Bouwmeesters project heeft ze op het bureau achtergelaten. Wagener moet er met een fraudespecialist van de TR induiken.

Ze voelt hoe droog haar keel is door de alcohol van gisteravond en drinkt een half flesje spa leeg om het vochttekort te compenseren. De mist in haar hoofd wordt dikker, wat eveneens geldt voor de mist in de omgeving. Het waterige zonnetje heeft het niet kunnen winnen van de trieste, grijze nevel. Die ontneemt haar het zicht op de omgeving en het lijkt alsof ze zich in een kleine wereld beweegt. Een wereld die ze gaat verstoren met haar ongewenste aanwezigheid. Tot dat oordeel zullen enkele mensen vandaag ongetwijfeld komen. Het is maar goed dat de inwoners van Bredevoort koningin Beatrix als beschermvrouwe hebben.

Rond deze tijd wordt Josien geopereerd. Ze belt Jaap, krijgt zijn voicemail en spreekt in dat ze straks een nieuwe poging zal wagen.

Op het plein, onder de eeuwenoude beuken, parkeert ze haar auto. Daarmee Mozarts opera *Die Zauberflöte* – '*sei standhaft, duldsam, und verschwiegen*' – ruw onderbrekend.

Zonder de muziek van de cd is het ineens stil om haar heen. De enige geluiden komen van twee uit de kluiten gewassen duiven, die kennelijk een huwelijkscrisis uitvechten. De verlaten houten banken voor Bertram maken het gemis aan toeristen duidelijk. Het restaurant belooft koffie met zelfgemaakt appelgebak. Er is echter niemand die het bewijs ervan wil proeven. Ze steekt, leunend tegen haar auto, een sigaret op. Als er na een paar minuten nog steeds geen andere wagen de parkeerplaats op rijdt, schudt ze de gedachte dat ze werd gevolgd van zich af.

Met een licht unheimisch gevoel loopt ze de Hozenstraat in en belt aan bij het huis naast Bouwmeester.

Groenenveld heeft haar vanmorgen met klem verzocht niet meer tijd dan absoluut noodzakelijk in dit 'ongeluk' te steken. Als zij meent dat er meer achter zit moet dat worden uitgezocht, en als het om moord gaat heeft die zaak natuurlijk prioriteit nummer één. Alleen, hij zit in zijn maag met de overvallen die de Doetinchemse bedrijven deze dagen in hun greep houden en met de Utrechtse schreeuw om personeel. Ze proefde de twijfel in zijn woorden of haar inschatting in deze zaak juist is.

Wat heeft ze nu helemaal voor concrete aanwijzingen? Een lijk dat er – misschien – verdacht bij ligt en de woorden van een oude man, bovendien nog de vader van het slachtoffer en dus allesbehalve objectief. En haar eigen gevoel, dat opspeelt. Voor hetzelfde geld is ze meer in de war dan ze wil toegeven. Door het circus rondom Suzan.

De deur gaat open. Op een kier, weliswaar.

Een blaffende hond maakt het haar onmogelijk om uit te leggen wat ze komt doen en dus duwt ze haar ID onder zijn neus. 'Mijn naam is De Winter. Inspecteur van politie. Meneer Doorninck?' vraagt ze, op luide toon.

De man snauwt een kort bevel het huis in en de hond is plotseling stil.

Op normaal volume vraagt ze hem of hij een ogenblik voor haar heeft. Meneer Doornincks deur gaat open, allerminst van harte, verraadt zijn norse gezicht. Aan een wankele tafel in een keukentje waar weinig licht binnenkomt vraagt ze hem of hij gisteren iets heeft gezien bij de buren.

'We zien zoveel,' zegt Doorninck. 'Wat bedoelt u precies?'

'Uw buurman is gisteren overleden. Dat heeft u vast gehoord. Een buurtonderzoek na een dergelijk ingrijpende gebeurtenis is gebruikelijk.'

De man kijkt zijn vrouw aan en haalt zijn schouders op. 'We hebben uiteraard de politie gezien, en andere vreemde mensen. Toen was het allemaal al gebeurd.'

Voor die tijd is hun niets opgevallen, zeggen ze. Ze dringt aan, maar noch Doorninck noch zijn vrouw lijkt gemotiveerd om haar iets wijzer te maken. Hetzelfde geldt voor Ten Hage, Van Voorst en Mensink. En zo groeit haar lijstje met buren die niets hebben gezien of daar stijf hun mond over dichthouden.

Op een enkel adres wordt niet opengedaan, terwijl ze zou zweren beweging achter de kleine ramen met dikke vitrages te bespeuren. Het maakt Nelleke des te gedrevener met iets tastbaars op de proppen te komen. Wat dat dan ook mag zijn.

Bij een volgend adres opent een vrouw de deur. Mevrouw Eenink schrikt zo heftig van politiebezoek dat ze de vrouw meer op haar gemak moet stellen dan dat ze antwoorden krijgt. De stem van de vrouw komt haar bekend voor.

Op het zevende adres – en het laatste, neemt ze zich voor – krijgt ze eindelijk gehoor. Een jongere man. Thuis vanwege een klein kind, dat hij op de arm draagt, en een zieke vrouw. Hij schenkt net koffie in, of ze ook een kopje wil.

'Graag,' verzucht ze. 'Daar ben ik wel aan toe.'

Als ze de pittige geur van de koffie opsnuift legt ze Luc Kappers uit naar welke informatie ze zoekt.

En tot haar stomme verbazing heeft hij nieuws voor haar, al is het vaag. 'Ik heb een korte wandeling met mijn zoontje gemaakt. Kort, want het was vies weer, de kap van de wandelwagen waaide er zelfs een keer af. Er stond een auto in de straat, voor de villa, rond halfdrie.'

'Weet u wat voor auto? Een kenteken, nog liever?'

'Nee. Het was een donkere, dat herinner ik me, antraciet, misschien zelfs zwart.'

'Heeft u de afgelopen tijd iets bijzonders gezien of gehoord wat ons verder kan helpen?'

'Hoe bedoelt u?'

'Vreemde mensen, auto's, een ruzie...'

'Er is continu gewerkt aan het huis, dus er stonden altijd veel wagens geparkeerd. Vrachtwagens... personenauto's... Ik ben helaas niet goed in merken en kentekens. Wist u trouwens dat het huis een nare geschiedenis heeft?'

'O?'

'We wonen hier nog niet zo lang en we gaven laatst een inwijdingsfeestje. Een van onze buren vertelde dat er begin jaren zeventig een onderwijzersgezin woonde. De vader overreed per ongeluk zijn dochtertje met een tractor. Destijds hoorde er veel meer land bij het huis, en de man verbouwde een en ander. Graan, maïs, dat soort dingen. Die hij dan zelf oogstte en verkocht. Een hobbyboer. In ieder geval, die onderwijzer veroorzaakte de dood van zijn dochtertje en zou daar nooit overheen zijn gekomen, want een paar jaar later pleegde hij zelfmoord.'

'Was dat de man die ze uit de Slingeplas hebben gevist?'

Kappers knikt.

'Ik wist niet dat het daarbij om dat huis ging. We hebben het onderzoek jaren geleden nog eens heropend, maar ik herinner me niet dat ik heb gelezen dat het slachtoffer daar woonde.'

'De weduwe verhuisde naar een kleiner huisje verderop in deze straat. Vanwege de financiën natuurlijk. Ze woont op nummer twaalf.'

Mevrouw Eenink, natuurlijk. Daarvan herkende ze de stem. Geen wonder dat ze schrok van politiebezoek.

Een auto. Rond halfdrie. En een getuige die dat op papier wil bevestigen.

Alleen, geen enkele aanwijzing dat het niet om een ongeluk ging.

In de auto neemt ze een paracetamol met codeïne om de hardnekkige hoofdpijn te onderdrukken en merkt dat ze trek heeft. Ze loopt over het plein richting de kerk en koopt een broodje bij de bakker. Solidariteit met de kinderen is een mooie gedachte, maar waarschijnlijk zit Josien inmiddels ook al met boontjes en kip rechtop in haar ziekenhuisbed. Met een half oog struint ze de boekenetalages af en daar ziet ze ineens een boekje dat Wagener zal interesseren.

Ze loopt het antiquariaat binnen en baant zich een weg tussen stellingen, volgestouwd met boeken. Couperus, Vestdijk, ouder werk van Wolkers. Her en der staan een tiental beeldhouwwerken opgesteld, die niet tot hun recht komen tussen het vele papier.

'Een politiedame die een boek bij mij komt kopen,' hoort ze

94

ineens een donkere stem vanuit het niets. 'Dat komt niet alle dagen voor.'

Dan pas ziet ze de man achter een van de stellingen vandaan komen.

'Waarom denkt u dat?' vraagt ze.

'U ziet er niet uit als een toerist, sinds gistermiddag wemelt het van de politiemensen in ons stadje en u heeft een van mijn mooiere collector's items over een oude jazzmeester in uw handen.'

'U had rechercheur moeten worden.'

'Wie weet hoe 's heren wegen zouden lopen als je je hart niet volgt,' is de reactie van de man.

'En uw naam is?'

'Onno Brugging.' Hij lacht, maakt een buiging en komt dichterbij. 'Tot uw dienst. Heeft u al kans gezien de beeldhouwwerken te aanschouwen of bent u niet geïnteresseerd in nieuwe kunst?'

Eind veertig, hooguit tweeënvijftig, schat ze. Als hij lacht, zoals daarnet, ontstaan er kuiltjes in zijn wangen, waardoor hij opeens zorgeloos ondeugend lijkt. Er bungelt een lila met blauw kristal aan een dunne leren band om zijn nek.

Ze is onder de indruk van de beelden. 'Zijn ze van u?' vraagt ze. 'Ik bedoel, heeft u ze gemaakt?'

Hij knikt. 'De meeste werken zijn niet hier, die probeer ik te slijten op exposities. Het pad van een kunstenaar gaat niet over rozen. En dat schijnt zo te horen.' Hij lacht en zwaait met zijn armen uitnodigend rond, waarbij de armbanden om zijn pols nadrukkelijk rinkelen. 'Deze achtergebleven dames zijn me even lief. Ik kan nooit kiezen en dus kies ik altijd verkeerd. Mijn levensverhaal in een notendop. U heeft daar geen last van.'

Zijn mysterieuze blik maakt haar nieuwsgierig naar de mate van zekerheid waarmee hij dat durft te beweren. 'O?'

'U heeft uw missie al jaren geleden geformuleerd. U laat zich niet afhouden van wat het doel in uw leven is.' Even schudt hij met zijn hoofd, alsof hij een lastige gedachte aan de kant wil schuiven.

'U wilde nog iets zeggen?' moedigt ze hem aan.

Hij kijkt haar met een ietwat schuin hoofd peinzend aan. 'Uw hoofd loopt over. Hier, volgens mij bent u eraan toe.' Hij houdt haar een pakje sigaretten voor. Ze pakt er een. Hij doet hetzelfde en geeft haar vuur. Tegelijkertijd blazen ze rookkringen uit. Ineens lacht hij breeduit en tikt met een vinger op het boek in haar handen. 'Count Basie. Hij was de enige reden dat ik vroeger naar *Brandpunt* keek.'

Als ze hem vragend aankijkt legt hij uit dat een van zijn nummers voor de eindtune van het actualiteitenprogramma werd gebruikt. 'Is het boekje voor uzelf?'

Ze schudt haar hoofd. 'Voor een collega.'

'Dat is een sympathieke geste.'

Nelleke wijst op een gebeeldhouwde vrouwenfiguur, ineengedoken alsof ze zich ergens voor wil verbergen. 'Mooie expressie,' zegt ze, terwijl ze met een hand over de gladde steenmassa glijdt.

'Heeft u veel gereisd?' vraagt hij ineens. 'Ik had het gewild. Beelden maken van mensen in India. Na de academie heb ik een paar jaar rondgezworven, daarna is er niets meer van terechtgekomen. Een vrouw, een kind, steeds meer elastieken die strakker werden getrokken tot de rek eruit was. En nu… Soms is het voorbij voor je het in de gaten hebt. *Carpe diem*, zeggen ze dan. Ik kan depressief worden als ik eraan denk dat me dat niet elke dag lukt.'

'*Ars vivendi.*'

'Daar heeft u weer een punt.'

'U weet wat er is gebeurd?' Domme vraag.

'Berend Bouwmeester. Een vriend en gewaardeerde stadsgenoot is niet meer, ja, ik weet ervan.' Onno Brugging zucht diep. 'Een ongeluk, toch?'

Ze durft te wedden dat er geen inwoner is in het stadje die niet weet hoe laat en waar precies Berend Bouwmeester dood is aangetroffen. Bij de les blijven, prent ze zichzelf in. Ze knikt, op de gok, want ze lette niet op wat de man tegenover haar zei. 'Is u iets bijzonders in de buurt opgevallen, behalve dat er veel politie was?' vraagt ze.

Nadenkend schudt hij zijn hoofd, waarbij de schouderlange, overwegend grijze haren mee schudden. Een dikke bos haar, licht krullend. Een uitstraling van vrijheid. Hippietijd. Het kristal om zijn nek, de zwierige blouse met ruches. Jaren zestig. Het zou haar niet verbazen als hij in een oldtimer rijdt, als hij al een auto bezit.

'Ik ben amper mijn atelier uit geweest,' zegt hij. 'Wel was ik gistermiddag bij Anne-Wil Bouwmeester in de winkel,' zegt hij dan. 'De dame begint een nieuwe winkel in deze stad. Heeft u die gezien?'

Ze knikt.

'Misschien heeft iemand haar willen waarschuwen om daarvan af te zien,' zegt hij, zijn ogen samenknijpend. 'Wij houden niet van indringers, zeker niet van zulke moderne.'

Onder de kritiek proeft ze, wellicht geheel onterecht, een zekere waardering.

'Had die persoon dan niet beter Anne-Wil te pakken kunnen nemen, of haar winkel?'

Onno steekt zijn hand omhoog, alsof hij een hogere macht wil aanspreken. 'U kent onze mensen niet, mevrouw, dat is wel duidelijk. Vier euro negentig,' zegt hij, wijzend op het boek. 'Geen ongeluk dus?'

'Dat weten we nog niet.' Ze rekent af, waarbij ze twee euro wisselgeld te veel terugkrijgt. Ze drukt hem het muntstuk in de hand en groet Onno Brugging met het verzoek, mocht hij iets bijzonders horen, dat aan haar te melden.

Hij maakt een tweede buiging, waarbij hij een been naar achteren zet, en geeft haar een handkus. 'Als alle politiemensen zo zijn als u, gun ik ze wel tien procent loonsverhoging,' zegt hij.

16

De cijfers van Rots bv laten weinig te speculeren over. Ferry heeft het verkeerde beroep gekozen als geld verdienen, rijk worden, zijn voornaamste prioriteit was geweest, constateert hij. Tweeëndertigduizend vierhonderdvijftig euro winst op een project waar hij – voor zover hij kan beoordelen op basis van de cijfers die hij heeft gekregen – minder dan honderd uren in heeft gestoken. Zesennegentig uren en een kwartier, om precies te zijn. Wat resulteert in een uurtarief waar weinig mensen hun neus voor ophalen.

Hij heeft geen onrechtmatigheden kunnen ontdekken in de boekhouding van het project Bouwmeester. Hetzelfde geldt voor de financieel rechercheur die de cijfers heeft doorgerekend. En dus rest er geen andere conclusie dan dat Rots geen reden had om zijn klant *over the edge* te duwen. Hij begrijpt de gedachtegang van zijn chef trouwens sowieso niet. Waarom zou zo'n architect een goede klant letterlijk laten vallen; ook al zouden ze een financieel conflict hebben. Waar bovendien geen aanwijzingen voor zijn.

Het gaat om grote bedragen, maar het is een groot huis en er worden oude en dus dure materialen gebruikt.

Hij stapt uit de auto en levert de papieren van Rots in bij de receptie van het kantoor in Winterswijk. Van de belangrijkste documenten heeft hij kopieën gemaakt. De receptioniste bedankt hem en hij vertrekt direct weer. Kapitaal pand. Strak vormgegeven, daar houdt hij van.

Hij heeft op de site van de architect meer panden gezien van zijn hand. De meeste conform dit soort vormgeving, met veel glas.

De aannemer was het eens met hun conclusie over de kosten. Het bezoek aan Van Dijkhuizen vanmorgen heeft geen bijzonderheden aan het licht gebracht. Het bedrijf is al weken klaar bij Bouwmeester en heeft de zaken met hem afgerond, de facturen zijn betaald. Dat heeft hij met eigen ogen mogen constateren. De projectbegeleider bij Van Dijkhuizen bleek een dame – wat op zich al een verrassing was – die, schat hij, amper vijftig kilo weegt en zo aardig bleek dat ze nog geen kat een reprimande zou geven als die zijn behoefte naast de bak zou doen.

Einde Van Dijkhuizen. Einde klopjacht naar een niet-bestaande moordenaar. Einde verhaal. Bouwmeester is ongelukkig ten val gekomen.

Nelleke wil daar echter niets van weten.

Wat hem de laatste tijd vaker door het hoofd is geschoten dacht hij zojuist opnieuw: *she's losing it*. In het Nederlands – ze verliest het – klinkt het niet, slaat het nergens op. Sommige uitdrukkingen moeten gewoon in de taal waarin hij nog vaak denkt, de taal die hij als kind leerde van zijn moeder.

Natuurlijk kan Nelleke op hem rekenen. Ze is de baas, en niet de eerste de beste. Hij heeft veel, zo niet alles van haar geleerd de afgelopen jaren en hij gaat voor haar door het vuur. Zij heeft ervoor gezorgd dat hij de rechercheur is geworden die hij is. Het technische deel had hij op de academie wel geleerd. De menselijke factor, die minstens zo belangrijk is, heeft zij bij hem ontwikkeld. Hij is er nog lang niet, er valt nog genoeg te leren, maar dat vindt hij juist een uitdaging. De dag dat hij zou zijn uitgeleerd, is zijn laatste bij het korps.

En hij zal het niet hardop zeggen, maar misschien komt dat moment eerder dan verwacht.

Karins angst is zichtbaarder dan ooit na de confrontatie met vijftig agressieve voetbalsupporters, live te zien op de lokale tv-zender. Een collega kreeg een gemene klap van een van die kornuiten en belandde in het ziekenhuis. No big deal. Tien hechtingen, twee paracetamol en hij kon weer naar huis. Maar het zag er eng uit op tv. Bedreigend.

Dat er om de haverklap berichten in de krant opduiken over de toename van geweld tegen politieagenten helpt allerminst. Vijftienhonderd agenten die jaarlijks gewond raken door geweld van burgers. Een hoofdagente doodgeschoten in Amstelveen. Dat de Randstad een ander verhaal is, is bijzaak. Het geweld neemt toe, dat is de boodschap. Het gevolg van 'de jarenzeventighouding van vrijheid blijheid', waardoor de omgangsvormen zijn vervlakt. Er is geen respect meer voor het politie-uniform, of welk uniform dan ook. Politiesociologen vinden dat agenten hun eigen veiligheid meer moeten laten voorgaan, in plaats van altijd netjes te blijven. Het zal allemaal wel waar zijn. Ze hebben niet voor niets zo vaak schietoefeningen en nabootsingen van geweldssituaties. Als ze zich aan de regels houden en kogelvrije vesten dragen in gevaarlijke situaties valt het allemaal best mee, is zijn overtuiging. Hoe vaak gebeurt het nu daadwerkelijk dat een rechercheur dodelijk gewond raakt?

Hij parkeert de dienstauto aan de achterkant van het Lichtenvoordse politiebureau en pakt zijn zakdoek om een witte vlek van duivenpoep van de autoruit te verwijderen. 'Wat als het de volgende keer om jou gaat, Ferry? Wat moet ik dan, in mijn eentje, of wie weet straks met een paar kleine koters?' Hij schenkt een kop koffie voor zichzelf in en haalt zijn computer uit de slaapstand.

Ergens gaat hij mee in haar argument. Heeft hij begrip voor haar standpunt. Het is dat zijn vader niet anders doet dan afgeven op de politie, anders had hij het bijltje er misschien al bij neergegooid.

Hij kan niet ontkennen dat hij fantaseert over een leven op het podium. Zijn jazzband doet het goed, wonderbaarlijk goed, ze kunnen twaalfhonderd euro vragen voor een optreden. Zijn bandleden hebben al enkele radio-interviews gegeven en zijn op uitnodiging bij een muziek- en praatprogramma op tv aangeschoven om te vertellen wie hun inspiratiebronnen zijn en wanneer hun eerste cd wordt gelanceerd. Hij kan er nooit bij zijn. Dienst. Een moord. Ergens assisteren. Ze praten over een definitieve vervanger voor hem, omdat hij ook niet bij alle optredens kan spelen. Een andere, vaste toetsenist. Op dat moment voelde hij een pijnscheut door zijn bovenlijf. Nee, geen andere toetsenist, wilde hij roepen. Ze willen liever hem natuurlijk, maar ze maken er allemaal serieus tijd voor vrij, werken een dag minder, en als hij die tijd er niet voor heeft, dan...

Ineens schrikt hij van de telefoon. Was hij zo ver weg met zijn gedachten? Nelleke.

Ze stuurt hem vast naar het Team Grootschalig Optreden voor de overvallen. Hij legt uit dat noch hij noch de collega van de Technische Recherche een mogelijk motief heeft kunnen ontdekken in Rots' cijfers van Bouwmeesters verbouwing.

'Daar had ik ook niet op gerekend,' is haar antwoord. 'Heeft de TR al iets laten weten over de positie van het lichaam, hoe Bouwmeester moet hebben gestaan toen hij viel?'

'Daar heb ik nog niets van gehoord.'

'Wil je daar dan achteraan gaan? Dat moeten we zo snel mogelijk weten. Ga maar naar Doetinchem om er haast achter te zetten.' Bovendien wil ze het sectierapport zo snel mogelijk hebben. 'Chirawari moet daar iets zinnigs over kunnen zeggen. Laat hem desnoods bellen. Ik wil antwoorden, Ferry.'

17

De vriendin van Anne-Wil Bouwmeester heeft een knus huisje aan de rand van Bredevoort, dat Nelleke door de dofgrijze nevel pas ziet als ze er vlakbij is. Met de kleine ramen en de lage, gebogen kap lijkt het huis zich te verstoppen voor de wereld.

Dat geldt echter geenszins voor de bewoonster. Ellis Grijsen ontvangt haar met veel egards, zich excuserend voor de met papieren en boeken volgepakte eettafel. Ze vertaalt een toneelstuk; een thriller waar maar liefst drie moorden in voorkomen. Die klus houdt haar al een week uit haar slaap, zegt ze.

'Dat kan ik me voorstellen, met zoveel ellende.'

Even kijkt Ellis haar aan alsof ze het antwoord niet begrijpt. Dan knikt ze, grinnikend. 'Die doden boeien mij niet, het is mijn deadline. Ik ben bang dat ik het werk niet op tijd klaar heb.'

'Ik zal u niet lang storen.' Ze besluit haar meest dringende vraag direct te stellen. 'Waarom was u nerveus gisteren, in de winkel?'

'Nerveus? Ik?'

Ze knikt en kijkt de blonde vrouw indringend aan.

'Dat is toch logisch, als je te horen krijgt dat een vriend dood is?'

'Ik geloof niet dat dat de reden was van uw nervositeit.'

Ellis zucht. 'Ik ben toe aan koffie. U ook?'

'Graag.'

Terwijl het ouderwetse koffieapparaat pruttelend op gang komt, laat Ellis trots de Bed & Breakfast zien. Een kleinere kopie van haar eigen huisje, met een kamer voor gezamenlijk gebruik, inclusief een volle boekenkast, en drie slaapkamers met een miniatuurbadkamer. 'Misschien is het ook nog eens iets voor u, als u een locatie nodig heeft voor een bijeenkomst met enkele collega's. Lekker slapen midden in de natuur en wakker worden door vrolijk fluitende vogels.'

'Ik had haar uitgenodigd om vanmorgen hier te komen. Het enige wat ik kreeg was een sms'je dat ze naar de winkel zou gaan,' zegt Ellis even later, als ze ruimte heeft gemaakt aan de eettafel en twee koppen koffie neerzet. 'Er is iets niet in orde met haar.' Haar schorre stem klinkt ineens zachter, alsof ze bang is dat haar vriendin het zou horen. 'Stroopwafel?'

'Nee, dank u. Hoe bedoelt u, niet in orde?'

'Ze was er gisteren niet bij met haar gedachten,' zegt Ellis. 'Een drukke periode vol nieuwe dingen en ze moet overal aan denken, maar dat is het niet alleen. Zelfs in de winkel leek ze afwezig op een rare manier. Ik wist niet goed of ik dat moest melden, daarom kwam ik waarschijnlijk wat aarzelend of nerveus over.'

'Een rare manier?'

'Berend zou gisteravond hun spullen van de winkelzolder verhuizen naar hun nieuwe woning. Toen ik haar daar gistermiddag naar vroeg zei ze zoiets van "ja, dat zouden we vanavond doen" – alsof hun plannen waren bijgesteld – en niet "dat gaan we doen", raar genoeg. Toen ik daar iets van zei reageerde ze verward en zei ze alsnog dat Berend dat inderdaad 's avonds ging doen. En toen we samen weggingen, om verf te halen, leek ze ook van streek.'

'Hoe laat was dat?'

'Ik was iets na drie uur bij haar. Kwart over drie, later niet.'

Ellis heeft zelf schijnbaar niet in de gaten dat ze met die paar zinnen een potentiële beschuldiging uit.

'Hoe lang kent u Anne-Wil en Berend?'

'Een jaar of drie. Via Berend, die een Duits contract vertaald wilde hebben en mij daarvoor belde. Hij had er haast mee en ik leverde de tekst 's avonds af toen Anne-Wil ook thuis was.'

'Heeft u veel contact met haar?'

'In het begin zeker niet, ze werkte veel. Sinds haar burn-out zoek ik haar wel regelmatig op. Ik denk soms dat ze nogal een-zaam is, hoewel ik meestal degene ben die belt. Anne-Wil laat zich niet zo makkelijk kennen, is gauw bang dat ze iemand las-tigvalt.'

'Heeft ze met u gepraat over de oorzaak van die burn-out? Had ze huwelijksproblemen?'

Ellis neemt een hap van haar stroopwafel en kauwt die weg, voordat ze antwoord geeft. 'Zoals ik al zei, Anne-Wil is niet zo open over haar gevoelens. Ik merkte vaak dat ze somber was, of ergens mee zat, maar ze houdt haar problemen het liefst voor zichzelf. Ik begrijp dat niet, als je problemen hebt kun je er beter over praten, vindt u ook niet?'

Nelleke reageert instemmend noch ontkennend en vraagt zich af waarom Ellis aarzelde voor ze antwoordde. Als ze het niet weet, kan ze dat toch gewoon zeggen?

Nelleke treft Anne-Wil in de winkel aan, zittend op een kruk-je naast een van de kersenhouten boekenkasten. Met rode, op-gezette ogen en enkele dozen met boeken om zich heen. Op de achtergrond hoort ze Jacques Brels *Ne me quitte pas*.

Anne-Wil wil opstaan en Nelleke ziet hoe de vrouw wanho-pig probeert om zich goed te houden.

Ze legt een hand op haar schouder. 'Ik help u.'

Alsof ze nooit iets anders heeft gedaan, beoordeelt ze welk systeem van inruimen er is en begint de boeken een voor een op de plek te zetten die Anne-Wil in gedachten moet hebben. Netjes op rij, zoals alle andere boeken ook keurig in het gelid staan. Ze zit zwijgend naast Anne-Wil, zich afvragend waarom ze deze muziek heeft opstaan.

Laisse-moi devenir l'ombre de ton ombre. L'ombre de ta main…

Met genoegen snuift ze de geur op van het papier.

Het geeft de vrouw naast haar kennelijk nieuwe moed, want even later zijn ze beiden, als waren ze collega's, drukdoende om de boeken een plekje te geven.

'Berends ouders zijn op dit moment in gesprek met de begrafenisondernemer. Ik kon er niet blijven, bij hen, is dat raar? Ik zou die dingen zelf moeten regelen…'

'Mijn bescheiden mening zou zijn om uw gevoel te volgen. Ook deze dagen komen niet weer terug, hoe hard u dat nu ook zult wensen, misschien zou u later willen dat u het anders had gedaan en dat zou u onnodig pijn doen.'

'Het klinkt alsof u ervaring heeft,' zegt Anne-Wil.

Ze zwijgt.

Anne-Wil veegt een traan weg. 'Berend snapte er niets van dat dit mijn lievelingsmuziek kon zijn.' Ze snuit haar neus. 'Ik dacht dat het me rustiger zou maken.' Met een snelle beweging van haar hoofd schudt ze de lange vlecht op haar rug, alsof ze alle ellendige gedachten een moment achter zich wil laten.

Ne me quitte pas.

'Hebben uw schoonouders en u dezelfde ideeën over de uitvaart?'

'Ik heb een vriend van hem gebeld, die zou naar hen toe gaan. Hij weet wat Berend gewild zou hebben, dat weet ik zeker.'

Zijzelf niet? Ze zet enkele boeken recht en drukt de stalen steun ertegenaan. 'Ik was net bij uw vriendin.'

'Ik had haar moeten bellen.'

'Ze was ongerust.'

'Ellis kan je soms bijna doodknuffelen.' De vrouw tovert een waterige glimlach om haar mond, die het verdriet in haar bleke gezicht des te meer aftekent. Het komt door de ogen, constateert Nelleke. Het verdriet in de bruine ogen. 'Ze heeft haar gebruiksaanwijzing – wie niet – maar ze heeft me erg geholpen.'

'Toen u met uw burn-out zat.'

Anne-Wil knikt. 'Zegt u maar je. Zoveel schelen we niet, geloof ik.'

'Dat ligt eraan of u... of je tien jaar veel vindt. Ellis vindt dat je de laatste weken afwezig bent. En gisteren viel haar iets op. Je praatte over je man alsof hij er niet meer was.' Ze gaat expres direct op haar doel af. Niet in de laatste plaats om te laten merken dat de amicalere toon van het tutoyeren niet automatisch vriendschappelijk vertrouwen tot gevolg heeft.

'Alsof hij er niet meer was?' Ze lijkt oprecht verbaasd.

'Je had gezegd dat jullie iets zouden gaan doen, alsof de plannen waren veranderd, terwijl je jezelf even later verbeterde.'

'Over dat verhuizen?'

Daar ziet ze toch een moment twijfel in de donkere ogen. Of verbeeldt ze het zich?

'Is dat de reden waarom u hier bent?' vraagt Anne-Wil.

'Ik moet alle aanwijzingen serieus nemen, dat is mijn vak. Ik had ook het idee dat je me, tijdens het vorige bezoek, niet alles hebt verteld.'

'Ik was er gisteren niet bij met mijn gedachten,' zegt Anne-Wil.

De laatste boeken verdwijnen in de schappen en ze kijkt om zich heen. Anne-Wil heeft er een stijlvolle winkel van gemaakt, ze kan niet anders zeggen. Een winkel waar ze zelf graag zal neuzen.

'Vindt u het niet te wit?'

'Te wit?' reageert ze verbaasd. Pas dan merkt ze dat Anne-Wil haar keurende blik in de winkel volgde. 'Nee, ik vind het absoluut niet te wit. Je winkel oogt fris en uitnodigend.'

'Ellis heeft dit gisteren grotendeels voor elkaar gekregen. Ik hoefde de boeken alleen nog maar recht te zetten en de laatste paar dozen te doen.'

De boeken zijn nauwkeurig gesorteerd op genre, en op alfabet, zoals in de bibliotheek. Er zijn kleinere schappen tussen de rijen boeken, met pennen, boekenleggers en hebbedingetjes zoals miniboekjes en -potloodjes met een sleutelhangerfunctie.

'Waarom was je er met je gedachten niet bij?'

'Ik wilde het schilderwerk klaar hebben omdat de boeken geleverd zouden worden en er moest nog een kast tegen de muur worden geplaatst. En ik had net minder aangenaam bezoek gehad. Die vriend van Berend kwam langs, een die mij absoluut niet moet en mijn winkel nog minder.'

Een zoete, ietwat houtachtige muskgeur kruipt haar neus binnen. Anne-Wil heeft zojuist een wierookstokje aangestoken.

'Toen ik gisteren zei dat we er rekening mee houden dat je mans dood geen ongeluk is geweest, zag ik ongerustheid in je ogen. Ik heb een paar keer gezien dat je over je buik wreef en je was misselijk. Ben je zwanger?'

Anne-Wil laat zich op het krukje zakken. Ze knikt, bijna ongemerkt, en dan volgen de tranen. Nelleke vist papieren zakdoekjes uit haar tas.

Net zwanger en dan je man verliezen. Als ze mocht kiezen, had ze dan liever het kind verloren, in plaats van haar man? Ze roept zichzelf onmiddellijk tot de orde. Gestoorde gedachten uit een ander leven. 'Het spijt me dat ik je van streek heb gemaakt.'

'Ik weet het zelf nog maar net en ik was van plan het hem gisteren te vertellen. We hadden er zo lang op gehoopt...'

Daar voelt Nelleke opnieuw iets wringen. Als je zulk nieuws hebt, dan spring je acuut in de auto of op de fiets om het wereldkundig te maken; toch in ieder geval bij je partner? Heeft ze dan hier, in de winkel, een zwangerschapstest gedaan? Zoiets doe je toch samen?

Anne-Wil lijkt niet in staat om meer vragen te beantwoorden. Ze oogt erg ontdaan en het lijkt bijna misdadig om nu verder te gaan.

Nelleke pakt een leeslampje, een handig ding dat je aan de bovenkant van een boek kunt vastklikken en dat na een simpele druk op een knopje naar voren schuift om de pagina's te verlichten. Echt iets voor Anouk. Ze pakt er gelijk drie om scheve gezichten te vermijden. 'Zal ik Ellis voor je bellen?' vraagt ze. De vlecht schudt heen en weer. 'Of zal ik die vriend van Berend bellen?' zegt ze. 'Vandaag zal hij zich vast van zijn beste kant laten zien.'

'Wie, Onno? In geen honderd jaar.'

'Onno? Onno Brugging toevallig?'

'Kent u hem?'

'Ik ben vanmorgen in zijn antiquariaat geweest.' Waarom heeft Onno haar niet verteld dat hij een vriend was van Berend Bouwmeester?

Anne-Wil recht haar rug, letterlijk, en zwiept haar lange benen gracieus over elkaar. 'Onno vindt mij een snob. En daar had hij tot een jaar geleden misschien gelijk in. U zult het niet geloven, maar ik was een ambitieuze, succesvolle zakenvrouw. Mantelpakje, Prada, topsalaris met bonus en een leasebak. Marketing- en projectmanager van een beursgenoteerd bedrijf dat in stadsontwikkeling doet. Duizend man personeel, en dan praat ik alleen over Nederland.'

'Was het de burn-out die een einde maakte aan die carrière?'

Anne-Wil knikt. 'Ik was een maand lang zelfs te beroerd om mijn bed uit te komen.'

'En nu een eigen winkel. Wat bracht de ommekeer?'

'Ommekeer is een groot woord, tenminste zo voelt het niet. Ik moest gewoon iets anders, wilde niet hele dagen thuis gaan zitten. Toen dit pandje leegstond deze zomer zag ik het ineens voor me. Hoe langer ik erover nadacht, hoe meer ik erachter kwam dat dit is wat ik altijd heb gewild.'

'Met een kind erbij wordt het druk.'

'Hard werken is niet erg, alleen in die marketingtopjob van me was het té. Ik liep tachtig uur per week toneel te spelen, deed alsof alles fantastisch was, vreselijk. Heeft u kinderen?'

'Ik had een dochtertje.' Het is eruit voor ze het in de gaten heeft. Ze heeft er niet eens spijt van. De vragende blik in de donkere ogen maakt een toelichting onvermijdelijk. 'Ze verdween bijna tweeëntwintig jaar geleden, ik heb haar nooit weergezien. De zaak is onlangs heropend, voor de zoveelste keer. Er is een nieuw systeem om dit soort oude zaken beter aan te pakken. Het is mijn laatste kans, denk ik. Ik vertel mijn collega's dat het anders is, ditmaal, dat ik het uit handen heb gegeven. Intussen lees ik 's avonds stiekem of er vorderingen zijn, herhaal ik 's nachts elke regel uit de metersdikke rapporten, die ik jaar in jaar uit heb gelezen en herlezen. Nog even en ze kunnen me afvoeren.' Ze draait haar vaders trouwring in snel tempo rond. Soms merkt ze die gewoonte niet eens op, is het Wagener die haar erop attent maakt. Nu concentreert ze zich op de simpele beweging van het gladde goud om haar duim, alsof het een doel op zich is. Ze ziet Anne-Wil, die een hand op haar buik legt. 'Het spijt me,' zegt ze. 'Het is stom en volgens geen enkel reglement handig om je dit te vertellen. Nu al helemaal niet.'

'Het geeft niet. Ik kan mijn mond houden.'

Dat gelooft ze; al heeft die opmerking meteen een vreemde bijsmaak. Houdt deze vrouw ook zo makkelijk haar mond als het om andere, belangrijke zaken gaat? Zoals de dood van haar man?

'Je schoonvader wilde het liefst dat ik de architect van jullie woning, Rots, zou oppakken. Hij zei iets over een gesprek waar jij en je man bij waren. Volgens hem was er iets aan de hand.'

Anne-Wil schudt haar hoofd. 'Dat heeft hij zich vast verbeeld. Berend en Eric hadden een prima samenwerking.'

Ze vraagt zich af of Anne-Wils kwaliteiten om haar mond te houden haar nu goed van pas komen. 'Ik zal je niet langer ophouden,' zegt ze.

Ze geeft Anne-Wil geld voor de drie leeslampjes en wenst haar sterkte. Even later loopt ze over het verlaten plein. In een andere situatie had ze doorgedrukt. Deze vrouw verbergt nog steeds iets, daar durft ze een lief ding onder te verwedden. Anne-Wil Bouwmeester. Misschien wilde ze scheiden en kwam ze er toen net achter dat ze zwanger was. Of ze heeft iemand anders. Ze komt er wel achter wat deze vrouw zo graag voor zichzelf wil houden. Of dat moord is? In een opwelling? Vertelde ze haar man over haar zwangerschap, en reageerde hij niet zoals gehoopt?

Ze wilde niet langer in die winkel blijven, ze voelde zich geen baas over haar eigen emoties. Ze steekt een sigaret op en langzaam wordt ze rustiger.

Iedereen heeft zich vandaag verstopt voor de buitenwereld, zo lijkt het. Vroeger waren ze hier met mist waarschijnlijk bang voor een aanval. Dan zagen ze de vijand niet aankomen. Zou prins Maurits met zijn vijfduizend soldaten en twintig kanonnen geruisloos genoeg hebben gemarcheerd om de inwoners te verrassen? Ze weet dat hij een aanval heeft gedaan, maar of hij daar ook in geslaagd is? Er was wel iets met kurkmatten. Die legden de soldaten over de zompige moerasgrond. Zo konden ze vanaf een verrassende kant aanvallen; niet vanaf de weg, zoals velen voor hem hadden geprobeerd, maar vanaf de kant van Winterswijk. Daarna hadden ze de stad omsingeld en de inwoners willen uithongeren.

Dat was in die dagen waarschijnlijk ook een beroep. Wat doet u voor de kost? Mensen uithongeren.

Ze heeft zich laten kennen en daar baalt ze van. Hoe moet ze zich een houding geven als het tot een officieel verhoor komt? En als zo'n Anne-Wil dan ineens komt met 'ja, hoor eens, zorg jij nu maar dat je je eigen zaakjes met dat verdwenen dochtertje en zo voor elkaar krijgt in plaats van mij hier te beschuldigen'? Wat dan?

18

Nelleke laat het raam van haar Volvo naar beneden zoeven. Ze inhaleert een laatste keer en drukt de peuk uit in de asbak. Onderhand verdient ze het predicaat milieuvervuiler eersteklas. Nog een jaartje of wat, dan krijgen mensen vast een chip ingebouwd die hun milieugedrag registreert. Zodat je een partner ook op die kwaliteit kunt selecteren via datingwebsites. Zonder een moment twijfel gooit ze de peuk uit het raam. Het minder lokkende alternatief is Jaaps afkeurende blik op een volle asbak in combinatie met waarschuwingen over het gevaar van roken. Nog steeds zijn voicemail. Als het raam na een druk op de knop weer keurig dichtschuift, meent ze een moment in haar achteruitkijkspiegel de auto van die ochtend opnieuw achter zich te zien.

Aan de andere kant van Bredevoort, vlak bij de Slingeplas, vindt ze het kantoor van Bouwmeesters bedrijf. Het is gevestigd in een karakteristiek huis, dat gerestaureerd lijkt te zijn.

De boekhouder van Rebo bevestigt dat vermoeden. 'Berend was er aan het werk toen de eigenaar, een weduwnaar, overleed. Zijn familie wilde zo snel mogelijk van het huis af en Berend heeft het gekocht voor een zeer acceptabel bedrag, omdat er nog veel aan moest gebeuren. Toen het af was vond hij het zonde om te verkopen en heeft hij er het kantoor in ondergebracht. Het is comfortabel, maar nogal koud,' vindt Rouwenhorst, die om zijn mening te illustreren in zijn handen wrijft om ze te warmen. 'Een kop koffie, inspecteur?'

'Dat zou fijn zijn.'

Hij wijst haar het zitje, dat waarschijnlijk is bedoeld als wachtruimte voor klanten. Met een schuin oog is haar blik gericht op de parkeerplaats aan de zijkant van het kantoor, waar ze geen enkele auto ziet komen of gaan. Nog even en ze kunnen haar inclusief paranoïde gedachten afvoeren. 'Neem gerust een kopje koffie' staat er in slordige letters boven een klein koffiezetapparaat, dat in eerste instantie meer lawaai dan koffie lijkt te produceren.

Rouwenhorst is een voorkomende man, die thuis lijkt te zijn in de ruimte. Vast al zijn hele werkzame leven in dienst bij dit bedrijf, denkt ze, en dat blijkt bijna waar.

'Ik ben op mijn zesentwintigste in dienst gekomen bij Berends vader. Die was goed met zijn handen en met zijn mond, beter dan met de rekenmachine. Berend liep hier de deur al plat toen hij een hummel was. Een gepassioneerd restaurateur. Ik heb zelden iemand meegemaakt die zo lang kon zoeken naar het juiste, oude materiaal, of zo geëngageerd kon praten over zijn vak. Daarin stak hij zelfs Berend-Jan senior de loef af.' Genegenheid en respect klinken door in de stem van de boekhouder, die tegen de pensioengerechtigde leeftijd moet lopen. 'Ik heb gehoord dat senior voorlopig de zaken zal waarnemen.' Een diepe zucht ontsnapt uit zijn keel. 'Dat zo'n man dit moet meemaken. Zijn eigen zoon naar het graf te moeten begeleiden. Hij was net even hier en zag eruit alsof hij van god en iedereen is verlaten.'

'Wie werken hier verder nog?' vraagt ze.

De boekhouder roert suiker en melk door zijn koffie. 'Een secretaresse en een werkbegeleider die een werkplek heeft maar zelden hier is. De bouwvakkers – zeventien in totaal – komen alleen als er iets bijzonders is. Dat is het. En daar is het kantoor van Berend.' Hij wijst in een richting waar ze geen kantoor kan ontdekken. 'De rest van onze medewerkers is werkzaam in ons filiaal in Winterswijk, in de materialenhandel.'

'Draait het bedrijf goed?'

'Afgelopen jaar was prima. Dit jaar hebben we meer moeite om werk binnen te halen, de economische malaise en de inflatie hebben natuurlijk ook hun weerslag op onze branche. Afgezien van een enkele matroos die het schip verlaat mogen we echter niet klagen. Rebo is een financieel gezond bedrijf.'

'Heeft u de laatste tijd iets vreemds gemerkt aan de heer Bouwmeester?'

'Aan Berend?' De man schudt bedenkelijk zijn hoofd. 'Nee, niet dat ik me zo kan herinneren. Waar denkt u aan?'

'Zorgen over zijn verbouwing, over zijn huwelijk misschien.'

Rouwenhorst nipt met zuinige, getuite lippen aan zijn koffie, zet het kopje zacht neer en draait het lepeltje andersom. 'Berend vroeg eens hoe ik het al zo lang uithoud met mijn Marjan en of ik het zou hebben gemerkt als ze een ander had. Dat vond ik nogal een bizarre vraag, juist omdat hij altijd zo'n vrolijke indruk maakte.'

'En de verbouwing?'

'Hij zag die als een investering voor de toekomst. Het pand zou – eenmaal gerestaureerd – direct minstens het dubbele waard zijn.' Hij staat op. 'Ik zal u iets laten zien.'

Ze volgt zijn trage maar gedecideerde voetstappen. Zou Berend hem er misschien uit hebben willen gooien, waardoor de rustige boekhouder kil en berekenend zijn slag heeft geslagen? Ze moet er stiekem om lachen. Maar het herinnert haar wel aan een opmerking van Anne-Wils vriendin. 'Had uw baas problemen met een van zijn werknemers, of ex-werknemers?'

Rouwenhorst staat stil voor wat Bouwmeesters kantoor moet zijn en zwaait de deur open. 'Alstublieft,' zegt hij met een uitnodigend gebaar. 'U doelt op de heer Te Bokkel?'

Ze graaft in haar geheugen en herinnert zich de naam niet, daarom knikt ze op de gok.

'Een trieste aangelegenheid, geenszins iets waar Berend zich bezwaard over hoefde te voelen, dat heb ik hem meermaals gezegd.' Rouwenhorst pakt een map uit een kast en bladert door papieren. 'Harrie te Bokkel was op en versleten, hij kon het werk eigenlijk al jaren niet meer aan, al wilde hij doorgaan tot hij erbij neer zou vallen. Als Berend hem niet had gedwongen om te stoppen, had hij over een jaar in een rolstoel gezeten.'

Harrie. Ja, die naam herinnert ze zich van het gesprek met Anne-Wil en haar vriendin. 'En was meneer Te Bokkel daar kwaad over?'

'Wat heet kwaad. Berend vertelde dat Harrie hem in het café bedreigde. De man had natuurlijk een slok te veel op. Harrie was in wezen een goeie vent, die zou een vlieg zwemles geven als die per ongeluk in zijn soep landt.'

Door de onverwachte opmerking moet ze lachen, de boekhouder lijkt zijn eigen droge humor echter niet op te merken en kijkt haar licht verstoord aan. 'Hier heb ik wat ik zocht.' Hij spreidt een serie foto's uit over tafel en wijst op een aantal details. 'Ziet u, Berend gebruikt voor zijn woning – en voor al zijn projecten trouwens – oude materialen. Hier ziet u het verschil tussen een gevel die is gerenoveerd en een die is gerestaureerd. Een leek ziet het verschil misschien niet; een kenner kan dit werk direct op waarde schatten. Het lijkt een klein verschil, een dunne lijn tussen werk en vakwerk, maar in de toekomst zal het voor historici een wereld van verschil maken.'

Ze knikt. 'Ik begrijp wat u bedoelt. Heeft u ooit met een project het idee gehad dat Berend het slachtoffer zou kunnen zijn geweest van bouwfraude? Dat hij bijvoorbeeld niet mocht inschrijven op een project?'

'Nee.'

'Dan weet ik voorlopig genoeg. Als u het goedvindt kijk ik nog even rond.'

De aanduiding directeurskantoor is te veel eer voor de ruimte. Stapels met tijdschriften, geopende en ongeopende post, kranten, ordners met offertes en bouwtekeningen, werkkleding achteloos over een stoel gegooid. Een agenda. Een foto van Anne-Wil en Berend op wintersport hangt aan de muur. Jaren geleden, oordeelt ze als ze de jongere, lachende gezichten bekijkt. Ze hoort de geluiden van porselein dat wordt opgestapeld. Een nette man. In tegenstelling tot de chaos waarin ze zich nu bevindt. Bladerend door enkele mappen voorzien van slordig geschreven opschriften als 'Project Zutphen' en 'A-G Dordrecht' vindt ze niets wat haar enigszins verder helpt.

'Kan ik u nog ergens mee helpen?' Rouwenhorst staat in de deuropening, alsof de kamer verboden terrein voor hem is. 'Op mijn kantoor heb ik uiteraard het grootste deel van de boekhouding gearchiveerd; daarnaast heeft ons filiaal in Winterswijk een eigen boekhouding. Daar zit ik ook twee dagen in de week.' Ze ziet hem afkeurend, tegelijk met weemoed, rondkijken in Bouwmeesters kantoor. 'Hier moet ik eerdaags opruimen, dan kan Berend-Jan er weer gaan zitten.'

'Ik neem zijn agenda mee, als u daar geen bezwaar tegen heeft,' zegt ze. 'Ik zie hier het briefpapier van uw bedrijf. Rebo. Mooi logo. En een extra beeldmerk. De KKA.' Dat merkje heeft ze eerder gezien.

'Een brancheorganisatie die de kwaliteit bewaakt van architectenbureaus en aanverwante bedrijven,' zegt Rouwenhorst, die met een geroutineerd gebaar zijn grijze stropdas strakker om zijn nek manoeuvreert. De scheiding in zijn grijze, bovenop uitdunnende haar is recht als een meetlat.

Natuurlijk, daar heeft ze dat blauwe logo gezien. 'Architectenbureau Rots is ook lid van die club.'

'Berend is op Rots' voordracht bij de KKA binnengekomen. Rebo mocht het logo voeren en profiteren van de voordelen die de leden hebben. Het zou hem meer werk opleveren en hij vond het een eer dat ze hem vroegen.'

'Zijn alle Nederlandse architecten lid van die KKA?'

'De meesten, uitgezonderd de zelfstandige architecten zonder personeel. Dat zijn er veel, maar ze vertegenwoordigen een minimaal percentage van de 1,5 miljard die er in de branche omgaat. Die kleinste bureaus kunnen het niet betalen, en de grootste doen niet mee omdat ze het niet nodig hebben. Je moet voldoen aan een aantal criteria. Er is een commissie die eerder werk beoordeelt en de medewerkers moeten een proeve van bekwaamheid afleggen.'

'Aan wat voor bedragen moet ik dan denken?'

'Tienduizend euro per jaar; daar staat tegenover dat er extra werk binnenkomt en je hogere tarieven kunt hanteren. Hoe groter het bureau, hoe hoger de bijdrage en hoe meer werk wordt binnengehaald. En er is een businessclub. Berend ging eens per maand op vrijdagavond naar Utrecht. Netwerken kon hij als de beste. Echt iets van deze tijd, vermoed ik, vroeger kenden we dat niet. Toen ging het van mond tot oor hoe goed je was en kreeg je vanzelf een volgende klus.'

'Uw baas vond het een goed initiatief.'

'Ik zette er mijn vraagtekens bij, maar wie ben ik? Het zal ongetwijfeld een goed initiatief zijn. Iedereen mocht zich tot voor kort restauratieaannemer noemen, en dat was ook niet goed. Ik heb met eigen ogen geconstateerd dat amateurmetselaars door te hard voegmateriaal een monument hebben vernietigd omdat er onherstelbare scheuren in de muren kwamen. Dat is natuurlijk eeuwig zonde. Ach ja. Ik ben oud, ik kan al die ontwikkelingen niet meer volgen. Aan de ene kant prijs ik me gelukkig dat ik volgend jaar de pensioengerechtigde leeftijd bereik, bij leven en welzijn. De moderne tijd gaat aan me voorbij als een tyfoon in Alabama. Navelpiercings, iPhones waarbij het niet eens meer gaat over telefoneren, en – als ik het goed zeg – outdoorkitchens. Het gaat me boven mijn pet.'

'En aan de andere kant?'

'Mevrouw, ik werk hier al zo lang, ik ben bang dat als dat ritme eruit is, mijn hart ermee ophoudt. Oude bomen moet je immers ook niet meer verplaatsen.'

'Ik zal u niet langer van het werk houden. Als u die heeft zou ik graag een debiteurenlijst van u willen. En een overzicht van de projecten waar Rebo de afgelopen maanden aan heeft gewerkt, is dat mogelijk?'

'Natuurlijk. Als u een moment heeft?'

Ze loopt met hem mee naar zijn kantoor. 'Nog één vraag. Kent u Eric Rots?'

Zijn stem is doorspekt met cynisme als hij zegt dat hij de architect vertrouwt zolang hij hem ziet. 'Als u het mij vraagt is de helft van zijn succes gebaseerd op zijn charme. Alhoewel, ik moet u eerlijk zeggen, zijn binnenhuisarchitectuur bevalt me wel. Sobere, strakke interieurs met gebruik van natuurlijke materialen. Maar ik durf er mijn rekenmachine op in te zetten dat hij de boel belazert. Al zal het op papier allemaal verantwoord zijn, iemand die gelooft in Rots' eerlijkheid gelooft ook dat het orkest op de *Titanic* nog steeds doorspeelt.'

'Was er sprake van dat Rots dit bedrijf belazert? Of Bouwmeesters verbouwing?'

'Absoluut niet. Zowel voor Berends privéverbouwing als voor de projecten die Berend in opdracht van hem deed ben ik er tweehonderd procent zeker van dat er nooit een cent te veel is betaald en geen cent te weinig is ontvangen.'

19

Terug op het Lichtenvoordse bureau geeft ze de informatie over het bedrijf van Bouwmeester aan haar assistent.

'Broodje?' vraagt Wagener. 'Ik ben speciaal voor je naar de bakker geweest.'

'Dat geloof ik meteen,' zegt Nelleke. 'Je had uiteraard zelf helemaal geen honger. Hoeveel heb je er al op?'

'Vier.'

'Dank je,' zegt ze, happend in een broodje kaas. 'En, vertel eens wat, ik ben wel toe aan een beetje goed nieuws.'

'Sinaasappelgeur heeft een positief effect op ons en een rustgevende werking op arrestanten,' leest hij voor uit de krant.

'Hoezo niet andersom?'

'Andersom?'

'De rustgevende werking voor de politiemensen en de positieve werking voor de arrestanten, wat dat ook mag inhouden. Spontane bekentenissen misschien.'

'Het is een experiment geweest van het korps Rotterdam Rijnmond. De geur blijkt vooral goed te werken op de arrestantenafdeling, de vraag naar kalmerende middelen nam zelfs af.'

'Heel geweldig. Bestel een paar bussen, zou ik zeggen! Heb je intussen ook nieuws dat met onze zaken te maken heeft?'

Wagener vertelt dat ze geen onregelmatigheden in Rots' projectboekhouding van Bouwmeester hebben kunnen vinden.

'Heeft de TR iets zinnigs te melden?'

'Die stukjes steen.' Wagener pakt het rapport erbij en geeft het aan haar. 'Er zijn deeltjes van de verdiepingsvloer in de hal aangetroffen. Geen spectaculair nieuws. Wat interessanter is, er zijn vage sporen van schoenzolen, andere dan die van Bouwmeester zelf. Die kunnen niet al te oud zijn volgens Simon, maar of ze van de dag van de moord zijn, dat durft hij niet te beweren. Ze proberen er goede afdrukken van te maken, zodat we die misschien op een later moment kunnen vergelijken met schoenzolen van een verdachte. Meer konden ze je niet bieden, zei Simon.'

'Dat is iets. Niet veel, maar iets. En verder? Het sectierapport?'

'Met de hartelijke groeten van Chirawari.' Wagener schuift een map haar kant op.

'Vertel eens?'

'Geen sporen dat het slachtoffer is geduwd. Dat wil volgens hem niet zeggen dat het dus niet gebeurd kan zijn. Als Bouwmeester is geduwd, zei Chirawari, dan is hij verrast, want niets wijst op een strubbeling. Verder is er geen enkele twijfel over de doodsoorzaak: hij heeft zijn nek gebroken en was vrijwel onmiddellijk dood. Met de positie van het lichaam en de hoogte van de verdiepingsvloer acht hij de kans groot dat hij met zijn rug richting de diepte heeft gestaan. Achterovergevallen. Of geduwd. Geen honderd procent zekerheid. Ze willen, als jij toestemming geeft, de situatie ter plekke nabootsen met een pop van dezelfde lengte en gewicht als het slachtoffer.'

'Dat wil ik.'

'Ik heb net een filmpje op YouTube gezien van iemand die een salto maakte. Zal wel aardig wat alcohol in hebben gezeten, het was bij een of ander muziekfestival. De jongen zette zich met beide voeten op de rand van het podium af, sprong achterover en draaide rond. Alleen, net niet ver genoeg. Echt idioot om te zien, het lichaam kwam nog een keer omhoog, waardoor zijn hoofd weer normaal lag. Hartstikke dood.'

'En dat zetten ze zo op YouTube?' Eigenlijk verbaast het haar niet eens. Anouk laat haar soms ook de meest idiote en extreme filmpjes zien. Dan valt haar oog op iets anders. 'Zeg, Bouwmeester heeft last van oligo…' Ze moet het woord nog een keer lezen om het in één keer goed uit te spreken. 'Oligozoöspermie. In combinatie met een lichte vorm van astheno… asthenozoöspermie? Heeft Charles daar iets van gezegd? Had Bouwmeester traag zaad?'

'Dat is waar ook,' zegt Wagener. 'Chirawari lichtte Bouwmeesters medische geschiedenis en dit was het enige wat hem in twintig jaar heeft gemankeerd. Het klopt, hij had minder dan de normale hoeveelheid zaadcellen per milliliter.'

Haar mond valt open.

'Die cellen gingen trouwens ook nog gebukt onder een slechte beweeglijkheid,' zegt Wagener grinnikend. 'Daarvoor staat die asthenonogwat. Verder was hij zo gezond als een zalm in paringstijd.'

'Wat een handige vergelijking, Ferry.' Haar gedachten raken in een stroomversnelling. 'Zijn vrouw vertelde me dat ze zwanger is,' peinst ze hardop. 'Dan is ze dat hoogstwaarschijnlijk dus niet van haar eigen man. Van wie dan wel?' Wist Berend daarvan en kreeg hij ruzie met haar, of met die man? En is die man Onno Brugging, Berends vriend? Die wilde het graag doen voorkomen alsof hij Anne-Wil bepaald niet sympathiek vond, of hij daar eerlijk over was betwijfelt ze. Een ordinair geval van overspel zonder vreedzame oplossing?

'Dat moet je de vrouw vragen, lijkt me,' zegt Wagener. 'Chirawari zei erbij dat er slechts één test is gedaan. Het kan zijn dat Bouwmeester toen griep had gehad, of koorts. Dan is zaad blijkbaar ook van mindere of zelfs slechte kwaliteit. Tenminste, dat zegt onze dokter.'

Nelleke praat haar assistent bij over de informatie die ze vandaag heeft gekregen. Van Rots, Rouwenhorst en wat ze in de buurt van Bouwmeesters huis heeft gehoord. Ze vertelt zelfs over de mysterieuze bekendheid van de villa. Wagener zal een korte rapportage maken van de feiten en die in het BPS zetten, en hij zal de collega's laten weten dat ze de nieuwe informatie in het Bedrijfs Processen Systeem moeten volgen. 'Laat goed naar voren komen dat het vermoeden groot is dat het om moord gaat. Dan houden we hopelijk Groenenveld rustig. Wie weet hebben we echt een zaak,' zegt ze.

Wagener laat met een enigszins afkeurend gebrom merken dat het geenszins volgens de regels is wat ze doet.

'Ik weet het, Ferry. Doe me die lol, oké? We gaan bewijzen dat het om moord gaat, geloof me.' Het gaat tegen al zijn principes in, ze ziet het aan zijn fronsende blik. Dan zucht hij, en knikt, bijna ongemerkt. Hij belooft zichzelf waarschijnlijk dat het de laatste keer zal zijn. 'Dank je.' Ze moet Jaap bellen. Josien zal toch zeker onderhand op een kamer liggen, of alweer thuis zijn. 'Ik hoop dat die overvallen snel worden opgelost, zodat Simmelinck en Cornelissen terugkomen.'

'Ja, het is wel erg stil zonder die twee. Als je geïnteresseerd bent, ik heb wat informatie over Bouwmeester, het bedrijf waar zijn vrouw heeft gewerkt en de architect Rots,' zegt Wagener, terwijl hij een paar A4'tjes van een stapel pakt.

'Ik wil graag horen wat je hebt gevonden. Wacht even, ik ben zo terug. O ja, bel die ex-werknemer van Bouwmeester. Harrie te Bokkel. Die wil ik spreken.'

Ze loopt naar haar kantoor, waar ze Jaap deze keer op zijn mobiel te pakken krijgt.

'Zit je in de doka?' vraagt ze.

'Yep.'

Jaap heeft een opdracht geaccepteerd van een toonaangevend museum om een expositie in te richten met eigen foto's, in combinatie met gedichten van de oude meester Hendrik Marsman, die het museum onder de aandacht wil brengen. Daarvoor heeft hij al een serie gemaakt aan zee, een van Marsmans geliefde onderwerpen.

Hij gaat straks weer naar Winterswijk, zegt hij. 'Onze spriet lag tv te kijken, al was ze nog een beetje suf. Ze is dolblij dat het achter de rug is. Ze hebben tijdens de kijkoperatie wat los kraakbeen verwijderd, verder was alles goed, dus Josien loopt over een paar weken weer als een kievit.'

'Moet ze daar blijven vannacht?'

'Dat beslissen ze later vanmiddag. Bij jou alles onder controle?'

'Uiteraard,' zegt ze.

'Dankzij codeïne?' vraagt hij.

Ze mompelt iets onduidelijks over dat ze bezoek krijgt en dat ze later opnieuw zal bellen.

'Wees voorzichtig,' hoort ze Jaap nog net zeggen voor ze de verbinding verbreekt.

'Bouwmeester heeft het bedrijf van zijn vader overgenomen.'

'Over zijn bedrijf heb ik alles al gehoord van de boekhouder. Tenzij je iets bijzonders hebt ontdekt?'

'Niet echt, geloof ik. Alleen misschien dit. Ik heb uitgezocht of hij in het recente verleden rechtszaken tegen of samen met architect Rots heeft gevoerd en er is inderdaad één zaak geweest, die ze hebben aanspannen tegen een projectontwikkelaar in Zutphen. Daar hebben ze een ingrijpende verbouwing gerealiseerd bij enkele panden die onder monumentenzorg vallen, waarna er problemen ontstonden. Met name door een wisseling van management. De directeur vertrok, er kwam een interim en die werd geconfronteerd met een flinke kostenpost die zwaar ging drukken op het budget. Die zaak is twee maanden geleden afgesloten, waarbij alle drie belanghebbenden een veer hebben gelaten. Maar van strijd tussen Bouwmeester en Rots was dus geen sprake.' Hij neemt een laatste hap, vouwt de lege broodjeszak op en legt die in de doos met oud papier.

'Nog iets bijzonders over Anne-Wil Bouwmeester ontdekt?'

'Ik heb contact gehad met het bedrijf waar ze tot november vorig jaar heeft gewerkt. Ze heeft na vijf maanden ziektewet

haar baan opgezegd en dat is allemaal in goede harmonie gebeurd. Ze heeft zelfs een grote afscheidsreceptie cadeau gekregen van haar baas. Ook geen bijzonderheden dus. Het goede
nieuws is dat meneer Te Bokkel thuis is.'

Ze staat op. 'Ga je mee? Ik ben hard toe aan een sigaret.'

Als ze langs het centrum van Lichtenvoorde rijden worden ze
opgehouden door graafmachines, die waarschijnlijk op weg
zijn naar het dorpsplein om daar ingezet te worden. De afgelopen zomer heeft het centrum een ware metamorfose onder-
gaan en nu zijn de laatste straten aan de beurt voor nieuwe rio-
lering, buizen, bedrading en bestrating. In enkele straten is het
saaie, gladde asfalt vervangen door gemoedelijke en snelheid-
remmende klinkertjes.

'De Rapenburgsestraat is net een zandbak,' vindt Wagener.
'Alleen honden hebben nu de *time of their lives*.'

'Net zoals jij de tijd van je leven tegemoet gaat, hè, echtgenoot in spe?' Ze kijkt even opzij, een lachend gezicht verwach-
tend. 'Last van klamme handen, Ferry?'

'Zoiets.'

Ze dringt niet aan. Als hij erover wil praten, komt hij vanzelf.

Via de Veengootdijk rijden ze de Zilverbekendijk op, langs
de grens met Aalten. Acht immense windmolens bepalen het
landschapsbeeld.

'Ze is bang als ik aan het werk ben,' zegt hij. Hij knakt zijn
vingers een voor een achterover en ze legt haar hand op de zijne
om hem daarmee te laten stoppen.

Dus toch. Voor het eerst voelt ze dat na 'promotie maken',
'trouwen' en 'een heuse woning kopen' antwoord d van de mul-
tiple choice van Wageners toekomst wel eens 'alsnog een muzikale carrière verwezenlijken' kan worden.

'Als je de statistieken erop naslaat is die angst niet reëel,'
zegt ze. 'Zijn haar angsten ongevoelig voor cijfers?'

Wagener knikt.

'Denk je over je toekomst na?'

'De promotiekansen liggen niet voor het oprapen. Jij hebt nog lichtelijk mazzel gehad dat je op je veertigste inspecteur werd en je had al hoofdinspecteur kunnen zijn, als je die functie had geambieerd, maar voor jonge collega's wordt de spoeling steeds dunner. En als ze ook nog vrouwen en allochtonen positief gaan discrimineren...'

'Dat is waar. Aan de andere kant, als promotie of geld je motivatie is om dit werk te doen, wat ik overigens niet geloof, dan heb je sowieso het verkeerde beroep gekozen.'

Wagener zucht. 'Het speelt allemaal mee. Karins angst, het salaris waar ik niet echt vrolijk van word, ik bedoel, ik heb wel een academische opleiding. Het is dat het werk boeiend is, anders was ik allang weg geweest.'

'Dat bedoel ik. Dit vak is een roeping, geen keuze.'

Dat Wagener daarop geen instemmende geluiden laat horen verontrust haar meer dan zijn bekentenis dat zijn vriendin, inmiddels verloofde, bang is dat hem iets overkomt.

'We zijn er,' zegt ze daarom, nogal overbodig omdat ze de auto parkeert en uitstapt. 'Ik had vandaag twee keer het gevoel dat ik werd achtervolgd. Misschien is het voor mij ook beter dat ik eens ga uitkijken naar iets anders.' Ze ziet aan de uitdrukking op Wageners gezicht dat hij het allesbehalve een goede grap vindt. Daarvoor zei ze het waarschijnlijk met te weinig humor. Het spijt haar dat ze erover is begonnen. Haar assistent twijfelt de laatste tijd ook soms aan haar en ze kan die twijfel beter niet voeden. Daarom slaat ze hem alsnog goedmoedig op zijn schouder. 'Geintje, Watson, ik moet je toch scherp houden?'

Ze belt aan bij een arbeidershuisje, een tussenwoning in een van de oudste buurten van Bredevoort. De vrouw van Harrie te Bokkel past bij de woning; klein en onopvallend. Ze ontvangt hen met zichtbaar ontzag voor de 'sterke arm', zoals ze hen introduceert bij haar man in een benauwde woonkamer waar weinig licht binnenkomt. De vrouw praat in onvervalst plat

Achterhoeks dat ze met moeite kan volgen. En manlief Harrie praat zo mogelijk nog platter. Nelleke moet hem herhaaldelijk vragen zijn woorden te herhalen omdat ze ook Wageners onvermogen opmerkt iets op te schrijven van Te Bokkels woorden; in plaats daarvan kauwt hij fanatiek op zijn Bic-pen.

Dat de man soms amper uit zijn woorden komt, ligt echter niet aan zijn dialect. Te Bokkel is zenuwachtig. Zodra ze duidelijk maakt waarom ze hier zijn lijkt hij zich echter, vreemd genoeg, te ontspannen.

'Wij willen graag van u weten of u woorden heeft gehad met uw voormalige werkgever. We hebben een getuige die beweert dat u hem heeft bedreigd na uw ontslag,' zegt Wagener.

'Ik ben niet ontslagen,' laat Te Bokkel weten, zijn kin trots omhoogstekend. 'Ik heb een staatsuitkering vanwege dat ik afgekeurd ben,' zegt hij, hopeloos falend in een poging correct, accentloos Nederlands te praten.

'En die bedreiging? Klopt daar ook niets van?' vraagt ze.

Te Bokkel kijkt zijn vrouw aan en vraagt of ze een kop koffie voor de gasten wil inschenken. Zodra ze weg is praat hij zachter. 'Het is waar,' zegt hij, 'daar ben ik niet trots op. Maar ik heb meneer Bouwmeester met geen vinger aangeraakt, dat zweer ik u.'

'Bent u gisteren bij hem geweest, in zijn nieuwe woning, waar hij aan het werk was?'

Te Bokkel aarzelt. Iets te lang. Ontkent dan alsnog.

'Weet u dat zeker?'

Hij weet het zeker. En ontwijkt haar blik.

'Waar was u dan, gistermiddag?'

'Ik heb bij een kameraad geholpen in Lichtenvoorde, die het ontwerp maakt voor de nieuwe corsowagen van Harbers-Paul. Afgelopen keer hebben ze gewonnen. Ik help hem, en hij helpt mij met de Zandbouwers.'

'Zandbouwers?'

'Een van de deelnemers van de jaarlijkse gondelvaart, hier in Bredevoort.'

'Ik heb anders ook nog wel een paar klusjes voor je, Harrie.'
Mevrouw Te Bokkel zet een kopje koffie voor haar neer. 'Koek-
je erbij?'

Ze bedankt. Wagener knikt gretig.

'Hoe laat bent u daar naartoe gegaan?'

'Twee uur,' antwoordt de echtgenote in zijn plaats. 'En hij
was pas om halfvijf terug. Toen werd het al zo schemerig dat
hij weinig meer kon doen.' Ze kijkt haar man verwijtend aan.

Ze kan zich voorstellen dat hij liever eropuit gaat, wil werken. Hij maakt de indruk van een gefrustreerd man. Er waren
geen tekenen van een gevecht, volgens de TR, maar Bouwmeesters dood kan een ongeluk zijn geweest. Een uit de hand
gelopen woordenwisseling die eindigde in een stoot, die iets te
hard uitviel.

'Kent u zijn vrouw, Anne-Wil?'

'Alleen van geouwehoer in de kroeg,' antwoordt Te Bokkel
met een scheef oog richting zijn vrouw.

'En hoe werd er dan over haar gepraat, in het café?' wil ze
weten.

'Een stadse, nogal apart type. Vooral met die lange vlecht,
dansend op haar rug.' Te Bokkel lacht. Dat beeld heeft hij ongetwijfeld zelf op zijn netvlies staan. 'En dat ze met iemand anders rotzooit.'

Ineens slaat haar hart in een hogere frequentie. Ze doet alsof
het haar matig interesseert, om niet te gretig over te komen.
'Wie beweerde dat dan bijvoorbeeld?'

De man met handen die elk vast en zeker twee bakstenen
kunnen vasthouden haalt zijn schouders op. 'Iedereen, niemand. Wie onthoudt er nou wie iets zegt in de kroeg?'

Een retorische vraag.

20

De volgende uren spendeert Nelleke op het bureau. Ze leest de laatste updates in het BPS, zoekt naar relevante informatie en constateert dat de reeks overvallen nog niet is opgelost. Enkele andere zaken die in de regio spelen vertonen ook weinig progressie.

Wagener heeft de informatie over hun Bredevoort-zaak netjes bijgewerkt. Het verbaast haar dat Groenenveld haar niet terugfluit, ook al heeft Wagener zijn best gedaan er een gedegen rapport van te maken dat genoeg aanleiding geeft tot nader onderzoek. Want wat heeft ze nu eigenlijk helemaal? Roddels, vermoedens en vage ideeën die gebaseerd zijn op haar intuïtie. Die haar nooit in de steek laat, denkt ze in positieve periodes. Bijna nooit, denkt ze nu.

Alweer een dag die weinig tijd overlaat voor ontwikkelingen in haar persoonlijke zaak. Suzan. Het aftellen is begonnen.

Tegen het einde van de middag klopt Wagener op de deur van haar kantoor en verrast haar met nieuws omtrent Brugging. 'Onno Brugging heeft een strafblad. Tussen zijn achttiende en vierentwintigste zes keer opgepakt. Kleine akkefietjes. Belediging van ambtenaren in functie, niet willen betalen van verkeersboetes, dat soort dingen. Daarna een aantal veroordelingen die vallen onder de Opiumwet, maar interessanter is dat hij op zijn dertigste is veroordeeld voor een artikel 138.'

'Heeft hij ingebroken?'

'Huisvredebreuk. Bij zijn ex-vrouw zonder uitnodiging binnengestormd en de nieuwe man des huizes een paar rake klappen verkocht.'

'Een heetgebakerde hippie dus. Misschien te veel gesnoven.'

'Hippie?'

'Zo zag hij eruit. Ik kreeg de indruk dat hij in de jaren zestig is blijven hangen.'

'En verder, even kijken, die debiteuren- en crediteurenlijst van Rebo. Je wilde toch weten of Bouwmeester de afgelopen maanden misschien ruzie heeft gehad met een klant?'

Ze knikt.

'Weet je wie er op die lijst staat?'

'Wordt dit een quiz?'

'Ellis Grijsen.'

'Rebo heeft haar huis verbouwd, nogal wiedes,' zegt ze.

'Er zijn ook betalingen aan haar gedaan.'

'Dat kan kloppen. Ze zei tegen mij dat ze Anne-Wil had leren kennen omdat ze vertaalwerk deed voor Berend.'

'Kan wel zijn. Ze was nerveus, in die winkel,' zegt hij. 'Vond jij dat niet?'

'Dat was vanwege Anne-Wils bijzondere gedrag, dat heeft ze me uitgelegd. Maar, graaf verder. Wie weet.'

Haar assistent maakt er een notitie van.

'Ik ben wel benieuwd of mevrouw Grijsen ons slachtoffer misschien beter kende dan haar vriendin weet,' zegt ze. Ze vraagt Wagener ook om Berend Bouwmeesters gangen van de afgelopen tijd na te gaan aan de hand van zijn agenda en Rebo's boekhouding, die ze hem heeft gegeven. 'Wie heeft hij de afgelopen weken gesproken, aan welke projecten werkte hij?'

Misschien laat haar intuïtie haar nog niet in de steek. Ze leunt achterover als Wagener de deur achter zich sluit en met hem zijn energie verdwijnt. Ondanks zijn twijfels blijft hij fanatiek en ze trekt zich aan hem op, terwijl ze haar eigen energie via nicotinemonsters in het luchtledige blaast. Zonder veel interesse zwoegt ze zich plichtmatig door zinnen. Overvallen. Zelfs een waarbij een dode viel te betreuren en voor een recordbedrag van anderhalf miljoen euro werd buitgemaakt aan witgoed. De dader is op klaarlichte dag op een afgelegen weggetje midden op de rijbaan gaan staan, zijn eigen vrachtwagen met alarmlichten in de berm. Paniekerig springend en heftig met zijn armen zwaaiend heeft hij de truck laten stoppen, waarna een tweede dader als uit het niets kwam opduiken. De chauffeur werd met een van dichtbij afgevuurde kogel doodgeschoten, nadat hij 'moeilijk' had gedaan en een van de overvallers de bivakmuts van het hoofd had getrokken. De bijrijder stond doodsangsten uit maar godzijdank hebben ze hem alleen een rottrap gegeven en hem daarna bij de lege wagen achtergelaten.

Geen wonder dat de transportwereld in alle staten is.

Desondanks voelt ze zich allerminst geroepen zich ermee te bemoeien.

Als ze het meest recente rapport over de overval langs de A18 van haar beeldscherm leest, is haar interesse ineens wel gewekt in deze zaak. Om een heel andere reden. Haar twee collega's hebben een nummerbord kunnen herleiden van een busje, waarvan de chauffeur getuige zou kunnen zijn van de overval. Een nieuwe techniek heeft de vrijwel onzichtbare letters en cijfers in een bedrijf veranderd. Een naam die hen misschien kan helpen de zaak op te lossen. De hufters te pakken die de Nederlandse bedrijven en vooral de chauffeurs achterdochtig en wraakzuchtig maken.

Het beetje kleur dat ze nog op haar gezicht heeft verdwijnt; ze hoeft niet eens in de spiegel te kijken om dat zeker te weten. Twijfel en hoop vechten om aandacht.

Een busje waarvan ze het kenteken nooit hebben kunnen achterhalen.

In één snelle actie, waarbij haar benen haar tot haar eigen verbazing niet in de steek laten, staat ze op, rent ze naar de deur, opent die en stormt bij Wagener naar binnen.

In zijn ogen ziet ze zijn korte irritatie omdat hij schrikt van haar onstuimige entree, daarna zijn vragende blik.

'Je moet iets voor me doen.'

21

Thuis kan ze haar nieuws niet meteen kwijt. Josien eist alle aandacht op, zelfs Daya voelt zich gepasseerd en leurt bij iedereen om aandacht met haar komische capriolen en ongeduldige geluiden. De jongste mocht naar huis, heeft de specialist tegen Jaap gezegd, mits ze vandaag blijft liggen. Ze mag haar geopereerde been absoluut niet belasten. En dus loopt iedereen zich de benen uit het lijf voor Josien. Iets te drinken, een tijdschrift, een paracetamol, een broodje waarvoor Emma speciaal naar de bakker fietst. Zelfs Anouk komt speciaal voor haar zusje thuis en brengt natuurlijk een cadeautje mee voor de patiënt, die zich alle aandacht zichtbaar genietend laat aanleunen.

Nelleke doet mee in de klucht, doet haar best om deel uit te maken van het drukke gezinsleven, terwijl elke vezel in haar lijf iets anders wil.

Jaap heeft het in de gaten, ze merkt het aan de warme hand die hij een paar keer in haar nek legt. Het verbaast haar niet, de zenuwen gieren door haar keel.

Pas uren later, als Anouk weer is vertrokken naar Enschede en Josien voorzichtig van de bank in de kamer naar haar slaapkamer is gedragen en na honderd wensen eindelijk in slaap valt, daalt er iets van rust in haar ziel neer. Jaap protesteert niet als ze om een wijntje vraagt. Ze klinken, omdat het als een speciaal moment voelt zonder dat hij weet waarom. En hij zwijgt.

'Ik weet niet of het iets is.' Voorzichtiger kan niet. Het is wat ze zichzelf voorhoudt, inprent. Het is waarschijnlijk niets. 'Dat busje, destijds, weet je nog? Er stond een busje geparkeerd, buiten het winkelcentrum, precies daar waar Suzan langs moet zijn gekomen. Het is een plek waar je alleen mag laden en lossen, dus er moet iemand in de buurt zijn geweest, alleen was de wagen weg toen de politie eindelijk actie ondernam. Een foto was het enige wat ze hadden. Een afdruk, in handen gekomen van de politie, van een burger die een vakantieplaatje schoot en toevallig dat busje naast zijn vriendin had gefotografeerd. Het kenteken hebben ze helaas nooit kunnen achterhalen omdat het te onduidelijk afgebeeld was. En nu is er die nieuwe techniek. Ik las het in een rapport over de reeks overvallen in het land.'

Het is eruit.

Afwachtend neemt ze een slok van haar wijn. Wat ziet ze in zijn gezicht? Zorgen, scepsis?

'Wat heb je ondernomen?' vraagt Jaap.

'Ferry heeft het digitale dossier geopend en de foto naar Utrecht gemaild, met het verzoek die opnieuw te behandelen volgens de nieuwe techniek. Ik hoop dat ze er morgen direct achteraan gaan.'

'Jammer dat je geen Nummerdor meer hebt om je te steunen,' zegt hij.

De voormalige hoofdcommissaris van Utrecht is tegelijk met Markant van het toneel verdwenen. Ook hij heeft zich schuldig gemaakt aan fraude en ruimde het veld. Vrijwillig. Ze heeft daarna nog één keer contact met hem gehad, maar hun vriendschap was al eerder ten dode opgeschreven en hun laatste gesprek was vooral in de verwijtende sfeer van zijn kant. Zij heeft het in gang gezet, ze verkoos de waarheid boven een promotie, en daarmee bezegelde ze hun vertrek.

Voor haar betekende het gerechtigheid, Nummerdor beschouwde het als verraad van een vriendschap.

Het heeft een landelijk onderzoek opgeleverd naar de promotiekansen van politieambtenaren. Wagener had gelijk toen hij zei dat er weinig mogelijkheden zijn voor jongere collega's om het nog tot inspecteur te schoppen, laat staan dat ze een functie hoger in de hiërarchie kunnen krijgen.

'Desnoods tuf ik er morgen zelf heen,' zegt ze, zo nonchalant mogelijk.

Ze schrikken beiden van haar mobiele telefoon. 'Ferry?'

Haar hart krijgt een tweede schok als haar assistent vertelt waarom hij haar op deze tijd nog stoort. 'Er is een melding van collega's uit München. Er is iemand die beweert Suzan te hebben gespot.'

'Hoe... hoe betrouwbaar is die melding?'

'Ik weet het niet, Nel. Maar ik had je beloofd onmiddellijk te bellen als ik nieuws had. Er is een collega onderweg naar München om assistentie te verlenen.'

Komt er eindelijk schot in de zaak?

Als ze enigszins is bijgekomen van de schok, schenkt Jaap hun glazen nog eens vol. 'Ik moet je eigenlijk niet aanmoedigen,' excuseert hij zich, 'dit is een uitzondering. Ik hoop dat het iets is, Pumuckl,' zegt hij, terwijl hij een ferme slok neemt uit het grote glas. Jaren geleden kochten ze die bij een wijnboer in Toscane. Niet aan München denken. Jaap doet zijn best om bemoedigend over te komen. Hij gelooft er echter niet in. Ze ziet het in zijn ogen.

Hij heeft vast gelijk. Realistisch blijven, niet doordraven.

Een vakantie in Toscane, ze verlangt naar het voorjaar. Ze houdt niet van november. Een grauwe maand die te erg benadrukt dat het jaar naar een einde toe vliegt. Andere zinloze gedachten spoken in haar hoofd. Als ze maar niet aan Suzan denkt.

22

'Nelleke!'

De stem klinkt zo ver weg dat ze meteen twijfelt of ze wel echt iets hoorde. Misschien was het de schelp vlak bij haar oor, of het ruisen van de hoge golven, die dominante pogingen doen om land te veroveren. Loom opent ze haar ogen tot spleetjes om niet verblind te worden door het felle zonlicht. Langs het brede, aflopende strand is geen toerist te bekennen. Geen vuiltje aan de lucht. Met een tevreden glimlach sluit ze haar ogen en laat de zon haar gezicht verwarmen. Sproeten verzamelen, noemt Jaap zonnen op het strand. De keren dat ze met een boek — waarin ze vervolgens geen pagina leest — op het warme zand neerstrijkt kan ze op de vingers van één hand tellen en dat genot laat ze zich door niets of niemand afnemen. Vandaag niet.

'Nelleke.'

Ze hoort haar naam nu duidelijk roepen. Al klinkt de stem van ver, de ongerustheid erin valt niet te missen. Niet paniekerig ongerust, maar toch. Ze weerstaat de neiging om zich op haar buik te draaien en het storende geluid te negeren en grijpt op de tast naar haar zonnebril. Zittend, de armen om haar benen geslagen, speurt ze de kustlijn af en pas dan realiseert ze zich dat Jaap al langere tijd niet naast haar ligt. Wat ging hij doen?

'Help!'

Plotseling ziet ze de zwaaiende armen in het water. Een eind uit de kust, mijn god, veel te ver uit de kust. Die angst daalt onmiddellijk als een zware last in haar maag om daar in de rondte te draaien, zodat ze misselijk wordt. Rennend naar het water belt ze met haar mobiel het bureau in Utrecht. Nummerdor. Hij is er altijd voor haar. Tegelijkertijd realiseert ze zich dat het zinloos is. De Nummerdor-tijd is verleden tijd.

Ze gooit haar mobiel van zich af en springt in het ijskoude water. Wat doet hij verdorie zo ver in zee, dat is vragen om moeilijkheden. Hij onderschat altijd alles waar hij zelf bij betrokken is. Als het om haar gaat is hij bezorgd, soms zelfs overbezorgd, maar o wee als het hemzelf aangaat! Als ze door de eerste golven heen is kan ze nog net op haar tenen staan. Ze wrijft het zoute water uit haar ogen en speurt in de verte. Ze ziet hem afdrijven, verder en verder. Tegen de tijd dat ze bij hem komt zal zij ook uitgeput zijn. Ze ziet zijn gebaren. Hij zwaait niet om haar dichterbij te wensen, hij zwaait om haar weg te houden. Zijn lippen vormen de woorden die ze het liefst van hem hoort en dan is hij verdwenen. Om opeens weer boven te komen. Naar adem snakkend, zijn lot niet accepterend. Haar onderlijf wordt meegezogen richting de diepte en ze zwemt op haar rug met enkele krachtige slagen terug richting kust, tot ze weer grond onder haar voeten heeft en zich veilig weet. Ze schreeuwt naar hem. 'Kom hier, alsjeblieft. Vécht!'

'Nelleke, word eens wakker.'

Ze schrikt van de harde stem en voor ze het in de gaten heeft zit ze hijgend en zwetend rechtop in bed.

'Je droomde,' zegt Jaap, volledig overbodig, tegelijk erg geruststellend. Zijn hand op haar voorhoofd is koel en langzaam landt haar ziel in haar eigen slaapkamer. 'Suzan, zeker?'

Ze knikt. 'Ik kon niet bij haar komen, het was vreselijk,' liegt ze. Het leek te echt. Ze weet zelfs op welk strand ze lag.

Jaap houdt haar in zijn armen. Haar grote man. Sterk als een beer. Veilig. Ze nestelt zich tegen zijn warme buik. Als Jaap haar streelt verdwijnt de nachtmerrie uit haar hoofd.

Onder de douche dringen flarden van beelden van een verdrinkende Jaap zich weer aan haar op. Het kwam natuurlijk door die mijmeringen over de vakantie in Toscane, toen ze na een zware lunch en een frisse duik in het smaragdgroene water op het strand in slaap zijn gevallen en pas laat in de middag roodverbrand wakker werden op het fijne, witte zand en 's avonds rillend op bed lagen, terwijl ze geen van beiden een aanraking van wie of wat ook konden verdragen.

Na heet water schakelt ze plotseling over op koud en houdt haar adem in. Om daarna snel in- en uitademend de rillingen over haar lijf te voelen. Ze wrijft zich stevig droog, zodat haar huid begint te gloeien. Geen hoofdpijn. In plaats daarvan stroomt de adrenaline tot in haar tenen, geeft haar energie.

München. Er is weer hoop. Hoop. Een klein, eng woord dat ze al zo vaak uit haar vocabulaire heeft proberen te schrappen. De droom laat ze in de badkamer achter. Althans, dat neemt ze zich voor.

Haastig kleedt ze zich aan, intussen haar iMac opstartend.

Met een truitje half aan, een arm door een mouw, klikt ze op het programma dat ze sinds drie weken elke ochtend opstart. Doorklikken… Het gaat langzaam, de computer vindt het uitgerekend nu nodig om een virusscan uit te voeren. Dan toch. De melding uit München. Van Herr Kollege Hauptinspektor Brandt. Niet de eerste de beste agent. Verder geen notities. Alleen een telefoontje van iemand die haar dochter heeft gespot. Wie is dat dan?

Het moet serieus zijn, anders hadden ze het niet meteen doorgegeven. Toch?

Ze moet ernaartoe. Natuurlijk. Onmiddellijk. De Volvo aftanken en over achthonderd kilometer kan ze het zelf, met eigen ogen, constateren.

Suzan… O, Suus. Als het toch eens echt…

Ze sluit de computer direct weer af. Geen kaart van de dag. De dag begon al zweverig genoeg met die droom. Niet meer aan denken. Naar het bureau wil ze. Bellen met München.

Ongeduldig drinkt ze haar kop koffie. Brood krijgt ze niet naar binnen. Later.

Jaap heeft niets gezegd tegen Josien en Emma. Nu erover praten zou raar zijn, ongeluk brengen misschien. Bijgelovig is ze niet echt, maar het zekere voor het onzekere nemen kan geen kwaad. Eerst moet ze weten.

Haar nerveuze zwijgen valt niet op dankzij Josien, die honger heeft voor tien en Jaap zover krijgt dat hij pannenkoeken bakt.

'Ik wil leren breien,' zegt Josien.

'Breien?'

'Ik las in de krant dat je een trui kunt breien van de vacht van een hond. Een trui van Daya's vacht, die lijkt me super-warm. Een maandje borstelen en dan heb ik vast genoeg wol.'

Ze heeft het stukje ook gelezen. Dat het ging over mensen die een trui hadden gebreid van hun dóde hond is Josien blijk-baar ontgaan.

Emma lust alleen een pannenkoek als er appel in zit en geen suiker, en ook aan die wens wordt deze ochtend voldaan. 'Als je maar goed in gedachten houdt dat dit een eenmalig feestje is, jongedame,' zegt Jaap. Hij is zichtbaar opgelucht dat de jongste weer vrolijk is. Deze ochtend mag ze met krukken voorzichtig gaan lopen en vanmiddag moet ze zich melden bij de fysiotherapeut. Jaap heeft zijn fotoapparatuur voor een paar dagen opgeborgen. Marsman moet wachten, zei hij gisteren, en het mistige weer inspireert hem sowieso matig. Ze weet dat hij met het prachtigste weer van de wereld precies hetzelfde zou doen. Ze geniet van de ontspannen sfeer. De duistere gedach-ten van de eerste momenten van de ochtend verdwijnen naar de achterkamer van haar geheugen. Als het in haar vermogen lag zou ze de deur op slot doen en de sleutel ver weggooien.

'Voorpaginanieuws,' zegt Jaap, terwijl hij het streekkatern haar kant op schuift. '"Politieonderzoek na dodelijk ongeval in

Bredevoort". Je naam wordt genoemd, natuurlijk met – en ik citeer – "de prangende vraag of er vorderingen zijn in de zoektocht naar Suzan, de dochter van de inspecteur die het onderzoek leidt, Nelleke de Winter".'

'Je wordt beroemd,' zegt Emma.

Al enkele malen is ze benaderd om haar verhaal te komen doen, op tv, op de radio, en de lokale pers belt vrijwel dagelijks. Vriendelijk maar resoluut heeft ze tot nu toe elk interview geweigerd. Ze zal straks iets moeten terugdoen, zeker als Suzan wordt gevonden. Dat zou vooral aan die media te danken zijn.

Wagener overtuigt haar op het bureau om af te wachten. 'De collega's in München werken er met man en macht aan, een collega uit Utrecht is gisteravond afgereisd. Laat de profs hun werk doen, Nel. Ik weet niet of we deze melding serieus moeten nemen, ze informeren ons als er nieuwe ontwikkelingen zijn.'

Ze accepteert het. Omdat ze weet dat hij gelijk heeft. Ginds kan ze niets doen wat ertoe doet en kan ze slechts wachten. Hier is ze bezig. Als ze er dan zelf zo van overtuigd is dat 'Bredevoort' een zaak is, moet ze zich daarin verdiepen. De waarheid boven tafel krijgen. Nabestaanden helpen met de verwerking van het verlies van een geliefde door ze te vertellen hoe het is gebeurd. Zodat ze niet hoeven doormaken wat ze zelf heeft doorgemaakt. Daar draait het om. Haar missie.

Focussen dus.

Ze belt Anne-Wil Bouwmeester en spreekt af dat ze zo in de winkel komt. In de auto schiet haar te binnen dat ze Wagener iets wilde laten uitzoeken. Ze belt hem en vraagt of hij zich wil verdiepen in de KKA. 'Het logo van dat kwaliteitskeurmerk staat op het briefpapier van Rebo en Rots' bureau. Ik ben nieuwsgierig wat dat voor club is, er gaat aardig wat geld in om als ik die boekhouder van Bouwmeester mag geloven, en hij leek er zelf niet zoveel mee op te hebben.'

'Dat is goed. Nel, heb je je recorder bij je?'

'Dat dacht ik wel.'

'Ga je die dan nu ook gebruiken?'

Ze knikt. Hij heeft natuurlijk gelijk. Het enige wat ze tot nu toe heeft zijn een paar vage aantekeningen en Wageners summiere rapportage – hoe voortreffelijk uitgewerkt ook – in het BPS op basis van wat zij hem heeft verteld. Slordig.

Voor hij meer kan zeggen beëindigt ze snel het gesprek en slaat links af bij De Domme Aanleg in Barlo, richting Bredevoort.

De mist van gisteren is verdwenen. Dat geldt niet voor het gure weer. Waterkoud. Kil, somber weer dat uitnodigt om met wollen sokken op de bank bij de open haard te zitten. Of in bed te blijven.

23

Het enige wat van Nellekes wensen wordt gerealiseerd is de open haard. Die helaas veel rook produceert en geen enkele vlam.

'Ik probeer al een halfuur om dat kreng aan de gang te krijgen,' verzucht Anne-Wil. 'Hopelijk zorgen deze aanmaakblokjes voor een wonder.'

'Heb je oude kranten?'

'Nee. Wel genoeg boeken,' antwoordt de vrouw. Ze lacht er niet bij.

Nelleke staat op het punt te zeggen dat de open haard moet wachten, dat ze vragen heeft. Dan likken de vlammen ineens langs het hout.

'Ik ga hierboven wonen en het huis verkopen. Dus ik probeer me thuis te voelen.'

'Hier wonen? Dat is nogal rigoureus,' zegt ze. 'Heb je daar goed over nagedacht?'

'Nee. Ik twijfel en twijfel en lig wakker van alles. Ik moet wat.'

'Je bordje aan de voordeur staat nog op "gesloten".'

Anne-Wil haalt haar schouders op. 'Er komt toch geen kip. De mensen moeten me niet. Nu helemaal niet meer, vermoed ik. Als dat de komende weken zo blijft win ik de trofee van de kortst geopende winkel ooit.'

'Ik wil je wat dingen vragen. Onduidelijkheden waar ik

graag helderheid over wil hebben,' zegt ze, met opzet op een zakelijke toon. 'Als je er geen bezwaar tegen hebt, neem ik op wat me belangrijk lijkt.' Ze pakt haar zilvergrijze recordertje uit haar tas om haar voornemen te illustreren.

Anne-Wil port met een pook tussen de houtblokken. Nelleke kijkt haar een moment aan, lang genoeg om te zien dat de weduwe onzeker is, enigszins angstig zelfs.

'Koffie? Die is klaar.'

'Graag.'

Ze is blij dat ze Anne-Wil niet meteen heeft aangeboden haar ook te tutoyeren. Deze afstand moet ze bewaren, vooral voor het geval de echtgenote minder onschuldig blijkt dan ze wil doen voorkomen. De vrouw ziet er afgemat uit, haar ogen zijn rood en opgezet.

Hoe zou het in München gaan? Vinden ze haar Suus? Stel dat het waar is – nee, daar gaat ze niet van uit, maar toch, stel, even, gewoon voor het idee –, wat gebeurt er dan verder? De jongedame, die ze nu moet zijn, kent haar helemaal niet. En zij kent haar dochter niet meer. Misschien wil Suzan niets met haar te maken hebben, al kent ze straks de waarheid.

Stel.

Als.

'Alstublieft.' Anne-Wil zet een kop koffie voor haar neer en wijst naar het blad met melk en suiker.

Ze schudt haar hoofd. Hoe zwarter hoe beter. 'Hoe hebben Berend en jij elkaar ontmoet?'

'Door een waas van hasjiesj. We waren nogal jong. Ik denk dat we, als we elkaar later hadden leren kennen, nooit een stel waren geworden.'

'O?'

'Hij hield van het oude. Berend kon een week zoeken naar de juiste oude gevelstenen die pasten bij een of ander pand. Hij vond het vreselijk dat ik meewerkte aan nieuwbouw in ons land, al zei hij dat nooit met zoveel woorden. Nogal paradoxaal. Ik kon hem er niet van overtuigen dat wanneer iedereen die een woning zocht afhankelijk zou zijn van zijn oude pandjes, de helft van Nederland dakloos zou zijn. Dan wist hij niet hoe hij moest reageren. Tegelijkertijd was hij te eigenwijs om mij gelijk te geven.' Ze pakt een chocolaatje. 'U ook?'

Nelleke bedankt.

'Ik snoep nooit, maar sinds gisteren heb ik alleen trek in zoet. Zoet hoort bij troost. De eerste verslaving van kinderen.'

'Is het waar dat Berend niet de vader is van je kind? Dat je iets met een ander hebt, of had?'

Anne-Wil stookt het vuur op. Ze hangt de pook weg en houdt haar handen boven de haard, haar blik gericht op het oplaaiende vuur. 'En wat als dat zo is?'

'Ik wil graag een antwoord van je.'

'Het is waar.'

'Onno Brugging?'

'Ach. Onno. Denkt u dat hij een goede vader zou zijn?' Een moment verschijnt er een zuur lachje op haar gezicht. 'Het meest intieme wat ik met Onno heb meegemaakt is yoga. Allebei op ons eigen matje. Nee. Ik denk dat mijn kind van Eric Rots is.'

'Dénk?'

'Ja, denk. Er is een kleine kans dat het van Berend is. Ik geloof niet dat ik het zeker wil weten. Nu helemaal niet meer.'

'Weet Rots ervan?'

'Nee.' Anne-Wil verbergt haar gezicht achter haar handen en barst in huilen uit.

Nelleke voelt wroeging. Hier zit een vrouw die net haar man heeft verloren. Schaam je, De Winter. Geen wonder dat Berends vader nattigheid voelde als het om de architect gaat... Anne-Wil met die twee mannen in de caravan...

'Ik zag ertegen op om Berend te vertellen dat ik zwanger ben,' bekent Anne-Wil even later, als ze een paar keer diep heeft ademgehaald. 'En ik twijfelde of ik de waarheid moest vertellen. 's Morgens hadden we ruzie, vanwege die verhuizing van onze spullen naar het huis. Berend wilde dat direct doen, die ochtend, en ik wilde eerst het verven klaar hebben. Toen ik hoorde dat hij dood was... Nou ja, toen... Dat begrijpt u wel.' Het lijkt er een moment op dat Anne-Wil nog iets wil zeggen. In plaats daarvan haalt ze een keer diep adem na haar woorden, die tussen hen in blijven hangen.

Spreekt Anne-Wil ditmaal de waarheid? Heeft ze alles verteld? Haar intuïtie zegt haar dat de vrouw iets verzwijgt. Neemt ze iemand in bescherming?

'Denk je dat Berend vermoedde dat je een ander had?'

'Geen idee. We leefden langs elkaar heen. Als ik die burn-out niet had gehad waren we waarschijnlijk allang uit elkaar geweest. Toen ik ineens noodgedwongen thuis kwam te zitten en Berend zich uitsloofde om te redden wat er te redden viel, leefde er iets van onze oude gevoelens op. Vooral toen ik het idiote plan kreeg voor deze winkel. Maar het was nooit lang goed gegaan, zelfs als ik mijn mond zou hebben gehouden over Eric. We waren op elkaar uitgekeken, te verschillend, ik weet het niet, we konden niet echt meer met elkaar praten. Berend verdiende een gezelliger iemand, een vrouw die van feestjes en vrolijkheid houdt. Ik moest op mijn werk al zo vaak lunchen en glimlachen dat ik thuis het liefst met een boek op de bank plofte.'

'Zou Berend het daarmee eens zijn geweest?'

'Dat weet ik niet.'

'Zou je bij hem weggaan?'

'Ja. Ik twijfelde nog omdat ik ertegen opzag om alleen zwanger te moeten zijn, maar eigenlijk had ik die beslissing al genomen.'

'En je weet zeker dat je eergisteren niet naar Berend bent gegaan, hem de waarheid hebt verteld, hij kwaad werd en je hem in een vlaag van verstandsverbijstering een zet hebt gegeven?'

'Ja.' Het klinkt overtuigend. Te.

'Je houdt iets voor me achter.'

'Ik heb Berend niet vermoord, ik zweer het.' Met een zenuwachtig gebaar propt ze een chocolaatje in haar mond.

'Waarom Eric?'

'Het gebeurde gewoon. Hij is erg charmant. Berend was een paar dagen in het westen voor een klus, Eric kwam onverwacht langs en voor we het wisten lagen we languit in de caravan. Daarna is het nog een paar keer gebeurd. Het was iets puur fysieks.'

Ze leunt voorover zodat haar ogen dicht bij die van Anne-Wil komen, zo dichtbij dat ze de kleurschakeringen in de bruine irissen kan onderscheiden en de chocolade kan ruiken. 'Wat is het, Anne-Wil, dat je me niet vertelt? Wilde je met Eric verder en wist Berend ervan? Of wist Eric ervan en ruziede hij met je man? Heb jij dat soms gehoord?' bluft ze.

'Wát?'

Ze zou zweren dat ze Anne-Wils pupillen opeens groter ziet worden. Alleen, tijd om dat zeker te weten krijgt ze niet. Anne-Wil lijkt afleiding te zoeken om geen antwoord te hoeven geven, of om dat uit te stellen, en voor ze kan ingrijpen pakt de vrouw de pook uit het vuur. Om die onmiddellijk, met een kreet van pijn, van zich af te gooien. Nelleke pakt Anne-Wil bij haar arm, trekt haar mee naar het kleine keukenblok en zet de koudwaterkraan open. 'Kom, snel koelen.'

Even later zit Anne-Wil met een natte, koude doek om haar hand. Een rode vlek, geen blaar, de schade valt mee. Nelleke schenkt een kop koffie in.

Ze voelt de opwinding. Ze heeft goed gegokt en is ervan overtuigd dat ze nu de waarheid zal horen. Als ze gelijk heeft, dan heeft Rots gelogen toen hij beweerde dat hij woensdag niet bij Bouwmeester is geweest. Dan was het zijn auto, bij de villa. De adrenaline stroomt door haar lijf. Ze pakt een blok hout van de stapel naast de open haard en port het vuur op voor ze de vlammen nieuw hout geeft om aan te likken.

'Ik had gelijk,' spoort ze Anne-Wil aan.

'Ik kan niet geloven dat Eric iets met Berends dood heeft te maken,' zegt Anne-Wil. 'Aan de andere kant was ik bang dat het waar zou zijn, en dat ik in één keer twee mannen zou kwijt-raken.'

'Hoopte je dan op een toekomst met hem?'

'Nee. Maar hij is mogelijk wel de vader van mijn kind.' Anne-Wil vertelt dat ze de twee heeft horen praten. Dat ze woorden kregen over een nieuw project in Aalten. Een of andere oude boerderij die ze samen zouden verbouwen. 'Als Berend en Eric aan de praat raken over hun werk dan duurt het altijd eeuwen, dus ik ben weer gegaan.'

'Hoe laat was dat?'

'Tegen halfdrie. We hadden pas om halfvijf afgesproken. Ik ging spontaan naar hem toe, misschien om te vertellen dat ik zwanger was, ik weet het niet. Het was die dag allemaal één grote chaos in mijn hoofd. Wilt u Eric Rots alstublieft niet ver-tellen dat ik misschien zijn kind in mij draag? Ik zou het vre-selijk vinden als Berends ouders ook dat moeten verstouwen. En per slot van rekening weet ik het niet zeker.'

'Heb je Rots' auto zien staan voor het huis?'

'Zijn auto?' Ze neemt een slok van haar koffie, een naden-kende frons tussen de geëpileerde wenkbrauwen. 'Daar heb ik niet op gelet. Ik ben achterom gelopen; volgens mij stond een van de vrachtwagens van Berend er. Ja, die heb ik gezien, dat weet ik zeker.'

'Is er verder nog iets wat je me wilt vertellen wat te maken kan hebben met de dood van je man?'

Anne-Wil schudt haar hoofd.

Ze verlaat de winkel met een soort vreemde blijdschap. Dat het vrijwel zeker geen ongeluk is. Nee, dat haar intuïtie haar niet in de steek heeft gelaten. Ze kan het nog. Ze is niet voor niets inspecteur. Met hakken over de sloot slagen voor de schiettoets is onbelangrijk vergeleken bij deze zekerheid.

Rots. Die wil ze spreken.

24

Nelleke loopt richting Bruggings antiquariaat. Ze toetst het nummer van Ferry Wagener in en vraagt haar assistent om Rots op te sporen. Met spoed. 'Hij is bij Bouwmeester geweest, Ferry, kort voor diens dood. Het lijkt erop dat we inderdaad met moord te maken hebben.'

Wagener belooft dat hij direct actie zal ondernemen. 'Nel, ik heb net contact gehad met de collega's in Utrecht.'

'Ja?' Ze houdt haar adem in.

'Ze hebben de man opgespoord die destijds eigenaar was van dat busje. Hij schijnt inmiddels in de zeventig te zijn. De collega's gaan ernaartoe en houden ons op de hoogte.'

'Oké. Dank je.' Ze probeert haar nervositeit de Bredevoortse koude lucht in te blazen. 'En München?'

'Nog niets. Ik bel je als ik iets weet, echt.'

'Ik ga intussen bij Brugging langs.'

'En die vriendin van mevrouw Bouwmeester? Ellis Grijsen? Ik heb facturen van Rebo's boekhouder doorgefaxt gekregen, en het blijkt dat zij inderdaad af en toe vertaalwerk doet en als tolk fungeert voor het bedrijf. Onder meer bij contractbesprekingen in Duitsland, volgens de boekhouder.'

'Dus niets bijzonders. Rots is onze hoogste prioriteit nu.'

Ze gaat op een schurend geluid af en vindt Onno Brugging in het atelier, aan de achterkant van zijn antiquariaat, waar hij de laatste hand legt aan een vrouwensculptuur. 'Sorry, ik had de bel niet gehoord,' zegt hij. De jonge vrouw, in ouderwets ogende kledij, kijkt zelfbewust de wereld in, haar ene arm in de zij, de andere licht een van haar rokken optillend om onduidelijke reden. 'Hendrikje Stoffels,' legt hij uit. 'Soms moet je iets maken wat geld oplevert. Deze dame was ooit het dienstmeisje van Rembrandt. En zijn lief, naar het schijnt. Tijdens een vuurwerkramp in 1646, waarbij tien procent van de hele Bredevoortse bevolking werd weggevaagd door driehonderdtwintig exploderende vaten zwart kruit, werden ook haar broer en vader gedood. Zij overleefde, was twintig en vertrok naar Amsterdam. Sommigen zeggen dat ze in Randsdorf is geboren, anderen beweren dat ze uit Ramsdorp komt, de inwoners hier zijn ervan overtuigd dat ze het licht zag in Bredevoort. Gedoopt is ze hier in ieder geval, daarvan getuigen de doopboeken. Ze was bij Rembrandt, wordt gezegd, in zijn laatste jaren. Toen hij onder curatele stond en slechts nog sliep, at en schilderde. De critici noemen het zijn beste jaren. Misschien moet ik ook eerst nóg dieper zinken voor ik tot echt iets kom. Armoede en pijn lijden, met zelfmoordneigingen rondlopen, wat denkt u?'

'Er zijn genoeg voorbeelden van kunstenaars die niet bijna ten onder gingen voor ze succes hadden. Persoonlijk lijkt het me prettiger om in die categorie thuis te horen. Toegegeven, zelfs in mijn vak moeten we soms tot het uiterste gaan om te krijgen wat we willen. Maar honger, tyfus en afgesneden oren horen daar gelukkig niet bij.'

Onno Brugging grijnst breeduit. 'Koffie?'

Ze knikt.

'Henry Moore is altijd mijn held geweest. Zijn meest abstracte beelden vind ik tijdloos indrukwekkend,' vertelt Brugging, terwijl hij koffie regelt.

Ze kijkt op haar horloge. Tijd genoeg. Zolang Wagener niet belt... 'Dit is geen gezelligheidsbezoekje,' zegt ze, zodra Brugging een kop koffie voor haar neerzet.

'Zelfs geen boek nodig?'

'Sorry.' Ze houdt haar recordertje omhoog. 'Tenzij u de nieuwste Wetboeken van Strafrecht al in huis heeft.'

'Helaas. Dit gaat dus over Berend.'

Ze drukt op een knopje en knikt. 'Vrijdagmorgen, tien over halfelf. Inspecteur De Winter in gesprek met Onno Brugging. Meneer Brugging, u heeft een veroordeling aan uw broek vanwege huisvredebreuk. Weliswaar twintig jaar geleden, maar toch. Meubilair kapot, een man met een gebroken kaak, u wilt uw geduld nog wel eens verliezen?'

'Aha. Vandaar uw bezoek. U gaat er dus van uit dat Berends val geen ongeluk is geweest?'

'We houden alleen alle mogelijkheden open.'

'Ja ja. En nu denkt u dat ik...' Hij neemt een slok koffie. 'Berend was mijn vriend. En ik heb sinds die gebroken kaak geen klap meer uitgedeeld. Ik verloor mijn geduld met die klootzak, dat geef ik toe. Aangezien ik daarna geen vrouw meer heb gehad, is het ook niet meer voorgekomen. Ik zou het echter zo weer doen.'

'En uw vrouw verzette zich hevig tegen die man?'

'Laat uw ironie maar zitten. Natuurlijk, zij had ook schuld. Die man had alleen zijn poten thuis moeten houden.'

'Heeft u een auto?'

Hij knikt. 'Ik rijd er amper in en dat is ook beter voor 'm.'

'Een oldtimer?'

'Citroën DS Berline uit '67, een van de eerste modellen met dubbele koplampen.' Zijn glimlach is trots. 'Ziet er nog pico bello uit dankzij de zorgzame baas. U gaat me niet vertellen dat mijn voorkeur voor automerken uw interesse heeft?'

'Alleen als er een auto op een plaats delict is gesignaleerd die we nog niet kunnen identificeren. Welke kleur heeft uw Snoek?'

'Zilvergrijs.'

'Waar was u woensdagmiddag tussen twee en drie uur?'

'Hier, in de winkel. In mijn atelier vooral. Zoals ik u al heb verteld.'

'Kan iemand dat bevestigen?'

'Een klant. Eén klant gedurende de hele middag. Daarom sta ik hier nu een suf beeld te maken voor een nog suffere ambtenaar in het ongelooflijk suffe gemeentehuis van Aalten.'

'Maak er honderd, misschien wordt het een hit,' oppert ze optimistisch.

'Ja, wie weet wordt dit wel mijn grote doorbraak. Het lijntje tussen pulp en kunst is soms erg onzichtbaar. Nou ja. Het levert me in ieder geval een expositie op.'

'Hoe laat was die klant bij u?'

'Geen idee. Ik let nooit zo op de tijd. Als de buurman zijn winkel dichtdoet, maak ik ook aanstalten. Maar wacht. Het was iemand uit Varsseveld, hij kocht een eerste druk van Sartre, *Les jeux sont faits* uit '59. Ik heb een bonnetje voor hem geschreven. De doordruk moet ik ergens hebben.' Brugging zoekt tussen de chaos rondom zijn kassa, die uit dezelfde tijd moet stammen als de boeken die hij verkoopt. 'Sorry,' zegt hij hoofdschuddend. 'Ik ben een slechte boekhouder, dat zal u niet zijn ontgaan.'

'Boekhouden en beeldhouwen gaan niet samen,' zegt ze instemmend. Ze steekt haar neus in de lucht en snuift. 'Heeft u iets opstaan?'

'Alle hens aan dek!' reageert Brugging verschrikt terwijl hij vliegensvlug naar achteren verdwijnt. Als hij even later terugkomt, bedankt hij haar voor haar oplettendheid. 'Mijn exotische kip met dadels en vijgen voor vanavond was bijna verbrand,' zegt hij. 'Ik heb Anne-Wil overgehaald om bij mij te komen eten. We moeten dingen overleggen, over de crematie bedoel ik. Misschien kan ik iets goedmaken, ik heb me de afgelopen tijd niet altijd even netjes gedragen.'

'Ondanks haar winkel.'

'Een kip voor de vrede wil geenszins zeggen dat ik haar initiatief voor die winkel met nieuwe boeken goedkeur. Integendeel!'

'Ik wil graag nog weten waarom u mij gisteren niet heeft verteld dat u Berend Bouwmeester kende.'

'Dat heb ik terloops wel gemeld. Toen u mij vroeg of ik wist wat er was gebeurd, heb ik u gezegd dat een vriend en gewaardeerd stadsgenoot niet meer is.'

Dat is dus het gevolg als je geen recorder gebruikt! En ze heeft niet goed opgelet; leve de codeïne. 'Dat is waar,' redt ze zich eruit. 'Alleen, ik merkte niet zo dat het u raakte.'

Als hij haar miskleun heeft opgemerkt laat hij dat niet merken. 'We hebben allemaal zo onze manieren om met de dood om te gaan, denkt u niet?'

Het is geen vraag die een antwoord verlangt. 'Hoe lang kent u Berend?'

'Toen ik hem voor het eerst zag, fietste hij met zijwieltjes. Ik zat bij zijn grote broer in de klas en kwam veel bij hem thuis. Tijdens de studie verloren we elkaar uit het oog, tot een jaar of tien geleden. We troffen elkaar op een van mijn exposities en kwamen aan de praat. Hij vond het reliëf van Moore in Rotterdam als kind zo mooi, dat hij toen al wist dat hij later iets wilde worden wat daarmee te maken had. Met stenen, gevels, behoud van wat mooi en oud is. Daarin vonden we elkaar. Zijn vader was net zo. Ik heb zijn ouders gisteren opgezocht. Zijn moeder was alleen thuis, ze heeft het er erg moeilijk mee. Berends vader was naar de zaak om het spul draaiende te houden. *The show must go on!*' Onno spreidt zijn armen theatraal.

Ze ziet Berends moeder voor zich in haar wanhopige pogingen Berends dood te ontkennen. 'Voor de ouders is het altijd het moeilijkst.' München. Niet aan denken. Wat zou er nu gebeuren in München? Niet doen. Concentreer je. 'Hoe was de relatie tussen Berend en Anne-Wil?'

'Hun relatie. Hmm. Samen zag ik ze eerlijk gezegd niet vaak. Toen ze in Doetinchem woonden kwam Berend meestal bij mij, dan gingen we de kroeg in of dronken wat, hier in het atelier. We praatten over politiek, over ons stadje, de toekomst, en na zes pilsjes over reizen die we niet maakten, over jongensdromen die we ooit hadden. Maar nooit over zijn relatie. Ik vermoedde dat hij gelukkig was, want dat straalde hij uit. Geluk, zin in het leven, een rasoptimist. Ik kon er wel eens jaloers op worden.'

'En de heer Rots, de architect? Kent u hem?'

'Eric?' Brugging roert in zijn koffie. 'Nóg een plaatsgenoot die het ver heeft geschopt. Vooral als je zijn geschiedenis kent. Een zusje van hem overleed toen ze drie was, hij was toen zelf vijf, geloof ik. Zijn vader heeft het meisje per ongeluk met zijn tractor overreden en pleegde later zelfmoord door ladderzat in de Slingeplas te springen. Een groot drama waar heel Bredevoort tijden door van slag was.'

'Ik ken het verhaal. Het moet vreselijk zijn geweest. Wat zegt u... Was die man, dat lijk uit de Slingeplas, dus Rots' vader?'

'Ja. Ik kende hem verder niet. Van een pilsje in de kroeg, een kort gesprek als hij bij Berend was. Hij doet het goed, hoor ik altijd. Al die vragen... U zult het wel ontkennen, maar ik bespeur dat u ervan overtuigd bent dat Berend is vermoord.'

'Als een man die zich net zo thuis voelde op de steigers als een acrobaat in de trapeze van een verdiepingsvloer valt, dan beschouwen we dat als een verdachte dood, zeker.'

Als ze afscheid wil nemen pakt Brugging een pakje kaarten van tafel. 'Wilt u er eentje kiezen?' vraagt hij.

Een tarotkaart? Net nu ze er vanmorgen geen wilde? Vooruit, doe niet zo moeilijk. Ze pakt er een tussenuit.

'De dood.' Brugging ziet haar blijkbaar schrikken, want hij stelt haar meteen gerust. Hij noemt het een prachtkaart, die transformatie en overgang symboliseert. 'Weet, dat uw leven nooit meer zo wordt zoals het was. Er is geen weg terug,' leest hij hardop voor. 'Er staat u iets nieuws te wachten als u durft los te laten.' Hij kijkt haar polsend aan. 'Iets met uw partner?' suggereert hij.

'Ik ben nog niet zo lang getrouwd, dus we zitten volop in onze wittebroodsweken.'

Ze ziet in Bruggings ogen dat hij in de gaten heeft dat het een geforceerde grap is.

Buiten snuift ze de koude lucht diep in haar longen. Suzan loslaten? Ze wil er niet eens over nadenken. Het is grote flauwekul, die stomme kaarten. Gewoon toeval en die Brugging gokte maar wat. Misschien hoopte hij wel dat ze zou zeggen dat ze geen relatie had.

Waarom belt Wagener niet?

25

Ze kon het niet, de angst voor de gevolgen was en is groter dan haar wil. Anne-Wil realiseert zich dat ze nog ver verwijderd is van de zelfverzekerde vrouw die ze speelde voor haar burn-out. Al wil ze nu geen theateract meer zijn, wil ze dat het echt is. Ze durfde niet en dat heeft niets te maken met Berends dood. Ze wil per se niet de dupe worden van zijn overlijden. Klaar. Ze voelt zich schuldig, maar daarvoor voelt ze zich niet schuldig genoeg.

Aan de andere kant drukt de onvrede over haar lafheid zwaar op haar maag.

Met een zucht beëindigt ze het telefoongesprek met de dame van de plaatselijke weekkrant. Ze heeft de opening van haar winkel uitgesteld, begin volgende week zal er een journalist langskomen voor een interview en zal er een artikel in het krantje komen. In een vlaag van welwillendheid heeft ze beloofd ook een advertentie te plaatsen.

Ze zal achter de computer moeten kruipen. In een ver verleden heeft ze hard genoeg geroepen hoe het moest en dus is het nu tijd om te bewijzen dat ze gelijk had. Gelukkig redt ze zich met de computer, ze heeft per slot van rekening ook de folder voor de Bed & Breakfast gemaakt. Als het noodzakelijk wordt kan ze altijd nog een reclamebureau beginnen. Ze zal de inwoners van dit stadje warm laten lopen voor de opening van een boekwinkel. Met nieuwe boeken. Moet ze dat erbij vermelden? Het maakt waarschijnlijk niet uit, ze weten het toch allemaal al. Als ze komen is het uit nieuwsgierigheid. Of om te vragen hoe het zit met Berends dood.

Wat als ze geen boek gaat verkopen de komende maanden? Financieel hoeft ze zich geen zorgen te maken, heeft de accountant haar verzekerd. De verkoop van het huis zal genoeg opleveren om het een hele tijd uit te zingen, zelfs nu de huizenmarkt onder druk staat. De levensverzekering van Berend levert een aardig bedrag op en als ze ervoor kiest om de zaak te verkopen, staat ze er zelfs zeer florissant voor. Dat is van later zorg, ze wil het Berends vader niet aandoen daar nu over te beginnen. Het gaat trouwens allemaal niet om geld. Af en toe laait haar prestatiedrang weer op, een gevoel dat ze verwelkomt als een oude vriend.

Had haar oude ik zich minder laf gedragen?

En wat te denken van Onno, die ineens belde en voor haar wilde koken vanavond? De wonderen zijn de wereld nog niet uit, heeft ze gedacht toen hij belde, om daarna meteen te peinzen over mogelijke bijbedoelingen die ze niet doorziet. Zou hij haar alsnog willen overhalen de winkel niet te openen?

Er is te veel gebeurd sinds haar benen op die ochtend, nu bijna een jaar geleden, niet meer in beweging wilden komen. Zat ze daar, moest ze om hulp vragen! Dat was bijna erger dan die weigerende benen. In paniek heeft ze Berend gebeld; hij arriveerde tegelijk met de ambulance. Ze had zo anders dan normaal geklonken dat hij niet had willen afwachten en meteen 112 had gebeld. Afgevoerd naar het ziekenhuis. Als een vastgebonden lam naar het abattoir. Zo hulpeloos voelde ze zich, overtuigd dat er iets vreselijk fout zat.

Niets. Niets konden ze vinden en dus was het psychisch. De eerste arts die dat tegen haar zei had ze kunnen wurgen. Psychisch! En of ze wel vaker depressief was. Nou en of. Ha, ha! Vraag mijn moeder maar. Ik heb zelfs een keer met een potje pillen voor de spiegel gestaan, naar mezelf kijkend hoe ik ze een voor een naar binnen werkte.

Dit paste niet in haar successtory. Ze maakte nota bene kans op een promotie, waardoor ze tot directieniveau zou opklimmen. Zij! Het kleine meisje dat altijd bang was voor alles wat op meer dan vier poten liep – of op geen poten – voor hoogtes en dieptes, voor massa's, voor stilte...

Ze hadden haar medische geschiedenis erbij gehaald en waren geenszins verbaasd dat dit haar overkwam. Medicijnen en een verwijsbrief voor een psycholoog, luidde het oordeel. Pillen en praten heette de remedie.

Haar carrière zag ze zó de lucht in vliegen. Geen directieniveau. Terug naar de basis. Op dat niveau moet ze opnieuw beginnen. Dat zegt zelfs de psycholoog, en die kan het weten.

Een hectisch jaar. Een jaar waarin ze zichzelf is tegengekomen. Er is te veel gebeurd. Met als recent dieptepunt Berends dood. Waar eindigt haar nachtmerrie? Of is die net pas begonnen, met haar komst naar dit godvergeten afgelegen gehucht waar ze kippenvel krijgt van de mist, van de gure wind en zelfs van de inwoners die, strak voor zich uit kijkend, haar winkel voorbij snellen?

En dan wordt ze nog moeder ook. Iets wat ze sinds een jaar of twee wilde, liever dan haar baan. Liever dan wat ook ter wereld. Dat het niet lukte heeft vast bijgedragen aan haar burn-out. Ze heeft er een puinhoop van gemaakt, van haar leven. Het is een grote chaos. Geen wonder dat ze hyperventileert.

Nu even bij de les blijven, prent ze zichzelf in. Geen paniek. Rustig ademen, dan komt alles goed. Jezelf zijn.

Ze belt haar moeder.

Die voelt zich niet zo lekker, zegt ze. 'Grieperig, maar dat is half Nederland als ik de bladen mag geloven. Ik dacht al, zou ze nog leven?'

'Druk druk druk,' zegt ze laconiek. 'Je kent me.'

Geen vraag hoe het met haar is. Ze heeft net haar man verloren, en haar moeder praat over griep.

'Ga je nog door met die wilde plannen van dat winkeltje? Waar was het, in Winterswijk?'

'Bredevoort, mam, en ja, het is bijna klaar. Volgende week zaterdag is de opening.'

'Een kledingzaakje, zei je toch? Kan dat nog wel tegenwoordig, met al die goedkope rotzooi uit China?'

'Boeken.' Ze zucht. Het ligt ook aan haarzelf. Natuurlijk. Ze had best iets opener kunnen zijn over haar burn-out, de winkel, over alles. Het is haar moeders overbezorgdheid die tussen hen in staat. En haar vader.

'Weet jij eigenlijk of pap nog steeds op hetzelfde adres woont?'

'Waarom? Ga je hem opzoeken?'

'Dat weet ik niet. Ik wil hem een rouwkaart sturen, dat in ieder geval.'

'Zou je dat wel doen? Stel dat hij niet komt... Ik weet nog goed dat je...'

'Eh...' onderbreekt ze. 'Ik moet verder, mam, sorry.'

'Kom je bij me?'

'Morgen misschien, of overmorgen. Berend is dood en ik moet van alles regelen.'

'Ik las in de krant dat de politie de zaak onderzoekt. Berend heeft toch niet zelf...'

'Mam! Berend en zelfmoord, nu moet je ophouden, hoor.' Niet iedereen is zoals je dochter, denkt ze erachteraan. Ze raakt geïrriteerd. Alleen al het feit dat ze het mogelijk acht dat Berend zelfmoord zou plegen. 'Een ongeluk, het was een ongeluk. Hij is gevallen.' Ze geeft haar moeder geen kans om een opmerking te maken over Berends gevaarlijke beroep.

'Stel je verwachtingen niet te hoog als het gaat om je vader.'

'Ik vind het naar als je dat zegt.'

'Gaan we die weg weer op,' verzucht haar moeder. 'Ik zou het op prijs stellen als je iets meer aan mij zou denken in plaats van aan die verrader die ons berooid achterliet.'

Anne-Wil dringt niet aan. Ze kent de treurrede van haar

moeder; als die eenmaal op dreef is, is ze het komende uur nog niet klaar en dus mompelt ze iets instemmends en belooft te bellen zodra ze weet wanneer Berend gecremeerd zal worden.

'Een crematie? Dat vind ik nou altijd zo'n koude bedoening. Waarom geen begrafenis? Strooi je mij straks ook uit in je tuin?'

'Als je je wensen op papier hebt, mam, dan beloof ik je dat ik me daaraan houd. Berend wist altijd al zeker dat hij gecremeerd wilde worden.' Eerlijk gezegd was ze zelf ook nogal verbaasd toen Berends vader dat vertelde. Maar Onno wist het ook zeker, zei Berends moeder, voordat ze voor de zoveelste keer in huilen uitbarstte. Niet te geloven hoeveel tranen die vrouw had.

'Wanneer?'

'Dat weet ik nog niet.'

'Waarom niet? Toen je stiefvader overleed hebben we 's middags direct een datum en zelfs een tijd vastgelegd voor de begrafenis. Een mooie ceremonie was dat, weet je nog?'

Die Rinus was haar stiefvader niet! Ze trekt met haar tanden aan een stuk nagel dat ze heeft los gekauwd. De nagel scheurt pijnlijk te ver in en ze vloekt in zichzelf.

Ze heeft geen zin om uit te leggen dat de politie het lichaam nog niet heeft vrijgegeven. 'Ik bel je zo snel mogelijk en dan vertel ik je precies waar en hoe laat.'

Ze is opgefokt. Wat dat betreft is ze niets veranderd. Het is dat haar moeder nog net niet zegt dat ze altijd wel heeft geweten dat Berend niets voor haar was! Ze onderdrukt de neiging om het gesprek acuut te beëindigen.

'Je hoeft niet zo bijdehand te doen, ik mag toch wel zeggen wat ik ergens van vind? Ik heb je gebaard, ik mocht niet werken omdat je vader vond dat ouders zelf voor de kinderen moesten zorgen. Alleen, bij die ouders had hij zichzelf bij nader inzien niet inbegrepen. Hij is ervandoor gegaan met een tien jaar jongere del, Anne-Wil, en dat heeft ons, in ieder geval mijn leven, verwoest, tot...'

'Ik weet het,' valt ze haar moeder in de rede. 'Mam, het spijt me, er komt iemand binnen. Ik bel je als ik meer weet over Berends cre... uitvaart, goed?' Ze wacht haar moeders antwoord niet af, mompelt een onduidelijke groet en kwakt haar telefoon in een hoek.

Haar hart gaat als een gek tekeer en ze snakt naar adem. Een benauwd gevoel dringt zich aan haar op. Niet misselijk worden nu. Met trillende handen pakt ze een papieren zakje. Rustig ademhalen. Geen paniek.

Langzaam wordt ze rustiger.

Waarom neemt ze de moeite eigenlijk nog om haar te bellen? Ze doet het toch nooit goed.

Haar moeder zet de waarheid naar haar hand, ze weet het zeker. Maar dan, na verloop van tijd, als ze een week of langer niets van zich laat horen, krijgt ze altijd wroeging. Omdat het toch haar moeder is, omdat ze het eigenlijk goed bedoelt en door haar vader in de steek is gelaten – hoe je het ook wendt of keert, dat is een feit – en omdat haar moeder zich eenzaam moet voelen in dat kleine huis tussen jonge stelletjes en bejaarde echtparen. Als de wroeging te erg wordt belt ze, om vervolgens het hele traject van voren af aan te herhalen, waarbij haar twijfel omtrent haar vader alleen maar groter wordt.

Haar moeder is echter nu niet haar grootste zorg.

Ze moet zich vermannen. Voet bij stuk houden tegenover die inspecteur. Hoe aardig de vrouw ook is, ze kent de reputatie van De Winter en ze mag ter plekke doodvallen als die vrouw niet heeft gemerkt dat ze loog toen ze beweerde dat ze niets had verzwegen over Berend.

26

Terwijl Nelleke stapvoets door de smalle klinkerstraatjes van Bredevoort rijdt, vraagt ze zich af of het zinvol is Harrie te Bokkel met een minder aardig bezoek te verrassen. De man loog toen hij ontkende bij Bouwmeester te zijn geweest, of vertelde niet alles; aan de andere kant gelooft ze niet dat hij iets te maken heeft met Bouwmeesters dood. Als ze ongelijk heeft laat haar intuïtie haar wel ontzettend in de steek.

En dat is niet eens zo ondenkbaar, zegt een irritant stemmetje in haar hoofd.

Ze rijdt naar het nieuwe huis van Anne-Wil Bouwmeester en checkt of zij de waarheid kan hebben gesproken. Ze zet haar auto aan de rand van de Hozenstraat en loopt naar het huis. Ze herinnert zich waar de vrachtwagen van Bouwmeester stond en loopt richting de achteringang van het huis. Het kan. Als de auto voor het huis aan de linkerkant van de vrachtwagen stond, en haar aandacht was niet gericht op die kant, kan er een auto hebben gestaan zonder dat ze dat vanaf het huis heeft gezien. Ze stapt weer in haar auto, steekt een sigaret op en rijdt weg. Naar het bureau? Naar Rots, op de gok?

Net als ze twijfelt of ze links of rechts zal afslaan belt haar assistent met de mededeling dat Rots thuis is. 'Hij was aan het joggen,' zegt Wagener. 'Blijkbaar neemt hij vaker een ochtend vrij.' Hij weet verder te melden dat de voormalig eigenaar van het busje is opgespoord; de eerste berichten wijzen erop dat de man geen nieuw licht kan werpen op de zaak. 'Sorry,' zegt hij, 'ik had je graag iets anders verteld.'

'Geen nieuws vanuit München?'

'Het spijt me.'

'Oké. Ik ga naar Rots. Tot straks.'

Ze wil niet nadenken over Suzans zaak en weigert toe te geven aan een gevoel van teleurstelling. Focussen op Rots.

Nelleke rijdt Bredevoort uit, rechtsaf de Kloosterdijk in. Vlak na de kruising met de Klumperdijk, waar kauwende lama's haar lijken te volgen met hun onnozele blik, gaat de Kloosterdijk over in de Schaarweg. Een krappe kilometer buiten Bredevoort heeft Rots, tegen een helling, een huis laten bouwen. Het huis steekt hoog boven het landschap uit, waardoor hij uitzicht heeft over een stuk ongerepte natuur. Wagener vertelde haar dat de inwoners van Bredevoort er in eerste instantie schande van spraken, van deze horizonvervuiling, tot Rots een schenking deed aan het stadje en in de krant een artikel verscheen waarin stond dat het dak van zijn woning bedekt zou worden met een grasmat om de natuurlijke sfeer te behouden.

Als ze haar auto voor het huis parkeert kan ze niet anders dan met bewondering staren. Bij dit huis, net als bij zijn kantoor, heeft hij volop gebruikgemaakt van natuurlijke materialen en opnieuw valt haar op dat glas een van zijn meest geliefde materialen moet zijn. Een muur van glazen bouwstenen sluit aan op een waterpartij met een metershoge fontein, die een deel van het huis aan haar blik onttrekt. Volop grassoorten en riet.

Ze belt aan. Naaldhakken klinken steeds dichterbij en dan gaat de zware houten voordeur open.

'Ja?' vraagt een blonde jongedame die zo van de catwalk lijkt te zijn weggelopen.

'Mevrouw... Rots?'

'Over een poosje,' is het antwoord, dat vergezeld gaat van puberaal gegiechel.

'Ik kom voor de heer Rots,' zegt ze, en ze laat haar identificatie zien. 'Wilt u hem voor mij halen?'

'Komt u binnen.'

'Waarom heeft u de telefoon niet beantwoord?' vraagt ze aan het vriendinnetje, terwijl ze de ruime hal binnenstapt.

'Dat wil Eric niet hebben,' antwoordt ze. 'Mijn vriendinnen bellen mij trouwens toch altijd op mijn mobiel.'

'Mevrouw De Winter,' begroet Rots haar. 'Wat verschaft mij de eer dat u mij zelfs thuis komt opzoeken?'

Expres mevrouw, en geen inspecteur? 'Mijn assistent heeft gemeld dat ik u wil spreken?'

Hij knikt, bijna ongemerkt. 'Loopt u mee?'

De woonkamer baadt in het licht, ondanks het sombere weer. Oorzaak daarvan vormen de grote glazen puien aan de zij- en achterkant van de woning en een langwerpige, puntvormige lichtstraat die een groot deel van het dak vormt.

'Ik heb uw naam gegoogeld,' zegt ze, 'waarbij ik onder meer stuitte op een artikel over uw passie voor de gulden snede. Heeft u die hier in uw woning ook toegepast?' Ze probeert hem te zien als gewetenloze moordenaar en dat lukt haar niet. 'De symmetrie in ieder geval?'

Een ogenblik meent ze respect te zien in zijn ogen. 'Ik ben van jongs af aan geboeid geweest door de tempels in Griekenland. Pas later, toen ik ernaartoe kon en er informatie over kreeg, wist ik dat die liefde veroorzaakt werd door de lengte- en breedteverhouding.'

'De lengte van de ideale rechthoek heeft de diameter van een halve cirkel, en de breedte is de zijde van het ingeschreven, grootst mogelijke vierkant in die halve cirkel.'

'U heeft uw huiswerk gedaan,' zegt Rots. 'Al vraag ik me af waarvoor.'

'Ik probeer de mensen van wie ik iets wil weten graag te begrijpen.'

'De psychologie van de misdadiger? Wat doet u dan hier?'

'Niet alleen misdadigers. Getuigen kunnen ook erg belangrijk zijn in een zaak.'

'Bent u in dit geval niet lichtelijk overactief? U gaat me toch niet vertellen dat u nog steeds denkt dat Berend is vermoord?'

'Dat is de grote vraag. Wij hebben een getuige die beweert dat u eergistermiddag bij hem bent gesignaleerd.'

'Dat is onmogelijk.'

'Dat mag u uitleggen. Was u soms de hele middag bij uw jeugdige aanstaande?' Ze kan licht vermaak in haar stem niet voorkomen.

'Aanstaande? Dat lijkt me niet,' zegt hij, terwijl een lichte frons tussen zijn wenkbrauwen verschijnt. 'Niet dat het u iets aangaat, maar ik heb de vrouw met wie ik zou willen trouwen nog niet ontmoet.'

'Niet bij de vriendin. Waar dan wel?'

De uitspatting met Anne-Wil Bouwmeester was dus ook van zijn kant niet serieus. Arm geblondeerd ding dat hij hier heeft rondhuppelen. Ze denkt aan haar eigen trouwerij. In het intieme gezelschap van een groepje familie en vrienden hebben Jaap en zij elkaar eeuwige trouw beloofd. Het vreemde is dat ze altijd opzag tegen die verbintenis voor het leven, en vervolgens, sinds haar jawoord, geen moment meer heeft getwijfeld. Het voelde eerder alsof er een grote last van haar af viel. De beslissing was genomen. *Les jeux sont faits.*

'Ik was afgelopen woensdagmiddag tot vroeg in de avond bij mijn moeder. Als mijn vader nog had geleefd hadden ze hun vijftigjarige trouwdag gevierd.'

Een kort moment meent ze een hapering bij Rots te bespeuren. Misschien is hij verontwaardigd dat ze een alibi van hem verlangt, of de herinnering aan zijn vader emotioneert hem?

'Mijn ouders vierden het vroeger altijd samen, en sinds zijn dood doen mijn moeder en ik dat met zijn tweetjes. We vieren hun trouwdag elk jaar exact op de dag waarop destijds het huwelijk is gesloten en juist dit gedenkwaardige jubileumjaar mocht daarop natuurlijk geen uitzondering vormen. Mijn moeder vertelde nog dat ze zich haar trouwdag, een voor november uitzonderlijk warme vrijdag, herinnerde als de dag van gisteren. Ze is slecht ter been en voelde niets voor een feest. Desondanks hebben we genoten van gerookte zalm vooraf en als hoofdgerecht lamskoteletjes met doperwtjesstamppot. Door mijzelf gekookt, bij mijn moeder thuis. Vraagt u haar gerust of ik u de waarheid vertel.'

Zijn woorden klinken overtuigend. 'Dus onze getuige liegt?' stelt ze ietwat sarcastisch vast. Het kost haar moeite Anne-Wil als leugenaar te zien. Aan de andere kant, Anne-Wil heeft Rots' auto niet gezien, noch de man zelf, alleen zijn stem gehoord. Kan ze zich hebben vergist?

'Zeker,' is Rots' overtuiging. 'Van wie komt die getuigenis? Van zijn vrouw soms? Vast, wie zou er anders 's middags bij Berend thuis zijn geweest?'

Ze bevestigt zijn vermoeden niet, ontkent zijn suggestie evenmin om niet te liegen.

Rots beschouwt haar zwijgen kennelijk als een instemming. 'Met alle respect, inspecteur. Eerlijk gezegd zou ik mevrouw Bouwmeesters getuigenis niet al te serieus nemen. Ze is... Nou ja, ik wil niet kwaadspreken over een vrouw die net haar man is kwijtgeraakt, maar neemt u van mij aan dat ze op zijn minst labiel is. Misschien heeft zij haar man wel een duw gegeven, of kregen ze ruzie; heeft u aan die mogelijkheid gedacht? Ik vroeg me wel eens af of Berend wel zo gelukkig was, al gaf hij naar de buitenwereld toe wel die indruk. Als Anne-Wil al eens thuis was, dan was ze niet echt het zonnetje in huis, en dan druk ik me mild uit.'

Eric Rots kan haar verder niets wijzer maken dan ze al was. Hij is behulpzaam en beantwoordt haar vragen en lijkt oprecht niets meer te weten.

Het verwart haar. Overtuigd als ze was dat ze met Anne-Wils getuigenis iets had. Is dat 'iets' slechts een labiele weduwe?

27

Nelleke rijdt naar Lichtenvoorde, haar auto gevuld met Mozart. Waarom stapt een knappe jonge meid in vredesnaam in
een kansloze relatie met iemand die haar vader had kunnen
zijn? Of is ze bevooroordeeld door Rots' houding? Misschien
zijn ze wel dolgelukkig. En misschien valt eerste paasdag volgend jaar op een dinsdag. Wie vertelt de waarheid, wie liegt?
Die vraag spookt door haar hoofd. Is Anne-Wil Bouwmeester
inderdaad zo labiel als Eric Rots beweert? Dat betwijfelt ze,
hoewel er zeker een kern van waarheid in zal zitten. Ergens
weet ze dat ze iets over het hoofd heeft gezien vandaag. Bij
Onno, de weduwe, of bij Eric Rots. Een aanwijzing. Iets wat
Anne-Wil heeft gezegd misschien, over de architect. Hoe dieper ze erover nadenkt, hoe verder het antwoord lijkt weg te
drijven. Gefrustreerd laat ze de gedachten erover los. Misschien
komen ze dan spontaan terug.

Geen nieuws uit München. Geen telefoontje.

Niet aan denken.

Gelukkig valt de droom van die ochtend haar niet meer lastig. Ze heeft er amper meer aan gedacht, en zelfs de hoofdpijn
die haar al wekenlang vrijwel dagelijks vergezelt blijft tot nu
toe redelijk op de achtergrond.

Dat kind bij Rots zal niet ouder zijn geweest dan Anouk. Ze
moet er niet aan denken. En dan nog. Je doet er niets aan als
het je overkomt. Het verhaal van Mozarts *Zauberflöte* boeit haar

matig, zelfs als Tamino de laatste beproeving, de proef van vuur en water, moet doorstaan. De muziek maakt echter veel goed. Eenvoudig en direct. Het schijnt te horen bij de werkwijze van componisten aan het einde van hun carrière. Eenvoud en directheid. Hoewel Mozart nog jong was en geen idee had – neemt ze aan – dat het tot een van zijn laatste werken zou horen. Of heeft hij aangevoeld dat hij niet oud zou worden?

Ze neuriet mee met de Koningin van de Nacht, tot die zo hoog zingt dat ze kuchend moet afhaken.

De opera is doorspekt met ideeën uit de vrijmetselarij en beschrijft enkele inwijdingsrites. Ook de spreuk *'sei standhaft, duldsam, und verschwiegen'* is een letterlijk citaat uit deze rituelen. En natuurlijk draait alles, zoals in vrijwel alle opera's, om de liefde. Wie is de goede en wie is de kwade, waarna de goede, de liefde, kan overwinnen.

Naar huis, beslist ze, als ze op haar horloge kijkt. Een broodje en kijken hoe het met Josien is. Ze rijdt langs de bakker en koopt een zak vol verse croissantjes en laat een tweede zak vullen met enkele puddingbroodjes voor kantoor; traditie op de laatste werkdag van de week. Een traditie die, hoe kan het ook anders, in het leven is geroepen door Ferry Wagener. Die moet twee lintwormen hebben die elkaar afwisselen met eten en slapen.

Had ze maar een duidelijk bewijs dat het om moord gaat, dan kon ze haar collega's inzetten. Ze mist Simmelinck en Cornelissen, die elk op hun eigen wijze altijd een waardevolle bijdrage leveren aan het recherchewerk. Een onverwachte getuige vinden, letten op details, scenario's voordragen, ze komen steevast met nieuwe invalshoeken.

Om Josien hoeft ze zich geen zorgen te maken. Zowel Jaap als Evelien verwent de jongste en zelfs viervoeter Daya laat zich niet onbetuigd en brengt Josien keurig op commando een tijdschrift.

'Druk?' wil Jaap weten.

Ze slikt een hap van haar croissant door. 'Tijd voor een broodje, dus het valt mee.'

'Josien belde vanmorgen of ik haar een uurtje gezelschap wilde houden,' zegt Evelien. Haar stem klinkt bijna verontschuldigend.

'Je hebt echt geen excuus nodig om hier te komen,' zegt ze oprecht verbaasd. Ze is het stadium van onzekerheid over de relatie met haar biologische moeder voorbij, en weet niet beter dan dat dit voor Evelien ook geldt.

'Nee, sorry. Het kwam door je fronsende blik, denk ik, toen je binnenkwam.'

'Dat heeft niets met jou te maken en alles met de zaak waaraan ik werk,' zegt ze, terwijl ze Evelien een zoen geeft.

Wagener had zich al verheugd op de broodjes, zegt hij, handenwrijvend. Hij heeft flink gespit en de geestelijke inspanning heeft hem hongerig gemaakt. Slechts zes boterhammen heeft hij achter de kiezen, zegt hij.

Hoofdagent Gerritsen geeft haar een memo.

'Groenenveld komt straks hier,' zegt ze tegen Wagener. 'Zullen wij op een rij zetten wat we hebben?'

'Prima. Je wilde toch dat ik dieper zou graven naar Eric Rots, de architect?'

Ze knikt.

'Ik vond via Hyves een oud-klasgenoot van hem,' zegt Wagener. 'Ene Kasper de Wildt. Zat bij Rots in de klas op het voortgezet onderwijs. Ik heb hem gebeld. Meneer De Wildt vertelde dat Rots' vader zelfmoord heeft gepleegd toen Eric een jaar of negen was, wist je dat?'

'Ja. Toevallig vertelde Onno Brugging dat vandaag. Ik kende het verhaal, maar ik wist niet dat Eric Rots zijn zoon was. Een tragische geschiedenis.'

Wagener scrolt de tekst op zijn beeldscherm. 'De Wildt mocht Eric vroeger niet. Hij realiseert zich nu dat zijn klasgenoot toen danig van slag moet zijn geweest. Eerst zijn zusje dood, een paar jaar later zijn vader. Kasper vond Eric vroeger nogal achterbaks en egoïstisch. Hij herinnerde zich één akkefietje, op school, toen Eric een uittreksel van een boek van hem had gekopieerd en later doodleuk in de klas deed alsof het zijn verhaal was, dat Kasper vervolgens van hem zou hebben overgenomen. Sindsdien waren ze niet meer on speaking terms. Hij heeft zijn klasgenoot voor het laatst een paar jaar geleden getroffen, bij een of andere lezing. Hij moest toegeven dat Rots was veranderd. Charmant, levendig en spraakzaam, hij had een bijzonder interessante lezing bijgewoond over architectuur anno nu, hoewel hij zijn stijl niet echt origineel vond.'

Nelleke praat haar collega bij over haar gesprekken van die ochtend en geeft hem het recordertje. 'Ik dacht dat ik juist die Rots in de knip had, door de getuigenis van Anne-Wil Bouwmeester, maar die is volgens de architect meer de weg kwijt dan wij in de gaten hebben.'

'Als je hem verdenkt, kunnen we wat met die schoenafdrukken doen,' stelt Wagener voor.

'Krijg ik nooit voor elkaar. Rots heeft een alibi.'

'Dit boeit je dan misschien wel,' zegt Wagener. Hij geeft haar een rapport. 'Koffie?'

'Graag.'

De Technische Recherche heeft tests gedaan met een pop. Die pop, met Bouwmeesters lengte en gewicht, hebben ze van een hoogte van exact vier meter tweeëntwintig, de hoogte van Bouwmeesters verdiepingsvloer, laten vallen. Negen van de tien keer kwam de pop op dezelfde wijze op de grond terecht als het slachtoffer. Logische conclusie van de TR: ze achten de kans dat het slachtoffer met de rug naar de verdiepingsvloer toe stond negentig procent.

Ze zucht. Geen bewijs dat Bouwmeester is geduwd. Aan de andere kant, het staat ook niet vast dat het een ongeluk is geweest. Met het schrale feit dat hij is opgegroeid in de bouw hoeft ze bij de officier echter niet aan te komen. Hoe komt ze aan bewijzen? Gefrustreerd schuift ze het rapport van zich af.

'Verder geen bijzonderheden in de bedrijven van Rots en Bouwmeester. Keurige boekhoudingen.'

'En de nummers die Bouwmeester heeft gebeld? Waar is die lijst?'

'Hier. Daar ben ik nog mee bezig, ik was gebleven bij begin vorige week.'

Ook deze papieren wil ze als afgedaan wegdoen, als haar hart plotseling overslaat. Het staat er echt. Het nummer dat ze moeiteloos thuisbrengt, zoals alle nummers die ze één keer heeft gezien. Kentekens, telefoonnummers, ongewild nestelen ze zich in haar hoofd. Ook dit nummer dreunt ze moeiteloos op als ze haar er 's nachts voor wakker zouden maken. 'Ferry, wat moest Bouwmeester met de recherche in Utrecht?'

'Wie?'

Ze laat hem het nummer zien.

'Zo ver was ik dus nog niet.'

'Wat heb je gevonden over die organisatie, de KKA?' vraagt ze.

'Ik heb informatie opgevraagd bij de Kamer van Koophandel.'

'En nog niets ontvangen dus?'

Wagener schudt zijn hoofd. 'Ik zal erachteraan bellen.'

'Rouwenhorst vertelde dat Bouwmeester op vrijdag regelmatig naar Utrecht ging,' zegt ze bedachtzaam. 'Naar een businessclub of zoiets.'

'Toeval?'

Ze glimlacht. 'Toeval bestaat niet. Tenminste niet als we dat niet willen.'

'Ik ga er harder achteraan.'

'Goed zo.' Ze ziet de auto van Groenenveld voor het bureau stoppen, gevolgd door een dikke rookwolk. 'Dan ga ik onze chef overtuigen dat we een zaak hebben. Al faal ik daarin, we gaan door. Ik heb het niet hardop durven zeggen, maar ik weet zeker dat Bouwmeester niet is gevallen. Iemand heeft hem een zet gegeven.'

Groenenvelds gekreukelde colbert stemt haar om een onduidelijke reden vrolijk. Misschien ligt het aan het contrast met de gladde maatpakken die Markant zich liet aanmeten.

'U moet de uitlaat laten nakijken,' adviseert ze hem.

'Dat geldt voor de hele auto. Ik help niet bepaald mee aan een schoner milieu. Zeg eens, Nelleke, ben je al in de overvallen gedoken?'

Het verwondert haar hoe snel ze Groenenveld kan overtuigen dat de Bredevoort-zaak hun aandacht verdient. Zo houtsnijdend zijn haar argumenten niet. Blijkbaar denkt de commissaris daar anders over. Het feit dat Rots de vader lijkt te zijn van Anne-Wils baby en dat de weduwe getuigt dat Rots bij Bouwmeester is geweest, die middag, en vooral het telefoonnummer van de recherche in Utrecht fascineren de commissaris in hoge mate. 'De collega's hadden je hulp bij de overvalzaken graag gewild,' zegt hij, 'maar het lijkt me duidelijk dat dit je prioriteit moet hebben. Ik zal de officier op de hoogte brengen. We zitten alleen met een chronisch personeelstekort, dus ik hoop niet dat je extra mensen nodig hebt. Simmelinck en Cornelissen zijn hard nodig bij het TGO.'

'Wagener en ik redden ons en we hebben geen reden om aan te nemen dat de moordenaar op zoek is naar een nieuw slachtoffer,' antwoordt ze, terwijl haar op datzelfde moment te binnen schiet hoe ze verontrust in haar achteruitkijkspiegel keek omdat ze dacht dat ze werd achtervolgd. Ze vertelt het aan Groenenveld, na een moment van twijfel. De ervaring heeft haar geleerd dat ze dit soort vermoedens, al zijn het niet meer dan dat, niet mag verzwijgen. 'Ik wil geen bescherming, alleen dat u ervan weet. Ik ben een getraind rechercheur en een gewaarschuwd mens telt voor twee. Bovendien zal ik ervoor zorgen dat Wagener zoveel mogelijk bij me is,' verzekert ze de commissaris.

Die stemt toe. 'Ik ga niet juichend akkoord. Het ontbreekt me helaas aan mankracht om het met je oneens te zijn. Hoe zit het precies met dat telefoonnummer dat het slachtoffer heeft gebeld?'

'Rebo, Bouwmeesters bedrijf, is niet zomaar het eerste het beste bouwbedrijfje. Het is een onderneming met zeer gespecialiseerd vakmanschap in restauraties, dat zelfs meewerkt aan de verbouwing van het Rijksmuseum. Rebo is aangesloten bij de KKA, een organisatie die toeziet op de kwaliteit in de architectenbranche. Het hoofdkantoor zit in Utrecht en Bouwmeester heeft contact gezocht met de recherche daar. Waarom weten we nog niet, maar ik vermoed een link en ik heb mijn twijfels over die club. Er gaat veel geld in om.'

Ze ziet Groenenvelds bezorgde blik als hij opstaat en ijsberend zijn hoofd schudt. Ze wijst hem nogmaals op het feit dat ze voorzichtig zal handelen en desnoods de collega's in Utrecht zal inschakelen.

'Ik weet niet of het handig is dat je je daarin gaat mengen.'

Zijn bezorgdheid heeft een andere reden. Weet hij iets? 'Waarom niet?'

De commissaris pakt zijn bril en poetst bedachtzaam de glazen. Met half dichtgeknepen ogen kijkt hij haar aan. Met min zes zal hij haar nu als een vage schim zien.

'Waarom niet?' herhaalt ze.

Groenenveld gaat zitten en kijkt haar indringend aan door de kleine brillenglazen, die nog steeds vettig lijken. 'Pas op je tellen,' zegt hij. 'Ik weet dat ze in Utrecht ook achter die organisatie aan zitten. Ik heb er nu al spijt van dat ik net heb toegezegd. Ik weet er het fijne niet van maar ze maken zich er daar aardig druk over. Het is dat ik je goed genoeg ken om te weten dat ik je nu alleen maar nieuwsgieriger maak en je de zaak niet meer uit handen zult willen geven. Ik heb vertrouwen in je capaciteiten, De Winter, maar wees in godsnaam voorzichtig met wat je doet.'

Ze is verbaasd, tegelijk maakt een opwinding zich van haar meester. Zie je wel, zie je wel, gonst haar hoofd.

Pas als ze de rookwolken van Groenenvelds auto ziet verdwijnen realiseert ze zich dat ze nog steeds in de spreekkamer zit.

Zijn woorden echoën na in haar hoofd en ze probeert orde te scheppen in de chaos van haar geest. Koffie. Ze pakt een verse kop en vertelt Wagener wat de commissaris heeft verteld.

De papieren van de organisatie zien er betrouwbaar uit. Een fris, blauw beeldmerk in de vorm van een geabstraheerd kroontje, dat in geen enkel opzicht lijkt op de officiële kroon die alleen de hofleveranciers van het Koninklijk Huis mogen gebruiken. Als Bouwmeester zoveel geld overhad voor de KKA, welke klanten heeft hem dat dan opgeleverd? Een vraag voor Rouwenhorst, die ze bij Wagener neerlegt. Ook vraagt ze hem contact op te nemen met Utrecht. 'Kijk maar wat je te weten kunt komen,' zegt ze. Ze heeft genoeg vertrouwen in hem om hem te belasten met een dergelijke vraag. Bovendien, wat moet ze anders? 'En ga naar die moeder van Rots. We moeten het alibi van haar zoon checken.' Als de moeder dat alibi bevestigt, wat heeft ze dan eigenlijk in handen?

28

Ze leest de rapporten door die Wagener heeft opgesteld. Die vertellen haar niets wat ze niet al wist. Zuchtend slaat Nelleke de mappen dicht en loopt naar het keukentje voor een glas water. Ze drinkt een glas leeg en schenkt een tweede vol, dat ze meeneemt.

In het kantoor van haar collega's is het rustig. Wagener zit er als enige, stil starend naar het beeldscherm. Nelleke ziet dat hij schrikt als hij opkijkt en haar ziet.

'Wat is er?'

'Niets. Eh... het lichaam van Berend Bouwmeester is vrijgegeven door de officier. Het sectierapport is compleet en er zijn geen nieuwe feiten of onbeantwoorde vragen.'

Er is niets? 'Heb je contact gehad met Utrecht?'

'Ja, net. Ze bevestigen het telefoontje van Bouwmeester. Wat ik ervan heb begrepen is dat ze inderdaad onderzoek doen naar de organisatie KKA, en dat het moeilijk is om er een voet tussen de deur te krijgen. Ze worden van het kastje naar de muur gestuurd. Ik heb gevraagd of ze informatie willen opsturen en dat zouden ze doen, zeiden ze.'

'Had je het idee dat ze je alles vertelden wat ze wisten?' vraagt ze.

'Eerlijk gezegd niet, nee, ik vond dat ze nogal denigrerend deden.'

'We wachten af waar ze mee komen,' beslist ze. 'En nu ben ik toch benieuwd waarom je net zo schrok.'

Hij wijst naar zijn beeldscherm. 'Ik wilde het eigenlijk eerst checken…'

Als ze het gezicht van de jonge vrouw ziet, in een iets te lage resolutie om echt scherp te zijn en tegelijkertijd zo herkenbaar, stokt de adem in haar keel. Ze houdt zichzelf direct voor dat scepsis haar reactie moet zijn. Wantrouwen, toeval. Ook al lijkt deze jonge vrouw in haar herinnering als twee druppels water op die van de andere afbeelding. Er klopt vast iets niet. Iemand haalt een grap met haar uit, dat moet. Alles beter dan de hoop toelaten in haar lijf. Ze weet te goed waartoe die leidt. Stiekem is daar direct het stemmetje dat de hoop juist verwelkomt. Haar reden om door te gaan met leven.

Het is alsof Wagener haar gedachten raadt. Hij vist uit een digitale archiefmap de afbeelding die hij vorig jaar met een collega heeft gemaakt, afgedrukt op helder, glimmend fotopapier. Angstaanjagend echt. Een computerwonder dat Suzan toont zoals ze er nu uit zou moeten zien, gemaakt met een geavanceerd programma dat een meisje van drie heeft omgetoverd tot een volwassen twintiger. Ze weet nog hoe geëmotioneerd ze raakte toen ze de foto de eerste keer zag. Ze herkende er iets in van Gijs, haar toenmalige echtgenoot, maar ze zag er ook zichzelf in als jonge vrouw. Helaas leverde het haar toen niets op behalve nachtmerries, hallucinaties en een paar weken ziekteverlof. Suzan. Zou het dan toch mogelijk zijn…? 'Wat?' Ze hoort haar assistent in de verte iets zeggen.

'Het zou Suzan kunnen zijn en aan jouw gezicht te zien denk jij er ook zo over.'

'Ik moet nodig een sigaret hebben,' is het enige wat ze kan uitbrengen.

Wagener haalt er een voor haar. Ondanks zijn diepe afkeer van roken houdt hij haar zelfs een vuurtje voor.

Ze inhaleert diep en blaast de rook zo ver mogelijk van hem vandaan als dank voor zijn begrip. 'De foto is afkomstig van de collega's in München,' zegt hij. 'De jongedame heet Desirée Brunnecke en ze gaan haar ouders zo spoedig mogelijk opsporen. Ze hebben haar bij toeval gespot in een warenhuis in het centrum van München, met enkele vriendinnen. Een oplettende collega herkende haar van de coldcasefoto. Ik zal de foto voor je printen.' Hij voegt meteen de daad bij het woord en ergens in haar achterhoofd registreren hersencellen het bijbehorende geluid. 'Zal ik ze bericht sturen dat wij het met hen eens zijn dat we vermoeden dat het om een en dezelfde vrouw gaat?'

Ze knikt. 'Laat ze verder onderzoek doen.' Haar mobiel gaat. Groenenveld, ziet ze aan het nummer.

'Nelleke? Ik was nog vergeten te vragen of je Wageners beoordeling wilt inleveren. We willen hem bevorderen tot brigadier. Met zijn jaren in Engeland meegerekend is hij daar volgens ons wel aan toe.'

Ze vertelt hem wat er aan de hand is en hij zegt dat hij zijn auto zal keren.

'Ik kom eraan.'

'Het is een stomme vraag,' zegt ze tegen haar assistent, 'maar heb jij je eigen beoordeling ergens zien liggen?' De gedachten focussen op iets anders. Dat is goed. Wagener; hij heeft het verdiend. Zal hij zijn promotie aanvaarden of houdt hij het voor gezien?

Haar assistent knikt. 'Bij Simmelinck. Je had hem gevraagd om een stukje toe te voegen.'

'O ja.'

'Zal ik je thuisbrengen?'

'Nee. Ik wil graag dat jij het alibi van Rots gaat checken bij die moeder. Dat heeft prioriteit.'

Ze loopt naar haar kantoor en start haar computer op. Jaren geleden zou ze in de auto zijn gestapt en met tweehonderd kilometer per uur en zwaailicht op het dak naar München zijn gereden als ze deze foto onder ogen had gekregen. De bruine ogen van Gijs in combinatie met haar eigen rode krullen en de bleke huid, hoe kan het Suzan niet zijn? Zelfs de paar sproeten lijken van haar eigen gezicht gekopieerd op die van de jonge vrouw.

Ze durft niet meer te hopen. Niet meer.

Groenenveld weet wat ze nodig heeft; ze ziet het aan zijn gezicht zodra hij binnenkomt met zijn linkerhand in zijn borstzak.

'Zijn er verder geen collega's op het bureau?'

Ze schudt haar hoofd.

Hij zet twee plastic medicijnbekertjes op tafel en schenkt die tot de rand toe vol met een drankje uit een heupfles, die hij uit de binnenzak van zijn geruite colbert tovert.

'Ben je altijd zo goed voorbereid?' vraagt ze, een glimlach forcerend.

'Soms is het een heel probaat hulpmiddel, en ik vind dat iedere commissaris een noodhulppakketje bij zich zou moeten hebben. Alleen is niet iedereen het met mij eens.' Zijn gedrongen lichaam past amper in de smalle stoel en hij wurmt zich onhandig tussen de armleuningen. Ze heeft amper oog voor zijn hopeloos gekreukte colbert.

'Als iemand ernaar vraagt ben ik altijd verkouden.' Na een proostend gebaar slaat hij de borrel in één keer achterover.

Nelleke doet hetzelfde en het sterke vocht verwarmt haar onmiddellijk vanbinnen. Ze schuift Suzans foto en die van Desirée Brunnecke onder zijn neus.

De commissaris schenkt de miniglaasjes nog een keer vol en bergt daarna zijn flesje op. 'We moeten wel het goede voorbeeld blijven geven,' zegt hij, voordat hij de tweede borrel in zijn keel laat glijden. Pas dan lijkt hij te zien hoezeer de twee foto's identiek zijn. 'Ik vreet mijn Schotse rok op als ze het niet is.'

'Ik weet niet hoe goed die foto van vorig jaar is gemaakt door de computer,' werpt ze tegen. 'En die van deze Desirée Brunnecke is nogal onscherp.'

'Zou ze zich herinneren dat ze Suzan heet?' vraagt Groenenveld zich hardop af. 'Woordjes in het Nederlands kennen?'

En dan wordt het Nelleke alsnog te veel. Geholpen, wellicht, door de borrels laat ze haar emoties de vrije loop en voor ze het in de gaten heeft spetteren er tranen op Groenenvelds colbert. Van dichtbij zijn de randen van de ruitjes oranje en geel. Tot haar eigen stomme verbazing registreert ze de onzinnige details.

Als ze zichzelf onder controle heeft verontschuldigt ze zich.

'Dat is af en toe heel goed, zelfs voor een inspecteur. Juist voor een inspecteur,' zegt hij grijnzend, zijn wijsvinger belerend in haar richting priemend. 'En nu ga jij naar huis.'

Ze schudt haar hoofd. 'Ik ga Wagener helpen en Anne-Wil Bouwmeester persoonlijk vertellen dat ze haar man mag begraven. En ik wil weten hoe zeker ze ervan is dat ze Eric Rots bij haar man heeft horen praten. De afleiding is goed voor me, geloof me.'

'Mmm.'

'Zij is degene bij wie een draadje loszit, volgens hem.'

'Vind je het wel verstandig om daar nu naartoe te gaan? In je eentje?'

'Ga dan mee.'

'Helaas. Staf, over...' hij kijkt op zijn horloge, 'over drie minuten.' Hij haalt zijn schouders op. 'Het verbaast iedereen altijd meer als ik op tijd kom dan wanneer ik te laat kom, dus ik doe mijn naam maar gewoon weer eer aan vandaag.'

'Wil je blijven, hier, als commissaris?'

'Voorlopig wel. Maar ik heb te weinig zitvlees voor langdurig dezelfde plek, dus vraag me niet om tot mijn pensioen hier te blijven.'

'Van mij mag je.'

'Doe je voorzichtig?'

'Altijd.'

Als ze onderweg is naar Bredevoort, nog steeds begeleid door Mozarts operamuziek, belt Wagener. Hij was vergeten om haar te zeggen dat hij informatie heeft over de vriendin van Anne-Wil Bouwmeester. Hij is even naar buiten gelopen bij Rots' moeder, zegt hij.

'Ellis Grijsen bedoel je.'

'Ja, die. Ik kwam in Bouwmeesters boekhouding een factuur tegen van een hotelovernachting van de twintigste op de een-entwintigste mei, en eentje van mevrouw Grijsen voor tolk-werkzaamheden op die beide dagen. Ik heb navraag gedaan bij dat hotel in Münster…'

Ze onderbreekt hem. Verward. 'München? Heb je nieuws over…'

'Nee. Münster.' Haar assistent benadrukt de s en de t in de plaatsnaam. 'Een kilometer of zeventig over de grens bij Winterswijk. *Guess what?* De dame aan de telefoon wist te vertellen dat er op de betreffende datum een *"Herr und Frau Bouwmeister geschlafen haben"*. Er was slechts één kamer geboekt.' Zijn Duits klinkt abominabel, de woorden laten niets te raden over.

Ze vraagt hoe het bij de moeder is. 'Ik zit alweer aan de cake,' zegt hij. 'Is dat iets typisch Bredevoorts?'

'Typisch aardig misschien. Blijf even daar. Ik kom eraan, ik rijd net Bredevoort binnen. Neem nog een plakje cake, als het nodig is.'

Ze hoort hem grinniken.

'Wat is het adres?'

Als ze het hoort meent ze dat Wagener zich moet vergissen. 'Weet je dat zeker?'

'Nummer twaalf, ja.'

'Volgens mij woont daar mevrouw Eenink.'

'Ja, dat klopt.'

Ach ja, natuurlijk, mevrouw Eenink. De stem die ze herkende. De echtgenote van de zelfmoordenaar. Dat slachtoffer is tevens Rots' vader. Hoezo die verschillende achternamen?

En Ellis Grijsen. De nette tolk-vertaalster, ja, ja. Een mooie vriendin. Wat zei Wagener; mei? Dat is in de periode geweest dat Anne-Wil nog volop met haar burn-out zat. In Münster? Romantische stad voor een intiem geheim… Of ze hebben gedacht dat Münster in de tijd is blijven steken van de polyga-mie van anabaptist Jan van Leiden. Dan zijn ze aan het einde van dat verhaal vermoedelijk nooit toegekomen. Meer waarschijnlijk en realistisch is dat Bouwmeester een zakelijke deal rond heeft gekregen met hulp van tolk Ellis, dat de champagne rijkelijk heeft gevloeid en dat de twee daarna vrolijk, geil en beschonken samen in bed zijn beland.

Of hadden ze het gepland? En was dat misschien niet voor het eerst? Kregen ze woensdag ruzie over een volgend uitje? Wilde hij ermee stoppen?

Vragen, meer vragen dan antwoorden.

Maar Ellis die, om welke reden dan ook, vervolgens Berend een zet geeft? Daar lijkt de vrouw toch te klein en te iel voor. Anne-Wil is groter, gespierder, heeft zonder meer een lijf dat zo'n prestatie kan leveren. Wist Anne-Wil van de uitspatting van haar man?

Kan ze Ellis afschrijven? Nee. Niets uitsluiten, geen tunnelvisie, ze weet het. Alleen, ze heeft niet genoeg mensen om alle sporen direct te volgen. En dus moet ze keuzes maken.

29

Als Nelleke uit de auto stapt moet ze omschakelen, ondanks Mozarts muzikale pogingen om haar aandacht in de auto af te leiden van door elkaar lopende beelden van Suzan en een overspelige echtgenoot die eindigt als lijk door zijn ontrouw. Ze zal Ellis vragen of het waar is, of ze meer voor Berend heeft gedaan dan alleen als tolk fungeren, voordat ze per ongeluk haar boekje te buiten gaat. Het is tenslotte mogelijk dat de hotels waren volgeboekt en hij op de bank heeft geslapen. Maar als het waar is zal ze zorgen dat Anne-Wil het te weten komt, zodat die iets van haar schuldgevoel kan afwerpen. Dat de nieuwbakken eigenaresse van de boekwinkel daar vol van zit, is voor Nelleke geen vraag. Sinds de dood van haar man hangt het als een aura om haar heen, zou het niet duidelijker kunnen zijn als het op haar voorhoofd geschreven stond.

Zodra ze de vrouw ziet, herinnert ze zich het ietwat stijve postuur en de grijze ogen. Tegen de zeventig, schat ze mevrouw Eenink, die moeizaam loopt. Eric lijkt op zijn moeder, in ieder geval heeft hij haar ogen.

'Komt u binnen.'

Dus dit is de vrouw wier man hun dochtertje doodde. Ze heeft haar gesproken toen het onderzoek werd heropend, het onderzoek waarbij ze die benauwende indruk kreeg van Bredevoort, waar ze stuitte op zwijgzaamheid van de inwoners.

De vrouw legt uit dat Eric haar meisjesnaam heeft aangenomen. Zij heet dus eigenlijk Rots, haar man heette Eenink. 'Mijn zoon had er veel moeite mee dat Harjo zichzelf het leven benam en wilde niet verder met die achternaam.'

Geen wonder dat Eric Rots van slag was toen hij het had over de trouwdag van zijn ouders, realiseert ze zich ineens. 'Ik heb destijds het onderzoek heropend,' zegt ze. 'Een vreselijke, trieste geschiedenis.' Wagener maakt notities, constateert ze tevreden. Dan hoeft ze haar recorder niet aan te zetten.

'Het was afschuwelijk.' Mevrouw Eenink schudt haar hoofd. 'Het is al zevenendertig jaar geleden en ik droom soms nog steeds dat ik mijn dochtertje in mijn armen houd.'

'Uw zoon heeft een prachtig schilderij van zijn zusje in zijn kantoor.'

'Ik heb een kopie ervan op mijn slaapkamer. Marlies was net drie geworden.'

Net zo oud – jong – als Suzan. Het is even stil. Wat moet ze hier eigenlijk?

Wagener beantwoordt die vraag voor haar. 'Mevrouw Eenink, wij wilden graag van u horen wanneer u dat etentje met uw zoon heeft gehad.'

'Etentje? O ja, Eric heeft voor me gekookt. Heerlijk was het. Met zalm zelfs. Eergisteren. Woensdag was dat toch? Ja. Woensdag.'

'Was Eric de hele middag bij u?'

'Hij was hier om… even kijken, twee uur. We hebben koffiegedronken, hij werd elke keer opgebeld, dat vond ik niet zo leuk. Maar hij heeft heerlijk gekookt en we aten tegen halfvijf. Mijn man en ik vierden onze trouwdag altijd op de dag zelf, ziet u. Een traditie die ik nu met Eric in stand houd. Hij verrast me elk jaar met een bezoek of een etentje. Dit jaar zouden we ons gouden huwelijk hebben gevierd, als Harjo nog had geleefd,' verzucht ze. 'Ik herinner het me nog als de dag van gisteren, dat zei ik ook nog tegen Eric. Het was een vrijdag in november, maar zulk prachtig weer, echt onvoorstelbaar. We dachten dat met zo'n godsgeschenk ons huwelijk nooit stuk zou kunnen.' Haar lippen trillen.

Nelleke staat op. Ze heeft het benauwd en wil weg uit de bedompte donkere kamer van het arbeidershuisje. 'Blijft u rustig zitten,' zegt ze. 'We zullen u niet langer storen.'

Buiten haalt ze opgelucht adem. Ze steekt een sigaret op en vraagt Wagener naar het dossier van Eenink. 'Ik wil het doorlezen. Het is al zo lang geleden, ik weet er niet zo veel meer van.'

'Oké, doe ik. En nu, naar Anne-Wil Bouwmeester?'

'Ga jij vast naar het bureau. Ik hoef Anne-Wil alleen te vertellen dat ze haar man mag begraven, daar red ik me wel mee.'

Ze ziet dat haar assistent haar aankijkt alsof hij daar allerminst van overtuigd is. 'Echt waar. Een halfuurtje en ik ben terug.'

'Dan probeer ik die vriend van Te Bokkel te bereiken. Kijken of die zijn alibi bevestigt.'

'Prima.'

Anne-Wil Bouwmeester veegt een lange haarlok die zich op eigen houtje heeft onttrokken aan de vlecht uit haar verhitte gezicht. 'Uit dat ene ding stroomt het water als een gek en uit die andere krijg ik een pisstraaltje van niks,' zegt ze. Het huilen staat haar nader dan het lachen. 'Kloteapparaat,' bromt ze, terwijl ze de zilverkleurige machine oppakt en bijdraait zodat ze makkelijker bij de tuitjes kan. Ze draait er wat aan, geeft er dan een fikse tik op en lijkt de moed op te geven.

'Heb je een paperclip?'

Anne-Wil kijkt haar verbaasd aan. Ze heeft blijkbaar niet de puf voor de bijbehorende vraag. 'Hier,' zegt ze, na een greep in een van de lades onder de kassa.

Nelleke buigt de paperclip uit elkaar. Ze prutst het dunne staal een paar keer door de verstopte leiding. 'Zo moet het denk ik weer lukken. Als je gaat testen, kun je voor mij ook een kopje inschenken.'

Nelleke heeft ondanks Anne-Wils tijdelijke onvermogen bij het falen van de koffiemachine bewondering voor haar moed en doorzettingsvermogen en ze vraagt zich af of zij dat ook zal hebben als Jaap ooit iets zou overkomen. Ze zet de gedachte van zich af. Niet zulke rare gedachten toelaten, prent ze zichzelf in. Ze haalt haar handen door haar krullen en schudt haar hoofd, in een poging om alles helder op haar netvlies te krijgen.

'Ik dacht vandaag dat ik het eerste boek ging verkopen,' zegt Anne-Wil. 'Er was een vrouw hier, die me het hemd van het lijf vroeg over de winkel en enkele schrijvers. Toen ze geen aanstalten maakte om iets te kopen dacht ik aan een journaliste, maar dat bleek ze ook niet te zijn. Bedankt, trouwens, hij doet het weer perfect,' zegt ze, terwijl ze Nelleke een kop koffie aanreikt.

'En ze heeft uiteindelijk geen boek gekocht?'

'Nee. Ik vermoed dat zij of haar partner zelf een zaakje hebben in dit door god vergeten donkere gat.' De bruine ogen staan somber. 'Heeft u gelezen dat dit jaar weer een topjaar wordt voor de boekenverkoop? Nu al bijna aan de hoeveelheid van vorig jaar, en Kerstmis moet nog komen.'

'Kom op,' probeert ze met een opbeurende stem, 'straks komt die kerstperiode, dé periode voor boeken lezen en dus ook voor de verkoop; jouw tijd komt nog wel. Als je erin gelooft gaat het je zeker lukken, je hebt een prachtige winkel, met een inhoud die een groot publiek zal trekken.'

Een zure glimlach is de hoogst haalbare reactie voor Anne-Wil.

'Je kunt de uitvaart plannen, dat is wat ik je even persoonlijk wilde zeggen. Het lichaam van je man is vrijgegeven. Er zijn geen nieuwe feiten aan het licht gekomen en we hebben geen bewijzen dat hij niet is gevallen.' Ze roept zichzelf tot de orde als ze opnieuw de beelden van Suzan voor zich ziet. Ze moet er nu niet aan denken. Hoe kan ze er in godsnaam níét aan denken? Groenenveld had gelijk, in haar gemoedstoestand

kan ze haar werk niet doen, ze is te labiel om hier als onver-
stoorbare inspecteur een getuige of wellicht verdachte te woord
te staan. Ze recht haar schouders en vraagt Anne-Wil of ze
zeker weet dat ze woensdagmiddag Eric Rots heeft gehoord bij
haar man. 'Hij ontkent dat hij 's middags bij je man is geweest
en hij heeft een alibi dat door een getuige wordt bevestigd.'

'Dan liegen ze allebei.' Anne-Wil wendt zich af om een boek
recht te zetten.

'Dat denk je oprecht?'

'Ja.'

'Wist je dat Berend contact heeft gezocht met de recherche
in Utrecht?'

Daarvan schrikt de weduwe.

Zie je wel.

'De recherche? Had dat te maken met die overval op de
vrachtwagen?'

Het wordt tijd dat ze zich horizontaal laat afvoeren, denkt
ze, terwijl allerlei gedachten in haar hoofd malen. Heeft ze iets
over de overvallen verteld aan Anne-Wil? Dat kan ze zich niet
herinneren, en dat staat toch los van...

'Een van de vrachtwagens van Rebo is vorige week overvallen. Ik dacht al, dat had ik u misschien moeten melden, alleen,
er spookt zoveel door mijn hoofd dat ik het spoor af en toe ook
bijster ben. Ik dacht eigenlijk dat u het wel wist.'

Ze laat zich zakken op de eerste de beste kruk. Een wankel
ding in de vorm van een zandloper. 'Ik moet even zitten,' zegt
ze, 'mijn hoofd loopt sinds vanmiddag nogal over en ik had
hier niet moeten komen.'

Een Rebo-vrachtwagen overvallen? Heeft de moord op Berend Bouwmeester daarmee te maken? De daders gieren vast
van het lachen omdat ze overduidelijk die link niet hebben gelegd.

'Ik ga een glas water halen,' zegt Anne-Wil, en ze pakt de
halflege kop koffie van haar aan. 'Blijft u rustig zitten, of ga
anders daar aan de tafel zitten, dat is comfortabeler.'

Ze knikt. Een beter idee, straks valt ze hier nog om en gooit ze in een zwiep al haar waardigheid overboord of wat daar nog van over is. Voor geen goud zal ze het toegeven aan wie dan ook, maar die twee borrels had ze natuurlijk niet moeten nemen. Waar ben je in godsnaam mee bezig, De Winter, vraagt ze zich hoofdschuddend af. Je kunt je ID en je wapen net zo goed meteen inleveren.

Ze moet Simmelinck en Cornelissen erbij hebben. Dat is verantwoord met de overval op een van Rebo's wagens. Hebben de twee collega's dat niet gezien? Die hebben de bedrijfsnaam in verband met de moord toch ook gezien? Ze probeert logisch na te denken. De chaos in haar hoofd wordt alleen maar groter.

'Heeft het met uw dochter te maken?' vraagt Anne-Wil.

Met een zacht 'dank je wel' pakt ze het glas water aan en neemt een paar slokken. 'Er is een foto uit München gekomen van een jonge vrouw,' zegt ze. 'Het meisje lijkt sprekend op Suzan.'

'Hoe weet u dat?'

'Vorig jaar is er een foto van haar gemaakt, gecomponeerd, zou ik bijna zeggen, door enkele computergenieën en met hulp van een of ander geavanceerd programma. Die foto en die van dat Duitse meisje lijken sprekend op elkaar. Het is gewoon eng.'

Anne-Wil zwijgt, ze lijkt onder de indruk van wat ze zojuist heeft gehoord, ziet Nelleke. 'Ik moet gaan,' zegt ze. 'Ik vond dat ik dat van Berend zelf aan je moest vertellen, maar eigenlijk ben ik niet in staat om ook maar één zinnig woord uit te brengen. Het spijt me, dit is zeer onprofessioneel. Daar heb ik geloof ik hier een abonnement op.'

'Ik zwijg als het graf,' zweert Anne-Wil. 'Als u zwijgt over wie de vader is van mijn baby. Dan hebben we nu een geheim pact.'

Het zou bijna vermakelijk kunnen zijn als de omstandigheden anders waren geweest. Dit moet Wagener, die sommige artikelen uit het Wetboek van Strafvordering zelfs na een avond doorzakken foutloos citeert, niet horen. Dit kan beter niemand horen. 'Laat dat u maar weg,' zegt ze. Het is clownesk een hiërarchie in stand te willen houden die er allang niet meer is en als er stront aan de knikker komt met Anne-Wil kan ze het sowieso wel schudden.

Ze neemt een laatste slok water en staat op.

'Mag ik iets vragen?' Anne-Wil haalt een papiertje uit haar zak. 'Ik heb een adres, van mijn vader. Helaas woont hij daar niet meer. Ik... We hebben jarenlang geen contact gehad. Mijn ouders zijn gescheiden, mijn vader is voor zover ik weet naar zijn geboortestad teruggekeerd, naar Den Haag, maar hij staat niet vermeld in de telefoongids. Als ik de officiële, bureaucratische weg moet bewandelen duurt het misschien dagen voor ik antwoord krijg. Te laat voor de crematie. Zou u... Wil je...'

Nelleke neemt het papiertje aan. 'Johannes van der Zee. Ik zal proberen of ik hem voor je kan traceren.'

'Misschien wil hij niet gevonden worden,' zegt Anne-Wil.

30

De nicotine ontspant en het roken leidt haar een ogenblik af van wat ongetwijfeld als een van haar slechtste performances kan worden afgedaan. Zo snel mogelijk vergeten en doen wat je moet doen, houdt Nelleke zichzelf voor. Het wordt tijd dat ze het allemaal achter zich kan laten. Wat is in vredesnaam het leermoment? Als er al een god is, wat wil die van haar? Dat ze leert om los te laten? Dan had die god haar wel eens mogen laten weten hoe dat moet.

Nelleke heeft een moment haar aandacht niet bij de weg en dan moet ze hard aan het stuur trekken om de rechterkant van de auto uit de berm te manoeuvreren. Had ze jaren geleden dit boek al definitief moeten dichtslaan? Ze begrijpt het niet. Je eerst een kind geven, je daar drie jaar van laten genieten, je laten zien dat het zich ontwikkelt tot een klein, toch al eigenwijs, zelfstandig mensje, en het dan bij je weghalen. Is dit haar straf voor… Ja, voor wat dan? Wat moet het hogere doel hiervan zijn? In godsnaam, ja, dan toch maar die kreet erachteraan. Is ze misschien te stom om het te zien? 'Waarom?' fluistert ze. De tranen branden achter haar ogen. Ze schudt haar hoofd. Afgelopen met dat sentiment. Ze steekt een nieuwe sigaret op en inhaleert diep. Ze blaast de rook naar het kleine achteruitkijkspiegeltje, waarin ze twee koplampen ontwaart. Het schemert al te veel om te kunnen zien welke auto bij de lampen hoort, maar aan hun vorm te zien lijkt het een BMW. Nou en. Er rijdt nog iemand weg uit Bredevoort. Misschien ook wel naar Lichtenvoorde. Dat doen dagelijks meer mensen. Honderden is overdreven, maar een tiental toch zeker.

Die andere keren dat ze meende achtervolgd te worden, waren het ook zulke koplampen. Klein, rond.

Beren op de weg. Dat is het. Ze ziet beren op de weg. Spoken. Misschien heeft Anne-Wil gelijk en komt het door dat dorp. Pardon, stád. Stadje. Hoe erg willen mensen zichzelf voor de gek houden?

Hoe lang wil zij zichzelf nog voor de gek houden?

Twee foto's. Die gelijkenis vertonen. Hoeveel mensen in de wereld zouden er echt op elkaar lijken? Hoe vaak gebeurt het niet dat je denkt dat je iemand al eens hebt gezien?

En Suzans foto is daarbij het resultaat van een computerprogramma. Dat niet denkt, dat klakkeloos uitvoert. Op basis waarvan? Ze heeft zich niet eens laten informeren over de techniek, over de psychologie, die erachter zit.

Opeens ziet ze vanuit haar ooghoeken iets de weg op rennen. Intuïtief trapt ze op de rem. Direct erop klinkt een doffe klap tegen de wagen. Ze zag niet wat het was. Een kat, vreest ze, of een kleine hond. Ze stapt uit, gooit de sigaret weg en doet haar jas tot onder haar nek dicht.

Aan een boom vlak naast haar auto hangt een houten pot met een deksel en een gleuf, met een in plastic verpakt vel papier erboven waarop de vreemde vraag staat geschreven of ze een donatie wil doen voor Ethiopië. Inwendig vervloekt ze het gure weer en het woord 'emigratie' schiet niet voor het eerst deze maand door haar hoofd. Ze loopt om de voorkant van de auto heen en ziet niets. Nauwkeuriger bekijkt ze de wagen opnieuw. Geen bloed, geen deuk. Ze loopt een klein stukje terug en dan ziet ze de haas, stuiptrekkend langs de kant van de weg. Shit, shit, ook dat nog. Ze loopt dichter naar het beest toe en bij de aanblik van ingewanden op het asfalt wordt ze misselijk. Ze draait haar hoofd af, bukt zich en geeft over. Tot haar maag helemaal leeg is.

Ze spuugt een vieze galsmaak uit en pakt een flesje water uit de auto om haar mond te spoelen.

Voorzichtig loopt ze opnieuw naar de haas. Die beweegt niet meer. In de berm vindt ze een dikke tak en daarmee schuift ze het dode dier aan de kant. De natuur zal het verder zelf wel oplossen.

Zoals die uiteindelijk alles oplost.

Ze loopt naar haar auto terug en ziet, terwijl ze instapt, de contouren van de kleine koplampen. De lichten gedoofd. Dus toch gevolgd. Het hart bonkt plotseling in haar keel. Van schrik. Angst. Wat moet ze doen? Een ogenblik twijfelt ze of ze haar achtervolger zal verrassen door haar auto in zijn achteruit te zetten en gas te geven tot vlak bij zijn voorbumper. Net als ze de daad bij het woord wil voegen herinnert ze zich de alcohol. Ze kan het risico niet nemen, ze zou Groenenveld in haar ellende meesleuren. En als ze de afgelopen uren haar gangen nagaan...

Ze laat zich niet opjagen. Basta. Ook geen nieuwe sigaret. Resoluut bergt ze het pakje sigaretten op in haar tas. Ze verlaat de bochtige binnenweg, draait bij het café-restaurant dat met schreeuwende reclameletters laat weten spokentochten te organiseren de grote weg op en laat de zescilindermotor grommend binnen tien seconden opkomen tot de honderd. De koplampen in haar achteruitkijkspiegel worden steeds kleiner. Ze kunnen haar niet volgen, constateert ze genoegzaam.

'Kom maar op,' mompelt ze strijdlustig, 'de volgende keer ben je voor mij. Ik mag dan niet overtuigend hebben gepresteerd tijdens de laatste schiettoets, ik schiet wel degelijk raak als het nodig is. Wat zet jij met je zielige koplampen tegenover mijn jarenlange ervaring?'

Het zal haar lukken. Ook deze keer. Dit is wat ze kan, dit is wat ze kent, wie ze is. Strijdlust; recherchewerk. Onderzoek doen, niet opgeven, tot ze de bewijzen rond heeft en de misdadigers met de staart tussen hun zielige poten afdruipen.

Op het bureau zet ze een kop dubbele espresso en loopt het kantoor van haar collega's binnen. 'Ton en Han nog niet terug?'

'Klemvast in de file,' zegt Wagener.

'Wil je ze bellen voor morgen, bespreking uurtje of negen?'

'Morgen? Op zaterdag?'

'Ja. Er zijn nieuwe ontwikkelingen. Die overval langs de A18?'

'Ja?'

'Dat was een vrachtwagen van Rebo. Het bedrijf van Bouwmeester. De wagen staat waarschijnlijk op naam van een andere bv of zo, maar Anne-Wil wist me dat te vertellen.'

De verbazing bij haar assistent zou niet groter kunnen zijn als ze had verteld dat hij ontslagen was. De overtuiging dat hij het als een persoonlijk falen ervaart dat hij deze informatie niet veel eerder heeft ontdekt, is van zijn gezicht af te schrapen. Ze ziet hoe hij traag op het uiteinde van een Bic-pen kauwt. 'Ik ben allang blij dat we het nú hebben ontdekt. Waarom wisten Ton en Han dat niet? Die zaten er verdorie met hun neus bovenop.'

'Wat betekent dit voor onze zaak?'

'Geen idee. Daar ga ik morgen verder over nadenken. O, hier, ik heb nog iets voor je. Wil je kijken of je deze man kunt traceren? Het is Anne-Wil Bouwmeesters vader en ze wil graag dat hij bij de crematie aanwezig is, dus er is haast bij. Ik ben doodop. Als jij verder geen nieuws hebt ben ik weg.'

'Dat heb ik,' zegt Wagener. 'Goed nieuws en slecht nieuws.' Als ze ongeduldig op tafel tikt voelt Wagener blijkbaar geen behoefte meer om te vragen welk nieuws ze als eerste wil horen, want na een korte blik op haar gezicht vertelt hij haar dat de eigenaar van het busje heeft gebeld met de collega's in Utrecht. 'Er is alsnog een herinnering bij hem naar boven gekomen. Hij heeft een echtpaar zien lopen met een klein kind.'

Ze wil de woorden wel uit zijn mond trekken.

'Ze kwamen uit het winkelcentrum, maar wacht tot je het volgende hoort: hij hoorde dat ze Duits spraken. Dat is tevens de reden dat hij er later niets van heeft gezegd. Destijds bracht hij het niet in verband met de vermissing van een Nederlands meisje.'

De tijd om deze informatie echt goed te laten doordringen gunt ze zich niet. Straks. Als ze alleen is.

'Dank je wel. Dat is dus misschien goed nieuws. En verder?' Schijnbaar nonchalant neemt ze een slok koffie.

'Eh… de projecten van Bouwmeester, de afgelopen maanden?'

Ze knikt.

'Hij heeft drie projecten gekregen dankzij dat lidmaatschap van de KKA. Dat zegt Rouwenhorst, en hij heeft me de gegevens van die klanten gemaild. Ik heb de mensen gebeld en voor zover ik kan inschatten zijn er geen problemen geweest. Het waren geen van drieën projecten hier in de buurt.'

'Een doodlopend spoor, lijkt me. Ferry, wat vond jij, acht je mevrouw Eenink in staat om te liegen, voor haar zoon?'

Wagener haalt zijn schouders op. 'Ik durf het niet te zeggen. Ze kwam nogal fel uit de hoek toen we de woorden van haar zoon in twijfel trokken.'

'Overdreven?'

'Dat weet ik niet.'

'Moederkip beschermt haar kuiken, dat waren toch ooit jouw woorden?'

Ze heeft tevergeefs gehoopt op de overtuiging van haar assistent dat de moeder heeft gelogen. Zelf durft ze ook niet te beweren dat de vrouw haar zoon beschermde. De hele tijd dat ze in dat kleine, benauwde woonkamertje zat voelde ze zich duizelig, spookte Suzans foto door haar hoofd. Het wordt tijd dat ze deze dag afsluit.

31

'Heb jij medelijden met iemand die drie miljoen voor een schilderij kan neertellen?' Anouks verontwaardiging oogt oprecht. Toch heerst er een ontspannen sfeer in de keuken, waar de geur van knoflook en tomaten Nelleke ineens doet beseffen dat ze trek heeft.

Jaap ziet iets aan haar, ze merkt het aan zijn heimelijke blikken en een stiekeme knipoog. 'Het gaat niet om het bedrag,' werpt hij tegen, 'die man meende een kostbaar schilderij te kopen en het blijkt een vervalsing te zijn. Een klein verschilletje in de handtekening kostte hem drie miljoen.'

'Dan had hij maar beter moeten opletten! Nelleke, pomp jij eens wat verstand in die weke delen die hij zelf zeer onterecht hersens noemt,' zegt Anouk.

'Is er nog spaghetti?' vraagt Josien.

'Eerst voor degene die nog niets heeft gehad,' zegt Jaap, terwijl hij de jongste dochter zacht maar beslist op de vingers tikt als die een greep in de pan wil doen.

'Soms denk je jarenlang dat je een Monet in huis hebt, duizenden mensen hebben zich eraan vergaapt, en dan blijkt het een vervalsing te zijn.' Ze pakt een bord en schept een flinke berg spaghetti op, gunt Josien het laatste restje.

'Het Keulse Wallraf-Richartz-Museum,' knikt Jaap. 'Precies.'

'Niks laten onderzoeken, dat lijkt me het beste,' zegt ze. 'Gewoon genieten van het mooie doek.'

'Voor een rechercheur steek jij je hoofd wel erg makkelijk in het zand,' vindt Anouk. 'Met die instelling krijg je die tien procent loonsverhoging er echt niet door.'

'Er is een groot verschil tussen kunst en politiewerk,' zegt ze, terwijl ze de verleidelijke geur van de spaghetti opsnuift. 'Bovendien moet je soms alleen maar even willen genieten.' Ze raspt zoveel Parmezaanse kaas dat de pasta onzichtbaar wordt.

Terwijl zij zich de spaghetti laat smaken, voert Jaap met Anouk een discussie, waarin ook Emma zich mengt. Ze volgt de botsende meningen, waarin Anouk en Emma Jaap willen overtuigen van de noodzaak tot een feestje ter ere van Emma's gloednieuwe verkering zónder aanwezigheid van enig persoon boven de twintig jaar. Jaap kan Nelleke toch wel 'verrassen' met een avond uit eten en afzakken in de kroeg? Misschien zelfs een hotelletje? Na hun trouwerij zijn ze amper samen uit geweest; hun wittebroodsweken zijn een lachertje. Ze doen hun best, de meiden, en Jaap kennende gunt hij de drie de verantwoording. Ze wordt afgeleid door Josien. Het sproetenkind is handig met haar krukken, constateert ze, als de jongste de bak ijs uit het diepvriesvak vist.

Langzaam komt ze tot rust. Zelfs haar maag knort tevreden. Dit gezin is als een warm bad. Haar man, met kinderen die niet van haar zijn maar die haar volledig accepteren als nieuwe partner van hun vader. Die haar, als vriendin, misschien wel meer toevertrouwen dan hun eigen moeder. Hoe anders is dit gezin dan het nieuwe gezin dat Gijs nu heeft? Ze realiseert zich dat de gedachte even absurd en onzinnig is als denken over een leven met Suzan. Gedachten daarover komen te pas en te onpas haar hoofd binnen.

Ze heeft Gijs niets verteld over de heropening van Suzans zaak. Zelfs Jaap vond dat ze maar beter kon wachten of er iets van concreet resultaat naar boven zou komen. Jaap doet zijn best, maar ze weet dat hij dat alleen voor haar doet. Om haar op te peppen, een luisterend oor te bieden of wie weet wat voor motieven hij heeft. Intussen is er niet één chaotische haar op zijn hoofd die gelooft dat ze Suzan levend zullen terugvinden. Hij heeft geen enkel vertrouwen in wat voor vondst dan ook. Hardop zeggen zal hij het nooit. Ze leest het echter in zijn ogen, die eerder medelijden tonen dan hoop.

'Doen we nou nog surprises of alleen cadeautjes?' wil Josien weten. Ze is amper verstaanbaar door een mond vol aardbeien-ijs.

IJs, met dit weer, ze huivert alleen al bij de gedachte.

'Dat duurt nog een vette week,' reageert Emma. 'Maak jij je daar nu al druk over, Josje?'

'Ik heet geen Josje.'

'Emma, ophouden.' Jaap klinkt gedecideerd. Emma pest Josien als ze de kans krijgt met de jongensnaam omdat haar borsten nog niet meer zijn dan de twee erwtjes op het spreekwoordelijke plankje. 'Als jullie nou eens alle drie een eigen leven gaan leiden, dan hebben wij ook nog iets aan onze avond. Sinterklaasavond vieren we net als elk jaar. Met surprises en lootjes.'

'Ik las vandaag in een krant op school een verhaal over een vrouw die een adoptiekindje uit China kreeg. De vrouw leefde zich zo erg in in haar nieuwe rol als moeder dat ze zelfs melk kon geven. Dan kon oma Jannie dat zeker bij jou ook wel,' zegt Josien.

Even is ze verbluft.

Dankzij Anouk hoeft ze zelf niet te reageren. 'Praat niet zo'n onzin, puk. Kunnen we met Sinterklaas echt niet eens iets anders verzinnen?' suggereert de oudste.

'Sommige tradities zijn het waard om in ere te houden,' vindt Jaap. 'Met chocolademelk en speculaas.'

'Speculaas? Suikerbommen!' zegt Emma. 'Wat denk je van een gezellige avond zonder veertigplussers erbij? Net als ons feestje? Dan maken we er eens iets heel anders van.'

'Fijn, Emma. Ik weet dat je enorm veel van me houdt.'

'We vieren het toch wel gewoon?' wil Josien weten.

'Natuurlijk,' zegt Jaap. 'Emma houdt ervan om ons een beetje scherp te houden. Het enige excuus om Sinterklaas-avond niet samen te vieren is als je die avond bij je moeder wilt zijn. En nu wegwezen. Huiswerk, tv, kan me niet schelen.'

Onder het kritisch toeziend oog van Jaap schenkt ze een derde glas wijn in. Ze hebben zich op de bank in de woonkamer ge-installeerd en onderuitgezakt naar het nieuws gekeken, zij genesteld in zijn armen. Beschermd. Het voelt goed, ook al stormt het in haar lijf. Ze heeft geen idee waar ze naar heeft zitten kijken. Bewegende poppetjes op een scherm. Een zelf-moordaanslag, ergens, vast in Afghanistan. Het ging langs haar heen.

'Ga je me nog vertellen wat je op je lever hebt of is het te erg?'

Ze zet het geluid zachter en vertelt. Hij luistert aandachtig en voor het eerst sinds jaren ziet ze dat hij begint te twijfelen. Ze merkt dat hij het niet meer onwaarschijnlijk acht dat ze haar dochter zal terugvinden en alleen al daarom zou ze in haar auto willen stappen. Achthonderd kilometer verderop leeft haar eigen vlees en bloed.

De angst voor de teleurstelling houdt haar tegen. Als ze ze-ker wist dat het waar was, was ze nu vertrokken.

Met zijn ervaren fotografenblik bekijkt hij de foto's lang en aandachtig. 'Desirée, zei je?'

'Dat betekent gewenst.'

'Dat weet ik.'

'Ik durf het niet te denken, ik durf het al helemaal niet hard-op te zeggen. Maar ze heet geen Desirée, ze heet Suzan, Jaap.'

'Wat zeggen de collega's?'

'Ze sporen de ouders op, doen verder onderzoek. Ze hebben mijn DNA in Utrecht, wie weet is dat inmiddels in München; er is een collega naartoe gegaan, gisteren.'

Jaap trekt haar op zijn schoot. 'Ik hoop het, Pumuckl, ik

hoop het voor je,' fluistert hij in haar oor. Voor altijd zou ze zo willen blijven zitten bij hem. Als hij zijn omarming verstevigt voelt dat als een woordeloze ondersteuning. Ik ben er voor je, zeggen die armen.

32

Onno heeft zich uitgesloofd. Soep vooraf. Hij heeft de lepel links gelegd, in plaats van rechts. En de soep is uit blik. Anne-Wil proeft het onmiddellijk. Op een ander moment zou ze het hem zeggen. Nu niet. Hij wil vrede sluiten, ze merkt het aan alles. Aan zijn vragen, zijn belangstelling, zijn medeleven. Is hij vergeten wat voor winkel ze binnenkort opent?

Ze praten over de crematie, blazend in hete, te zoute paddenstoelensoep. De datum, de invulling ervan. Onno wil een paar woorden zeggen en een gedicht voorlezen. 'Ik heb er een geschreven, als je wilt zal ik je dat laten lezen.'

Ze knikt. Zijn woonkamer met open keuken is niet klein, maar door de veelheid aan spullen oogt de ruimte krap en benauwd. Overal liggen boeken; op de tafels en vanaf de grond in metershoge stapels.

Er is zelfs een tussengerecht. Op een te klein bord. Een salade, waarbij niet alle verse ingrediënten even gelukkig zijn gekozen. Veel vitaminen, dat wel.

'Berend zou het fijn hebben gevonden,' meent ze. 'Al zou hij dat nooit hebben gezegd. Hij was altijd bescheiden... Op feestjes moest ik altijd uitleggen met wat voor werk hij bezig was. Ik wed dat de mensen hier niet eens weten dat hij bijvoorbeeld hielp om het Rijksmuseum te verbouwen.'

Hij springt van de hak op de tak over zijn vriendschap met

Berend. Zijn eerste herinneringen aan hem, de gezelligheid bij hem thuis en de kroegpraat.

Onno doet zijn best. En dan merkt ze het toch. Er smeult iets. Ze begint spijt te krijgen van haar toezegging hier te komen. Het kan haar eigen bij vlagen paranoïde geest zijn die toch al hyperalert is, maar kauwend op een stukje dadel voelt ze zich steeds onrustiger in zijn nabijheid. Hij heeft een verborgen agenda, is niet alleen maar aardig. Elk moment verwacht ze dat hij haar Berends dood zal verwijten. Staat het woord 'schuld' zo vet op haar voorhoofd geschreven? Onno kijkt door haar heen. Als hij naar haar kijkt heeft ze de neiging haar ogen af te wenden, alsof hij anders glashelder ziet wat ze denkt. Alles is gezegd over Berend en het is een tijdje stil tussen hen. Ze eten, wat de stilte vanzelfsprekend zou kunnen maken. Dat is ze niet.

De dokter heeft haar kalmeringstabletten voorgeschreven; ze is vergeten of ze haar dosis voor vandaag heeft geslikt en durft niet meer in te nemen, bang om haar gezondheid geweld aan te doen, en vooral die van het kind dat in haar groeit.

Geen wijn. Geen rood vlees, geen brie. Het maakt haar niet uit, ze zal alles doen om haar kind gezond op de wereld te zetten. Dit is waar ze naar verlangd heeft en het zal haar lukken, koste wat kost. 'Pardon, wat zei je?'

'Dat ik hem zal missen. Ik wilde met je proosten.'

'O, ja. Dat is goed. Santé.' Ze heft haar glas spa naar hem op en doet haar best om te glimlachen.

'Berend heeft me nooit iets verteld over jullie huwelijk. Was hij gelukkig met je?'

Op haar hoede leunt ze achterover in haar stoel. Wat lokt hij uit? 'Waarom denk je van niet?'

'Hoor je mij dat zeggen?'

Ze neemt een grote hap kip om niets te hoeven zeggen.

'Het spijt me,' zegt hij, 'de vraag was ongepast. Het spijt me ook dat ik onvriendelijk tegen je was de afgelopen maanden. Het was niet persoonlijk, ik vind het alleen vreselijk, zo'n nieuwe boekhandel in ons stadje. Herman van de Oude Boekerij wilde zelfs een motie indienen bij de gemeente om je vergunning in te trekken.'

'Ach, wie weet verander ik over een tijdje nog van gedachten. Als er geen klant komt opdagen zal ik wel moeten. Misschien kan ik dan een deel van jouw voorraad overnemen. Wat heb je hier toch allemaal liggen?' Dat is goed. Een ander onderwerp aansnijden. Ze heeft er geen enkele behoefte aan om over haar huwelijk te praten.

'Sterrenkunde en filosofie voornamelijk. En theologie natuurlijk. Ik krijg van iedereen boeken over het katholicisme, omdat ze weten dat ik daarin ben gespecialiseerd. Vandaar dat ze mijn zaak hier Het Rijke Roomse Leven noemen.'

'Ik dacht dat je die naam had verdiend dankzij je gastvrijheid.'

'Dat speelt vast mee. Wil je nog een stukje kip?'

'Nee dank je, ik heb genoeg gehad. Dus je schrijft ook gedichten.'

'Er is zelfs jaren geleden een bundeltje van me uitgegeven.'

'O?'

Hij loopt weg en komt met een dun boekje terug. 'Je mag 'm hebben. Ik heb nog een doosje. Er waren er zevenhonderdvijftig gedrukt, er bleven er tweehonderd over die niet werden verkocht. Ze wilden ze vernietigen, ik mocht ze ook hebben. Mensen lezen geen poëzie, helaas. Twee jaar werk, een paar rotcenten mee verdiend. Als je deze dagen zoveel boeken wilt verkopen dat ze er een bos voor moeten kappen moet je vrouw zijn en thrillers schrijven, met vrouwen in de hoofdrol. Liefst niet te moeilijk.'

'In dat geval is mijn winkel binnen de kortste keren leeg.'

Onno ruimt op. Ze laat hem begaan, onderdrukt de neiging om het netter te doen, een doekje te halen om de tafel af te vegen. De rode kater, die eerder langs haar benen spinde, heeft zich in de vensterbank opgekruld. 'Hoe heet hij?'

'Keith. Ik heb ook een Mick, die is altijd buiten, op jacht naar de vrouwtjes.'

'En die Keith? Is die aan de drugs of valt-ie uit bomen?'

Onno grinnikt. 'Koffie?'

'Thee graag.'

'Wil je er iets bij? Likeurtje?'

Ze bedankt.

Voor zichzelf schenkt hij een Grand Marnier in.

'Die inspecteur gelooft dat het geen ongeluk is geweest. Denk jij dat ook?'

Ze zwijgt.

Hij biedt haar een sigaret aan, die ze weigert. 'Geen alcohol, geen sigaret, is dat de genezende werking van een burn-out?'

'Lach er maar om. Ik wil jou wel eens zien, als je 's morgens ineens niet meer op je benen kunt staan. Dan piep je wel anders. Of denk je dat het jou niet kan overkomen, dankzij je filosofische geouwehoer en die steen om je nek!'

'Ho, ho, ik wist niet dat het zo gevoelig lag. Je bent toch weer in orde? Nou ja, nu natuurlijk niet meer, door Berends dood. Het spijt me. Ik geloof dat ik bij jou altijd de verkeerde dingen zeg.'

'Ik denk dat ik maar eens ga.' Waarom heeft ze deze uitnodiging in vredesnaam geaccepteerd! Stom rund dat je er rondloopt, je kent hem toch.

'Hè, blijf nou nog even, anders laat je mij met een naar gevoel hier achter.'

'Vooruit dan.' Ze dwingt zichzelf om rustig te blijven.

Tegen de tijd dat Onno terugkomt met koffie en thee heeft ze zichzelf weer in de hand. Kopje leegdrinken en dan kan ze weg. Ze schrikt ervan als hij ineens het gedicht voorleest dat hij voor Berend heeft gemaakt. Ze verzet zich ertegen, maar de pakkende tekst ontroert haar zo dat ze niet kan voorkomen dat de tranen over haar wangen stromen.

'Dat van die oude ziel, Anne, dat meende ik. Met al zijn bravoure was Berend een wijs man die wist hoe hij met mensen moest omgaan. En hij hield van je, dat weet ik zeker. Als je hem ooit verteld zou hebben dat je wilde scheiden zou zijn hart gebroken zijn.'

Hoezo zegt hij dat nu weer! Ziet hij het aan haar, ruikt hij het? Ze veegt met een tissue haar tranen weg. Berend heeft het natuurlijk met hem over hun huwelijk gehad. Onno ontkent dat en dat doet hij alleen om haar uit de tent te lokken. Ze durft hem niet aan te kijken.

Onno buigt zich over de tafel naar haar toe. Zijn stem klinkt zacht. 'Ik zie dat je sterker bent geworden, Anne-Wil. Veel sterker. Meer jezelf en dat is goed. Ik herinner me dat ik een keer in Doetinchem was, en dat je precies tien keer je theezakje in het water dipte, dat je het niet kon hebben als er iets scheef lag. Die burn-out was nodig om je bij jezelf te laten komen en dat lukt je. En Berend wist ook dat het goed zou komen, echt, hij hield van je. En ik...' Hij zwijgt.

'En?'

'Nee, niets. Ik, eh, ik kan er niets aan doen, maar ik voel dat je iets op je hart hebt. Iets wat met Berend heeft te maken. Ik begrijp dat ik bepaald niet de aangewezen persoon ben voor een luisterend oor. Als je behoefte hebt... Soms helpt het om erover te praten.'

Ze overweegt kwaad op te staan en weg te gaan. Wat denkt hij wel? Wil die hippie soms voor psycholoog spelen? Nou, ze heeft er aan één genoeg. Niets zeggen is een slechte optie. Dan gaat hij vissen en komt hij misschien weer met Berends dood aanzetten. Eigenlijk bedoelt hij het wel goed, hij heeft toch gezegd dat hij haar sterker vindt, dat deed haar goed. Over een tijdje kan ze het toch niet meer verbergen. 'Ik ben zwanger. Je begrijpt dat ik... Dat Berend...'

Onno is sprakeloos en stiekem gniffelt ze daarom. Heeft ze hem eindelijk een keer tuk.

Nou, feliciteer me, dan hebben we dat gehad en dan ga ik naar huis.

'Zwanger? Maar... Berend... Jezus, Anne-Wil, van wie is het dan?'

'Pardon?'

Onno kleurt. En hij is niet de enige. Heeft Berend het hem

verteld? Daar heeft ze geen moment aan gedacht. Wat moet ze nu zeggen? Had er ook beter over nagedacht! Dat krijg je ervan als je je mond niet kunt houden. Nog even en Onno weet alles en staat morgen op de stoep bij die De Winter. Intussen weet de man tegenover haar duidelijk niet wat hij moet zeggen. 'Het is misschien van Berend, waarschijnlijk van Eric Rots.' Daar. Zoek het ook maar uit, maak het wereldkundig. Ik geef je de mogelijkheid om mij eruit te werken op een dienblad. Als de inwoners hier achter komen, zullen ze haar definitief mijden, dan kan ze zich de moeite van een opening zelfs besparen. Even denkt ze aan een smoes over een donor, die ze had kunnen verzinnen, maar daar was Onno zeker niet in getrapt. Als ze dat traject in waren gegaan, had Berend dat aan zijn vriend verteld. Zo openhartig was hij. 'Ik wist het nog maar net en ik twijfelde of ik het Berend wel moest vertellen. Er was een minieme kans dat wij, samen... Ik wilde ons nog een kans geven, maar toen...'

'Maar toen wat?'

Ze schudt haar hoofd. 'Niks. Laat maar.' Ze kijkt hem expres niet aan, bang als ze is dat hij haar gedachten zal raden, de zin voor haar zal afmaken.

'Ik weet niet wat ik moet zeggen...'

Ze staat op. 'Dan zeg je gewoon niets. In ieder geval heb je nu de kans om te voorkomen dat er een klant in mijn winkel komt.' Ze wil lachen, alsof het een grote grap is, maar dat lukt haar niet. 'De mensen zullen ervan smullen, denk je ook niet? Bedankt voor het eten, ik moet nu echt gaan.'

'Wacht, ik breng je even...'

Voordat Onno zijn zin kan afmaken is ze weg.

Ze rent naar het huis, af en toe nerveus om zich heen kijkend. Bij de oprit leunt ze tegen het muurtje. Een diepe zucht ontsnapt uit haar keel. De verlichting, die Berend zelf twee maanden geleden heeft geïnstalleerd, compleet met tijdklok, zet het huis in een blauw, ietwat mysterieus licht. Spookvilla. Die minstens al twee doden op zijn geweten heeft. Een driejarig meisje – en eigenlijk ook de vader, al stierf die elders – en een eenenveertigjarige man. Dat moet de makelaar er niet bij vertellen in zijn verkooppraatje. Ze trekt haar jas dichter om zich heen om de koude wind niet te voelen.

Zou Onno iets hebben gemerkt, zou hij iets vermoeden? Ze moet hem beslist niet meer opzoeken, het is gewoon eng hoe die ogen zich in de hare boren. Alsof ze kunnen zien wat ze denkt.

Ze opent de deur van haar caravan – had ze vergeten om die op slot te doen? – en gaat naar binnen. Ze doet de lamp aan. Een koud tl-licht. Als ze zich omdraait en haar jas uitdoet slaat haar hart een slag over. En dan slaakt ze een ijselijke gil.

Op het bed ligt Kat. Morsdood.

33

Met 'Giant Steps' van John Coltrane in zijn cd-wisselaar rijdt Ferry Wagener naar het bureau. Zijn lijf zit nog vol adrenaline, na het optreden van gisteravond. Voor het eerst hebben ze een volledig eigen programma gespeeld en het publiek was laaiend enthousiast, bleef 'We want more' roepen. Een paar jaar geleden speelden ze alleen covers, en nu... een eigen repertoire en een volle zaal. Wat een ongelooflijke kick. Vooral de stukken die ze durfden te improviseren, die waren écht *fucking great*. Nog een paar oneffenheden in de programmering gladstrijken en dan begint het werkelijk professioneel te worden.

Hij tettert mee met de opzwepende tenorsax.

Karin praat over een nieuw huis. Zijn appartement was goed voor hem alleen, maar om samen in te wonen... Ze hebben niet eens allebei een eigen kamer en als hij pianospeelt moet de koptelefoon op. Ze wilde vandaag huizen kijken, de makelaars in de regio hebben open dag.

Hopelijk kan hij snel weer naar huis.

Hij parkeert zijn auto en veegt kruimels van de stoel.

Zijn hart zingt als hij haar naam fluistert. Karin. Zijn leven. Hij kan het zich niet anders voorstellen dan met haar. Ondanks zijn twijfel over muziek of recherche. Ze zet hem niet voor het blok en dat waardeert hij. Als ze dat doet, meent ze, dan is het niet zijn keuze, eerder de hare. Ze dreigt zelfs niet dat het voorbij is als hij de recherche verkiest boven de muziek.

Hij wenst zijn collega's goedemorgen en haalt koffie. Als laatste binnen. Zijn horloge geeft aan dat het net negen uur is geweest; Cornelissen en Simmelinck zijn erg op tijd voor hun doen. Ton heeft een sigaret opgestoken en hij ziet Nellekes afkeurende blik. Ze moet ook net pas binnen zijn, ze heeft haar jas nog aan.

Karin. Zijn jeugdvriendinnetje van nummer 36. Die hij aan haar vlecht heeft getrokken, nog dezelfde dag beschermde tegen grote jongens uit de vijfde. Samen in de klas, samen in opstand komend tegen de meester, die Henri een klap wilde geven met de blokfluit omdat hij niet oplette. Samen knikkeren, samen lezen, samen limonade met koekjes. Hij mocht zelfs een keer blijven slapen en toen had hij gezien dat ze met haar duim in de mond sliep. Zij herinnerde het zich allemaal veel beter dan hij. Na de lagere school verloren ze elkaar uit het oog, twee jaar geleden was het echt raak.

Ze slaapt soms nog steeds met haar duim in de mond, dat maakt hem week en geil tegelijk. Vannacht werd ze wakker en sloeg haar benen om hem heen. Ze was donzig warm, rook naar slaap en wilde hem in zich voelen. Zelfs om vier uur 's nachts. Alleen al daarom wil hij haar niet kwijt.

'Heren. Goedemorgen. Ton, sigaret uit, alsjeblieft.'

Ze klinkt hees. Dat doet haar stem altijd, in lichte mate, hij vindt het nogal sexy, maar deze ochtend is het extreem. Donkere kringen onder haar ogen verraden weinig slaap. Grote, groene ogen die zich soms dwars door je heen lijken te boren.

Een samenvatting van de Bredevoort-zaak. Ze plaatst een paar foto's en namen naast Berend Bouwmeesters afbeelding op het bord en legt uit. Ietwat onsamenhangend, als je het hem vraagt. Hij kent de ins en outs, maar voor Ton en Han moet het hier en daar abracadabra zijn. Als ze de overval op de vrachtwagen op de A18 noemt valt ze ineens uit tegen zijn collega's. 'Hebben jullie niks anders gedaan dan gehaktballen met mayo eten? Enig idee van wie de vrachtwagen was die is overvallen?' Haar ogen

flitsen heen en weer. 'De firma Rebo. Waarvan de eigenaar afgelopen woensdag op miraculeuze wijze van de verdiepingsvloer is gestort. Die Rebo. Hebben jullie stront in je ogen?'

Simmelinck bladert gehaast in papieren.

'Het was een vrachtwagen zonder bedrijfsvermelding,' bromt
Cornelissen. 'Een nieuwe wagen. Ik dacht dat het ging om een
handelsbedrijf in gereedschappen.'

'Ja, en je had ook nog als smoes kunnen ophoesten dat de
wagen op naam staat van een andere bv.'

'Iets wat we over het hoofd hebben gezien. Sorry, hoor. We
zijn met tig overvallen bezig, ik weet niet of je in de gaten
hebt hoeveel papierwerk daarbij komt kijken. Misschien had je
zelf iets beter moeten opletten, jij bent tenslotte gefocust op
die Rebo-figuur, die volgens jóú – en niemand anders – naar
beneden is gesodemieterd.' Cornelissen pakt demonstratief een
sigaret.

'Zullen we gewoon onze feiten en bevindingen uitwisselen
en dan weekend gaan vieren?' stelt Simmelinck voor.

'Helemaal mee eens,' zegt Cornelissen.

'Ik wil door. En je hoeft niet zo sarcastisch te doen, Ton, we
hebben wel degelijk redenen om aan te nemen dat Bouwmeester is vermoord. En ruim verdomme die sigaret op!'

'Als je al in bed hebt gelegen ben je er met je verkeerde been
weer uit gestapt.' Cornelissen staat op. 'Ik moet gewoon effe een
peuk.'

'Niet nu! We zitten in teamoverleg!'

Tergend langzaam gaat zijn collega weer zitten. De spanning is te snijden in de spreekkamer, tot Nelleke zich op een
stoel laat zakken en met haar handen door haar krullen woelt.
Een machteloze kreet ontsnapt uit haar keel. Ze kijken elkaar
verbaasd aan, zijn collega-rechercheurs en hij. Hij haalt zijn
schouders op.

'Ik heb geen oog dichtgedaan vannacht.' Nellekes stem
klinkt zacht. 'Laten we inderdaad de feiten op een rij zetten en
dan gaan we maandag verder.'

'Zal ik?' vraagt hij voorzichtig.

Ze knikt.

Hij heeft met haar te doen. Het gaat om de stilte rondom Suzan, natuurlijk. Elke minuut duurt voor haar vast een uur, wachtend op nieuws. 'Rouwenhorst heeft bevestigd dat het om een van hun vrachtwagens ging; de nieuwste in rij, zo nieuw dat die nog niet is voorzien van bedrijfsreclame. Hij heeft er niet aan gedacht om ons dat te vertellen, omdat hij geen idee had dat die twee dingen met elkaar te maken zouden kunnen hebben. In de hectiek rondom Berends dood is het ook aan zijn aandacht ontsnapt. Excuses namens de boekhouder, die volgens mij open en oprecht, en zeker erg hulpvaardig is.'

'Wat heeft het voor consequenties dat het bij die overval om een van Bouwmeesters vrachtwagens ging?' vraagt Simmelinck zich af. 'Dat de dader van die overval ook een appeltje met de directeur te schillen had?'

'Het kan toeval zijn,' zegt Cornelissen. 'Die A18 staat gewoon overal los van. Van de andere overvallen, van Bouwmeesters val.'

'Te Bokkel?' oppert hij. 'Ik heb die vriend van hem gesproken, die corsowagenontwerper. Harrie heeft hem woensdagmiddag geholpen, dat bevestigde hij, maar er ontbreekt wel een goede drie kwartier in Te Bokkels alibi, want hij was tegen drie uur daar, terwijl zijn vrouw zei dat hij om twee uur was vertrokken.'

'Weten we wat Harrie daar zelf van vindt?' vraagt Cornelissen.

'Ja. Hij heeft een tijdje rondgelopen. Zijn vrouw en hij hadden ruzie gehad en hij moest afkoelen.'

'Ik vind het niet logisch,' zegt Simmelinck. 'Die man wil graag aan het werk. Vraagt of hij terug mag komen. Dan gaat hij zijn eigen potentiële werkgever toch geen zet geven? Dan weet hij zeker dat hij niet meer aan de bak komt.'

'Te Bokkel kan meegewerkt hebben aan die overval. Dat woensdagmiddag opgebiecht hebben bij zijn voormalige baas. Of Bouwmeester was erachter gekomen en Te Bokkel gaf hem een duw, zodat hij hem niet zou verlinken. Misschien moeten we hem maandag nogmaals onder druk zetten.'

Hij kijkt naar Nelleke, ziet de afwachtende houding van zijn collega's.

Als het stil blijft vraagt hij hoe het met hun andere overvallen staat. Simmelinck vertelt dat ze drie verdachten hebben aangehouden, mannen die eerder voor soortgelijke vergrijpen zijn veroordeeld en die boven aan het lijstje van het onderzoeksteam staan. 'Ze hebben reden om aan te nemen dat in ieder geval één van die jongens ermee te maken heeft en ze hopen dat die wil praten.'

'We gaan maandag verder.' Nellekes opmerking valt als een onverwachte regenbui op zijn dak. Geen reactie, geen vragen, niets. Heeft ze wel gehoord wat ze hebben besproken?

Hij fluistert tegen zijn collega's dat ze moeten gaan. Hij zal het erover hebben met haar. 'Maandag om acht uur hier?'

Cornelissen knikt en pakt een sigaret. 'Goed weekend.'

De twee rechercheurs verlaten mompelend de spreekkamer. Hij haalt een glas water en zet het voor haar neer.

Als geprogrammeerd neemt ze een slok.

'Nel? Kom, dan breng ik je naar huis.'

Ze schudt haar hoofd; heftig. 'Wat moet ik thuis? Ik word gek daar. Je moet me naar München brengen.'

'Oké. Wacht. Ik ga nu bellen. Hier, drink even iets.'

Hij ziet hoe haar handen trillen.

De telefoon gaat over en zodra zijn oproep wordt beantwoord vraagt hij naar Hauptinspektor Brandt. De stem vraagt of hij vanuit Holland belt. Ja.

En wil weten wat voor functie hij heeft. '*Hauptagent, bei der Kripo, ich bin der Assistent von Kommissarin De Winter.*' Als hij zijn naam heeft gespeld beloven ze terug te bellen.

Ze heeft haar glas leeggedronken en lijkt enigszins terug in de werkelijkheid.

'Ze bellen zo snel mogelijk terug. Ga je mee?'

'Waarheen?'

'Naar huis. Ik breng je.'

'Ik wil niet naar huis, dat zei ik toch al. De muren komen op me af, ik moet iets doen, Ferry, anders stort ik in elkaar.'

'Oké. Dan gaan we naar Bredevoort. Die Ellis heeft iets uit te leggen. Maar ik rijd.'

'Dat mag. In mijn auto, dan kan ik tenminste een sigaret opsteken.'

Hij neemt de autosleutels van haar aan. 'Het verbaast me dat Jaap je vanmorgen heeft laten gaan.'

'Hij sliep nog. Ik zat om zes uur al hier.'

'Je had je jas nog aan toen ik kwam!'

'Ik had het koud.'

Hoofdschuddend houdt hij het portier voor haar open.

34

Ze bellen terug. Ze bellen zo snel mogelijk terug. Concentreer je. Je hoofd erbij houden. De avond, nacht en ochtend zijn als in geluidloze slow motion aan haar voorbijgetrokken. Nelleke weet dat ze gisteravond met Jaap heeft gevreeën, dat ze is opgestaan en heeft gedoucht. Raar genoeg herinnert ze zich geen enkel geluid.

Vannacht droomde ze dat ze herenigd werden. Het was zo echt, zo reëel. Ze hield Suzan in haar armen. Ze rook nog precies hetzelfde. Die zoete meisjeslucht van vanille en een of andere frisse natuurgeur. Lavendel, of bloesem. Suzan vertelde hoe het was, al die jaren bij vreemde mensen in huis, en dat ze altijd had geweten dat Nelleke haar zou komen halen.

Het was allemaal zo vanzelfsprekend. Alsof al die jaren er niet tussen hadden gezeten en Suzan alleen een weekje uit logeren was geweest. Ze was veranderd, natuurlijk, groter, volwassen zelfs. Tegelijk zo vertrouwd. De zachtheid van haar huid, de sproeten rond haar neus; ze kon ze met haar ogen dicht uittekenen.

Haar hele kussen was nat van de tranen toen ze wakker werd en ze weet dat ze uiteindelijk in Jaaps armen weer in slaap is gevallen. Waarna de droom prompt terugkwam. Ze wenste het zo vreselijk hard, en ze keerde er zomaar in terug, alsof ze even pauze had genomen en daarna het tweede deel van de film begon. Dat zag er alleen heel anders uit...

Ze krijgt kippenvel.

Ze wil er niet aan terugdenken hoe Suzan daar ineens lag, in haar paarse nachthemdje. Zo koud. Zo... zo... Ze wilde haar aanraken. De lange haren strelen... Toen ze wakker werd voelde ze zich onwerkelijk.

Haar armen waren nog nooit zo leeg geweest.

Dromen zijn bedrog.

Ze steekt een sigaret op en kijkt expres niet opzij. Ferry is goed. Hij heeft nog weinig klappen geïncasseerd; mochten er meer volgen dan is ze ervan overtuigd dat hij die zou kunnen overwinnen.

Vanmorgen moest ze thuis snel weg; een gezellig ontbijt had ze niet getrokken. Een briefje voor Jaap en stilletjes ertussenuit. Het verwondert haar dat hij nog niet heeft gebeld. Pas dan ziet ze dat haar mobiel uit staat. Ze drukt op een knopje en met een kort deuntje meldt de gsm zich. Pincode. Twee berichten. Inderdaad eentje van Jaap: 'doe voorzichtig', en eentje van Josien. Ze zouden vandaag gedichten maken. O ja. Volgende week vrijdag is het Sinterklaas.

'Gaat het weer?' vraagt Wagener.

Ze knikt, zet het raam van haar Volvo een stukje open en blaast rook naar buiten. Nog steeds koud en guur. Laat de winter dan nu maar komen. Al doet haar naam anders vermoeden, het is niet haar seizoen. Ze houdt van het voorjaar. Van de belofte van nieuw leven, nog meer van de warmte. Maar als de winter dan toch moet komen, dan graag compleet met sneeuw en Elfstedentocht. Boerenkool met worst. 'Ik droomde vannacht dat ze bij me was. Het leek zo echt, ik geloof dat ik daardoor even totaal de weg kwijt was. Heb ik ontzettend raar gedaan?'

'Valt mee. We zijn wel wat van je gewend.' Ze kijkt verbouwereerd opzij en ziet dan pas zijn grijns.

Bredevoort lijkt uitgestorven op de zaterdagochtend. Geen rijen auto's langs de gracht, dus geen grote boekenmarkt vandaag. Geen particulieren die hun oude waar uitstallen waardoor alle straatjes in het stadje gevuld zijn met kramen, dozen en duizenden boeken. Van vijf pockets voor twee euro tot zeldzame collector's items voor tweehonderd euro. Vermoedelijk heeft het boekeninitiatief Bredevoort gered van een leegloop. Met als voorbeeld het plaatsje Hay-on-Wye in Wales heeft het stadje de succesvolle poging gewaagd naar een tweede leven; wie weet een zesde of zevende leven, de lange en veelbewogen geschiedenis nagaand.

Ferry rijdt de smalle zandweg in, de laatste honderd meter tot Ellis' huis.

'Heb je je mobiel aan?' vraagt ze.

Hij laat haar zijn iPhone zien. 'Ik krijg zelfs een fotootje van het Stadhuis in München in beeld als ze bellen,' zegt hij.

Ellis doet meteen open. 'Kom binnen,' zegt ze. 'Het is veel te koud om buiten te staan. Koffie?'

Als ze even later met dampende koffie aan de nog steeds met papieren volgepakte keukentafel zitten, besluit Nelleke het gewoon maar te vragen. 'Mevrouw Grijsen, ik zal er niet omheen draaien. Wij weten dat u met de heer Bouwmeester een hotelkamer in Münster hebt gedeeld. In de nacht van 20 op 21 mei jongstleden.'

Ellis' gezicht kleurt rood en ze krult nerveus haar sluike haar achter haar oren.

'Waren verder alle kamers bezet? Die smoes had u toch niet per ongeluk al verzonnen?'

Ze schudt haar hoofd. 'Ik geef het direct toe. Het was behoorlijk stom en absoluut eenmalig. Eerlijk gezegd had ik al gedacht dat u erachter zou komen, daarom was ik ook zo nerveus woensdag. Er was trouwens geen kamer geboekt van tevoren, het was niet gepland. We hadden een paar zware besprekingen gehad, we waren moe, hadden honger en tijdens het wachten op eten dronken we stevig. Berend werd emotioneel, hij zag het niet meer zitten met Anne-Wil. Dat had ik nog nooit bij hem gezien, dus ik maakte me zorgen over hun relatie. Absurd, niet? Ik wilde een goed woordje doen voor Anne-Wil en ik eindig met haar man in bed. We hebben de volgende ochtend onmiddellijk afgesproken dat het ons geheim zou blijven. Ik smeek u, vertel dit niet aan haar, want ik weet niet wat dat voor haar gezondheid betekent.'

Ellis weet duidelijk niets van Anne-Wils eigen uitstapje.

Stiekem loert ze naar Wageners iPhone, die hij op tafel heeft gelegd. Het ding is stil, irritant stil. Ze zou het willen hypnotiseren, zodat de jazzy ringtone een gesprek uit München aankondigt.

'Als het enigszins mogelijk is, dan houden we dit tussen ons, dat is beloofd.'

Wagener zal straks protesteren.

'Weet u zeker dat u niets achterhoudt wat te maken heeft met de dood van de heer Bouwmeester? De waarheid, mevrouw Grijsen. Als er ook maar iets is...'

'Nee. Ik vind het erg genoeg, geloof me. Ik heb er ontzettend spijt van. Verder kan ik u niets vertellen over Berends dood. Helaas niet, ik hoop dat als hij is vermoord, u de dader levenslang opbergt.'

Ze drinkt haar koffie. De telefoon blijft stil.

'Betekent uw komst hier dat u inmiddels zeker weet dat Berends dood geen ongeluk is geweest?'

'Daar kunnen we helaas geen uitspraken over doen,' zegt Wagener.

'Ik heb Anne-Wil nog zo gewaarschuwd voor die villa. Er zijn mensen die beweren dat er een vloek op rust. Nu ben ik echt niet bijgelovig, maar het huis zag er uitgeleefd en allesbehalve uitnodigend uit. Ik kon bijna ruiken hoeveel ellende het met zich meedroeg.'

Ze zal toch het dossier nog eens gaan lezen, al was het alleen vanwege de mysterieuze sfeer die er kennelijk is blijven hangen rondom het lijk uit de Slingeplas.

'Nadat Eric Rots en zijn moeder verhuisden heeft het huis

lang leeggestaan. Ik speelde er wel eens met vriendinnetjes. In het metershoge groen – niemand nam de moeite om te oogsten of te snoeien – speelden we verstoppertje. Als je werd gevonden moest je doodvallen.'

Hoewel ze er continu op is gefocust, verrast het geluid haar toch nog. Wageners telefoon. Haar ogen flitsen zijn kant op. Vragend. Welk fotootje laat zijn iPhone zien?

Wagener knikt na een blik op het apparaatje.

München.

'Ga vast naar buiten,' zegt ze.

Hij neemt op en verdwijnt. Ze legt snel aan Ellis Grijsen uit dat ze op belangrijke informatie over een andere zaak wachten en bedankt voor haar openhartigheid. 'Ik hoop dat we u niet nogmaals hoeven lastig te vallen.'

'Geen enkel probleem. Nogmaals mijn excuses.'

'En? Wat zeggen ze?'

Wagener gebaart dat ze stil moet zijn. Waarom zet hij dat ding niet op de luidspreker? Dat zal toch kunnen met die hypermoderne telefoon?

Hij knikt. Geeft haar e-mailadres door. 'Ja, dat is goed,' zegt hij in zijn beste Duits. Beëindigt het gesprek.

'Ga even zitten.'

Ze doet het, klakkeloos. Op de dichtstbijzijnde plek, de achterbank van haar Volvo.

'Het lijkt erop dat ze Suzan hebben gevonden, Nel. Ze hebben Desirée Brunnecke gesproken – alleen – en ze heeft verteld dat ze zich vaag iets herinnert van een andere taal, dat ze soms raar droomt en dat ze niet beter weet dan dat ze is geadopteerd, waardoor ze zich soms een buitenbeentje voelt in het gezin, waar nog twee kinderen aanwezig zijn. Voordat we voorbarige conclusies trekken: haar DNA wordt zo snel mogelijk vergeleken met dat van jou – dat is al onderweg vanuit Utrecht – en ze gaan de ouders verhoren.'

Ze ziet zichzelf in de achteruitkijkspiegel, constateert verbaasd dat ze er net zo uitziet als een halfuur geleden.

'De collega's sturen je foto's per mail. Je moet geduld hebben, ze doen het erg kalm aan met haar. Ze was erg van streek, Nel, dat zul je begrijpen. '

Zijn woorden gaan langs haar heen. Natuurlijk is Suzan van streek! Haar dochter, die is opgegroeid in een gezin dat... Ja, dat wat? Haar nu opzadelt met een levensgroot dilemma? Ouders die jarenlang hebben gelogen, zal ze daar willen blijven? Hoe sterk is de band geworden in meer dan twintig jaar, ondanks het bedrog? En die ouders? Hoe reageren die hierop? Ze zullen haar toch niets aandoen? Ongewild heeft ze het beeld van Suzan op haar netvlies, roerloos op de grond in haar zijden nachthemdje. 'Ik begrijp dat ze tijd nodig zal hebben, natuurlijk begrijp ik dat. Al wil ik nu in mijn auto stappen en naar haar toe. Kun je ze dat in ieder geval vertellen? Dat ik niets liever zou willen? Als ze dat tegen haar zeggen, dan voelt ze misschien mijn liefde. En ze zullen toch goed op haar passen, Ferry, daar in München?'

'Ik zal het doorgeven. De collega's willen graag rechtstreeks contact met ons bureau, dus ik ga onze gegevens mailen. En Suzan is veilig, maak je geen zorgen. Ze verliezen die ouders echt niet uit het oog.'

Als Wagener richting Lichtenvoorde rijdt laat ze zich onderuitzakken in haar stoel, mijmerend over Suzan. Er is hoop. Reëler dan ooit tevoren. Ze heeft duizenden keren hoop gehad. Nooit zo terecht als deze keer, ervan uitgaand dat niemand haar valse informatie heeft gegeven.

Ze schrikt van haar telefoon. Een sms'je. Vast Josien, die vraagt wanneer ze thuiskomt voor de gedichten. En vanavond lootjes trekken, schiet haar ineens te binnen; zaterdagavond, dan komen Evelien en haar moeder dus ook.

Het sms'je is niet van Josien.

Ze wordt duizelig.

'Ferry, wil je even stoppen?'

'Wat is er?'

Hij zet de auto in de berm. Ze geeft hem haar mobiel.

Wagener leest de woorden hardop voor. 'Kijk uit of je hebt weer een schouder nodig. Bemoei je met je eigen zaken.' Hij kijkt haar verbaasd aan. 'Ken je het nummer?'

Ze schudt haar hoofd. 'Vast een prepaid ding.'

'Een flauwe grap?'

'Nee. Ik weet van wie dit bericht komt.'

35

Wagener rijdt, op haar verzoek, met blauw licht op het dak naar Lichtenvoorde. Nelleke belt naar huis en krijgt tot haar opluchting Jaap aan de telefoon. Ze informeert voorzichtig naar de kinderen. Hij mag niet vermoeden wat er in haar hoofd rondspookt. Als het waar is, zou hij eisen dat ze per direct haar baan opzegt.

Josien en Emma zijn op hun kamer, Anouk staat naast hem, ze wilden net weggaan om Nellekes moeder op te halen, brengt Jaap haar op de hoogte. 'Hoezo?'

'Nee, niets, Ferry had zin in een stukje van je eigengebakken speculaas, dus we komen eraan. Ik ben klaar op het bureau.'

'Oké, ik wacht tot je er bent.'

Ze vertrouwt het niet en belt naar Doetinchem om het gsm-nummer te laten checken, hoewel ze weet dat het hoogstwaarschijnlijk geen enkel nut heeft.

'Wat is er aan de hand?' vraagt Wagener.

Dit monster wil ze nooit meer in haar leven. 'Hij heeft een signaal afgegeven, dat kan niet anders.'

'Huh?'

'Die schouder. Daar heb ik een kogel in gejaagd. Een dubbelzinnige zin. Raar geformuleerd en dat past helemaal bij die gestoorde maniak.' Je hebt nog een schouder nodig. Om uit te huilen, of voor een tweede kogel? 'En "Bemoei je met je eigen zaken", dat is een duidelijke verwijzing.'

'Je bedoelt... Dat kan toch niet, die zit vast.'

'Sinds half augustus is hij vrij.'

Lodewijk Rotteveel. Haar nachtmerrie van twee jaar gele-den. Ze ziet dat Wagener haar niet gelooft, maar ze twijfelt er geen moment aan dat ze gelijk heeft. Vanaf half augustus heeft ze het verwacht.

Ze houdt haar adem in als Wagener hard op de rem moet voor een auto die niet aan de kant gaat. Een jongeman. Op de achterbank boxen ter grootte van schoenendozen. Zwaar ge-bonk klinkt op als ze de wagen inhalen en ze ziet hoe de jongen schrikt van het zwaailicht op hun auto. Ze maakt een gebaar dat hij moet uitkijken.

'Kun je laten uitzoeken waar die Rotteveel tegenwoordig woont?' vraagt Wagener.

'Ik ga Groenenveld straks om toestemming vragen, ik wil eerst weten wat er aan de hand is.'

'Bel het nummer eens?'

'Dan neemt toch niemand op, dat mobieltje ligt ergens in een of andere sloot of container. Ontraceerbaar.' Ze belt en in-derdaad, geen reactie.

Ze heeft gelobbyd, om zijn vrijlating te voorkomen. Zonder resultaat. Een voorbeeldige gedetineerde, die zeer gemotiveerd was om zijn bijdrage aan de maatschappij weer te leveren. Wel-ke bijdrage dat dan moest worden was niet vermeld. En per slot van rekening had hij alleen maar gedreigd.

Wagener rijdt voor de tweede keer door rood en slaat rechts af, richting Zieuwent, om onmiddellijk daarna weer rechts af te slaan. Hij rijdt de Europaweg in en even later zijn ze op de Boschlaan.

'Zet je het alarm af? Ik wil niet dat ze ongerust worden.'

'Oké. Doe kalm aan. We zijn er bijna.'

Kalm. Kalm? De adrenaline giert door haar lijf.

Rotteveel had alleen maar gedreigd. Ja! Omdat zij, en Sim-melinck, net op tijd waren om te voorkomen dat hij Josiens keel zou doorsnijden! Een van de meest beangstigende momenten van haar leven; ze weet zeker dat hij het had gedaan. Hij had eerder gemoord. Kinderen, die bovendien seksueel waren misbruikt. Zo'n beest verdient het wat haar betreft niet om ooit de zon weer te zien.

'Ik wil Ton en Han terug. Dit heeft met onze Bredevoortzaak te maken, Ferry. Het is de enige zaak die ik onder handen heb.'

'Suzan?'

'Daar heeft Rotteveel niets mee te maken.'

'Met Bredevoort dan wel?'

'Het moet.'

Zo ontspannen mogelijk begroet ze Jaap. Anouk, die ongeduldig met de autosleutels rammelt. Josien en Emma zijn op hun kamers, Jaap heeft ze zojuist zien vertrekken.

'Jij wilde mijn wereldberoemde speculaas proeven?' vraagt Jaap. 'Koffie erbij?' Hij zet het espressoapparaat aan en snijdt een groot stuk koek af. 'Jij ook?'

'Nee, dank je.'

Als Jaap het recept voor haar assistent uiteenzet, schuifelt ze ongemerkt weg. Ze kijkt in Emma's kamer. 'Alles in orde?' Emma hoort haar niet, haar oren zijn gevuld met mp3-spelermuziek.

Josien zit achter de computer, ze speelt een of ander spel. En dan opeens realiseert ze het zich. Waar is Daya? Ze moet zich inhouden om het niet uit te schreeuwen. Zo beheerst mogelijk loopt ze terug, de keuken in. De vrolijke Tibetaan komt haar altijd begroeten. Waarom nu niet? 'Waar is die drukke viervoeter van ons?'

'In haar mand. Volgens mij was ze moe want ze wilde niet mee lopen.'

Vergeten is haar voornemen om kalm te blijven. Ze sprint naar de bijkeuken en schuift de halfopen kastdeur verder open. De veilige, donkere plek waar het beest als pup, ondanks een mooie mand in de kamer, zelf wilde slapen en dus hebben ze daar haar slaapplaats gemaakt. Ongeduldig schuift ze een rij jassen aan de kant. 'Daya?'

Het blijft stil.

Ze laat zich op haar knieën vallen en buigt zich over de hond. Streelt haar vacht, haar kop. Gelukkig, ze is warm. 'Wat is er aan de hand, meisje?' fluistert ze. De bruine, trouwe hondenogen kijken haar treurig aan. Zo kan ze ook kijken als ze honger heeft of naar buiten wil.

Ze streelt Daya's nek en voelt het. De halsband.

Die zit zo strak dat het beest bijna moet stikken. Is hier verdomme vandaag iemand de bijkeuken in geslopen? Ze weet hoe makkelijk Jaap is in deuren openlaten als hij weggaat of in zijn doka zit. Net als de meeste Achterhoekers is hij goed van vertrouwen, niet gewend aan insluipers. Ondanks de overval op een Zelhemse boerderij, waarbij een bejaard echtpaar werd gemolesteerd.

De tranen springen in haar ogen. Van opluchting; het had veel erger kunnen zijn. Van medelijden met het dier, dat misschien al uren probeert te overleven.

Ze bevrijdt Daya van de wurggreep en neemt haar op schoot, zacht aaiend over het lange, zachte haar. De hond geeft voorzichtige likjes in haar hand. 'Ja, het is goed, prutser, het is goed.'

Jaap staat in de deuropening. 'Wat had jij ineens haast?'

'Ik had deze kleine de hele dag nog niet gezien, ik was even bang dat je haar had verkocht.' Ze doet haar best om een lach tevoorschijn te toveren en ziet aan Jaaps stroeve gezichtsuitdrukking dat hij haar niet gelooft. 'Er is nieuws over Suzan.'

Het lijkt erop dat ook hij erin gaat geloven. Eindelijk.

Hij noemt het hoopgevend nieuws en vraagt wat ze gaan doen.

'De collega's in München gaan de ouders verhoren en het wachten is op de DNA-uitslag,' zegt Wagener. Hij roemt Jaaps speculaas en accepteert gretig een tweede stuk.

'Ik heb geloof ik voor het hele dorp gebakken, dus ga gerust je gang.'

Ze aait de hond, die niet van haar zijde wijkt en haar kop telkens onder Nellekes arm wil verstoppen. Wat moet ze doen? Deze waarschuwing kan ze niet naast zich neerleggen. Moet ze Jaap vertellen wat ze denkt, hem misschien onnodig ongerust maken? Als Emma de keuken in loopt en Jaap iets vraagt, maakt ze van de gelegenheid gebruik en trekt Wageners aandacht. Hij bedankt Jaap voor het lekkers en loopt met haar mee naar buiten. Daya volgt op de voet.

'Iemand had de halsband van Daya zo strak aangetrokken dat het beest zich amper kon bewegen.'

'Dan moet je dat melden, Nel, wat als je die hond straks dood aantreft? Of nog erger, een van de kinderen?'

'Wacht even. Ik ben zo terug.'

Even later rijden ze naar het bureau. Met een smoes dat ze nog iets moest regelen voor München maakte ze zich snel uit de voeten, alleen de hond liet zich niet wegsturen en sprong in Wageners auto zodra ze het portier opendeed.

'Jaap is niet gek, Nel, die heeft in de peiling dat je iets verzwijgt.'

'Ik weet niet of het handig is om het hem te zeggen. Hij zal zich doodongerust maken.'

'Terecht! En voorzichtig zijn de komende tijd, dat lijkt me een heel goeie tip.'

Hij heeft gelijk.

Als het waar is. Stiekem hoopt ze dat ze ernaast zit met haar gedachte aan Rotteveel. Die hoop wordt de grond in geboord als Wagener heeft uitgezocht wat zijn huidige woon- en verblijfplaats is. Doetinchem. 'Hij is drie dagen geleden in de gemeente ingeschreven en verhuisd vanuit een tijdelijk onderkomen; daarvoor zat hij in Utrecht. Collega's hebben hem in de buurt van Lichtenvoorde gesignaleerd. Ze hebben geen opdracht om hem te achtervolgen, houden alleen af en toe een oogje in het zeil.'

'Ik was er al bang voor. Wat voor auto rijdt hij?'

'Dat weet ik niet.'

Vanuit haar kantoor belt ze de commissaris, die gelukkig zijn gsm beantwoordt op zijn vrije zaterdag.

'Nelleke? Jij nog aan het werk?'

'Ik heb een waarschuwing gekregen van Lodewijk Rotteveel en ik twijfel over mijn tegenactie.'

'Wat was je eerste gedachte?'

'Dat ik hem overhoop ga schieten.'

'Nou ja, je tweede dan?'

'Dat een subtielere methode misschien verstandiger is, maar een langzamere dood aantrekkelijker. Bijvoorbeeld eerst zijn knieën aan flarden...'

'Nel!'

'Ik weet het niet, Herman. Ik ben doodsbenauwd dat hij een van de kinderen – Josien voorop – iets zal aandoen. Hij heeft een jaar in de bak gezeten en daarvóór deed hij ook al niets anders dan op wraak zinnen, omdat ik degene was die hem na die verkrachtingen en moorden achter de tralies heb gekregen. Althans zo ziet hij het. Dat er een heel team voor verantwoordelijk was, dat zal hem boeien, ik ben de kwaaie heks op wie hij zijn woede wil uitleven. En hij weet donders goed dat hij me harder pakt als hij een van de kinderen te grazen neemt. Hij heeft mijn hond bijna vermoord! Ja, ja, rustig maar meisje, alles is goed,' fluistert ze tegen Daya, die alweer op haar schoot is gesprongen en haar hand likt.

'Wat wil je dat ik doe?'

'Wat adviseer je?'

'Als je op veilig wilt spelen, stop tijdelijk met werken en ga met je gezin op vakantie naar een ver eiland. Dat kan hij niet betalen.'

'En dan pakt hij mijn moeder. Nee, wat mij betreft is aanval de beste verdediging. Ik ga de confrontatie aan. Ik ben zeer benieuwd waarom hij zegt dat ik me met mijn eigen zaken moet bemoeien.'

'Heeft hij te maken met een van die overvallen?'

'Dat is mogelijk. Of met onze Bredevoort-zaak. Hij verbleef

tot een paar dagen geleden in Utrecht. Ik zou graag willen weten met wie hij daar omging.'

'Ik zal contact opnemen met mijn waarde collega en zorgen dat er een paar mannetjes op gezet worden. Ik zal zeggen dat ze jou moeten bellen. Wil je bescherming voor je gezin?'

Wil ze dat? Moet ze de keuze aan hen laten? 'Ik kom erop terug. Daar moet ik over denken.'

'Over die zaak in Bredevoort gesproken... Is dat wel een zaak, Nel?'

Ze hoort de twijfel in zijn stem. 'Ja, dat is een zaak die ik tot op de bodem wil uitzoeken. Er is ook nog een oude zaak waarin ik me wil verdiepen. Een lijk in de Slingeplas, drieëndertig jaar geleden. Beetje ingewikkeld verhaal, lees de rapporten maar. Ik weet in ieder geval zeker dat Bouwmeester niet per ongeluk is gevallen. Je moet me vertrouwen.'

'Met de ontwikkelingen rond Suzan...'

Dat hij denkt dat ze eraan onderdoor zal gaan is niet geheel ten onrechte misschien, af en toe voelt ze hoe dichtbij dat moment is. Maar opgeven? Nooit. De dreiging maakt haar hooguit strijdbaarder. 'Maak je geen zorgen, ik heb het onder controle. Ik wil wel graag Cornelissen en Simmelinck terug. Dat onderzoek naar die overvallen is zo goed als afgerond. Wij zitten alleen nog met die A18-zaak, en die kunnen zij mooi oppakken van hieruit. Die overval bij Doetinchem heeft waarschijnlijk met onze moord te maken. Ik zal zorgen dat ik niet alleen op pad ga. Deal?'

'Het is jouw toko.'

Hij wenst haar succes en met een diepe zucht verbreekt ze de verbinding.

Wagener heeft Daya inmiddels op schoot en ze moet lachen om de rare fratsen die de hond verzint om Wageners neus te kunnen likken.

'Wat vind jij, doe ik er verkeerd aan om Jaap niets te zeggen?'

Hij zet de hond op de grond en gooit een prop papier weg. Waar Daya prompt achteraan holt. 'Ja.'

'We sluiten af. Het is mooi geweest voor vandaag.'

Als Wagener haar bij haar huis afzet vraagt hij of hij haar maandagochtend moet ophalen.

'Nee, waarom?'

'Je zou toch niet alleen op pad?'

'Dan weet Jaap meteen dat er iets aan de hand is. Ik zal goed opletten en vanuit het bureau niets alleen ondernemen. Dat moet voldoende zijn.'

'Ik vind het onverstandig. Als je je eigen gezicht had gezien toen je dat bericht kreeg van die *nutcase*... Ik begrijp er niets van.'

36

Nelleke deelt speculaas uit, schenkt koffie in en glimlacht, hopelijk op de goede momenten. De kinderen zijn uitgelaten en zelfs Anouk, die zich veelal als boven alles verheven studente wil manifesteren, mengt zich in de gesprekken. Voor de tweede keer zullen ze volgende week Sinterklaas vieren met Jaaps ouders, haar moeder en Evelien. Evelien, die keurig rechtop zit maar af en toe een hand voor haar mond houdt omdat ze volgens haar eigen normen te hard lacht, zichtbaar genietend van de meiden. Haar moeder, die moeite heeft met de kruimelende koek en dit bijeenzijn te veel drukte lijkt te vinden. Evelien is twintig jaar jonger, ze mag de vergelijking niet maken. En toch. Ze heeft zich afgevraagd hoe anders ze zou zijn geworden als Evelien haar had opgevoed in plaats van haar ter adoptie af te staan. Of ze dan een andere persoonlijkheid had ontwikkeld. Dan was ze in Drenthe opgegroeid en had ze Gijs nooit ontmoet, was ze waarschijnlijk met een andere man getrouwd. Suzan was er niet geweest, in plaats daarvan misschien een ander kind... Dan was ze ook niet naar dat winkelcentrum gegaan... Hoe zou Suzan zich hebben ontwikkeld? Wat als ze elkaar zien en er is geen...

'Pardon, wat zei je?'

'Het is jouw beurt. Je moet een lootje trekken,' dringt Josien aan. 'Nu niet weer jezelf pakken, want dan moeten we nog een keer.'

De derde ronde gaat het goed en op haar papiertje staat Anouks naam. Dat wordt geen probleem, Anouks verlanglijstje beslaat bijna drie A4'tjes. Wensen die verdeeld kunnen worden in de categorieën kleding, muziek en make-up.

Zelf had ze eigenlijk maar één wens. In plaats daarvan heeft ze opgeschreven: een warme oranje sjaal, dikke sokken, een wollen muts. Alles wat de winterkou tegenhoudt.

Tegelijkertijd denkt ze aan Anne-Wil. Zou die het koud hebben in haar caravan? Zich eenzaam voelen? Of is ze blij dat haar opzet gelukt is, dat ze van haar man is verlost? Ze denkt na over motieven. Anne-Wil is waarschijnlijk zwanger van Eric Rots, misschien wil ze met hem verder en verzwijgen ze beiden hun gevoelens voor elkaar. Of Rots is haar dader, wist overal van en kreeg ruzie met Berend over het vaderschap. Of over een zakelijke kwestie, dat kan natuurlijk ook. Die KKA. Dat hoofdkantoor zit in Utrecht; ligt daar de link met Rotteveel? Nee, te vergezocht. Herman zat in de goede richting, vermoedt ze, met zijn suggestie dat Rotteveel bij een van de overvallen is betrokken. Hoewel overvallen niet direct zijn stijl zijn, kan hij zijn werkterrein hebben verlegd om ongestoord zijn gang te kunnen gaan. Simmelinck en Cornelissen werken mee aan dat onderzoek, het is logisch dat hij denkt dat zij daar dus ook mee bezig is.

'Hè? Wat?'

'We gaan.'

Jaaps ouders vertrekken met de regiotaxi richting hun seniorenappartement. Ze bedanken haar voor de gastvrijheid. Tot volgende week, ze verheugen zich erop. Jaap loopt met hen mee, zelf schenkt ze nog een wijntje in voor Evelien en haarzelf, haar moeder wil niets meer. Of Jaap haar straks wel thuisbrengt?

'Ja, dat hadden we toch afgesproken?'

Ze had zo met de taxi mee gekund, maar dat vindt ze niet prettig. Die auto moet misschien wel vier andere adressen langs en dan heeft ze geen idee hoe laat ze terug is.

Soit.

Een *nutcase*. Wagener zei het hardop. Rotteveel behoort tot de categorie psychopaten. Die denken niet zoals zij en de meeste andere mensen.

Anouk vertrekt met een stel vriendinnen naar het café, Emma gaat chatten en Josien mag nog even lezen op bed voordat ze gaat slapen. Jaap loopt naar buiten met de hond.

De stilte overvalt haar bijna, als ze met z'n drieën overblijven.

'Heb je nog iets gehoord over het onderzoek?' vraagt Evelien.

Ze twijfelt of ze het voor zich zal houden, verlangt er tegelijkertijd heftig naar om erover te praten. Nog liever aan Suzan denken dan aan de blonde man met zijn onschuldig lijkende babyface. 'Ik houd een slag om de arm, maar het zit er dik in dat ze haar hebben gevonden. In München, en ze noemen haar Desirée Brunnecke.'

Ze kijkt naar twee open monden. Monden die even geen woorden lijken te hebben.

'Ze gaan de ouders verhoren en ons DNA vergelijken om zekerheid te krijgen.'

'Hoe... hoe weet je dat ze het moet zijn?'

Ze pakt de foto's uit haar tas en legt ze op tafel. De afbeelding van Desirée, naast die van Suzan, zoals ze er nu uit moet zien volgens de moderne techniek. 'En ze hebben haar gesproken. Voorzichtig. Ze herinnert zich iets van vroeger, iets van een andere taal.'

'Allemachtig... Nelleke, je hebt haar gevonden.'

'Niet ik, de collega's in Utrecht.'

'Jij bent degene die altijd hoop heeft gehouden en hebt gezocht,' zegt Evelien. 'Ik ben trots op je doorzettingsvermogen. Als ik vroeger zo... Nou ja. Suzan mag blij zijn met zo'n moeder.'

'Ik begrijp wat je wilt,' zegt haar moeder. 'Ik vraag me alleen af of zo'n kind dat aankan.'

Een ogenblik is ze verward door haar moeders opmerking. Hoe kan ze zoiets zeggen! Dan sijpelt er iets van begrip door haar opkomende boosheid. Haar moeder stelt zich voor dat Evelien haar na twintig jaar had opgeëist. Aan de andere kant, dat is een niet te vergelijken situatie. Het is stil. Als Jaap nu hier was zou hij weten wat te zeggen.

'Suzan is míjn kind,' zegt ze uiteindelijk. 'Het lijkt me logisch dat ik haar wil kennen. Op de een of andere manier heb ik altijd gevoeld dat ze in leven was en ik heb niet al die jaren voor niets gehoopt en gezocht.' Haar stem klinkt breekbaar, merkt ze, nog een nare opmerking en ze zal misschien gaan schreeuwen. Bijna verlangt ze terug naar de periode, vorig jaar, dat haar moeder zo ziek was. Toen kwamen ze voor het eerst echt nader tot elkaar. Helaas, hoe meer haar herstel vorderde, hoe meer haar lieve, open kant naar de achtergrond verdween.

Evelien heft haar glas in een proostend gebaar. 'Ik zal voor je duimen dat je haar binnenkort in je armen hebt.'

'Dank je.'

Later op de avond, met een laatste glas cognac aan de bar, kan ze eindelijk ontspannen. Ze vertelt Jaap niet wat haar moeder zei, alleen dat ze hebben geproost op een voorspoedige hereniging.

'Het zou toch wat zijn, Nel, als ze het echt is. Ik bedoel, ik geloof dat ze het is, maar tot ze in je ogen kijkt houd ik mijn hart vast. Misschien wil ze je niet kennen, heb je daaraan gedacht?'

'Dat wil ik niet.'

Jaaps woorden gaan grotendeels langs haar heen. Ze wil hopen nu, geloven, en met de verdachten in Bredevoort en Rotteveel erbij loopt haar hoofd over. Ze zou aan het strand willen uitwaaien, ondanks de kou. Of bungeejumping, parachutespringen. Voelen dat ze leeft, haar lijf uitputten. Ze zou kunnen gaan hardlopen. Wie weet komt het er weer van.

'Ik ga nog even het internet op,' zegt ze, en ze neemt een laatste slok cognac. 'Daarna moet ik absoluut plat, ik ben doodmoe.'

Als ze achter de iMac zit – helaas, geen nieuws over Suzan – kijkt Jaap om de hoek in haar kantoortje. Klaar voor bed, te oordelen aan zijn lijf, dat slechts is gehuld in boxershort.

'Het schoot me net te binnen; je had tranen in je ogen toen je Daya op schoot had.'

'Ze begon me te likken en dat vond ik zo lief. Ik moest aan Suzan denken, het is gewoon te spannend.'

'Weet je zeker dat er niet meer aan de hand is? Ferry keek je af en toe zo vreemd aan.'

'Ferry? Ach, we hadden vanmorgen tijdens het teamoverleg een beetje woorden.' Dat Ferry daar eigenlijk niets mee te maken had vertelt ze er niet bij. 'Vanavond was het gezellig, toch?'

'Je deed je best, Pumuckl, maar je maakt mij niet zo heel veel wijs. Zelfs niet dat het alleen om Suzan gaat.'

Hij trekt de deur dicht voor ze nog iets kan zeggen en laat haar verward achter.

37

Op kilometers afstand ruikt hij de zee al. Niet echt natuurlijk, maar zijn herinnering bevat genoeg zeelucht om er een portie van naar boven te halen. Ziltig, zout, het zand 's avonds uit je haren douchen. Het enige wat Jaap echt mist in de Achterhoek had hij dichtbij toen hij in Amsterdam woonde. De zee.

Zodra hij, over de duinen ploegend in het zand, daadwerkelijk de golven ziet, komt er een bijna kinderlijk verlangen in hem op om zijn broekspijpen op te stropen en het water in te rennen. Nelleke houdt hem tegen. Het is te koud. Hij zou haar willen optillen en meenemen de zee in, in haar komen, daar waar je liggend deels onder water verdwijnt, met de rollende golven richting strand meegevoerd wordt, het land op, en moeite moet doen om op je plek te blijven als het water zich terugtrekt.

De stemming is er niet naar. Nog niet. Nelleke is afwezig, hoewel ze haar best doet vrolijk te zijn. Er is iets wat haar bezighoudt. Hij zag het in haar ogen gisteravond, toen hij het vroeg.

Toe maar. Ze moet het zelf weten. Wat niet weet wat niet deert is misschien iets te makkelijk; als ze er niet over wil praten gaat hij zich er niet druk over maken. Hij heeft het vaker meegemaakt; het komt wel weer goed.

Hij snuift de zeelucht in zijn longen. Een nieuwe lading voor zijn geheugen, die hij kan aanboren als hij weer thuis is.

'Dit is een goede plek,' zegt hij, en hij maakt zich langer dan hij al is, strekt zijn armen omhoog. Hij is zo trots als een pauw die net voor nageslacht heeft gezorgd. Omdat hij een expositie van Hendrik Marsmans werk mag aanvullen met foto's. Van de zee natuurlijk, die speelde bij de dichter ook een belangrijke rol. Hij hoefde er niet eens over na te denken en heeft al een stuk of dertig shots die zijn goedgekeurd door de commissie. Laaiend enthousiast was vooral Maarten Peters, de galeriehouder aan wie hij soms een mening ontfutselt over nieuw werk waarover hij onzeker is. En dit is potverdorie Hollands glorie wel een van Nederlands grote oude meesters! Vroeger moest hij het gedicht uit zijn hoofd leren. 'Denkend aan Holland zie ik brede rivieren, traag door oneindig laagland gaan.' Verder komt hij niet. Onlangs las hij het hele gedicht weer, met een groot 'o ja'-gehalte. Om het zomaar te declameren, nee, dat is te veel gevraagd van zijn bejaarde hersens. Althans, zo mogen de kinderen zijn hoofd graag betitelen in een puberale bui.

Zijn camera klikt. Loerend door de lens voorspelt hij welke uitsneden straks de mooiste zullen zijn. De dreigende luchten, het water met de wilde golven als een onzekere horizon.

Zijn ogen turen door de lens, vinden Nellekes figuur, opboksend tegen de wind. Haar hoofd omhoog, starend in een verte die hij niet kent. Vrouwen doorgronden. Het is hem nooit gelukt en dat zal nooit gebeuren, net zomin als hem dat bij zijn ex-vrouw Heleen is gelukt, lukt hem dat bij haar. Elf jaar kennen ze elkaar inmiddels en hij weet nog precies hoe ze er toen uitzag, hoe hij haar voor de camera kreeg. De opvallend groene ogen die hem onmiddellijk intrigeerden. Haar ranke lijfje, de kleine maar stevige borsten. Maar ook een gesloten brok eigengereidheid met oud zeer onder de huid. Het heeft hem heel wat moeite gekost om haar vertrouwen te winnen. En nog steeds moet hij de woorden soms uit haar trekken. Eigenwijs stuk vreten. In al die jaren heeft hij nooit terugverlangd naar de grote stad, het drukke reclameleven waaronder hij zich had bedolven. Alles draaide om geld, en imago. Nee. Geen spijt. Geen moment. Mits hij af en toe de zeelucht kan opsnuiven.

Hij hoopt nog een paar mooie opnamen te maken, juist nu het weer zo onstuimig is. Echte Hollandse wolken, waarin een oneindige diepte lijkt te zitten.

De hond springt als een dolle draaitol om Nelleke heen. Dat beest mankeerde iets gisteren, die kwam niet voor niets zo stilletjes, zo ontzettend on-Daya's bedeesd bij haar op schoot zitten. Ach wat. In de harde wind verschrompelen zijn zorgen tot kleine futiliteiten die hij op de wind laat meevoeren naar andere continenten.

Ook voor zijn Pumuckl is het goed om de wind te voelen. Wind is voelen dat je leeft. Juist daarom zou hij de zee in willen, dat geeft eenzelfde sensatie, alleen dan in tienvoud.

Hij zou een hartaanval riskeren in dat koude water, zei Nelleke. Ze heeft gelijk. Het is een idioot plan.

'Je mag wel oppassen dat je niet wegwaait,' zegt hij, en hij pakt haar even stevig vast, nadat hij zijn camera in de beschermtas naast zich op het zand heeft opgeborgen.

'Dat valt best mee,' zegt ze.

Hij tilt haar op, proeft haar zilte oorlel. 'Het valt niet mee. Je moet meer eten,' zegt hij. 'Sinds een week of wat val je weer af.'

Sinds dat nieuwe onderzoek naar Suzan is gestart natuurlijk. Ongetwijfeld. Hij zal een grote pan spaghetti maken vanavond, daar is ze gek op. Daarvan eet ze altijd meer.

Vanmorgen hebben ze uitgeslapen. Om tien voor tien hoorde hij de kerkklokken. En de harde wind, die door de hoge eikenbomen raasde, een geluid dat met een flinke scheut fantasie enigszins doet denken aan de branding. Tenminste, dat vond hij vanmorgen. Hij verraste Nelleke met een ontbijt: verse croissants, jus d'orange en zichzelf. Ze accepteerde slechts twee van de drie. Haar croissant werd koud.

Hij lacht. Breeduit. Draait rondjes om zijn as, zijn armen

wijd uitgespreid. Ondanks zijn lengte en kilo's overgewicht voelt hij dat hij bijna zou kunnen zweven als hij nog harder zou kunnen draaien. En dan ligt hij ineens pardoes in het zand. Hij blijft liggen, de armen nog net zo gespreid. Nelleke grijnst, met ondeugd in haar ogen, en gaat boven op hem liggen. Als hij zijn armen om haar heen slaat voelt ze dichterbij dan ooit. Juist omdat de omgeving zo weids is. 'Wordt het al rustiger in dat koppie van je?' vraagt hij, terwijl hij met een vinger een krul uit haar gezicht achter haar oor stuurt. De krul wil het niet hebben en floept direct weer los. 'Die krul is net zo eigenwijs als de rest, als je neus, als je mond…' Hij kust de lichaamsdelen die hij benoemt. 'Ik hou van je, Pumuckl,' zegt hij. 'Je moest eens weten hoeveel.'

'Hoeveel?'

'Zoveel dat het niet past in de zee. En ook niet in de lucht.'

'Dat lijkt me wel genoeg,' zegt ze nuchter.

'Het is nooit genoeg,' antwoordt hij, dicht bij haar oor fluisterend. 'Voor jou vind ik alles niet genoeg.'

38

'Welkom terug, Ton, Han, het is goed dat jullie er weer zijn.'

'We waren er zaterdag ook al, hoor,' grijnst Cornelissen.

Nelleke wil iets zeggen maar ziet dan dat hij knipoogt. 'Dat had ik wel geroken, Ton. Alleen, vanaf vandaag horen jullie pas officieel weer bij ons team.'

Ze geeft Wagener het woord om de twee collega's kort bij te praten over de zaak in Bredevoort.

'We hebben enkele verdachten die we serieuze aandacht geven,' zegt Wagener. Ze slaat hem gade. Met zijn open blik, symmetrische gezicht en gave rij witte tanden. Aan jonge, gillende vrouwelijke fans voor het podium zal het hem niet ontbreken.

'Wil je ons eerst vertellen waarom jullie ervan overtuigd zijn dat het om moord gaat?'

'Oké. Alle feiten op een rij.' Hij legt uit dat Berend Bouwmeester opgegroeid is op de bouw, wat een ongeluk ongeloofwaardig maakt. Dat ze afdrukken op de plaats delict hebben aangetroffen. Afdrukken van een mannenschoen die niet van Bouwmeester is. De echtgenote, die geen alibi heeft en vlak na het tijdstip van de moord van slag leek, volgens een vriendin. 'Verder heeft een buurman rond het tijdstip van de moord een donkere auto voor Bouwmeesters villa zien staan. Een auto die Anne-Wil Bouwmeester overigens niet heeft gezien.'

'Die ingrediënten vormen samen geen onomstotelijk bewijs van misdaad,' zegt Simmelinck.

'Klopt. Maar voeg daarbij een dosis intuïtie van onze chef en dan heb je volgens haar wel degelijk een moordgerecht.' Wagener legt uit dat Bouwmeesters vrouw iemand – volgens haar de architect Eric Rots – heeft horen praten met Berend, vlak voor hij dood werd aangetroffen. Alleen, Rots ontkent en heeft een alibi. Zijzelf echter niet en het kan zijn dat ze liegt. Bovendien is ze dus tot nu toe de enige die bekent ter plekke te zijn geweest.'

'Heeft de dame zelf motieven?'

'Zeker. Ze is vermoedelijk zwanger van die architect en kan een toekomst met hem hebben gewild. Om het nog gecompliceerder te maken: de vriendin van Anne-Wil, Ellis Grijsen, heeft onlangs een keer met Bouwmeester gerotzooid en het zou kunnen zijn dat het stel daar ruzie over heeft gekregen. De echtgenote heeft in ieder geval motieven genoeg, want hun huwelijk, dat zal jullie niet verbazen, was allerminst gelukkig.'

'Vergeet niet dat Bouwmeester vlak voor zijn dood contact heeft opgenomen met de recherche in Utrecht. Waar we geen boe of bah van krijgen, trouwens,' zegt ze.

Wagener legt uit dat ze een mogelijk spoor richting Utrecht volgen, waar het hoofdkantoor van KKA zit. 'Een brancheorganisatie; een soort kwaliteitskeurmerk voor architecten. Rebo was lid. We hebben informatie over die KKA opgevraagd bij de collega's in Utrecht. Ik hoop daar vandaag een update van te krijgen, maar erg toeschietelijk zijn ze niet, op zijn zachtst gezegd.'

De stevige strandwandeling van gisteren heeft haar goedgedaan, rust in haar hoofd gebracht. Een paar uur verkeerde ze in de gelukzalige illusie dat haar enige zorg het fijne zand in haar haren was, en of ze een broodje zalm of tonijn zou kiezen van de lunchkaart. Zelfs het ongeduldige wachten op nieuws over Suzan veranderde in een overtuiging dat het goed zou komen. De zee reduceert elk menselijk probleem, hoe groot ook, tot een tijdelijk ongemak dat vroeg of laat verdwijnt.

Wagener wijst op een foto van Onno Brugging op het bord. 'Een vriend van Bouwmeester. Type oude hippie, heeft een antiquariaat in Bredevoort. Hij heeft geen alibi, wel een strafblad vanwege mishandeling van zijn vrouw. Ex-vrouw, lang geleden, maar toch. Hij is zeer tegen de opening van de nieuwe boekwinkel van mevrouw Bouwmeester en daar kan hij woorden over hebben gekregen met zijn kameraad. We hebben gekkere dingen meegemaakt.'

Daya is sinds zaterdag niet meer bij haar weg te slaan. Ze heeft Jaap gevraagd of hij vandaag extra aandacht wil schenken aan die kleine druktemaker. Toen hij vroeg waarom, zei ze dat de hond waarschijnlijk loops gaat worden.

'En dan hebben we natuurlijk Harrie te Bokkel. Daar weten jullie net zoveel van als ik. Willen we hem vandaag nog eens ondervragen?'

Ze heeft het niet gedaan. Niet verteld over de sms van Rotteveel, over het halsbandje van de hond.

Haar mobiel gaat, ze schrikt ervan. Gelukkig geen sms-geluid. Vast gewoon Jaap, die wil weten hoe het met haar gaat.

'Nelleke de Winter.'

'Mevrouw de inspecteur?' De stem klinkt gedempt. 'U gaat toch over die overval, langs de snelweg? U moet bij de loods van sloperij Hoftijzer in Aalten gaan kijken.'

Klik. Weg contact.

Ze schrijft het nummer op een papiertje en schuift het richting Cornelissen. Ze drukt op de terugbeltoets. Tevergeefs. 'Sloperij Hoftijzer in Aalten. Daar vind je schijnbaar iets wat met de overval te maken heeft. Een mannenstem, die gedempt klonk. Nogal amateuristisch; in een zakdoek praten, zoiets. Wel effectief. Als ik de man ken, heb ik hem niet herkend. Achterhoeks accent. Willen jullie zo meteen voor de zekerheid gaan kijken?' Ze vraagt of Wagener klaar is met zijn uiteenzetting.

'Volgens mij heb ik alle belangrijke dingen gehad, ja.'

'Lees in ieder geval de rapportage erop na.' Ze overlegt met de collega's wie wat gaat doen en staat op.

'Wil je het niet hebben over... je weet wel...' Hij maakt een subtiel gebaar alsof hij met één hand zijn eigen keel wil doorsnijden.

'Ja, dat is denk ik wel verstandig. Regel jij dat? Als je klaar bent, kom dan naar mijn kantoor.'

Een moment alleen. Ze overweegt haar computer aan te zetten, pakt dan de telefoon. Hoeveel collega's van het Utrechtse hoofdbureau van politie zouden zich met 'haar' zaak bemoeien? Haar carrière begon ooit op dat hoofdbureau, aan het Utrechtse Paardenveld, in de tijd dat er nog sprake was van gemeente- en rijkspolitie, en met een rechercheteam dat uit slechts een paar man bestond.

'Met Nelleke de Winter. Mag ik inspecteur Schouten van u?'

'Ik verbind u door.'

Al werd er waar nodig samengewerkt, het team ging er vooral prat op zelf zijn zaken op te lossen. Van alles kreeg ze die eerste jaren op haar bord. Zakkenrollers, inbrekers, mishandelingen, moord. Alleen geen zedenzaken, daar was een speciale afdeling voor. Ze herinnert zich haar eerste moordzaak. Een oorlogsveteraan die zijn moeder doodschoot. Ze woonde vlak bij het hoofdbureau, aan de Willemstraat, in een appartement op tweehoog, samen met Gijs. Een kamertje van drie bij drie voor Suzan. Ze waren bezig met een ander huis, met een tuintje, waarin een schommel zou passen, toen op die zwarte dag Suzan uit haar leven werd gerukt. Zes maanden later begon Gijs spullen in het kamertje te zetten. Een koffer die elders in de weg stond. Een doos met zomerkleding. Zij haalde ze er net zo snel weer uit.

'Inspecteur Schouten.'

'Goedemorgen Willem. Je spreekt met Nelleke de Winter.'

'Nelleke! De telefoniste zei niet dat jij het was. Houd je het een beetje vol daar?'

'Je bedoelt, in de rimboe?'

Hij grinnikt. 'Ik bedoelde het serieuzer. Vanwege je dochter. Ze is terecht, Nel, we weten het bijna zeker.'

'Bijna.'

'De ouders worden op dit moment verhoord. Ik heb net een telefoontje van de collega's gehad. Die mensen waren bloednerveus. We houden je op de hoogte; zo gauw we honderd procent zekerheid hebben bel ik Wagener. Of jou, als je dat liever hebt.'

'Nee, laat het maar zo. Ik hoor vast de helft niet.'

'De uitslag van het DNA verwachten we ook vandaag. We doen ons best. Het gaat allemaal al erg snel, sneller kunnen we echt niet.'

'Ik weet het.'

'Nog even volhouden dus.'

Als de verbinding is beëindigd begint ze alsnog te trillen. Ze wil een slok water nemen, maar de spanning giert door haar lijf en ze knoeit water over haar broek.

Even later tikt Wagener op haar deur. 'Ton en Han zijn naar Aalten. Gaan wij naar Winterswijk?'

Ze knikt. Afleiding, heel goed.

Bijna zeker. Bijna.

39

Haar assistent houdt zich keurig aan de snelheid. Nelleke onderdrukt de neiging haar voet op het gaspedaal te drukken. We weten het bijna zeker, zei Schouten. Bijna. De storm in haar hoofd wil niet gaan liggen en ze overweegt een pilletje. Dat maakt haar ook minder alert. Niet doen.

'Na Aalten gaan Ton en Han achter Rotteveel aan,' zegt de rechercheur. 'Han flipte bijna toen ik het vertelde.'

Rotteveel. Met zijn onschuldig ogende babyface. Ze heeft spijt dat ze hem niet definitief heeft uitgeschakeld toen ze de kans kreeg.

Simmelinck was bij haar, die middag in het bos, toen het leven van Josien aan een zijden draad hing. Hun ervaren teamwerk is de enige reden dat Jaaps jongste nu nog leeft. De belachelijk lage straf van twee jaar, die hij uiteindelijk niet eens hoefde uit te zitten, heeft Rotteveel aan hen te danken. Haar getuigenis in de zaak heeft weinig geholpen, hooguit een paar maanden toegevoegd aan de strafmaat.

De heer Rouwenhorst ziet er vermoeid uit. Het zijn zware dagen, laat hij doorschemeren, nu alles op zijn bordje terechtkomt. 'Bouwmeester senior bemoeit zich alleen met de klanten en heeft een broertje dood aan alles wat naar papieren ruikt.' De oude man zucht. 'Vroeger deed ik ook alles alleen, maar toen was het bedrijf kleiner en overzichtelijker.'

'Meneer Rouwenhorst, Berend Bouwmeester heeft vlak voor zijn dood contact opgenomen met de recherche in Utrecht. Daar is het hoofdkantoor van de KKA gevestigd. Heeft u enig idee met welke reden?'

De boekhouder krabt met een pen achter zijn oren. 'Ik had hem een paar weken geleden attent gemaakt op facturen van die KKA. Ons bedrijf betaalt niet alleen een fors bedrag voor dat lidmaatschap, we zouden daarbovenop tien procent van de verwachte winst moeten overmaken. Dat leek me veel. En vreemd. Berend reageerde daar verbaasd op, wat mij weer verbaasde omdat hij zelf de afspraken met die club heeft vastgelegd. Later zei hij dat ik er voorlopig niets mee moest doen, hij zou het regelen. Wat of hoe, dat zei hij er niet bij. Als Berend zei dat hij het zou regelen, dan deed hij dat ook, dus het is me eerlijk gezegd daarna ontschoten. Ik dacht dat hij de KKA zou wijzen op foute declaraties of zo. Nu u het heeft over een telefoontje naar de recherche... Misschien eiste die club betaling en wilde Berend de zaak aanhangig maken bij de politie?'

'Was uw baas het type daarvoor?'

'Absoluut. Aan onrecht had hij een bloedhekel.' Rouwenhorst realiseert zich blijkbaar dat die eigenschap zijn baas wel eens fataal kan zijn geworden en hij schudt verontwaardigd zijn hoofd. 'Het zal toch niet waar zijn... En ik heb hem...'

'We volgen alleen mogelijke sporen, meneer Rouwenhorst. En maakt u zich alstublieft geen verwijten. Als u onrechtmatige facturen meende te krijgen, was het logisch dat u uw baas daarop attendeerde. Kunt u mij vertellen wanneer dat precies is geweest?'

De boekhouder bladert in een agenda en komt tot de conclusie dat het op 17 november moet zijn geweest. 'Op maandagochtend neem... nam ik altijd de boekhouding met hem door. De week daarvoor is hij niet op kantoor geweest, en ik weet zeker dat het langer is geleden dan een week.'

Bouwmeesters telefoontje naar de recherche is volgens het overzicht op dinsdag 18 november geweest. Aldus Wagener.

'Zet je de motor aan? Het is koud.'

Via zijn iPhone vraagt hij rapporten op. Ze heeft zich laten vertellen dat het miniapparaatje alle functies van een computer heeft, inclusief internetverbinding. 'Kunnen ze je evengoed bellen, als je dat ding gebruikt?'

Wagener knikt. 'Dan zie ik het direct.' Hij rijdt weg. Een klein kind achter op een fiets grijpt zich vast aan mama's jas. De moeder legt beschermend een hand op de kleine knuist in haar zij.

Ze steekt een sigaret op. 'Had je mijn auto maar moeten pakken,' zegt ze. Opzij kijken is overbodig om de afkeurende blik naast haar te kunnen uittekenen. 'Hebben jullie al een trouwdatum?'

'Nee.' Het is even stil. 'Ik weet niet of die er komt.'

Geen auto die hen achtervolgt. Ze merkt hoe alert ze continu is, en ze moet de neiging onderdrukken om Jaap te bellen. Als ze gaat vragen hoe het met hem gaat, of met de kinderen, zal hij argwaan krijgen. 'Je kunt er gerust over praten als je wilt...'

'Ik geloof dat ik er wel uit ben, dat ik het alleen nog niet hardop durf te zeggen tegen Karin. Of tegen wie dan ook.'

Hij twijfelt of de trouwdatum er komt en durft nog niet uit te spreken wat hij gaat doen... Dat neigt naar een keuze voor de recherche. Toch? Waarom is ze daar niet van overtuigd?

Wagener parkeert de wagen op het plein, dat er verlaten bij ligt. De grond, met de kinderkopjes, is glibberig door de gevallen bladeren en de regen. Vanochtend reden enkele treinen niet om diezelfde reden.

De winkel van Anne-Wil is bijna klaar. Er staan displays bij de ingang, met de nieuwste thrillers. Op schappen liggen stapels boeken uit de literatuurtoptien. Posters met serieus kijkende bekende schrijvers hangen erboven.

Anne-Wil zelf ziet er minder florissant uit dan haar winkel.

Wallen onder haar ogen verraden slaaptekort en Nelleke ziet haar lip trillen als ze de weduwe vraagt of ze iets wist van Berends connecties met brancheorganisatie KKA.

'Hij ging regelmatig naar Utrecht, op vrijdag; ik meende dat het een soort Rotaryclub was. Is... is daar iets mee?' Ze staat op, gehaast. 'Sorry,' zegt ze, en ze verdwijnt richting toilet.

Braakgeluiden. 'Ochtendmisselijkheid,' is Wageners conclusie. 'Of ze is compleet van slag omdat we iets hebben ontdekt waar ze niet blij mee is.'

Een tint bleker dan ze was komt Anne-Wil terug in de winkel. Wagener schenkt een glas water voor haar in.

'Het gaat wel weer.'

Nelleke legt uit dat Berend contact heeft opgenomen met de recherche, zoals ze al wist, maar dat het telefoontje vrijwel zeker niets met die overval te maken had. Eerder vermoeden ze dat het ging om een probleem dat hij had met die club.

'Waarom denk je dat?'

'Omdat het telefoontje werd gepleegd op de dag nadat je man die informatie kreeg.'

'Het spijt me, ik weet er niets van.'

'Wist je dat Eric Rots ook lid is van de KKA?'

Ze ontkent. 'Ik bemoeide me niet zo met Berends werk. Hij vertelde er natuurlijk wel eens wat over, maar die KKA zegt me niets.'

De bleke vrouw met de lange vlecht liegt. Geen twijfel mogelijk. Het enige wat Nelleke tegenhoudt om een arrestatiebevel te regelen is het feit dat ze vermoedt dat Anne-Wil dan zal instorten. Bovendien, zodra de inwoners daar lucht van krijgen kan ze haar winkel wel ontruimen. En als Anne-Wil doorslaat, zal ze dan ook vertellen wat ze 'hun geheime pact' noemde? In deze toestand...

Ze legt een hand op Anne-Wils arm. 'Lijkt het je niet beter om ons alles te vertellen?'

Anne-Wil zwijgt. Nelleke zou bijna denken dat ze bang is om te praten. Misschien wordt ze bedreigd. Net als Rots. Bij hem had ze immers eveneens het gevoel dat hij niet het achterste van zijn tong liet zien? Of liegt Anne-Wil vanaf het begin alles aan elkaar en is ze schuldig aan de dood van haar man?

Ze zucht. Dat wordt niets zo. Even de aandacht afleiden van het beladen onderwerp. 'Het is goed, Anne-Wil. Ontspan gewoon maar even. Hoe was je etentje gisteravond?'

'Etentje?'

'Berends vriend Onno zou toch voor je koken?'

'O, dat etentje… Eh… ik vrees dat ik mijn winkel wel kan sluiten. Terwijl die nog niet eens open is.' De opmerking had grappig kunnen zijn, als ze er niet zo triest bij had gekeken.

'Waarom dat?'

'Laten we het erop houden dat ik niet door de Bredevoortse keuring kom.'

Dus Onno weet dat ze zwanger is, en waarschijnlijk niet van Berend. 'Wacht nou eerst af hoe het gaat, je winkel ziet er prachtig uit en er komen massa's toeristen, dus je bent niet afhankelijk van de inwoners alleen. O, Ferry heeft trouwens het adres van je vader opgespoord.'

Wagener haalt een envelop uit zijn zak en geeft die aan Anne-Wil. Met een gespannen blik scheurt ze de rand van de envelop en vouwt de brief open. 'In Scheveningen.'

'Hij heeft twee jaar geleden aangifte gedaan van diefstal, aan de hand daarvan kon ik hem traceren,' zegt Wagener.

'Heeft u hem gesproken?' vraagt Anne-Wil.

'Nee.'

'Waarom dacht je dat hij misschien niet gevonden wilde worden?' vraagt Nelleke.

'Mijn moeder heeft gedreigd hem te ruïneren als hij van zich zou laten horen of contact met mij zou zoeken.'

'Dat is nogal rigoureus.'

'Hij had een ander.'

'Wat vond je van haar?' vraagt Wagener, als ze onderweg zijn naar Lichtenvoorde. De ruitenwissers maken overuren om het zicht op de weg acceptabel te houden. Ze schudt met haar hoofd om haar krullen te drogen, tijdens het korte stukje van de boekwinkel naar de auto zijn ze kletsnat geworden.

'Aangeslagen. Nerveus. Verdrietig. Allemaal logisch.'

'Ik had het idee dat ze meer weet dan ze vertelt.'

'Dat is ook zo. Ze staat op instorten, Ferry, ik wil niet de druppel zijn. In een andere situatie had ik haar meegenomen naar het bureau.' Ze voelt zijn argwanende blik.

'Ze tutoyeerde je, had je dat in de gaten?'

Ze ontwijkt zijn blik. 'Nee, niet echt. We moeten meer weten over die brancheorganisatie. Wie weet wordt ze bedreigd. Daar ligt ons antwoord.'

'Bij Rots?'

'Die wordt misschien ook bedreigd. Kijk je zo of je nieuws hebt uit Utrecht?'

'Dat is goed.'

Bijna zeker, bijna. Geen telefoontje, nog steeds niet. Wel ander nieuws waar haar hart sneller van gaat slaan. De collega's in München hebben haar e-mails gestuurd, met in de bijlagen zoveel foto's van 'Desirée Brunnecke', dat ze die over drie mails hebben moeten verdelen. Foto's afkomstig van de computer die bij de familie in beslag is genomen. Desirée op de schommel. Met vriendinnetjes op school. Haar lachende gezichtje achter het raam van een klein vakantiehuis. Met haar twee zusjes, die niet op haar lijken. Desirée? Hoe meer foto's ze ziet, hoe meer ze ervan overtuigd raakt dat ze naar haar eigen dochter kijkt. En na één specifieke foto weet ze het zeker. Suzan met haar hoofd iets scheef, haar sproetige wipneus opgetrokken; een peinzende blik, afwachtend, de kat uit de boom kijkend. Zó typisch haar dochtertje, dat, hoe jong ze ook was, die eigenwijze uitdrukking kon hebben.

Ze volgt met haar vinger Suzans contouren op het beeldscherm. Haar kind is terecht. Eindelijk. Vergeten zijn de ontelbare momenten dat ze meende haar zoektocht op te moeten geven omdat ze eraan onderdoor ging. Vergeten de steeds terugkerende nachtmerrie waarin ze tevergeefs achter een hoge, iele stem aan rende, haar voeten openhalend aan kapot speelgoed.

Bijna automatisch bladert ze in haar agenda. De h van Hoopmans. Wat is het vandaag? Maandag. Ze hoopt dat hij geen nieuw mobiel nummer heeft. Nee. Gijs is het type dat zijn eigen nummer te allen tijde wil houden.

Als ze zes cijfers heeft ingetoetst stopt ze. Gijs zou bewijzen willen zien en hij zou de foto's niet als zodanig bestempelen.

Afwachten. Het is niet anders.

De woorden van haar moeder sluipen haar hoofd binnen. Wat als Suzan haar niet wil zien?

Ze hoort stemmen in het kantoor naast het hare. Cornelissen. Haar collega's hebben de gestolen materialen aangetroffen in een loods in Aalten, precies zoals de anonieme beller had gemeld.

'We proberen het mobiele nummer te traceren,' zegt Simmelinck. 'En we zijn bij Rebo geweest en hebben het goede nieuws gemeld. Als de papierkraam in orde is, krijgen ze alles terug.'

'Daar kwamen we trouwens een oude bekende tegen,' zegt Cornelissen. 'Die afgeschreven bouwvakker.'

'Te Bokkel?'

'Ja, die. Senior had hem gevraagd om bestellingen rond te brengen en nu rijdt hij continu heen en weer tussen Winterswijk en Bredevoort. Stoere Harrie straalde van oor tot oor.'

'Tot we hem nog eens vroegen naar afgelopen woensdagmiddag,' vult Simmelinck aan. 'En speciaal naar het verloren uurtje. Toen werd hij knap nerveus.'

'En?'

'We hebben hem een beetje onder druk gezet,' grijnst Cornelissen. 'Hij bekende uiteindelijk 's middags bij Bouwmeester te zijn geweest. Hij heeft hem gesmeekt of hij zijn baan terug kon krijgen.'

'Daarvoor schaamde hij zich nogal, vandaar dat hij het heeft verzwegen,' zegt Simmelinck.

'Geloofden jullie hem?'

'Geloofde jij hem toen hij ontkende bij Bouwmeester te zijn geweest?'

'Arresteren?' stelt Wagener voor.

Ze schudt haar hoofd. 'Ik wil eerst meer weten. We hebben te weinig. Veel te weinig. Willen jullie met Rots gaan praten? Ik wil graag weten of hij bedreigd wordt. In dat geval is hij misschien woensdagmiddag wel bij Bouwmeester geweest, zoals Anne-Wil beweerde. Wie weet wilden ze gezamenlijk naar Utrecht om te praten.'

'Of hij wilde Bouwmeester daar juist van weerhouden,' zegt Cornelissen.

'Dat zeg ik. We hebben te weinig. Veel te weinig.'

40

Paardenveld. Utrechts hoofdbureau van politie sinds jaar en dag. Nellekes voetstappen klinken vertrouwd, en toch voelt ze zich als een vreemde in het gebouw. Het is in een andere kleur geverfd, er hangt kunst aan de muren en de entree is vernieuwd. Onbekende collega's begroeten haar en Wagener hartelijk en bieden koffie aan.

Ze kon niet stilzitten en afwachten. Om wat voor reden dan ook willen de collega's in Utrecht geen informatie met haar delen en dus zullen ze die hun ontfutselen. Een onverwacht bezoek moet de oplossing zijn.

De rechercheurs die ze wil spreken zijn gastvrij. Sinds ze haar nek heeft uitgestoken voor Cornelissen – ten koste van Markant en Nummerdor – is ze een van de populairste inspecteurs. Althans onder de medewerkers. Het blijkt dat ook de Utrechtse collega's aan een moordonderzoek werken waarin de KKA een rol lijkt te spelen. Meer mogen de rechercheurs niet meedelen en ze vraagt Wagener te wachten.

Ze loopt naar de eerste etage, klopt twee keer kort op een grijze deur en stapt het kantoor binnen van hoofdcommissaris Jansen.

De dirigent van het Utrechtse korps. Een grotere tegenpool van Groenenveld kan ze zich niet voorstellen. Daar waar Groenenveld zijn agenten vrijheid geeft, houdt Jansen ze het liefst als marionetten aan touwtjes.

Jansen. De opvolger van Nummerdor, die bijna als een vader

246

voor haar was. Ze ziet hem nog zo zitten, met zijn vele kilo's overgewicht, onderuitgezakt in de grote bureaustoel.

'Wat moet... Inspecteur De Winter?'

'Goedemorgen.'

'Dat was het. Tot zojuist. U bent ver buiten uw regio. En buiten uw boekje, door hier zomaar binnen te vallen. Daar kunt u beter een heel goede reden voor hebben.'

'De KKA.'

'Ja?'

'Daar wil ik informatie over hebben vanwege een moordzaak in mijn regio en ik vermoed dat uw rechercheurs daar niets over mogen zeggen.' Jansen is een van de leidinggevenden die haar liever zien gaan dan komen. In zijn ogen is ze een verklikker en dat is erger dan een collega eruit werken ten gunste van je eigen loonstrookje, heeft de ervaring geleerd.

'Er zal een goede reden zijn om die informatie binnenshuis te houden, denkt u niet?'

'Dan zou ik die graag horen.'

'Een lek.'

'Pardon?'

'Die club was ons telkens een stap voor, dus er zat ergens een lek. Dat hebben we gevonden en er is ons alles aan gelegen herhaling te voorkomen. Vandaar dat we nu zo min mogelijk informatie uitwisselen en met een relatief klein team op de zaak zitten.'

'Fraude?'

'En een moord. Een van de leden.'

'Wie?'

'Daar kan ik niets over zeggen. Het is ons zelfs gelukt om het tot dusver uit de media te houden.'

'Verdachten?'

Jansen zwijgt.

Opgeblazen controlfreak! Ze telt rustig tot tien. 'Is het niet ons gezamenlijke doel om de misdaad te bestrijden?' vraagt ze dan, met een glimlach.

'Natuurlijk, inspecteur, natuurlijk. Het punt is, we zijn hier al vier maanden mee bezig en we kunnen ons geen tweede zeperd veroorloven.'

'Al vier maanden? En dan is er nog geen enkel bewijs! Sorry hoor, zoveel tijd om een moord op te lossen heb ik niet. En u denkt toch hopelijk niet dat ik informatie zou lekken?'

'Het spijt me.'

'U moet me vertellen wie u verdenkt.'

'Ik moet helemaal niets. Behalve misschien Groenenveld bellen.'

Verdorie. Daar zit ze niet op te wachten, al vermoedt ze bij nader inzien dat de hoofdcommissaris dat straks sowieso gaat doen. Wat kan het haar eigenlijk schelen. Niks geen tellen tot tien. 'Dan ga ik onze zaak en die van u aan de media voeren, compleet met uw naam en toenaam. *Opsporing verzocht* lijkt me een prima optie.' Toe maar. Haar reputatie stelt toch al niets meer voor.

Jansen loopt rood aan. 'Wat denkt u wel niet... U bent verdomme nog eigenwijzer dan ik!'

Ze kan een triomfantelijk lachje niet onderdrukken. Om direct daarna bloedserieus te worden. 'Ik word persoonlijk bedreigd. U denkt toch niet dat ik dan rustig ga zitten afwachten?'

'Bedreigd? Door wie?'

'Lodewijk Rotteveel.'

'Weet u dat zeker?'

'Hij stuurt berichten en heeft mijn hond mishandeld. Als waarschuwing.'

Jansen leunt zuchtend achterover in zijn stoel. 'Ga zitten.' Hij steekt een sigaar op, met een houtje, en kijkt haar polsend aan. 'Dit blijft onder ons.'

Ze knikt.

'We vermoeden dat hij betrokken is geweest bij die moord vorige week.'

'Kan hij afgelopen woensdag in Bredevoort zijn geweest?'

Dat moet Jansen laten checken. Hij belt een van de rechercheurs, die laat weten dat Rotteveel de laatste weken enkele malen in de Achterhoek is gesignaleerd. Of hij in Bredevoort is geweest weten ze niet. 'We hebben niet genoeg mensen voor observaties en er zijn meer verdachten in beeld.'

'Welk merk auto rijdt hij?'

'U kunt zo direct alle rapporten inzien. Ik wil eerst uw belofte dat alle informatie onder ons blijft.'

'Geen probleem.'

De hoofdcommissaris legt uit dat ze al vier maanden proberen uit te vinden wie de verantwoordelijke is in de brancheorganisatie, die slechts een legale mantel lijkt te zijn voor witwaspraktijken en fraude.

'Is er een vermoeden?'

'Het moet een grote jongen zijn, want hij laat zich nooit zien en alle contacten lopen via ontraceerbare mobieltjes die regelmatig worden ingeruild.'

'Is de naam Eric Rots bij u bekend?'

'Die naam zegt mij niets. Daarvoor moet u beneden zijn. Ik weet dat het grootste deel van de KKA-leden zich louter uit zakelijke overwegingen heeft aangesloten bij die club en niets weet van criminele praktijken.'

Jansen loopt met haar mee om een van de rechercheurs te instrueren. Samen met Wagener krijgt ze alle informatie ter inzage.

'Rotteveel heeft een zwarte BMW,' zegt Wagener even later.

Een rechercheur, die zich voorstelde als Peter van Bunnik, licht hen in over enkele verdachten en getuigen die worden genoemd in de rapporten. Daarbij valt de naam Eric Rots. 'Die architect woont bij jullie in de buurt. We hebben hem een tijdje laten volgen, zonder resultaat. Weet u meer van hem?'

'Nee. Hij werkte samen met ons slachtoffer, dat is alles.' In feite is dat het enige wat ze zeker weet en dus laat ze zich niet uit over speculaties en vermoedens. 'Zijn er verdachten in beeld als het gaat om de top van deze organisatie? De jongens die werkelijk aan de touwtjes trekken?'

'We denken in de richting van enkele gerenommeerde architecten die ook in het buitenland succesvol zijn; zoals Fredericksen, De Beauvoir en Mans. Die staan niet geregistreerd als lid van de KKA, volgens eigen zeggen hebben ze dat niet nodig; er zijn echter connecties tussen deze architecten en de bestuursleden. Volgens iedereen natuurlijk allemaal legaal en vanwege zakelijke relaties. Helaas kunnen we niets bewijzen en de officier vindt ons verhaal te mager om financiële controle goed te keuren.' Van Bunnik legt uit hoe de organisatie werkt. 'De stichting vangt tien procent van de winst boven op een jaarlijkse premie, en als je niet meedoet kun je nieuwe opdrachten vergeten. Onder het mom van een kwaliteitsmerk worden de bureaus miljoenen euro's winst per jaar afhandig gemaakt. Alleen, zo zien die bureaus het niet, omdat ze meer klanten krijgen en dus hun omzet zien stijgen. Criminele acties binnen de club worden zorgvuldig geheimgehouden, maar we weten uit betrouwbare bron dat in ieder geval één architect die weigerde zich aan te sluiten, failliet is gegaan; een andere kreeg een ongeluk en eet voor de rest van zijn leven vloeibaar voedsel via een rietje. Alleen de eenmanszaakjes zijn buiten schot gebleven, die leveren te weinig op, neem ik aan, en de grootste jongens, zoals ik net al zei, hebben het niet nodig. De opbrengsten worden volgens de stichting keurig besteed aan de kwaliteitscontrole, promotie van de branche, lobbyen bij de overheid en wat het bestuur verder op het doelstellingenlijstje heeft staan.'

'We hebben reden om aan te nemen dat Berend Bouwmeester werd vermoord omdat hij wilde praten,' zegt Nelleke. 'Hij heeft gebeld met een van jullie, op dinsdag 18 november. Kun je nakijken wat hij heeft gezegd tijdens dat gesprek?'

'Misschien hebben we er een notitie van gemaakt.' Hij toetst wat in op zijn computer. 'Hebbes. Dinsdagmorgen… nee. Hij heeft alleen een afspraak gemaakt, met een van mijn collega's, verder niets. Als we hadden geweten dat het om de KKA ging hadden we direct iemand gestuurd.'

'Hoe zit het met de bewijzen tot nu toe?'

'Veel indirect. We volgen op dit moment die drie genoemde architecten en hopen dat ze ergens een fout maken.'

41

Ze rijden het centrum van Utrecht uit en draaien de A12 op, richting Arnhem.

'Moest je Van Bunnik niet over onze eigen zaak inlichten? Over het verleden van Rots bijvoorbeeld?'

'Ik zou niet weten waarom.'

'Je zegt zelf altijd dat je zoveel mogelijk moet communiceren.'

'Met je eigen team, ja.'

'Nu ben je net zo erg als Jansen.'

Wagener met zijn regeltjes. 'Als ze willen kunnen ze onze rapporten lezen via het BPS. En dan lachen ze zich kapot, want wees eerlijk, we hebben nada. Noppes.'

Hij heeft gelijk, alleen, ze zag zichzelf al aankomen met de schamele feiten. De ervaren Van Bunnik had zó doorzien dat ze vooral geïnteresseerd was vanwege Rotteveel. Misschien had Jansen het door. Het pleit voor hem dat hij dat niet liet merken. Ze zag zijn donkere, ongeruste blik toen ze de naam van Rotteveel noemde.

Wagener vertelt dat de collega's Rots hebben gesproken. Wagener heeft Simmelinck aan de telefoon gehad, toen zij bij Jansen was. 'Hij werd niet bedreigd, zei hij, en Ton geloofde hem. Han niet, maar ja, die is sceptisch geboren.'

'Heb ik je verteld dat die villa van Bouwmeester vroeger het huis van Rots' ouders was?'

'Ja.'

'Laten we die architect nog eens opzoeken. Bouwmeesters dood moet iets met die KKA te maken hebben en als er één is die ons daar meer over moet kunnen vertellen is dat Rots.'

Het is druk op de weg en door werkzaamheden ter hoogte van Veenendaal staat er vijf kilometer file.

'Verdorie.' Ze zet het zwaailicht op het dak en spoort Wagener aan gas te geven.

'Nel! Als ze ons aanhouden...'

'Wat dan nog?'

Ondanks de afkeurende blik doet hij wat ze zegt. 'Je hebt mazzel dat ik geen minuut langer dan nodig is in die nicotinedampen van jou wil zitten,' zegt hij.

'Ferry, heeft München niet gebeld toevallig, toen ik bij Jansen was?'

Hij schudt zijn hoofd.

'Dan bel ik zelf.' Ze pakt haar telefoon en zoekt in Wageners telefoon het nummer. Hauptinspektor Brandt heeft maar één boodschap. Geduld. De ouders zijn gisteren kort verhoord, er moesten tal van formulieren ingevuld worden en vandaag gaan ze verder. Als alles meezit krijgen ze aan het eind van de dag ook de DNA-uitslag. Helaas wil hij niets zeggen over het verloop van het verhoor. 'Ik begrijp uw wens. Geef ons alstublieft deze dag. Zo snel ik kan bel ik u, dat beloof ik.'

Eén dag. Wat is nu één dag na eenentwintig jaar en negen maanden wachten? En toch... Het valt haar zwaar, de onrust in haar hoofd neemt idiote vormen aan; ze heeft moeite om te denken, hoewel het onderzoek haar aandacht afleidt. De aanwezigheid van Rotteveel maakt haar strijdbaar. De angst en het ongeduld moet ze onderdrukken.

Rots is op zijn kantoor, ze hebben geluk. Nelleke wilde hun bezoek niet aankondigen, om hem te verrassen. Als hij daarvan onder de indruk is, laat hij het in ieder geval niet merken. Hij is voorkomend, biedt koffie aan en oogt ontspannen.

'Uw collega's zijn vanochtend ook al geweest,' zegt hij. 'Zijn ze iets vergeten?'

'Ik wilde graag iets meer van u weten over de KKA,' zegt ze. 'Het Kwaliteitskeurmerk voor Architecten.'

'De organisatie is opgericht in 2005, na de mislukking van de restauratie van de Pyramide van Austerlitz.'

'Begin 1800, een Frans monument, toch?'

Rots knikt. 'Om precies te zijn 1804. Het is gebouwd in opdracht van de Franse generaal Marmont, als teken van de slagkracht van het Franse leger. Meer dan een miljoen euro werd er tevergeefs gespendeerd om de piramide en het bouwwerk erbovenop in oude glorie te herstellen. De aannemer en de architect procederen vandaag de dag geloof ik nog steeds met de provincie wie er aansprakelijk is. In ieder geval, na dat drama kwam een aantal architecten bijeen die de goede naam van hun branche hoog wilden houden. Nu zijn zo ongeveer alle architecten, in ieder geval diegenen met werknemers, aangesloten bij de organisatie. Ik ben er zelf ook vrijwel sinds het begin bij.'

'Berend Bouwmeester was ook lid.'

'De KKA heeft enkele gespecialiseerde restauratiebedrijven geselecteerd die voldoen aan de kwaliteitseisen, Rebo was daar één van. Net als een handjevol installatiebedrijven en leveranciers van bijvoorbeeld natuursteen.'

'Was het u bekend dat Bouwmeester contact had opgenomen met de politie in Utrecht?'

'Nee, waarom?'

'Dat willen wij nu juist graag van u horen.'

'Ik heb geen idee, zoveel spraken we elkaar niet.'

'Levert die club u veel extra werk op?'

'Veel zakelijke opdrachtgevers eisen het lidmaatschap. Berend, bijvoorbeeld, had zonder dat lidmaatschap zijn klus voor het Rijksmuseum nooit gekregen.'

'Werd u wel eens bedreigd door iemand van de KKA?'

Rots schudt zijn hoofd en glimlacht. 'Bedreigd? Wat gaat u

me nu vertellen! Waarom zou iemand mij bedreigen vanwege zo'n lidmaatschap?'

'En u weet nog steeds zeker dat u vorige week woensdagmiddag rond halfdrie niet bij Bouwmeester bent geweest?'

Rots beantwoordt haar vraag instemmend. 'Mijn moeder heeft toch bevestigd dat ik bij haar was?'

'Bent u bekend met uw collega-architecten Fredericksen, De Beauvoir of Mans?'

'O, shit!' Hij stoot zijn koffiekopje om. 'Hè, sorry, wat onhandig van me.'

Rots pakt snel een zakdoek om zijn bureau schoon te maken. 'Geen koffie op uw kleding?'

'Het is net goed gegaan.'

Hij schenkt verse koffie in en vraagt of zij ook nog een kop wil. Ze bedankt.

'Wat vroeg u ook alweer?'

'Of u uw collega-architecten Fredericksen, De Beauvoir of Mans kent.'

'Ik heb ze nooit persoonlijk ontmoet. Helaas, wie weet krijg ik die kans nog eens...'

Ze kijkt hem polsend aan. 'Meneer Rots, ik heb begrepen dat Bouwmeesters villa vroeger uw ouders huis is geweest. Stak het u niet dat een kennis van u het huis had gekocht?'

'Integendeel. Ik zou er voor geen goud willen wonen. Dat huis brengt ongeluk, dat hebben we opnieuw gezien.'

'U doelt op de dood van Berend Bouwmeester en die van uw zusje. Een tragisch ongeluk.' Ze staat op en loopt naar het kinderportret. Ze moet de confrontatie aandurven, nu de terugkeer van Suzan zo realistisch dichtbij komt. Aandachtig bekijkt ze het schilderij en dan meent ze de kunstenaar ervan te herkennen aan zijn zwierige stijl, waarin figuratieve en abstractere elementen zijn verwerkt. Jan Asselbergs. Hij heeft het inderdaad gesigneerd. De levendigheid in de ogen van het jonge meisje ontroert haar, precies zoals ze had verwacht, de eerste keer dat ze het portret vluchtig bekeek.

'Een ongeluk, ja.'

Hoe groot is het verschil tussen het meisje Suzan van toen en de jonge vrouw die ze nu moet zijn? Met moeite dwingt ze zichzelf om haar blik weg te draaien van het portret. Rots moet haar volledige aandacht hebben. De haat die hij voor zijn vader moet voelen is nog bijna tastbaar aanwezig, al probeert hij er luchtig overheen te praten.

'Mijn vader was onderwijzer, hoofd van de school. Dan moet je voor je hobby ook niet op een tractor gaan zitten.'

'Hij pleegde zelfmoord.'

'Na het ongeluk is hij nooit meer teruggegaan naar zijn school. Hij kon de blik van kinderogen niet meer verdragen.'

'En die van u?'

Rots haalt zijn schouders op. 'Ik zal niet zeggen dat het makkelijk was, dan zou ik liegen. Inmiddels is het echter zo lang geleden dat ik het van me af kan zetten.'

Het stormt. Niet alleen buiten, waardoor ze met hun jassen beschermend om hun hoofd in een sprintje naar de auto hollen. Ook in haar hoofd. Rots is een goede toneelspeler. Ze kan er geen vinger op leggen, maar de antwoorden moeten bij hem liggen. Haar intuïtie laat haar hopelijk niet in de steek. Niet nu.

'Een charmante man,' zegt Wagener.

'Hij deed alsof het hem niet meer raakte, het dramatische verlies van zijn zusje. Maar dat schilderij dat hij heeft hangen?'

'Wat is daarmee?'

'Het is van een bekende kunstenaar, die ik eens heb ontmoet op een vernissage waarvoor Jaap een uitnodiging had gekregen.'

'Nou en?'

'Het werk is van vier jaar geleden. Als het hem niets meer zou doen, dan liet hij geen schilderij maken, al helemaal niet van dit kaliber. Dat wil er bij mij niet in.'

42

Cornelissen en Simmelinck storten zich op haar verzoek op een buurtonderzoek in Bredevoort. Nelleke heeft slechts een handjevol inwoners gesproken en ze hoopt dat iemand een duidelijker beschrijving kan geven van de auto die bij de villa stond.

'Met dit hondenweer een buurtonderzoek, heel geslaagd,' bromde Cornelissen.

Wagener werkt rapporten uit en ze wil net de deur van haar kantoor achter zich dichttrekken als ze commissaris Groenenveld ziet aankomen, pogingen ondernemend om zijn jas uit te trekken en tegelijkertijd de regendruppels eraf te schudden. Hij mist op het nippertje een openstaande deur en ze leidt hem aan zijn arm haar kantoor in. 'Haast?'

'Ik had al in Arnhem moeten zijn voor een of andere slaapverwekkende vergadering,' verzucht hij.

'Nog steeds vanwege het rapport van de onafhankelijke commissie?'

'Ik heb zo onderhand spijt dat ik daar zitting in heb genomen. Onze korpsbeheerder voelt zich allesbehalve verantwoordelijk voor de wantoestanden in het korps. Ze blijft erbij dat ze nauwelijks iets heeft geweten van de herencultuur die er jarenlang heeft geheerst. Ik vind dat we als korps richting de burger niet geloofwaardig overkomen.' Hij zet zijn mobiel uit. 'Zo. Kunnen ze mooi ook niet bellen. Ze kunnen me wat in Arnhem, ze luisteren toch niet, ik ga even een lekker pijpje stoppen en dan wil ik alles van je horen over Utrecht. Onze vriend Jansen leek me op het hart te willen drukken dat je je beter niet kunt mengen in dat onderzoek, en eerlijk gezegd ben ik het met hem eens. Dat had ik je al eerder gezegd.'

'We zitten er vlakbij, Herman, ik wil doorgaan.'

'Hoe zit het met die KKA?'

Ze legt hem uit wat ze in Utrecht heeft gehoord en dat ze heeft beloofd om alle informatie binnenskamers te houden.

Groenenveld blaast een wolk rook de ruimte in en ze snuift de vertrouwde geur op. Als ze controle krijgen staan ze er mooi op; een commissaris die het rookverbod negeert...

'Wat denk je dat er is gebeurd?'

'Ons slachtoffer heeft ontdekt hoe de KKA werkelijk werkt. Hij wilde het fraudeverhaal openbaar maken en een van die leden heeft dat voorkomen. Ik vermoed dat de architect, Eric Rots, er meer van weet.'

'Des te meer reden om die zaak aan Utrecht over te laten.'

'Bouwmeester is mijn zaak.'

Groenenveld oppert het idee om de Criminele Inlichtingen Eenheid straks in te schakelen om die KKA op te rollen. 'Ik heb het Jansen voorgesteld.'

Op zich een goed idee, vindt ze, alleen duurt dat haar veel te lang. De eerste lichting moet nog opgeleid worden.

De CIE gaat aanpappen met zakenmensen. Geen infiltratie; vriendjes worden. Witteboordenpolitie noemen ze het. Een woord dat de Dikke Van Dale nog niet kent. Als antwoord op witteboordencriminaliteit door bijvoorbeeld bankiers en accountants. 'Eerst een lekker sfeertje creëren, wat moppen tappen en dan desnoods doorzakken,' zei Cornelissen, toen hij informatie over de invulling van de CIE las. 'Ik geloof dat ik me ga opgeven.'

'En wat zei Jansen daarop?' vraagt ze.

'Hij vond het een uitstekend idee, hij had die KKA zelf ook al op zijn lijstje staan als doel voor de witteboordenpolitie, straks. Alleen, je moet geduld hebben.'

'En dat heb ik niet.'

'Dat wist ik wel. Wat mij betreft kun je verder, pas alleen op dat je Utrecht niet in de weg loopt.' Hij steekt opnieuw de brand in zijn pijp en ze ziet hoe hij haar polsend aankijkt. 'Ik had verwacht dat je er vermoeider zou uitzien. En nerveuzer. Het is toch vrijwel zeker dat ze je dochter hebben opgespoord?'

'De zaak-Bouwmeester leidt me af. Het spookt natuurlijk wel continu door mijn hoofd.'

'Jij loopt op adrenaline. Pas op, Nelleke. Als je maar weet wat je doet.'

'Wijs mij iemand die dat wel precies weet.'

Hij schudt zijn hoofd. 'Je maakt er een geintje van en ik begrijp dat het jouw manier is om ermee om te gaan. Ik wil je alleen meegeven dat je je verantwoordelijkheid moet kennen. Goed?'

Ze knikt.

'En hoe zit het met je achtervolger, of achtervolgers?'

'Niet meer gezien.'

'Mmm. Geen aanleiding voor bewaking?'

Ze twijfelt een moment. 'Nee.'

Hij kijkt op zijn horloge. 'Nou goed, dan verplaats ik me zo langzaamaan richting Arnhem.' Hij trekt zijn jas weer aan. 'Kletsnat,' gromt hij. 'Fijn weer om in een pub te zitten. Doe voorzichtig, oké? Ik wil mijn favoriete team graag intact houden.'

Ze forceert een glimlach. 'Maak je geen zorgen.'

Dat doet ze zelf wel, zich zorgen maken. Ze laat een glas vollopen met koud water en neemt een paar flinke slokken. Bewaking? Dat wil ze absoluut niet. Zou Jaap van haar verlangen dat ze de zaak opgeeft? Ze kent hem inmiddels elf jaar en toch durft ze het antwoord 'nee' niet met zekerheid te geven. Niet meer. Niet sinds die keer met Josien. Ook al weet ze dat hij vertrouwen heeft in haar kunnen.

Elf jaar alweer. Toen hij haar ten huwelijk vroeg memoreer-
de Jaap aan hoe hij haar voor het eerst zag. Ze gaf een lezing
op een of andere bijeenkomst van een rechercheteam. Jaap zag
haar door een cameralens. Hij bekende dat hij het eerst haar
borsten zag, in een strak oranje T-shirt met een klein decolle-
té. Toen hij inzoomde bleven ze prachtig om te zien, zei hij,
net als haar gezicht, haar schouders, haar benen... Hij had haar
die dag van alle kanten voor eeuwig vastgelegd. Wat hij verder
op de gevoelige plaat had moeten vastleggen was hem ontschoten. Het goede nieuws voor de opdrachtgever was dat die
kon kiezen uit wel twintig poses van haarzelf. Van opzij, lachend, verontwaardigd, bukkend, met een glas spa in haar
hand. Elf jaren. Waar zijn ze gebleven?

Het dossier over de dood van Harjo Eenink beslaat drie
ordners. De derde, de enige zonder vergeelde sticker op de
rug, bevat de informatie van de heropening van de zaak, vijftien jaar geleden. Ze werkte in Arnhem, in die tijd, in het re-
cherchebijstandsteam. Lezend komen de herinneringen
boven. De zwijgzaamheid – met een reden? – van de inwoners. Het kleine team waarmee ze het onderzoek destijds uitvoerde. En vooral de frustratie, omdat ze zeker wist dat er iets
speelde en ze het mysterie 'Bredevoort' wilde blootleggen.
Een teveel aan werk zorgde ervoor dat ze het dossier moest
sluiten.

Willem te Dorsthorst zou op zijn sterfbed hebben gezegd
dat het lijk uit de Slingeplas geen zelfmoordgeval was. Dat
verklaarde de huisarts van Te Dorsthorst. Dokter Schurink kan
ze niet opnieuw raadplegen, de man is vier jaar geleden overleden. Als ze het rapport leest herinnert ze zich flarden van het
gesprek. Schurink leek zeker van zijn zaak en ze geloofde hem.
Tot een collega-arts twijfels over hem uitte. Daar kwam nog
bij dat Schurink een jaar later werd geschorst vanwege een du-
bieus euthanasiegeval. Bovendien ontkende Te Dorsthorsts
vrouw pertinent dat haar man iets had gezegd wat ook maar in
de richting kwam van wat de dokter beweerde. 'Willem kende

Eenink – dat lijk uit de Slingeplas – niet eens,' leest ze in de getuigenis van de vrouw.

Ze maakte een uitstapje richting Aalten in het onderzoek, waar een vriend van Harjo Eenink woonde. De twee hadden ruzie gehad en de vriend, Johan Berendsen, had Eenink geadviseerd weg te gaan 'uit dat gehucht waar ze je wel kunnen wegkijken'. Het spoor bleek doodlopend, net als elk ander spoor dat ze volgden. Mevrouw Eenink zelf was, zelfs zoveel jaren na dato, ontroerd en emotioneel bij de herinnering aan de dood van haar man en iedereen die ze sprak in het stadje was vol medelijden met de vrouw, die zo overduidelijk leed onder het verlies van haar man en haar dochtertje.

Het zal je gebeuren. Binnen vier jaar tijd een kind en je man weg.

Ze klapt de ordners dicht. Net als vijftien jaar geleden heeft ze geen idee wat ze ermee moet.

Hoe zou het in München zijn?

Simmelinck meldt zich met nieuws. Ze hebben een tweede getuige gevonden die bevestigt dat er een auto voor de villa van Bouwmeester heeft gestaan. Een donkere, vermoedelijk een Saab.

Eric Rots?

'Verderop in die straat woont een echtpaar met een Saab.' Simmelinck laat zich in de stoel naast Nellekes bureau zakken. Ze bespeurt zijn twijfel aan haar inzicht, haar intuïtie.

'Is het logisch dat hun auto bij Bouwmeester voor de deur wordt geparkeerd?'

'Wel als je ziet hoe weinig ruimte er is om te parkeren in dat straatje. We hebben het uiteraard gevraagd. De vrouw zei dat het best mogelijk is geweest dat haar man de auto daar had neergezet omdat er vlak voor hun huis geen ruimte was.'

'Kon hij dat bevestigen?'

'De man was op zijn werk. Nel, er zijn vier types Saab geregistreerd alleen al in Bredevoort. Het was vermóédelijk een Saab. Weet je hoeveel auto's op dat nieuwe type lijken als je niet echt goed oplet? Ik heb de rapporten gelezen en áls je al denkt aan moord, dan zou ik die echtgenote onder druk zetten. Je was zelf van mening dat ze je niet alles heeft verteld.'

'En die KKA in Utrecht?'

'Hoe kan zo'n criminele bende weten dat ene Berend Bouwmeester uit Bredevoort contact heeft opgenomen met de recherche in Utrecht?'

'Bouwmeester kan het aan Rots hebben verteld, omdat hij hem vertrouwde. De collega's in Utrecht kunnen de leider van die club niet achterhalen. Waarom niet? Omdat het iemand kan zijn die ver uit de buurt blijft, niet opvalt, vertrouwen wekt. Rots bijvoorbeeld.'

Simmelinck schudt zijn hoofd.

'Wat nou!' stuift ze op. 'Ik zie het aan je, Han, je twijfelt of ik wel in staat ben objectief te denken.'

'En dat lijkt me niet geheel onterecht. Rotteveel, Suzan, de bedreiging... Nel, je moet naar huis.'

Zuchtend laat ze zich weer in haar bureaustoel vallen. 'Jij hebt makkelijk praten. Ik houd niet van afwachten. Aanval is de beste verdediging.'

'Goed. Dan nog. Ik denk dat je te gefocust bent. Die Te Bokkel?'

'Ja?'

'Grote vent, grote handen, kwaad dat hij eruit moest. Het mobiele nummer waarmee we naar de gereedschappen werden geleid staat op zijn naam.'

'Dat is niet erg snugger.'

'Precies.'

'Haal hem op voor verhoor. Dan wil ik ook dat je Eric Rots nogmaals verhoort. Maak hem wat mij betreft wijs dat we getuigen hebben die zijn auto hebben zien staan en kijk hoe hij reageert.'

'En die weduwe? Anne-Wil Bouwmeester? De rapporten lezend verbaas ik me over het gemak waarmee ze van alles niet vertelt.'

'Ik wil haar zelf nog eens spreken. Ze vertrouwt me. Ik weet dat ze niet alles vertelt.'

'Bijvoorbeeld dat ze haar man heeft vermoord.'

'Zou kunnen. Hebben jullie nog iets van Rotteveel gezien of gehoord?'

'Nee. En dat verontrust ons nog het meest.'

43

Een grote puinhoop. Dat is het.

Anne-Wil plakt felrode aanbiedingsstickers op thrillers van een uitgeverij die voor Kerstmis een actie heeft bedacht. Ze telt de letters op van de titel. Deelbaar door drie. Goed zo.

Al drie keer heeft ze de telefoon gepakt en weer weggelegd. Net als de afgelopen dagen. Ze durft niet.

Een sticker plakt door haar onhandigheid op een andere en ze vloekt binnensmonds. Ze gooit de stickers in de prullenbak en loopt naar het keukentje voor een glas water. Haar nagels zien er niet uit. In de spiegel ziet ze haar huid, die bleker ziet dan ooit, en de wallen onder haar ogen. Allemaal uiterlijke kenmerken van onvermogen. Waarom gaat ze nooit meer naar de nagelstudio, waar ze kunstnagels kreeg? Alle vrouwelijke collega's waren jaloers op die perfect verzorgde nagels, niemand kwam kennelijk op het idee dat ze nep zouden kunnen zijn, dat daaronder afgekloven nagelstompjes konden zitten.

Typerend voor haar leven. Althans, tot voor kort.

Ze wrijft over haar buik. Een kleine ronding, meer niet, een ander zou kunnen denken dat ze zwaar getafeld heeft.

Voor deze kleine zal ze sterk zijn. Misschien is het juist dankzij haar zwangerschap dat ze, ondanks alle narigheid, niet omvalt.

Waarom heeft Berend in godsnaam de politie gebeld? Hij moest er zich zo nodig mee bemoeien. De held uithangen. Dat godvergeten eerlijkheidsgevoel van hem. Hij heeft alles verpest, alles. Door zijn ondoordachte actie zit zij nu met een schuldgevoel van hier tot Tokio. En zit bovendien de recherche haar op de huid. Die inspecteur is lichtelijk de weg kwijt, maar allesbehalve dom. Ze twijfelt over de te nemen stap. Natuurlijk weet ze welke ze moet zetten. Alleen de angst voor de gevolgen staat torenhoog in de weg.

Als ze alleen al denkt aan wat er vrijdagavond…

De deurbel klinkt.

De gedachte dat er een klant kan binnenkomen flakkert slechts een fractie van een seconde op in haar hoofd. Natuurlijk niet. Afgelopen vrijdag, met haar bekentenis aan Onno, heeft ze de laatste schep zand uit haar graf gegraven. Ze hoeft er alleen nog maar in te gaan liggen.

Het is Ellis. Met een zelfgebakken appeltaart. Troostvoer; voor haar werkt het niet.

'Zal ik koffie zetten?' vraagt Ellis.

'Dat is prima.'

Ellis is nerveus. Voor ze een kop koffie heeft gekregen, heeft haar vriendin al twee pogingen gedaan om een sigaret op te steken. Ze kan haar net op tijd tegenhouden. Als ze wil roken moet ze naar buiten. Ellis praat over de Bed & Breakfast. Drie reserveringen heeft ze inmiddels binnen, via de website. 'Als je wilt, houd ik een kamer voor je vrij.'

Ze schudt haar hoofd. 'Ik heb de eerste spullen al boven staan.'

Met een onzeker gebaar schuift Ellis het schoteltje met het gebak van zich af.

'Anders ben je altijd zo gek op appeltaart. En je bent stil. Ga je nog vertellen wat je op je lever hebt?'

'Mag ik alsjeblieft één sigaret? Eentje, ik beloof het.'

'Nou vooruit. Daar dan, bij het raam.' Ze zet het bovenraam open.

Ellis gaat onder het raam staan, pas na drie pogingen lukt het haar de sigaret aan te steken. 'Ik moet je iets vertellen. Iets wat al maanden zwaar op mijn geweten drukt.' Ellis' gezicht verdwijnt een ogenblik door de rook, die zowel uit haar neus als mond komt.

'Zo erg kan het niet zijn.'

'Jawel.'

Na een korte hoestbui hoort ze de krakende stem de woorden zeggen die ze nooit had verwacht. Berend, met háár? In geen honderd jaar. Ze barst in een ongecontroleerde lachbui uit, om daarna kwaad te worden. Laaiend. Haar Berend, met een ander?

'Eruit. Nu. Sodemieter op met je slijmtaart en je gore sigarettendamp.'

Ze geeft Ellis geen enkele kans om het uit te leggen of zich te verontschuldigen.

Eenmaal alleen mietert ze de twee stukken appeltaart met bordjes en al in de vuilnisbak. Niet in de laatste plaats omdat het servies een souvenir was uit Münster. Een cadeautje van Berend. Die moest zijn geweten zeker ook sussen. Zes porseleinen bordjes. Design van Philippe Starck. Bordjes met een gat erin die je aan de muur kunt ophangen; zover zijn ze nooit gekomen. Vond hij zes bordjes genoeg compensatie?

Dus toen zij verwoede pogingen deed haar leven weer op orde te krijgen ging hij… Ze realiseert zich dat dit een eersteklas en zwaar geval van de-pot-verwijt-de-ketel is.

Berend met Ellis. En vlak daarna was hij gewoon weer met haar, in de caravan, alsof er niets was gebeurd.

In het keukentje ziet ze de andere bordjes uit de serie en zonder enige aarzeling kwakt ze die in de vuilnisbak. Weg met de hypocrisie.

Mannen schijnen anders te denken over vreemdgaan dan vrouwen. Het liet Eric ook nogal koud dat hij al een vriendinnetje had en daarnaast met haar horizontaal aan het werk ging, zoals hij seks meermaals onflatteus omschreef.

Eric. Ze verlangt niet meer naar hem. Integendeel.

Naar Berend al veel langer niet meer. En hij blijkbaar niet naar haar.

De puinhoop wordt steeds groter.

Ze recht haar rug en steekt haar kin omhoog. Met een poederkwastje brengt ze wat kleur aan op haar gezicht en camoufleert de wallen onder haar ogen. Een beetje mascara. De lange vlecht opnieuw maken. Nu nog een frisse blouse en dan zal ze weer aan het werk gaan. Ondanks alle tegenslag zal haar dit verdorie gaan lukken. Met een grote bak geluk houdt Onno zijn mond en heeft ze een kleine kans. Positief denken.

En nu dan meteen de telefoon pakken. Niet dralen, niet treuzelen. Doen.

'Pap?'

'Willeke?'

Acuut slaat haar keel dicht. Hij is haar koosnaampje niet vergeten.

'Ben jij dat, Anne-Wil?'

'Ik heb je nodig, pap, wil je komen?'

'Natuurlijk kom ik. Zeg maar waar en wanneer.'

Ze hoort hoe hij zijn best doet zijn stem onder controle te houden. Waarom heeft ze hem niet veel eerder gebeld?

44

In haar ochtendjas heeft Nelleke aan het ontbijt gezeten. Stilletjes, zogenaamd geboeid door het streeknieuws. Geen zin, geen woord is blijven hangen van wat ze heeft gelezen op deze druilerige, donkere dinsdagochtend.

Langzaam kleedt ze zich aan. Iets makkelijks. Broek, trui. Jaap brengt Josien naar school en zou daarna enkele boodschappen doen, Emma is al eerder op de fiets vertrokken.

Geschorst.

Groenenveld zei het niet met zoveel woorden en ze hoefde haar ID en wapen niet in te leveren; de boodschap was desondanks duidelijk. Ze willen haar de komende dagen niet zien op het bureau.

Het doet haar minder dan ze had verwacht en ze heeft redelijk geslapen, voor zover ze zich kan herinneren zonder nare dromen. De collega's hebben gelijk, al wilde ze dat niet toegeven. Terwijl haar computer opstart maakt ze zich op, zodat ze minder ziek, zwak en misselijk lijkt.

Haar telefoon gaat.

Wagener. Hij heeft haar privénummer doorgegeven aan München, Hauptinspektor Brandt zal haar bellen.

Nerveus beëindigt ze het gesprek. Wagener heeft haar verzekerd dat hij er alles aan zal doen om schot in de Bredevoortzaak te brengen. Dat geldt ook voor Simmelinck en Cornelissen, ondanks hun scepsis. Ze zullen haar eer hooghouden, waren zijn letterlijke woorden. Ze glimlacht. Wageners beoordeling ligt bij Groenenveld en die had geen enkele twijfel over zijn bevordering. Hopelijk is hij er blij mee, helpt het bij zijn carrièrekeuze in het voordeel van de recherche.

Het telefoongeluid klinkt toch nog onverwacht, ze schrikt ervan. Geen Duits nummer. Een redacteur van *Nova*. In het programma komt 's avonds een item over vermiste kinderen, of ze wil meewerken. Ze vraagt of het op een andere dag mag en legt uit waarom ze nu niet in staat is om haar verhaal te doen. De man toont begrip en reageert verrast als hij hoort dat de kans op een hereniging groot is. Dan zouden ze echt een hot item hebben. Hij zal volgende week terugbellen en ze belooft dat hij in dat geval als eerste in aanmerking komt voor een exclusief interview.

Ze had zich al voorgenomen haar verhaal één keer te doen, liefst in een nieuwsprogramma van de publieke omroep, om daarna voor altijd weer in de vergetelheid te verdwijnen.

Haar Mac piept, tegelijk gaat opnieuw haar telefoon.

Ditmaal is het raak.

Met bonzend hart neemt ze de telefoon op.

'Inspektor De Winter, wir haben hunderdprozentige Sicherheit. Die Desirée Brunnecke ist Ihre Tochter.'

Het is een wonder dat ze niet ter plekke door haar benen zakt, dat haar hart doorgaat met kloppen en dat ze zelfs de tegenwoordigheid van geest houdt om te luisteren.

De helft gaat vermoedelijk langs haar heen, dat wel, maar Brandt verzekert haar dat ze alle informatie die zij hebben per mail ontvangt. Het bericht is vijf minuten geleden verstuurd, misschien heeft ze het al in haar mailbox.

De piep van de Mac.

En ze hoort hem zeggen dat Desirée... – hij verontschuldigt zich – dat Suzan haar wil zien.

In een moordend tempo klopt haar hart tegen haar borstkas.

Onder begeleiding van een rechercheur, een vriendin en een psychologe zal ze morgen naar Nederland komen. Voor opvang wordt gezorgd.

'Hoe… hoe heeft Suzan dit allemaal opgenomen?' vraagt ze in haar beste Duits. Diep ademhalend probeert ze haar hartslag onder controle te krijgen.

'Zeer onder de indruk, wonderbaarlijk kalm, en ik kreeg het gevoel dat ze opgelucht was. Ze heeft me verteld dat ze vaak droomde van een andere moeder. Haar ouders hadden haar verteld dat ze was geadopteerd, dus dat was op zich verklaarbaar, maar er bleef af en toe iets raars in haar maag spoken, zoals ze het zelf zei, en ze herinnerde zich iets van een andere taal. Vandaar misschien die opluchting; dat haar instinct al die tijd juist was geweest.'

Een intuïtief sterk kind. Hoe kan het ook anders.

Dan zakt ze alsnog door haar benen.

De tranen stromen over haar wangen. Suzan is terecht en ze wil haar zien. Het beste nieuws dat ze ooit in haar leven heeft gehad. Ineens wordt ze bloednerveus.

Wat als ze niet aan haar dochters verwachtingen voldoet?

Ze kijkt in de spiegel, dept haar opgezette ogen. Snuit haar neus, die potdicht zit, en werkt haar make-up bij. Ondanks het verbloemende effect ervan is duidelijk te zien dat de zware weken zich hebben afgetekend op haar gezicht.

Is dat erg?

Morgen. Morgen al.

Volkomen uitgeput gaat ze op bed liggen, de drang de kop indrukkend om direct alle informatie te lezen en mensen te gaan bellen. Jaap. Gijs.

Time-out.

Het is lang geleden dat ze heeft gebeden; nu richt ze haar ogen omhoog en fluistert 'dank U wel'.

Het is niet te bevatten.

Wat zou Suzan nu denken? Denkt ze in het Duits?

Vijfentwintig is ze inmiddels. Drieënhalf toen ze verdween. Mag ze nog verwachten dat er iets van een moeder-dochterrelatie overeind is gebleven of opleeft?

Met Evelien is dat nooit gelukt, terwijl ze een stuk jonger was dan Suzan nu toen ze haar biologische moeder terugzag. Het verschil is dan misschien – hopelijk – dat zij met Evelien nooit in de gelegenheid is geweest een band op te bouwen, ze is onmiddellijk na haar geboorte bij haar moeder weggehaald. Zou Suzan nog iets weten, zich iets herinneren behalve een fractie van de taal, als ze bijvoorbeeld straks foto's ziet van haar eerste levensjaren?

Vijfentwintig. Wat doet ze? Studeert ze? Wat deed ze zelf toen ze vijfentwintig was? Toen was ze als beginnend psychologe verbonden aan het Academisch Ziekenhuis in Utrecht. Ze was ook vijfentwintig toen Suzan verdween. Op 16 maart 1987. Twee weken daarvoor had Noord-Nederland te kampen gehad met een ijzelramp, zo koud was het begin van die maand. Die maandagmiddag was het druilerig weer. Net als nu, realiseert ze zich ineens. Vrijwel hetzelfde weer, iets minder guur misschien, al had ze het alleen maar koud nadat Suzan verdween.

Is dit echt? Maakt ze dit echt mee? Ze moet de informatie gaan lezen, dan moet het realiteit worden.

Jaaps mond valt open. Hij omhelst haar, veegt tranen weg, die opnieuw hun weg naar buiten vinden. Hoeveel tranen heeft een mens op voorraad? Als ze in haar herinnering graaft weet ze dat het er veel zijn. Ze heeft het gepresteerd op één dag een la vol zakdoeken weg te werken.

Hij is lief. Hij haalt thee en laat haar alleen met haar antwoorden. 'Als je me nodig hebt, ik zit in de studio.' Ze is blij voor hem, dat deze nieuwe expositiekans hem inspireert. Hoewel zijn foto's bij haar soms een gevoel van weemoed oproepen is ze enthousiast over de nieuwe richting die hij is ingeslagen. Een tijdje geleden dacht ze dat hij niet meer zou beginnen. Hij kan het zich veroorloven na de verkoop van de grote Amsterdamse fotostudio die hij samen met een partner runde. De partner, die aan een hartstilstand overleed, vlak voor Jaaps neus, en hem aan het denken zette. Hem deed verhuizen naar deze rustige kant van Nederland om te genieten van het leven en de kinderen. Meer gedachten aan Jaap, Josien, en zelfs aan Evelien vliegen door haar hoofd. Tot ze met bonkend hart de bijlage van de mail kopieert naar het bureaublad.

Haar telefoon. Cornelissen. Of ze hulp nodig heeft.

'Ik kan het niet geloven. Het is vreselijk, ik denk dat ik het pas echt geloof als ik haar zie. Hier heb ik bijna tweeëntwintig jaar op gehoopt en nu het zover is weet ik niet wat ik moet doen. Word ik gek?'

'Ja, vast wel. En anders wij wel, hier, dankzij die klopjacht van jou op Bouwmeesters moordenaar.'

'Is er nieuws?'

'Nee, niet echt. Dat zal jou ook jeuken nu, dacht ik zo.'

'Maar het onderzoek loopt wel door.'

'Groenenveld heeft twijfels, en ik eerlijk gezegd ook, maar als jij er zo heilig van overtuigd bent dat we met moord te maken hebben gaan we door tot het naadje. Heeft die Rotteveel nog iets van zich laten horen?'

'Nee, bij jullie wel?'

Cornelissen ontkent.

Hopelijk is Rotteveels stilte geen voorbode van een storm.

Gijs heeft inderdaad nog steeds hetzelfde mobiele nummer; ze krijgt zijn voicemail. Ze vraagt of hij haar wil bellen. Zal hij schrikken? Wil ook hij zijn dochter terugzien? Ze heeft geen idee hoe de geslaagde carrièreman hierop zal reageren.

Het bestand is bijna 600kB. Voor alleen tekst een flink bestand. Er blijken echter ook plaatjes ingevoegd te zijn. Onder meer van het echtpaar Brunnecke.

Ze zet haar printer aan en leest.

Formulieren, feiten. Heidi en Manfred Brunnecke zijn urenlang verhoord. Flarden van de gesprekken neemt ze in zich op, op zoek naar antwoorden op die prangende vraag.

Waarom.

En direct daar achteraan, hoe.

Het heeft de Kripo uiteindelijk zes uur gekost voordat ze echt gingen praten. Op dat moment werden ze geconfronteerd met de DNA-uitslag. Driewerf hoera voor de technische vooruitgang. Zonder dat onomstotelijke bewijs, vermoedden de verhorende inspecteurs en de toegevoegde psychologe van het team, was het echtpaar vermoedelijk nooit overstag gegaan.

Eerst hadden ze nog geprobeerd de zaak te verdraaien door te beweren dat Suzan hun in de armen was gevallen dankzij een Nederlands echtpaar, dat niet voor het kind kon zorgen en het bij hen had achtergelaten. De rechercheurs kwamen met de getuigenis van de man van het busje op de proppen en vanaf dat moment prikten ze door alle leugens heen, waarna eindelijk het ware verhaal kon worden opgetekend.

Heidi en Manfred hebben de ontvoering zorgvuldig voorbereid. De familie wist niet beter dan dat de twee al jarenlang op de lijst stonden voor een adoptiekindje en dat dat uit het buitenland kon komen. Hun verhaal was gepland, doordacht en perfect uitgevoerd. Niemand in de familie-, buren- of vriendenkring, overigens geen grote kring, heeft ooit enige argwaan gekoesterd.

Dat hebben ze ook gecheckt, de collega's van de Kripo. De enige zus van Heidi, Larissa, was in shock geweest toen Desirée Suzan bleek te heten.

Destijds is de verdwijning van het meisje wel in de krant vermeld, maar niet in Grafing bei München. Een klein plaatsje, waar zelfs het wereldnieuws meestal aan voorbijgaat. Zelfs al was het gepubliceerd, dan had vermoedelijk niemand één vinger in de richting van de Brunneckes gewezen. Een aardig en open stel, bij wie je nooit tevergeefs aanklopt, volgens een buurvrouw.

Overigens zijn ze twee jaar na Suzans komst verhuisd naar München. Om anoniemer te kunnen leven?

Manfred Brunnecke werkte bij de gemeente, als bode. Een iele man, voor zover ze kan opmaken uit de onduidelijke foto die bij het digitale rapport is gevoegd. In ieder geval een stuk magerder dan zijn vrouw Heidi, die met de kin vooruit uitdagend in de camera kijkt. Zijn vrouw was na tien jaar kinderloosheid ten einde raad en hij wilde niets liever dan haar gelukkig zien. In het gemeentehuis werkte hij zogenaamd 's avonds over, en als de kust veilig was werkte hij aan valse documenten. Later verving hij de foto van een buurmeisje door die van Suzan. Er was slechts één keer bijna iets fout gegaan en dat was aan de grens, toen ze Suzan bij zich hadden. Hij gokte erop dat ze door mochten rijden; in plaats daarvan werden ze staande gehouden, waarna hij de kofferbak moest openen. Als ze op dat moment naar hun papieren hadden gevraagd had hij ze een paspoort moeten geven met de foto van een klein meisje dat hooguit enigszins op Suzan leek.

Twee jaar na Suzans komst in het gezin werd Heidi ineens wel zwanger. Na de eerste baby, een meisje, volgde een tweede. Ook een meisje.

De man leed onder de wroeging die hij had, leest ze op een van de vele pagina's. Een terugweg was er natuurlijk niet.

Op latere leeftijd, toen Suzan vragen ging stellen, hadden ze haar wijsgemaakt dat ze was geadopteerd, dat haar eigen moeder niet meer voor haar had kunnen zorgen. Suzan wilde meer weten en ze hadden gedaan alsof ze weinig wisten van Suzans herkomst, gezegd dat het niet ongebruikelijk was dat een moeder, die ten einde raad moest zijn geweest, geen informatie achterliet voor het kind, voor later. Ze hadden Suzan de – vervalste – documenten laten zien, waarop slechts een Duitse achternaam stond. Suzan had pogingen gedaan om ene mevrouw Schumacher op te sporen. Na enkele teleurstellende pogingen had ze de moed opgegeven. Volgens Heidi Brunnecke wist Suzan hoeveel pijn het haar adoptiefmoeder deed als ze op zoek zou gaan, en dus had Suzan er niet veel energie in gestoken.

Haar meisje. Ze is op zoek geweest, natuurlijk zonder enige kans op succes. De behoefte was er in ieder geval, om haar roots te achterhalen.

Gijs belt terug; ze herkent het nummer onmiddellijk.

'Je klonk gehaast, is er iets?' vraagt hij zonder te groeten of zijn naam te zeggen.

'Zit je in de auto?'

'Nee. Ik loop er net naartoe, hoezo?'

'Gijs, misschien moet je gaan zitten.'

'Niet nodig. Wat is er?'

'Suzan is terecht.'

Ze hoort zijn ademhaling. Ooit zo vertrouwd.

'Denk je dat, of weet je het zeker?'

Hij is cynisch geworden. Misschien heeft hij onderweg naar de top te veel onbetrouwbare types meegemaakt, waardoor hij uitgaat van het slechte in de mens. Het slechtst mogelijke scenario als uitgangspunt kiest. Hij eet bij voorkeur in een sterrenrestaurant, omdat hij dan tenminste zeker weet dat ze hem behandelen om wat hij doet en niet om wie hij werkelijk is.

Of hij Suzan wil zien krijgt ze niet helder. Hij wil het met Barbara bespreken en dan zal hij haar terugbellen. Er klinkt geen verlangen door in zijn stem en ze vraagt zich af of hij die emotie nog kent.

Goed.

Je ziet maar. Het is jouw leven, ik beperk me tot het mijne. Dat een psycholoog goed voor hem zou zijn zegt ze niet. Ze heeft medelijden met hem omdat hij ergens onderweg zijn vermogen zich in te leven in een ander is verloren.

45

Terwijl de dominee met grote, beladen woorden predikt, dwalen Nellekes gedachten af. Tegelijk met het vastleggen van hun testament, ruim voordat ze gingen trouwen, hebben Jaap en zij hun wensen aan elkaar kenbaar gemaakt. Ze heeft gezegd dat ze gecremeerd wilde worden. Ondanks de onomkeerbaarheid ervan. Zelfs over de muziek hebben ze het gehad, ook al kennen ze elkaars smaak goed genoeg om daarin keuzes te kunnen maken. Over is over. Al wil deze dominee haar en de vele andere aanwezigen overtuigen van het tegenovergestelde. Het moet een geruststelling zijn, zo te durven geloven. Dat Berends dood een grotere betekenis heeft. Daarmee bedoelt hij vast niet dat ze zijn moordenaar moeten vinden.

De statige dominee praat met weidse, optimistische gebaren over de dood als de overgang naar een nieuw leven. Waaraan Berend Bouwmeester door een triest ongeluk vroegtijdig mocht beginnen. Alsof het een te benijden lot is. Als mensen een ziel hebben, waarom laat de dode vanuit de kist haar dan nu niet even weten wat er precies is gebeurd? Of hij inderdaad is gevallen, waar de dominee kennelijk van overtuigd is, of dat iemand hem naar het hiernamaals heeft geholpen? Afwachtend kijkt ze om zich heen, stilletjes hopend op een klein wonder.

Zijn geest zal doorleven. Ja, ja. Het enige bewijsbare feit is dat Berend morsdood is en in die kist op het podium ligt.

De ouders van Berend hebben al hun energie nodig om hun waardigheid voor de gemeenschap in stand te houden. Vooral de moeder moet zichtbaar enorme inspanning leveren om letterlijk en figuurlijk overeind te blijven. Veel ogen zijn op hen gericht, de meeste op Anne-Wil. Nelleke registreert mededogen, naast afkeuring. Om omarmd te worden door welwillendheid is in dit gereformeerde dorp kennelijk meer nodig dan je man verliezen. Misschien zien ze de weduwe als de oorzaak dat uit een van de 'hunnen' het leven is weggenomen. Of ze keuren de rouwdienst af, die waarschijnlijk afwijkt van de gebruikelijke kerkdienst, gevolgd door een stoet die zich stapvoets richting begraafplaats begeeft en waar iedereen met respect voor stopt.

Anne-Wil is mooi opgemaakt. Met de zwaar aangezette, sprekende ogen en wat kleur in haar gezicht, al komt die uit een potje, compenseert ze de sfeer van sterfelijkheid die in het rouwcentrum heerst enigszins.

Het leven gaat door, ook zonder Berend Bouwmeester, en over een tijdje verwatert de herinnering aan hem ongetwijfeld. Zolang zijn ouders leven zullen zij die koesteren, de suggestie dat zijn naam daarna in de vergetelheid zal raken is reëel. Anne-Wil zal een nieuwe liefde vinden en zelfs het kind dat ze in zich draagt zal haar niet aan hem doen denken. Op zijn minst niet onverdeeld positief.

Wellicht is het de bedoeling van het leven om eruit te halen wat erin zit. Erachter komen wie je nu werkelijk bent en waarom je leeft, en als je dat hebt uitgekristalliseerd is je tijd gekomen.

Wist Berend waarom hij leefde? En een kind van elf, dat sterft aan kanker?

De vragen zijn te groot voor deze woensdagochtend. Voor elke ochtend.

Vroeger ging ze naar de kerk, omdat haar ouders dat ook deden. Al vanaf haar vierde of vijfde jaar. Ze vond het lastig dat iemand haar allerlei dingen wijsmaakte die ze niet snapte, terwijl ze niets mocht vragen. En het kwam haar vreemd voor dat opa's en oma's op de harde banken in slaap vielen, soms snurkte er zelfs iemand. Catechisatie op latere leeftijd bracht, samen met antwoorden, nog veel meer vragen. Uiteindelijk vond ze geen voldoening in het naar haar maatstaven achterhaalde instituut en verschoof haar geloof in een hogere macht naar het vertrouwen in haar eigen vermogen om iets te betekenen voor anderen.

Wat de toekomst brengen moge, gezongen door een dameskoor dat klinkt alsof het moeite heeft de hoge noten te halen, vult de inspiratieloze ruimte. Een kil en koud crematorium, als een slecht opgesmukte theaterzaal. Zwarte stoeltjes, aan elkaar, in een halfronde vorm zodat iedereen zicht op het podium heeft, daar waar alles gebeurt. Waar een geprepareerd lijk in een kist ligt, volgestouwd met chemicaliën.

Anne-Wil gedraagt zich als de perfecte weduwe, constateert Nelleke. Rouwend. Ze snikt bij vlagen, waarna ze voorzichtig met een delicaat zakdoekje langs de onderkant van haar ogen streelt, en ze steunt op haar vader. De twee kijken en raken elkaar regelmatig aan en Anne-Wil heeft haar donkere ogen onmiskenbaar van hem. Als Onno zijn gedicht voorleest huilt ze.

Nog zeven uur en twintig minuten. Zo lang zullen haar armen nog leeg zijn. Maar daarna…

Ze veegt een traan weg. Dat het haar gegeven is, beschouwt ze als een wonder, waarin misschien een hogere macht de hand heeft gehad, en als de dominee een gebed leidt, zendt ze stiekem haar eigen bericht naar boven. Voor het geval daar toch iemand zou huizen.

Han Simmelinck legt een hand op haar arm. 'Gaat het?' fluistert hij.

Ze knikt. Ze is blij dat hij belde, dat hij door zijn aanwezigheid bij deze plechtigheid de betrokkenheid van de politie wilde laten zien én er voor haar is op dit moment.

'Wil je zitten?'

'Nee,' zegt ze zacht, 'zo kan ik alles en iedereen juist mooi observeren.'

Vanavond zal ze eindelijk haar dochter in haar armen sluiten. Bijna onmogelijk om het te bevatten. Gisteravond moest ze wat doen, iets wat haar zou afleiden, iets anders dan werk. Na een halfuur ijsberen van de kamer naar de keuken en vice versa heeft ze een paar oude hardloopschoenen uit de kast gehaald. Na een paar kilometer had ze geen lucht over, was ze drijfnat van het zweet en van de regen. Pas toen realiseerde ze zich hoe kwetsbaar ze was, buiten en alleen, en had ze spijt van haar keuze voor een route van tien kilometer. Volledig afgemat, met de eerste signalen van een opkomende spierpijn, kwam ze hijgend en opgelucht terug. Opgelucht, omdat ze onderweg geen enkel teken van onraad had bespeurd.

Ze heeft getwijfeld of ze zou gaan. Nu ze de kist ziet zakken, het definitieve afscheid, weet ze dat ze er goed aan heeft gedaan. De chemie tussen Onno Brugging en Anne-Wil Bouwmeester, daarnet, was bijna tastbaar. Toen hij zijn gedicht voorlas, keken ze naar elkaar, alsof ze spiernaakt waren en voornemens elkaar te beminnen. Ze voelde hoe haar mond openviel. Hoe heeft ze zich zo totaal kunnen laten misleiden door de weduwe? En door Brugging? Een bedreven charmeur die hardnekkig doorploegt om succes te behalen. Voor haar?

Simmelinck deelt haar mening. 'We zullen hem binnenstebuiten keren,' fluistert hij. 'Wist je dat hij lid is van Plankenkoorts?'

'Wat is dat?'

'Een amateurtoneelgezelschap in Aalten.'

's Middags wandelt ze twee uur met Jaap en de hond. Om de tijd te doden. Het zal eindelijk een tijdje droog blijven, voorspelt de buienradar, nadat de druilerige, grijze ochtend in eerste instantie overging in een gestage regen. Daya lijkt haar levensbedreigende ervaring te zijn vergeten en huppelt vrolijk om hen heen, haalt stokken op die Jaap weggooit en jaagt voortvarend en tevergeefs op duiven en kraaien. De spanning in haar buik maakt haar op een vreemde manier melancholiek, alsof ze afscheid moet nemen van een dierbare vriend. Terwijl ze juist een dierbare in haar hart kan sluiten na een jarenlange afwezigheid. Afscheid neemt ze van de zoektocht. Van de hoop, en de wanhoop. Haar leven zal veranderen, anders worden dan de afgelopen eenentwintig jaar en negen maanden. Een extra bord op tafel. Stil mijmerend hoopt ze dat Suzan een tijdje bij haar wil komen wonen. De kans zal niet groot zijn, ze is vast en zeker zo zelfstandig als een volwassen twintiger kan zijn. Vol ongeduld het leven opslurpend. Zich afzettend tegen alles wat oud is en goedbedoeld advies geeft.

'Wil je dat ik meega?' vraagt hij.

Daar heeft ze niet over nagedacht. Wil ze dat? Suzan heeft ook mensen bij zich. Al was het alleen al vanwege het rijden. Met alle emoties die ongetwijfeld zullen opspelen zou het onverantwoord zijn om terug te rijden. 'Ja. Maar ik wil haar wel graag eerst alleen ontmoeten.'

Hij slaat een arm om haar heen. 'Ik loop de hele dag te zingen, zo blij ben ik voor je.'

Ze lacht. 'Vertel mij wat. Zo vals als jij Andrea Bocelli imiteert, dat doet niemand je na!'

'Wees blij dat je niet elke dag een verloren dochter vindt.' Hij tilt haar op, zodat haar gezicht op gelijke hoogte met het zijne komt. 'Ik hou van je, Pumuckl. En ik hou ook alvast van je dochter.'

Daya springt blaffend tegen hen op en laat vieze zandpootjes achter op hun broeken.

46

Nelleke is er klaar voor. Het is goed dat ze niet halsoverkop naar München is afgereisd en de tijd heeft genomen om zich voor te bereiden op dit weerzien. Het verbaast haar, terwijl Jaap de auto behendig langs een tractor stuurt, dat haar hoofd niet uit elkaar barst. Dat ze de ene sigaret niet met de andere aansteekt van de zenuwen. Aan de andere kant verbaast het haar niet. Het zou haar in feite zelfs niet eens verwonderen als haar borsten plotseling melk zouden produceren, zoals in het krantenbericht werd gemeld dat Josien zo bijdehand interpreteerde. Ze incasseert en accepteert. Ze heeft er alles, alles aan gedaan, voor overgehad. En nu dan eindelijk…

'Je gordel,' zegt Jaap.

Zonder morren snoert ze zich alsnog in.

Een grijs vilten pootje piept uit haar tas. Suzans knuffel, Konijn. Eerder op de avond opgedoken uit de kist die jarenlang op zolder stond en af en toe werd geopend als ze bang was Suzans geur kwijt te zijn. Om tussen haar kleren en speelgoed te ontdekken dat dat gelukkig nooit het geval was.

Vanmorgen voelde het nog onwerkelijk. Alsof ze meespeelde in een film en de regisseur elk moment 'cut' zou roepen, waarna alles een illusie bleek te zijn geweest.

Bij de verkeerslichten ter hoogte van Aalten ziet ze de afslag Bredevoort en een moment zijn haar gedachten bij Anne-Wil Bouwmeester en haar overleden echtgenoot. Ze belooft zichzelf de zaak op te lossen. Al staat haar hoofd er nu niet naar, ze peinst er niet over om op te geven of het stokje over te dragen. Nooit. Haar vermoedens in de richting van een relatie tussen de weduwe en Berends vriend Onno ondersteunen die overtuiging. Zonder die aanwijzing zou ze ook doorgaan.

Na een korte periode zonder neerslag regent het weer uitbundig. Weer om depressief van te worden. Zij niet. Niet vandaag. Haar hart danst en zingt in haar lijf. Het wordt niet meer geteisterd door onzekerheid of het waar is. De afspraak is gemaakt en niemand die haar wakker schudt uit een droom.

Bij de voormalige grensovergang, Aalten-Bocholt, remt Jaap af. De maximumsnelheid is hier vijftig en de ervaring leert dat hier frequent snelheidscontroles worden uitgevoerd. Tijdverspilling. Nu ze eenmaal onderweg zijn kan het haar niet snel genoeg gaan.

Anouk is speciaal voor haar thuisgekomen. Verwachtingsvol en gespannen, net als Emma en Josien. Sinds Jaaps kinderen ervan weten, vragen ze haar het hemd van het lijf over deze 'oudere zus'.

In het spiegeltje van de zonneklep controleert ze haar make-up. Niet veel, wel genoeg om haar bleke huid te camoufleren.

Enkele stoplichten later is eindelijk de parkeerplaats in zicht. Het is rustig in het centrum van Bocholt. Geen koopavond. Het grand café waar ze hebben afgesproken is echter tot middernacht open. Een rustige en sfeervolle locatie, wist Jaap, die er meermaals kwam toen hij afgelopen voorjaar exposeerde in het plaatselijke cultuurcentrum.

Jaap parkeert zijn auto.

'In de verte zie je het oude raadhuis,' wijst Jaap, terwijl de auto met een snerpend geluid laat weten afgesloten te zijn. 'Ik loop mee tot aan de fontein op het plein en dan duik ik een café verderop in.'

Ze knikt.

Hij slaat een arm om haar schouders en drukt haar tegen zich aan. Glimlachend kijkt ze naar hem op. Hij drukt een zoen op haar voorhoofd. 'Je ziet er prachtig uit,' zegt hij. 'Je straalt aan alle kanten, ik wed zelfs vanbinnen.'

'Zeker weten.'

De smalle straat waar ze doorheen lopen is verlaten. De winkels, met hun dichte deuren en kille verlichting, ogen doods.

'Je belt maar als je zover bent, oké?'

Net als Jaap haar hand loslaat ziet ze de figuur als uit het niets opdoemen. Een meter of dertig van hen af, deels verscholen achter een jonge boom, die zijn blad heeft verloren.

Met gestrekte arm loopt hij langzaam hun richting op. Ze bedenkt zich geen seconde en trekt haar wapen, haar lichaam zoveel mogelijk voor dat van Jaap schuivend.

'Wapen weg,' roept ze kalm.

Uit zijn postuur maakt ze op dat het een man is. Gemiddelde lengte, niet erg gespierd. Zijn gezicht kan ze niet onderscheiden. De straatlantaarns doen hun best om het plein te verlichten, maar de man heeft een donkerkleurig petje op zijn hoofd, dat voorover getrokken het grootste deel van zijn gezicht overschaduwt.

Op een meter of twintig afstand blijft hij staan. Er glinstert iets in zijn handen en aan de ietwat gedraaide houding van zijn hand te zien blijft er weinig twijfel over wat het is dat hij zo dreigend voor zich uit houdt.

En al kan ze zijn gezicht niet zien, in feite heeft ze geen moment getwijfeld wie ze voor zich heeft.

Jaap heeft niet bewogen, maar ze voelt zijn gespannen lijf achter zich.

'Rennen?' fluistert hij.

'Dan schiet hij,' antwoordt ze.

'Nog één stap dichterbij en ik schiet,' zegt ze. Haar stem klinkt hard, vastbesloten, constateert ze tot haar opluchting. Even was ze bang dat er slechts een schorre rochel uit haar keel zou ontsnappen. De angst giert door haar keel. Deze man weet dus ook van Suzan. Hij heeft zijn huiswerk gedaan en zij heeft dat niet gedaan. Ze heeft hem onderschat. En dat is dom.

Terwijl ze er nota bene continu op heeft gewacht dat hij zou opduiken. Wat had ze dan gedacht, dat hij met een bos bloemen op de proppen zou komen? Een praatje maken over de afgelopen jaren in de gevangenis, en dan gaan we onze eigen weg en iedereen leeft nog lang en gelukkig?

Haar hersens werken op volle toeren.

Hij zet geen stap om dichterbij te komen.

'Leg je wapen neer, anders schiet ik,' waarschuwt ze. Haar stem heeft een fractie aan zekerheid ingeboet. Met een beetje mazzel is zij de enige die dat concludeert.

Is deze hele ontmoeting een val en is Suzan niet eens in de buurt? Hoe... Wanneer... Ze speurt haar geheugen af naar aanknopingspunten en komt er niet uit. De afspraak is per telefoon gemaakt. Ze had een medewerker van Brandt aan de lijn. Toch?

Ze twijfelt ineens aan alles. Aan de e-mails, de toegezonden bestanden. Is het allemaal één grote grap om haar eronder te krijgen?

Dat bestaat niet.

Nooit.

Het wapen blijft op haar gericht.

'Ik waarschuw voor de laatste keer,' roept ze. 'Lodewijk Rotteveel, leg je wapen neer. Nu.'

Geen beweging bij de man.

Ze veegt de regendruppels uit haar gezicht. Jaap beweegt. Ze merkt dat hij onrustig wordt, iets wil zeggen. Met een kort, gedecideerd 'nee' houdt ze hem tegen.

'Je zou je met je eigen zaken bemoeien,' zegt de man opeens. 'Dat heb ik je al vaker gezegd. Je luistert slecht, teringwijf.'

'Wat wil je?' vraagt ze.

'Niets. Jij hebt míjn leven kapotgemaakt, nu is het mijn beurt. Dit leek me een goed moment. Net nu je eindelijk verwachtte dat je je dochter zou ontmoeten. Is dat geen mooie bak?'

'Waar is ze?'

Ze ziet zijn gezicht vaag in een grijns vertrekken en hoort hoe hij zijn pistool ontgrendelt. Ze reageert met dezelfde actie. Hij richt opnieuw. Een Glock, als ze moet gokken. Twijfel is funest. Ze moet schieten.

Ze merkt aan de rechte houding dat de man zich concentreert.

'Waar is Suzan?' vraagt ze opnieuw, en ze hoort hoe wanhopig haar stem klinkt.

'En nu is het afgelopen,' gromt Jaap. Voor ze hem een tweede keer kan tegenhouden komt hij naar voren, kennelijk met het idiote plan op de man af te gaan.

'Nee! Blijf hier!' Ze wil dat de man antwoord geeft maar realiseert zich dan ineens dat ze dat antwoord niet krijgt.

In een fractie van een seconde voelt ze dat ze te laat is. Ze heeft te lang gewacht, gehoopt dat hij het zou zeggen. In datzelfde korte moment realiseert ze zich dat Rotteveel geleerd heeft van hun eerste confrontatie. Meer geleerd dan zij. Terwijl ze de beslissing neemt in haar hoofd hoort ze hoe zijn pistool afgaat. Direct daarna wordt alles zwart voor haar ogen.

47

Grijs om haar heen. Nat. Nellekes handen voelen kleverig aan van dikker vocht. In versneld tempo komen de herinneringen terug. Suzan. Rotteveel. Jaap. Jaap?

Ze ligt met haar hoofd naast het zijne, haar ogen gericht op zijn gezicht. Dat bleek ziet. Te bleek.

Haar hoofd bonst.

Met haar vingers reikt ze naar zijn nek, drukt ze ertegenaan en voelt de aders kloppen.

Hij reageert niet. Waar is hij gewond? Waar hield ze haar hand, waaraan zijn bloed kleeft?

'Jaap?'

Ze tikt tegen zijn wang. Hij kreunt. Ze ziet zijn ogen bewegen. Een klein stukje opengaan. Regen valt op zijn wangen en ze veegt zijn gezicht voorzichtig af.

'*November Rain,*' fluistert hij.

'Ja,' glimlacht ze, gelukkig met zijn woorden. Dat het net december is maakt niet uit. Hij praat. Ze moet hem aan de praat houden. 'Het is december, Jaap. December, weet je wel? Morgen gaan we sinterklaascadeautjes kopen. Voor Anouk…'

Ze streelt zachtjes over zijn lijf, draait een kwartslag om zijn lichaam te kunnen zien. En dan is het duidelijk. Zijn buik. Bloed dringt door het lichtblauwe poloshirt, zijn donkere regenjas ligt opengeslagen, alsof hij er expres op is gaan liggen. Druppels van het donkere vocht plenzen op de klinkers, waar ze zich vermengen en wegstromen met de regen. 'Allemachtig, Jaap, je…'

Niet in paniek raken. Op zijn buik drukken en je mobiel pakken.

Op dat moment komen twee mensen op haar af rennen.

Een van beiden – een man – zegt dat ze al hebben gebeld voor hulp. De ander, een vrouw, heeft een deken bij zich. Met geschrokken gezichten blijven ze staan.

'Mijn man,' probeert ze zo duidelijk mogelijk te zeggen, 'hij bloedt erg…'

Ze kan er niets aan doen. Alles wordt wazig voor haar ogen en al vecht ze om niet weg te zakken, ze voelt hoe dat precies is wat er gebeurt.

Hoeveel tijd er is verstreken als ze opnieuw bij haar positieven komt weet ze niet. Vaag dringen de geluiden van gillende sirenes tot haar door. Haastige voetstappen naast haar. Vastbesloten, zelfverzekerde handen helpen haar voorzichtig op een brancard, nadat ze hebben gevoeld aan haar lichaam. Ze vermoeden een lichte hersenschudding, althans, ze meent dat ze iemand die woorden hoort zeggen. Vandaar haar bonzende hoofd.

'Mevrouw?'

Ze kijkt. Probeert te focussen.

'Mevrouw? Heeft u verder ergens pijn?'

'Nee.' Ja. Mijn hart. Ik zou mijn dochter nu in mijn armen moeten hebben. Jaap. Zijn hart klopte. 'Mijn man…'

'Daar zorgen we voor, mevrouw. Kijkt u eens even in dit licht.'

Een fel lampje ontneemt haar het zicht. Ze wil verdorie zien waar Jaap is. 'Hoe is het met hem?' Ze kreunt. Waar is hij? Waar is Suzan? Ze hoort stemmen en ze begrijpt niet wat ze zeggen. Rillend slaat ze haar armen om zichzelf heen.

'Uw man ligt al in de ambulance, u gaat mee,' zegt de verpleegkundige, die zich over haar heen buigt en haar voorhoofd voelt. Gedecideerd. Geen vraag, een commando.

Ze geeft zich over. Geen keuzes maken, geen beslissingen nemen. 'Mag ik naast hem zitten,' fluistert ze.

Ondersteund door de welwillende verpleegkundige lukt het haar naast Jaap te gaan zitten. Een infuus in zijn arm. Beademingskapje over zijn gezicht. Haar Jaap. Zo'n groot lijf krijgen ze er niet zomaar onder! Ze knijpt in zijn hand. Geen reactie.

'Ik blijf bij je,' zegt ze, 'alles komt goed.'

Ze ziet de geforceerd geruststellende blik van de tweede verpleegkundige.

Met gillende sirenes door de stad. Het ziekenhuis in Bocholt kent ze niet, ze neemt echter aan dat er een is in deze stad met bijna 80.000 inwoners.

Hij reageert niet. Hoe lang is hij al buiten bewustzijn? Te lang, piept een vervelend stemmetje in haar hoofd. Hoe zit het met de kans op hersenbeschadiging?

Niet aan zulke dingen denken. Als hij het maar redt, houdt ze zich voor. Als hij het maar redt.

Ze controleren haar hoofd en daarmee lijkt niet veel mis. De wond wordt verzorgd, een pleister erop en haar pijn is geleden. Ze merkt het amper. Met Jaap mee, wachten op hem, dat is het enige wat ertoe doet. Een kop soep, ja, dat zou fijn zijn, om warm te worden. Er wordt een nieuwe deken om haar heen geslagen. Jaap wordt de OK in gereden.

'Kunnen we iemand bellen?'

Bellen? Ze barst in een nerveuze lach uit. Het is haar schuld, klopt haar hoofd. Haar schuld. Ze twijfelde en daardoor was ze te laat. Daardoor kreeg Jaap een kogel in zijn lijf.

'Kijkt u eens.' Een zuster met een plastic bekertje, een pilletje erin. En een glas water. 'Neemt u deze, alstublieft. Het maakt u alleen iets rustiger.'

Nee. Geen pillen, ze moet alert blijven. Straks komt Jaap bij en dan ligt zij te slapen.

Een lange muur vol beschadigingen en vochtvlekken, met

groene stoeltjes, vastgeklonken aan elkaar tegen de wand. Een tafel tussen twee stoelen met tijdschriften erop. Beduimeld papier, kapotgescheurde randjes. Een plastic bekertje met een laagje oude koffie. Van de vorige wachtende?

Ze haat ziekenhuizen. De geur van chemicaliën is al in haar neus binnengedrongen en lijkt niet meer van plan er ooit uit te verdwijnen. Ze wenst dat ze het telefoonnummer van het grand café had, of een van de mensen met wie Suzan zou komen. Wat zullen ze denken? Dat ze niet durfde?

Of schuilt er waarheid in haar verwarde vermoedens en is ze in een val gelokt?

Evelien is er, met Jaaps vader en Anouk. Jaaps moeder is bij de jongste twee gebleven. Ze legt uit wat er is gebeurd, zonder in detail te treden. Vlak bij het grand café waar ze Suzan zou ontmoeten werd een pistool op hen gericht en Jaap is geraakt. En ja, ze denkt dat het serieus is.

Hoe serieus, dat durft ze niet te benoemen.

Nee, ze heeft Suzan niet gezien.

Jaaps vader haalt koffie. Cola voor Anouk. Die er witjes bij zit. Ze weet niet hoe ze troost moet bieden; een voorzichtige glimlach waarmee ze probeert te laten merken dat alles vast goed zal komen is het beste wat ze op dit moment uit zichzelf kan halen. Haar hoofd tolt en ze heeft alle kracht nodig om overeind te blijven.

Telkens als ergens een deur opengaat hoopt ze op nieuws.

Eindeloos schijnt de tijd dat ze naar een man in een bed kijkt, die plompverloren in de hal wordt geplaatst. Moet hij worden geopereerd? Is er nergens plek?

De wil om zich zijn lot aan te trekken ontbreekt. Hoe ernstiger de eigen situatie, hoe egoïstischer de mens wordt. Ze heeft vaak genoeg ervaren dat ze niet de enige is bij wie die stelling opgaat.

De man kreunt en roept om een zuster. Evelien zoekt hulp voor hem.

Ooit hebben ze twee kogels uit haar lijf gehaald na een schietpartij op een verlaten industrieterrein in Doetinchem. Een paar dagen zweefde ze tussen hemel en aarde, dagen die ze zich alleen voor de geest kan halen als absoluut gelukzalig. Zonder concrete herinnering, de stilte mocht echter wat haar betreft voor altijd blijven. Zou Jaap nu hetzelfde doormaken? Als hij maar de goede beslissing neemt, de beslissing om terug te keren naar het aardse, en niet toegeeft aan de verleiding van die lokkende stilte, die verleidelijke lichtheid...

Mensen lopen langs. Verplegend personeel, gehaast, met serieuze blikken, op gedempte toon pratend. Heen en weer, de ene deur in, de andere uit, alsof er een toneelstuk wordt opgevoerd.

Pas na drie kwartier komt de chirurg naar buiten. De man verwijdert zijn mondkapje en trekt zijn latex handschoenen uit. 'Dr. W. Hendricksen' staat te lezen op zijn borst.

Zijn hoofd is gebogen. Zijn hele lichaam vertelt al wat moeizaam uit zijn mond komt.

'Néé! Néé!' Haar lijf schreeuwt het uit.

Ze voelt Eveliens armen, die haar in bedwang houden.

'Het spijt me,' zegt hij. 'We hebben alles gedaan wat in ons vermogen lag.'

Of woorden van die strekking. Ze hoort ze amper.

De energie vloeit uit haar weg. 'Het kan niet...' Ze wil naar hem toe.

Wachten? Waarop? Nee, ze moet naar hem toe. Nu. Jullie hebben het helemaal verkeerd, Jaap kan niet... Ze rukt zich los uit Eveliens armen, rent naar de deur waar ze eindeloos naar heeft zitten staren en ramt die open.

Hijgend staat ze stil. Kijkt om zich heen. Mensen in witte jassen die opkijken.

En dan ziet ze hem.

Langzaam loopt ze naar hem toe. Onwerkelijk. Zijn lichaam, zijn gezicht, tegelijkertijd is hij het niet.

Ze raakt hem aan, streelt zijn voorhoofd.

Machteloosheid overvalt haar.

Evelien en Jaaps vader ondersteunen haar.

Een verpleegkundige komt opnieuw met pilletjes. Evelien helpt haar bij het innemen. Ze slikt ze. Gretig. Hoe meer hoe liever.

De wereld om haar heen wordt trager. Woorden dringen steeds minder tot haar door, worden eentonig, vlak. Haar hoofd zweeft, haar lichaam wordt zwaarder. Als ze maar kan gaan liggen...

Simmelinck en Cornelissen omhelzen haar; zwijgend. Verdwijnen weer.

Ze omarmt Ferry en veegt zijn tranen weg. Wat zegt hij? Condoleren?

Condoleren? Waarom dan, wat is er aan de hand?

Ze huilt, om nooit meer op te houden.

48

Ze heeft geen werkelijk idee van tijden, van woorden, van mensen om zich heen. Enkele keren wordt Nelleke wakker, wil opstaan, en dan, zodra ze zich realiseert wat er aan de hand is, stort ze volledig in. Soms in Simones armen, soms in die van Evelien. Op enig moment realiseert ze zich dat de kinderen haar een kus geven en het huis uit gaan. Op een ander moment hoort ze Evelien, iets regelend aan de telefoon. Mensen komen op bezoek, ze hoort stemmen, ziet iemand die haar iets bemoedigends toewenst, om vervolgens weer in haar droomwereld te verdwijnen. Eenmaal staat ze voor de spiegel in de badkamer op het punt een handvol slaaptabletten in te nemen, als Simone binnenkomt.

Momenten gaan aan haar voorbij, verdwijnen uit haar hoofd. Ze is erbij, maar ook weer niet. Ze droomt. Haar droom van de zee, waarin Jaap verdwijnt. Ze herbeleeft de laatste minuten voordat Jaap werd neergeschoten, waarna ze gillend wakker wordt.

Soms lijkt het alsof ze op zichzelf neerkijkt en zou ze iets willen doen aan de verslagenheid van dat als een foetus in elkaar gekropen lichaam.

Haar collega's komen langs. Ze stellen vragen waarop ze geen antwoord heeft, vertellen dingen die niet in haar geheugen beklijven. Haar herinnering aan de schietpartij is zo goed als weg. Ze heeft geschoten, dat hebben ze haar verteld. Ze heeft geen idee waarom en op wie. In plaats daarvan ziet ze Jaaps lijkbleke gezicht voor zich.

Als Simone haar op een zeker moment wakker maakt om in bad te gaan, weigert haar vriendin een nieuwe slaappil te geven. Het is tijd om echt wakker te worden, vindt Simone.

Ze wil in bed blijven. Simone houdt voet bij stuk en sleurt haar de badkamer in. Wast haar haren, zeept haar trillende lichaam in.

Laat haar water drinken, en verse jus d'orange.

In het hete water merkt ze met verbazing dat haar lichaam nog functioneert. De spieren voelen stram en stijf aan, maar heel langzaam dringt de ontspanning door. Rust. Stilte. Een frisse geur dringt haar neus binnen.

Ze huilt, weet haar emoties even later onder controle te krijgen. Simone helpt. 'En nu naar beneden. We gaan ontbijten.'

Ze laat het over zich heen komen. Simone zal straks een keer weggaan en dan heeft ze tijd genoeg om een nieuwe pil in te nemen.

Het is zaterdag, zegt Simone, en het duurt even voordat die simpele boodschap tot haar doordringt.

Zaterdag. Jaap is al drie dagen dood. Drie dagen?

'De begrafenis hebben we laten vastleggen op dinsdag. Daarom moet je wakker worden. Er moeten beslissingen worden genomen die we niet zonder je willen nemen. Kom. Eerst een broodje eten.'

Simone vertelt dat Evelien naar huis is, later terugkomt als ze dat wil. En dat de kinderen naar hun moeder zijn, in Amsterdam. Maandag komen ze terug, Jaaps ex zal tijdelijk in een hotel in Lichtenvoorde verblijven.

Praktische zaken. Misschien is dat het beste, zich verdiepen in praktische dingen. De begrafenis regelen, om mee te beginnen.

Het grijze waas voor haar ogen wordt langzaam doorzichtiger. Ze herkent de kleur van Simones ogen en ziet de geiten buiten.

Langzaam komt ook haar herinnering terug aan het moment

voordat Jaap werd neergeschoten, en haar maag protesteert. Draait zich om. Ze geeft over, schreeuwend, huilend, terwijl haar hoofd op Simones hand steunt.

Simone wast haar gezicht, zachtjes, en masseert een crème in haar huid. Ze doet haar ogen dicht.

Na het ontbijt maken ze een wandeling. Ondanks de regen.

De beelden in haar hoofd worden scherper. Ze ziet opnieuw voor zich hoe Jaap valt.

Tegelijk met de herinnering komt een schuldgevoel naar boven dat haar verdriet bijna overstijgt.

Door haar twijfel is Jaap dood.

Zou Simone het begrijpen? Ze durft het niet te vertellen. Omdat ze niet kan voorzien wat die wetenschap inhoudt en omdat ze het dan niet kan verzwijgen voor de rest van degenen die van hem hielden. Wat zullen de kinderen zeggen, als ze weten dat het haar schuld is dat hun vader dood is? Hun vader, die zo vaak in angst zat om haar? En zijn ouders? Wat zegt het over haar eigen functioneren?

Haar hoofd is niet helder genoeg om daar goed over na te kunnen denken en dat heldere hoofd heeft ze nodig. En tijd. Bedenktijd.

November Rain. Het had niets met de tijd te maken. Jaap voelde het aankomen, ineens weet ze dat heel zeker. Zijn nummer. Het nummer waarmee hij...

Simone slaat een arm om haar heen. 'Je hebt mensen die van je houden. Samen slepen we je erdoorheen, als je dat toelaat.'

Ze knikt. Simone merkt vast dat haar iets dwarszit.

Nog niet.

Haar behoefte aan een slaappil neemt af, in plaats daarvan vult haar hoofd zich met gedachten die eindeloos rondtollen. Over de schietpartij. Over Jaap. Over zijn moordenaar, die vrij rondloopt. En over Suzan.

49

De advertentie heeft in het krantje gestaan. Net als het redactionele artikel, geflankeerd door een foto van haar winkel en zijzelf, uitnodigend, in de deuropening.

Anne-Wil kauwt een blokje kaas weg. Op aanraden van de plaatselijke cateraar – tevens bakker, groenteman en kaasboer – heeft ze geen exclusieve hapjes laten aanrukken. In plaats daarvan Hollandse kost. Kaas van koeien uit de regio. Ook het brood en de gerookte ham komen uit de buurt.

Ze herschikt een vaas met bloemen. Niet gekregen, zelf gekocht.

Drie uur en er is nog geen klant binnen geweest. Eén journalist heeft zich laten zien, was binnen tien minuten weer vertrokken. Een leuk stukje zal dat worden! Een van de meest gênante momenten in haar leven. Bijna net zo beschamend als de presentatie die ze in het begin van haar carrière voor een groep investeerders gaf, waarbij ze per ongeluk op een spreadsheet de marges voor haar kantoor wandvullend prijsgaf. Een kwestie van een verkeerd document openen en vijf minuten later was de zaal leeg.

Hier is haar zaal niet eens volgelopen.

Haar vader heeft de helft van de gerookte ham opgegeten. Zij begint aan haar zesde blokje lokale kaas en pakt een boek uit een van de fraaie stellingen.

Het enige mooie dat haar de afgelopen dagen is overkomen

is haar vader. Sinds hij haar tegen zijn borst drukte lijkt er iets van rust in haar lijf terug te komen. Ze kijkt rond in haar winkel. De boeken, fraai opgesteld in de kersenhouten kasten. Nieuw, en toch met een statigheid die past bij oudheid. Berend zou trots op haar zijn geweest. Het had alleen niet zo rustig moeten zijn.

De enige beweging buiten komt van de wind, die rukt en trekt aan de takken van bomen, die langzaam maar zeker hun bladeren prijsgeven aan de herfststorm. Geen wonder dat iedereen binnenblijft. Onzin. Al scheen de zon en was er geen zuchtje wind, dan nog zou het hier leeg zijn. Genoeg boeken, geen kopers.

Het geeft haar alle tijd om, voorlopig voor de laatste maal, bij te praten met haar vader. Aan het einde van de middag vertrekt hij weer naar Scheveningen. Naar zijn, zoals hij zelf niet zonder trots vertelde, goedlopende pension en zijn vriendin, Marion. Hij is inmiddels drie jaar met haar samen en hij is van plan haar ten huwelijk te vragen. Gisteren heeft hij Anne-Wil gevraagd of ze, als het zover is, zijn getuige wil zijn. Praten met haar vader was alleen de eerste uren vreemd, bovendien was ze toen vol van de crematie. Inmiddels is het vertrouwd. Zij en haar vader, op wie ze zoveel lijkt. Ze heeft zijn ogen, maar ook zijn hang naar perfectie en zijn zwaarmoedigheid. Ondanks die neerslachtigheid in zijn karakter is hij gelukkig, dat straalt hij aan alle kanten uit, en hij laat geen gelegenheid onbenut om haar te laten weten dat zij bijdraagt aan dat geluk.

Alleen praten over het huwelijk met haar moeder valt hem zwaar; ze merkt het aan de ontwijkende antwoorden die hij geeft op vragen die ze erover stelt. Pech voor hem, deze gelegenheid tot openheid laat ze zich niet afpikken. 'Ik dacht dat ik iets had gedaan waardoor je weg wilde.' Ze zegt er direct achteraan dat ze dat idee allang niet meer heeft, maar vindt dat ze het recht heeft om te weten wat er aan de hand was tussen hem en haar moeder. 'Mam geeft altijd jou de schuld en ik vraag me steeds maar weer af in hoeverre ze haar versie heeft verzonnen.'

Na lang aandringen zwicht hij en geeft toe dat hij een ander had. 'Ze had alle recht om me eruit te gooien,' zegt hij. 'Ik zal er niet om liegen. En eigenlijk wil ik ook geen excuses verzinnen.'

'Maar?'

'Je moeder zat me continu op mijn huid. Al voordat ik die ander leerde kennen. Ze was wantrouwend. Ik kreeg soms geen adem, zo had ze me in haar klauwen, in haar macht.'

'Ik weet wat je bedoelt. Op de een of andere manier voel ik me altijd schuldig als ik bij haar ben geweest. Omdat ik haar te weinig aandacht geef. Dat vindt ze zelf, tenminste.'

'Je bent haar enige kind, Anne-Wil, ze was altijd erg bezorgd dat je iets zou overkomen. Ze bedoelt het niet verkeerd.'

'Jij bent weggegaan.'

'Ik was een slappeling. Dat ben jij niet.'

Ze glimlacht. 'Je moest eens weten.'

'Ik weet zeker dat ik gelijk heb. Vroeger was je al een doordouwertje. Je liet je niet afleiden door mij, je moeder, of wie dan ook.'

'Het kind is waarschijnlijk niet van Berend.'

Een verraste blik. 'O?'

'Berend en ik... Het lukte niet. En ik wilde zo graag.'

'Ik zei het je toch! Een doordouwer.'

Hij vraagt niet verder en ze laat het erbij. Het streelt haar dat hij zo overtuigd is van haar ambities. Zichzelf verder neerhalen kan altijd nog. Over haar schuldgevoel vertelt ze eveneens niets. Niet over het feit dat ze die woensdagmiddag niet alleen bij Berend was, niet wat zich daar heeft afgespeeld. En ook niet dat ze gisteren op het politiebureau in Lichtenvoorde moest komen om haar verhaal voor de zoveelste keer te vertellen. Ze had allerminst het idee dat ze haar geloofden. En terecht.

Eindelijk, eindelijk heeft ze dan toch de knoop doorgehakt en gebeld. Ze wil alles opbiechten. Maar alleen aan de vrouwelijke inspecteur, Nelleke de Winter. Die vertrouwt ze. Toen ze het gesprek beëindigde slaakte ze een zucht van verlichting. Het schuldgevoel drukte te zwaar, en zelfs nu durft ze niet met haar vader erover te praten, maar ze moet iets. Anders blijft het haar achtervolgen.

En dan, om halfvijf, als ze net haar vader heeft uitgezwaaid, een halfuur voordat ze haar eerste dag als winkeleigenaar roemloos zal afsluiten, althans, die trieste verwachting lijkt waarheid te worden, klinkt haar winkelbel.

Een wonder. Hoewel...

Onno. Met gemengde gevoelens, zwijgend, laat ze hem rondkijken.

En dan pakt hij een boek uit de rij buitenlandse literatuur, bij de C.

'Deze schijnt erg goed te zijn,' zegt hij.

'Philippe Claudel,' knikt ze. 'Een heel goede keus, ik kan niet anders zeggen.'

Berends vriend lijkt zichzelf te overtreffen door dit heldhaftige, onzelfzuchtige gebaar. 'We moeten elkaar als middenstand steunen,' zegt hij, terwijl zijn armbanden goedmoedig rinkelen. 'Oud of nieuw, boeken of hamburgers, zonder nieuwe initiatieven is het binnen een paar jaar zelfs met onze antiquariaten gedaan, vrees ik. Dus, bij deze, hartelijk welkom in Bredevoort en veel geluk met je winkel.' Hij tovert een fles wijn uit een plastic tas.

Het kaartje eraan bewijst dat zijn komst geen plotselinge ingeving is. 'Succes met je zaak' staat erop geschreven, in ouderwets gekrulde letters.

Ze heeft nog niet afgerekend of een tweede klant feliciteert haar met de opening en om zes uur vraagt ze Onno of hij zo vriendelijk wil zijn een stuk kaas in blokjes te snijden.

50

Ferry Wagener heeft een speciaal teamoverleg gehad, onder leiding van commissaris Groenenveld. Ze hebben het kort over de zaak in Bredevoort gehad. Anne-Wil Bouwmeester wil praten. 'Alles opbiechten', waren zelfs haar letterlijke woorden. Ze klonk uiterst nerveus aan de telefoon. De vrouw wilde echter alleen met Nelleke praten. Groenenveld vindt dat ze moet wachten, dat die hele zaak in de onderste la moet. Iets wat hij niet begrijpt. Die weduwe wil waarschijnlijk opbiechten dat ze ruzie heeft gehad met haar man en dat ze hem, met opzet of niet, een duw heeft gegeven, waardoor hij is gevallen. Maar hun baas oogde vermoeid en aangeslagen. En vermoedelijk zien ze er alle vier zo uit. De collega's in Bocholt werken ook dag en nacht om de dader van de laffe moord op een onschuldige burger, zoals het gisteren in de krant stond, op te sporen.

Shit happens.

Woensdagavond speelde hij alsof zijn leven ervan afhing. Na zijn bezoek aan Nelleke wist hij niets anders te doen dan pingelen. Muziek maken. De jazzklanken gingen vanzelf over in blues. Ze had het gezegd, ze werd achtervolgd. En ze deed alsof er niets aan de hand was. Alleen, zijn chef steekt zo in elkaar. Dat had hij moeten zien, moeten erkennen. Erger is dat ook hij zijn neus in het zand heeft gestoken, zich gedroeg als een *bloody* struisvogel, terwijl dat juist niet in zijn aard zit. Dan kun je jezelf wel voorhouden dat er altijd nare dingen zullen gebeuren; als je ze zelf had kunnen voorkomen gaat dat niet helemaal op.

Nelleke en haar afkeer van regeltjes. Zo zie je wat ervan komt, chef, had hij gemompeld na het laatste akkoord van een Clapton-nummer.

Na vier halve liters was hij overgeschakeld op whisky. Hij, de brave Bob, die zijn vader niet achterna wil gaan; een man die hele dagen in een roes het leven van zijn moeder verpest.

Hij had alle kranten, met breed uitgemeten artikelen over de 'moord op de echtgenoot van de inspecteur' en de overlijdensadvertenties, in de oudpapierdoos gelegd. Op het moment dat hij zijn tweede whisky wilde inschenken kwam Karin thuis; te vroeg want hij had vermoedelijk nog minstens drie glazen nodig om zijn benevelde toestand om te zetten in een langdurige slaap zonder herinnering aan die avond. Karin had een gerucht gehoord in het restaurant, toen ze met haar vriendin aan het dessert bezig was. Zo snel mogelijk had ze betaald en was ze weggegaan, zei ze. Hij vertelde en vertelde. Dat ze geschrokken waren. Dat collega's met de TR onderzoek deden. En dat de man van zijn chef dood was. Ja, het gerucht was waar.

De afgelopen dagen heeft de telefoon niet stilgestaan en het kost hem moeite nieuwsgierige journalisten niet af te bekken. Ze doen hun werk en dat is hun goed recht. Nelleke moest eens weten hoeveel mensen er met haar meeleven. Nelleke. Hij had natuurlijk niet verwacht dat ze er blij en zonnig uit zou zien, evengoed schrok hij zich wezenloos toen hij haar eergisteren bezocht.

De hoop van het team is deels gevestigd op haar *memory*. Ze moet de schutter hebben gezien, althans een globale beschrijving kunnen geven. Tot nu toe is dat niet gelukt. Ze bant de herinnering uit, misschien. Hopelijk. Dan is er kans dat die alsnog bovenkomt.

Ferry schuift een geruit jasje aan de kant en gaat tegenover zijn baas zitten, die een pijp met luide klappen leeg slaat op zijn bureau. Nonchalant veegt hij het restant van de tabak van tafel, zonder zich druk te maken waar de troep terechtkomt. Hij overweegt iets te zeggen over het rookverbod. Het blijft bij een overweging.

'Jij hebt iets op je hart, jongeman?'

Twee dagen heeft hij rondgelopen met de vraag of hij het moest opbiechten. En nog sluimert er een laatste fractie twijfel rond in zijn hoofd, zelfs nu hij de beslissing al heeft genomen. 'Eh, ja, eigenlijk wel.'

'Nou, vooruit met de geit dan, hè! Het leven is te kort voor verspilling van je tijd.'

'Ik weet niet of...'

'Dat beoordeel ik wel.'

'Nelleke heeft... Wij hebben in Utrecht niet alle informatie doorgespeeld aan de rechercheurs. Ze heeft hen niet op de hoogte gesteld van de feiten, bijvoorbeeld dat die niet concreet op moord wijzen, maar dat ze dat alleen op basis van haar eigen intuïtie aanneemt. Ze heeft ook niets verteld over de verdachten: Anne-Wil Bouwmeester, Eric Rots, of over die Te Bokkel, u weet wel, die ex-werknemer.'

'Mmm.'

'Op de terugweg reden we volledig zonder reden met het alarm op ons dak, alleen omdat ze graag snel terug wilde zijn. En wat misschien nog wel het belangrijkste is: ze nam die bedreigingen niet serieus. Terwijl ze haar hond bijna hebben vermoord!'

'En nu vind jij jezelf medeschuldig aan de dood van haar man.'

Is zijn *conscience* zo zichtbaar? Hij knikt. 'Ja,' zegt hij zacht.

En dat is nog zwak uitgedrukt. Hij slaapt niet, kijkt in plaats daarvan urenlang naar Karin, hoe ze duimzuigend naast hem ligt en slaapgeluidjes maakt. Een enkele keer strijkt hij over de zachte huid van haar wang, zo voorzichtig dat hij haar niet wakker maakt.

'Als je erop staat moet ik dit rapporteren,' zegt hij. 'Dikke kans dat er dan een intern onderzoek komt. Met alle gevolgen van dien. Is dat wat je wilt?'

Hij haalt zijn schouders op. 'Wij zijn er toch om de wet te handhaven? Als wij daar al niet naar leven en handelen...' Hij hoort hoe klungelig theoretisch het klinkt.

'Natuurlijk weet ik hoe Nelleke werkt,' antwoordt de commissaris. Hij blaast zijn pijp nieuw leven in, een ceremonie die minutenlang in beslag neemt, minuten die als uren voelen. Rookpluimen stijgen omhoog in Nellekes kantoor, dat inmiddels al meer oogt als dat van Groenenveld, puur door de gecreëerde chaos en de geur van pijptabak. 'Doordat ze die regels vaak overtrad heeft ze ook levens gered, Ferry. Denk daar ook aan voordat je een definitief oordeel velt.' Hij lurkt aan zijn pijp. 'Wij zijn er om mensen te helpen.' Hij staat op. 'Aangezien Han en Ton zich alweer in het onderzoek hebben gestort, heb ik een verzoek aan jou.'

'Ja?'

'Ga met me mee. Ik hoop dat je chef inmiddels een paar antwoorden heeft.'

Nelleke ziet eruit alsof ze iets meer in het land der levenden huist als hij haar zoent ter begroeting, en die veronderstelling blijkt te kloppen. Die donkerharige vriendin, Simone, is psycholoog en ze weet kennelijk waar ze mee bezig is.

En een oudere vrouw is aanwezig. Ze stelt zich voor als Evelien Doornkamp. Natuurlijk. De moeder van Nelleke, tenminste, de biologische. Ze heeft er eigenlijk twee. Het lijkt hem nogal *complicated*. Ze heeft erover verteld en hij heeft zich afgevraagd of hij het zou willen weten, als het hem was overkomen. Hij kon zich echter met de beste wil van de wereld niet voorstellen dat zijn moeder ineens zou zeggen dat hij niet echt haar kind was en staakte zijn pogingen om het te begrijpen. Hij beseft dat het gevoelig ligt en dat moet voldoende zijn om haar niet in verlegenheid te brengen.

'Weet je dat je collega's de afgelopen dagen een paar keer bij je zijn geweest?' vraagt Groenenveld.

'Ver weg. Vaag,' zegt Nelleke.

'Heb je wel onthouden wat we over Suzan hebben gezegd?'

Hij ziet de angstige twijfel in de ogen, als ze haar hoofd schudt.

'Suzan wil je nog steeds graag ontmoeten,' zegt de commissaris. 'Ze wachtte op je, binnen in het café. Nadat duidelijk werd dat er buiten iets vreselijks aan de hand was,' de commissaris pauzeert even, 'is ze op advies van de psychologe daar weggehaald. Met de rechercheur en haar vriendin zijn ze naar hun pension gegaan. De rechercheur is naar het bureau gegaan en heeft daar gehoord wat er aan de hand was.'

'Was ze erg van streek?'

'Dat waren… Dat zijn we allemaal, Nel.' De commissaris pakt haar hand. 'Je moet jezelf geen verwijten maken, lieverd, daar schiet je niets mee op.'

Geen instemmende reactie. Wel opluchting in haar ogen, een glimlach zag hij zelfs, toen Groenenveld zei dat Suzan wacht op de ontmoeting.

'We willen nog eens proberen om wat helderheid te krijgen in wat er is gebeurd afgelopen woensdag. Denk je dat je dat aankunt?' vraagt Groenenveld aan Nelleke.

Ze knikt.

'De dader heeft van je afspraak geweten en je opgewacht. Is dat ook jouw visie?'

'Ja.' Nelleke oogt redelijk helder. Niet zoals eergisteren, zo ver van de wereld. Ze vertelt met zachte stem over de aankomst in Bocholt, hoe Jaap de auto parkeerde en met haar meeliep naar het grand café. Hoe daar ineens die figuur stond.

'Op welke afstand, schat je?'

'Een meter of twintig. Ik kon niet zien hoe hij eruitzag, hij had een petje op dat hij ver over zijn voorhoofd had getrokken.'

'Maar je zegt "hij".'

'Aan het postuur te zien, ja, dat weet ik bijna zeker.'

'Uiterlijke kenmerken?'

'Ik herinner me alleen dat ik dacht dat hij grijnsde toen hij zijn wapen ontgrendelde.'

'En herkende je die grijns?'

Ze schudt haar hoofd. Niet overtuigend.

'Geen enkel vermoeden?'

'Ik weet het niet meer. Ik viel flauw.'

'Je bent met je hoofd op de grond terechtgekomen.'

'Jaaps gezicht,' zegt ze op fluisterende toon. 'Het zag zo bleek.'

'Was jij het doelwit?'

'Ik denk het. Jaap stond de hele tijd achter me, behalve toen hij er genoeg van leek te hebben. Ik zei hem dat hij achter me moest blijven. Even daarna werd hij opnieuw ongeduldig en wilde op die man af, en op dat moment schoot hij. Ik begrijp alleen niet waarom hij geen tweede schot heeft gelost.'

'Er was een stel net naar buiten gekomen toen het eerste schot klonk, waarop de schutter vluchtte. De man wilde hem achterna, de vrouw hield hem tegen.'

'Mijn redding.'

'Het is niet Eric Rots geweest, die zat op dat moment bij ons op het bureau voor een verhoor. In ieder geval, niets voor jou om je druk over te maken, wij gaan beide zaken oplossen. We zitten erbovenop. Als je je iets herinnert vertel je het ons meteen, toch, Nelleke?'

Een bijna onzichtbare knik.

De commissaris heeft een Nederlandstalige muziekzender opgezet waarop een vals klinkende jongeman in zwaar clichématige woorden zingt over een vergane liefde. Tot zijn opluchting blijkt Groenenveld vandaag geen neigingen te hebben mee te fluiten. Ferry staat op het punt te zeggen wat hij bij Nelleke heeft gedacht, toen ze het over de schutter had, als de commissaris hem voor is.

'Ze weet wie het is.'

'Dat denk ik ook.'

'Haar hele houding wees daarop,' knikt de commissaris.

Hij denkt het niet vanwege haar houding, meer vanwege de twijfel in haar stem. 'Ze wist het niet meer, zei ze, omdat ze flauwviel. Alleen, dat is geen excuus. Ook al val je flauw, dat wil niet zeggen dat je je daarna niets herinnert.'

Opgelucht is hij wel, dat ook Groenenveld die mening is toegedaan. Het streelt zijn ego dat zijn speurdersneus niet voor die van de commissaris onderdoet.

'Heel goed, Ferry, heel goed. Er mankeert niets aan je opmerkingsgave.'

'Rotteveel?'

'Dikke kans.'

'Laten we hem oppakken.'

'Zolang Nelleke niets zegt hebben we geen enkele reden daartoe. Hij zal ons keihard uitlachen en dan moeten we hem weer laten gaan.'

Er is hem iets anders eveneens allesbehalve ontgaan tijdens hun bezoek. Hij heeft de commissaris op zijn waarde kunnen schatten. Hoe Groenenveld met Nelleke omging, dat verdient een vette schoonheidsprijs. Waardoor hij zich tegelijkertijd en niet voor het eerst realiseert dat juist dát zijn zwakke punt is in dit werk dat hij zo bevredigend vindt. De *human* factor.

Heeft Groenenveld hem daarom meegevraagd naar Nelleke, zodat hij deze conclusie zou trekken? Hij is geneigd om die vraag met 'ja' te beantwoorden.

51

Vandaag komen de kinderen tussen de middag bij haar eten. Nelleke durft het geen thuiskomen te noemen omdat ze niet weet of de drie het nog als zodanig beschouwen. Ze heeft ze gemist, vooral gisteren, toen ze met Jaaps ouders de uitvaart heeft doorgesproken. Vader De Geus zal het woord doen namens de familie. Of ze zelf iets zal zeggen, daarover heeft ze geen beslissing genomen.

Eén dag tegelijk. Dat is wat ze aankan. Het verbaast haar sowieso dat ze nadenkt, dat ze loopt, eet, slaapt. Hoewel dat laatste niet veel. Evelien is bij haar, ruilde van plaats met Simone. Ze accepteert de zorg, omdat ze weet dat ze het niet zou kunnen verdragen alleen te zijn in dat grote huis. De oude boerderij die Jaap tot hun thuis heeft verbouwd. Hij deed het niet alleen, maar ze kan zo aanwijzen wat hij heeft gedaan. De open haard, de donkere kamer, de kamers van de kinderen, haar kantoortje boven.

Ze kijkt niet naar de lege plek in het bed naast haar als ze opstaat. Het is stil in het huis. Zes uur, het is te vroeg om op te staan. Ze bekijkt zichzelf langdurig in de spiegel, zonder iets te doen aan het beeld dat ze ziet.

Daar sta je dan, De Winter. Alleen. Je had toch ooit het voornemen om nooit van iemand te houden, zodat je ook nooit verlaten zou worden?

Nee. Zo mag ze niet denken. De jaren met Jaap had ze niet

willen missen. De pijn als ze aan hem denkt – en dat doet ze elke seconde – snijdt door haar lijf, maar spijt heeft ze niet. God wat mist ze hem. Zijn warmte in de ochtend, als ze moeten opstaan en dat moment nog even uitstellen. Zijn eeuwige optimisme en vrolijkheid. De geur van versgebakken ciabatta. De ondersteunende hand op haar rug, de speelse manier waarop hij haar kon optillen, om haar vervolgens hartstochtelijk te kussen. En niemand die ooit nog Pumuckl tegen haar zal zeggen. Ze koelt haar ogen en scrubt haar huid. Haar gezicht, haar lijf, van boven tot onder. Stevig. Tot haar vel gloeit en rood ziet. Alsof ze een oude huid afschudt en de onderliggende een kans wil geven. Het zou haar goed uitkomen als ze de gevoeligste laag van haar ziel nu eveneens zo kon afpellen.

Ze ziet ertegen op om Anouk, Emma en Josien onder ogen te komen, hoezeer ze de drie ook heeft gemist. Josien. De kleine kruimel. Zal ze flexibel genoeg zijn om zich zonder haar papa te redden? Nog meer ziet ze ertegen op om afscheid te nemen. Het kan niet anders of ze kiezen ervoor bij hun moeder te gaan wonen. Met uitzondering van Anouk misschien, hoewel die zich zou kunnen laten overschrijven naar een soortgelijke opleiding in Amsterdam.

Zorgvuldig brengt ze haar make-up aan. Een laagje zekerheid.

Tijdens het ontbijt vraagt Evelien nogmaals of ze zeker weet dat ze naar het bureau wil gaan. 'Niemand verlangt het van je,' zegt ze.

'Ik wil het.'

'Kom je tussen de middag wel hier?'

Ze knikt. 'Als de kinderen komen ben ik er.'

Het doet vreemd aan om weer in haar kantoor te zitten. Alles wijst erop dat Groenenveld zijn territorium hier de afgelopen dagen heeft uitgezet en daarna zijn best heeft gedaan zijn sporen te wissen. Op zijn manier. Met als resultaat overal restjes pijptabak, papiertjes en verschoven meubilair.

De commissaris heeft ingestemd met haar komst, deze ochtend, mits… Veel mitsen. Hij komt ze toelichten, heeft hij beloofd.

De computer laat zijn bekende opstartgeluid horen als ze Ferry Wagener in de deuropening ziet staan. Niet verrast. Groenenveld heeft de collega's dus al ingelicht.

'Ik krijg nog instructies over mijn bewegingsvrijheid,' zegt ze, in een poging tot grijnzen. 'Over tien minuten teamoverleg?'

Ze checkt haar mail en krijgt het te kwaad als ze de vele sympathiebetuigingen van collega's leest. Zelfs een goedbedoeld bericht van Hauptinspektor Brandt, een bericht dat haar er tot haar opluchting nogmaals van overtuigt dat Suzans terugkomst geen hersenspinsel was. Daar is ze, onder invloed van de kalmeringsmiddelen, zó bang voor geweest. Dat haar hoofd haar die rotstreek leverde, haar zo in de steek liet, is de reden dat ze geen slaappil meer heeft aangeraakt sinds zaterdag.

En dan is er natuurlijk die andere reden. Jaaps moordenaar.

Ze neemt weinig tijd om op de afgelopen week terug te blikken. Alles is gezegd en ze weet dat haar collega's haar onvoorwaardelijk zullen steunen. 'Ik wil graag weten hoe het onderzoek ervoor staat,' zegt ze. Haar blik op het wandvullende bord maakt haar niet veel wijzer, ze moet alleen flink slikken als ze daarop Jaaps foto ineens ziet. Zijn lichaam. Niet close-up genomen, maar ook al hadden ze die foto van een kilometer afstand genomen, dan nog had ze hem herkend. Zijn imposante lijf, ineens machteloos, voorgoed geveld door een kogel die voor haar was bestemd. Ze heeft de kranten amper durven inkijken. Bij elk artikel werd zijn dood realistischer.

Nu ontkomt ze er dus niet meer aan. Slikken en doorgaan.

'Nelleke?'

'Ja?'

'Ik vroeg waar je wilt beginnen. Of met wie.' Wagener glimlacht verontschuldigend. 'Als je een moment…'

'Nee, het is goed.' Ze haalt diep adem. 'Het is nog steeds zo onwerkelijk.'

'Hier, koffie.' Cornelissen morst iets van het bruine vocht op tafel.

Ze kijken haar afwachtend aan. Drie paar ogen gevuld met medelijden. Met onzekerheid misschien ook, vanwege de toekomst van hun team, en omdat ze twijfelen of ze haar werk wel kan doen.

Ze recht haar schouders.

Is het van haar gezicht af te lezen, dat ze zint op wraak? Verwachten ze niet anders?

Haar enige doel is de dader van Jaap opsporen. Verder dan dat wil ze niet denken. Kan ze niet denken. Stap voor stap. Eén dag tegelijk.

Haar telefoon gaat. De vrouw die de uitvaart regelt, met een kleine, maar dringende vraag. Of ze bidprentjes wil. Een katholiek gebruik, waarvan tegenwoordig ook andersgelovigen gebruikmaken om iets tastbaars mee te kunnen geven aan de bezoekers. Ze kunnen morgenvroeg worden gedrukt.

'Regel maar,' zegt ze. Bidprentjes. Jaaps leven in tien zinnen. Wat doet ze hier eigenlijk? 'Ik moet even...'

In de toiletruimte steekt ze een sigaret op en inhaleert diep. Na een paar minuten heeft ze zichzelf redelijk onder controle. Dit is wat ze wil. Ze zal zich goed houden, ze moet, anders sturen ze haar naar huis en dan vindt ze die Rotteveel nooit. Met een glimlach komt ze de spreekkamer weer binnen. 'Goed,' zegt ze, 'waar waren we gebleven?'

'We hebben geen sporen in Bocholt die ons verder helpen,' zegt Simmelinck. 'Er is een team van dertig man op gezet, het buurtonderzoek is in volle gang. Tot nu toe nada, nop.' Ze ziet hoe hij twijfelt. 'Heb jij iets, is je wat te binnen geschoten in de tussentijd?'

Ze hebben het haar meermaals gevraagd en opnieuw schudt ze haar hoofd.

'Als dat wel zo is, zeg je het dan?'

'Natuurlijk.' Ze neemt een slok koffie, zodat ze haar collega niet hoeft aan te kijken.

'Dan de Bouwmeester-zaak,' antwoordt Simmelinck. 'Allereerst, Anne-Wil Bouwmeester is hier geweest op ons verzoek. Onze indruk was dat ze iets achterhoudt en wankelt. Gezien haar fysieke conditie durfden we haar echter niet zwaar onder druk te zetten. Ze gaf toe dat ze onder de indruk is van Onno Brugging, maar ze is ervan overtuigd dat het gevoel niet wederzijds is. En ze weet zeker dat Onno Brugging niets te maken heeft met Bouwmeesters dood. Het slachtoffer was zijn beste vriend en hij heeft geen enkel motief. Dat was in feite ook onze conclusie na een gesprek met Brugging. Op het eerste gezicht zou jaloezie op zijn vriend, die het in alle opzichten beter voor elkaar had, een motief kunnen zijn. Als je hem beter leert kennen blijkt dat "materialisme" een woord is dat niet in zijn vocabulaire voorkomt. Althans, dat is onze visie, waarbij we moeten aantekenen dat hij een begenadigd amateurtoneelspeler is. Verder was mevrouw Bouwmeester nog steeds stellig in haar overtuiging dat ze Eric Rots bij het slachtoffer heeft gezien, die middag.'

Anne-Wil houdt iets achter. Dat herinnert ze zich ineens. Ze herinnert zich ook hoe kwetsbaar ze was in die boekwinkel, bij de weduwe.

Weduwe! Dat is ze nu zelf ook. Niet aan denken, je gedachten erbij houden, houdt ze zichzelf voor. Anne-Wil Bouwmeester.

'En dus hebben we haar laten gaan,' vervolgt Simmelinck. 'Wat schetst onze verbazing… Na ons gesprek vrijdag belde ze zaterdag ineens uit zichzelf op. Ze wil alsnog praten. Met jou. "Alles opbiechten" waren haar letterlijke woorden, volgens Ferry.'

Die knikt. Anne-Wil, iets opbiechten? Dat verwart haar.

'Heeft ze verder niets bijzonders gezegd?'

'Nee.'

Dank je wel, Anne-Wil. Ze heeft in ieder geval haar mond gehouden over hun geheime pact, zoals Anne-Wil het met gevoel voor drama omschreef.

'Vorige week hebben we ook die mooie architect gesproken,' gaat Cornelissen verder. 'Zoals je weet was Rots bij ons op het moment dat...'

Ze knikt. En slikt.

'*Anyway*,' zegt Wagener, 'Eric Rots is niet onze man als het gaat om de aanslag op jou en Jaap. Of hij meer weet van Bouwmeesters dood blijft onduidelijk. Zowel de weduwe als hij blijven bij hun verklaring, en onderling delen we niet eens dezelfde mening over de bedoelingen van die twee, laat staan dat we het eens worden over wie de waarheid vertelt.'

Wagener ziet er vermoeid uit. Ze constateert het, om het direct daarna te vergeten. Op een ander moment zou ze zich misschien zorgen om hem hebben gemaakt.

'Harrie te Bokkel. Laten we hem ook niet uitvlakken,' meent Simmelinck. 'Over hem hebben we het meeste nieuws. De schoenafdrukken op de plaats delict?'

'Ja?'

'Een match met Te Bokkels schoenen. Hij zit sinds zaterdagochtend vast. We hebben hem laten aanhouden en driemaal vierentwintig uur gekregen.'

'Op grond van die afdrukken?'

'Niet alleen. Het mobieltje, weet je nog, dat stond op zijn naam. Hij heeft bekend dat hij die overval heeft gepleegd en de chauffeur van de auto heeft hem geïdentificeerd na een line-up. Naar eigen zeggen kreeg hij wroeging, al vlak na de daad, en helemaal toen later bleek dat zijn ex-baas dood was.'

'Waarom pleegde hij die overval?'

'Hij was kwaad op zijn baas dat hij eruit moest, ook al was dat in zijn eigen belang. Een vlaag van verstandsverbijstering noemde hij het.'

'Heeft hij het weekend hier in de cel doorgebracht?'

'Ja.'

'Zijn vrouw was helemaal over de rooie,' grinnikt Cornelissen. 'Maar die kleine ruimte tussen vier muren heeft hem wel aan het praten gebracht.'

'Dus de overval is in ieder geval opgelost,' zegt ze. 'Was hij ook betrokken bij Bouwmeesters dood?'

'Hij is bij Berend geweest,' antwoordt Wagener, 'dat geeft hij toe, meer ook niet. Daar blijft hij bij. En ik heb gekeken hoe Ton en Han hem flink onder druk hebben gezet.'

'We hebben respijt gekregen van Groenenveld,' zegt Simmelinck, 'omdat jij er niet was. Tot woensdag. Als we dan geen sluitend bewijs hebben dat Bouwmeester is vermoord, sluit hij de zaak.'

'Dan moeten we dus een bekentenis hebben.'

'Wij kunnen onze slimme hersencellen beter aan Bocholt uitlenen,' zegt Cornelissen. 'Ze zitten daar met smart op ons te wachten.'

'En als je ons nodig hebt hoef je maar te gillen,' vult Simmelinck aan.

Ze knikt. En accepteert Wageners voorstel om op het bureau te blijven om haar te helpen. En hij zal de rapporten van afgelopen weekend maken.

'Ik wil wel eerst horen wat die Te Bokkel te melden heeft. Zet hem over tien minuten in verhoor één, alsjeblieft.'

Ze trekt zich terug in haar eigen kantoor. Met het oppakken van de Bouwmeester-zaak en het vluchtig doorlezen van de rapporten vult haar hoofd zich langzaam met alle feiten die ze voor de aanslag zo helder op een rijtje had. Herinnert ze zich steeds meer hoe ver ze was in het onderzoek. Wat haar vermoedens waren.

Rotteveel. Utrecht.

Eerst Te Bokkel.

Die kwetsbaarder oogt dan ze had verwacht. Twee dagen in de cel hebben die uitwerking op sommige verdachten. De stoere bouwvakker heeft zachtere handen gekregen en zijn handdruk is slapjes. Ze zet de opnameapparatuur aan en gaat te-genover hem zitten. Haar blik ijzig strak gericht op zijn ogen. 'Meneer Te Bokkel, ik zal er niet omheen draaien. U heeft een groot probleem. U heeft namelijk tegen mij gelogen en daar heb ik een gruwelijke hekel aan. En wie verzekert mij dat u dat nu niet weer doet als u zegt dat u niets weet van Bouwmees-ters dood?'

'Toen ik bij hem wegging leefde hij nog, ik zweer het u.'

'Ik wil precies van u weten wat er die woensdagmiddag bij uw ex-werkgever is gebeurd en wat u heeft gezegd.'

Met toenemende nervositeit doet Te Bokkel zijn verhaal. Hoe hij bij Berend Bouwmeester de trap op liep in dat mooie, grote huis dat voor iemand als hij nooit zou zijn weggelegd. Zijn ex-baas had een middag vrij genomen en was bezig de ver-diepingsvloer te egaliseren. 'Berend schatte dat hij nog een maandje werk zou hebben. We hadden het over het weer, en ik vroeg hem of hij iets had gehoord van die overval. Berend meende dat er een bende actief was, dat was het enige wat hij wist. Ik mocht niet komen klussen bij Berend, en daar werd ik zo pissig van dat ik een emmer met water omtrapte. Ik wilde gewoon werken, klaar. Ik zie de mensen kijken: daar heb je weer zo'n luie donder die van een uitkering eet.'

'Dat zei u ook tegen uw voormalige werkgever?'

'Ja, zo ongeveer. Berend legde uit dat hij op het rendement moest letten, als het in de economie niet zou verbeteren, u weet wel.'

Ze knikt. Zonder enige sympathie te tonen. Hij mag nog veel nerveuzer worden. Ondanks zijn niet feilloze Nederlands begrijpt ze natuurlijk best wat hij bedoelt.

'Hij had gehoopt op nieuwe opdrachten via die club waar hij lid van was en daar mopperde hij ineens op. Eigenlijk was ik op dat moment blij dat ik niet in zijn schoenen stond. Het is niet niks om zo'n tent te runnen. Ik kankerde nog wat en toen ben ik gegaan. En dat zweer ik u alsof het de waarheid is.'

Ze knikt opnieuw. 'Ik begrijp het.' Ze observeert hem, sceptisch, inschattend of hij oprecht is. Tegelijk bekruipt haar de twijfel in hoeverre ze mag bouwen op haar intuïtie. De vanzelfsprekendheid waarmee ze altijd op haar gevoel afging heeft een fikse deuk opgelopen. Ineens ziet ze Jaap weer voor zich. Vlak voor hij viel. De verbazing op zijn gezicht. 'Eén moment,' zegt ze, 'ik ben zo terug.'

Op het toilet gooit ze haar ontbijt eruit. Verslagen leunt ze tegen de betegelde muur. Hoe heeft ze ooit kunnen denken dit nu te kunnen?

Ze neemt een slok water, haalt een paar keer diep adem en werkt haar make-up bij. Je moet erbij blijven, De Winter, anders stuurt Groenenveld je naar huis. En dat is niet wat je wilt. Ze knikt tegen haar spiegelbeeld. Te Bokkel heeft je een hint gegeven. Ook die zaak wil je oplossen. Dus je gaat door. Huilen kan later.

Met vastbesloten stappen keert ze terug naar verhoor één. Nu doorzetten. Niet twijfelen aan je intuïtie. Combineer die met feiten, logisch denken. 'Meneer Te Bokkel. Eén feit. U bent in staat tot een gewelddadige overval.'

Hij schudt heftig zijn hoofd. 'Die hele wapentoestanden, dat was niet afgesproken, eerlijk niet, dat wilde ik niet. De twee knapen die mee waren, die hadden dat spul bij zich.'

'Ach kom nou! Die overval was uw idee.'

'Ik wilde alleen een beetje dreigen en dacht dat we klaar zouden zijn voordat Dikke Jan terug zou komen van zijn broodje bal.'

'Natuurlijk. U was zeker ook van plan om de buit terug te geven?'

'Het spijt me. Ik had gehoord wat die gereedschappen doen op de zwarte markt en ik dacht: die paar dingetjes die mist Berend toch niet, daar is hij wel voor verzekerd. Hij weet nu dat ik het was, hè? Jan? Door die rij waar ik in moest staan?'

Op Te Bokkels voorhoofd verschijnen zweetdruppels. Angstzweet. Ze trekt de strop om zijn nek nog iets harder aan. 'Ik ga u nog een week hier vasthouden. Eens kijken wat de mensen in

Bredevoort dán over u gaan zeggen. Wat u zelf na een week zult zeggen.' Ze staat op en zet de apparatuur uit, loopt richting de deur.

'Alstublieft!'

Ze draait zich om. 'Geef me één reden waarom ik het niet zou doen.'

'Ik zou Berend nooit iets aandoen. Hij heeft jarenlang mijn boterham betaald, hij was een goeie gozer. En dat is de waarheid. Ik zweer het u.'

De beslissing om hem te laten gaan heeft ze al eerder genomen. Te Bokkel heeft haar een aanwijzing gegeven, terwijl hij zich daar totaal niet van bewust was. Hij zal moeten boeten voor de overval, van Bouwmeesters dood weet hij niets.

'U kunt gaan.' Ze hoopt dat haar gevoel juist is. 'U zult zich moeten verantwoorden voor de overval, dat spreekt voor zich. Dat u zichzelf heeft aangegeven pleit in uw voordeel, verder zal de rechter oordelen wat de straf voor uw daad moet zijn. U heeft mij vooruitgeholpen in het onderzoek naar Bouwmeesters dood, en ook dat zal ik als een aanbeveling in het rapport laten vermelden.'

Te Bokkel lijkt niet te begrijpen wat ze bedoelt. 'Een aanwijzing?'

'Precies.'

'Dus u gelooft mij?'

'Ja.'

'Dan mag ik naar huis?'

'Zodra u uw verklaring heeft getekend.'

Langzaam maar zeker verschijnt er een brede lach op zijn gezicht. 'Mag ik dan weer aan het werk?'

'Werk?'

'Ik help Bouwmeester senior door vrachtjes en kleine bestellingen te rijden tussen het kantoor in Bredevoort en het filiaal in Winterswijk. Wel zo'n twintig keer op een dag rijd ik die paar kilometers op en neer. Voor niets, natuurlijk, ik probeer wat goed te maken.'

'O ja. Dat moet u straks ook aan de collega vertellen die het rapport opmaakt.'

Te Bokkel geeft haar een hand. Een sterkere hand ditmaal. 'Ik hoorde dat de politie heeft gevraagd naar die oude zaak, van de Slingeplas.'

'Ja?'

'U moet Nol, onze oude kroegbaas, eens vragen wat er toen is gebeurd.'

'Weet hij meer dan wij?'

'Dat denk ik wel.'

52

Hoewel Nelleke hem verwacht, schrikt ze toch nog van Groenenveld. Zoals ze van elk geluid schrikt.

Hij begroet haar als gewoonlijk, als een dierbare vriendin. Een zoen, de warme linkerhand als extra deken. Ze regelt koffie, hij stopt zijn pijp.

Een maandagmorgen. Teambespreking. Ze houdt zichzelf voor de gek als ze denkt dat ze zomaar verder kan.

Ze wil. Het moet. Twee klontjes suiker en een wolkenpartij melk voor de commissaris. Alledaagse, onbelangrijke dingen die doorgaan, ondanks alles.

Groenenveld steekt zijn pijp niet aan. Doet alsof hij rookt, met een peinzende blik. 'Je begrijpt,' zegt hij bedachtzaam, 'dat je niet aan het werk kunt.'

'Dat is nu net wat ik wil.'

'Het kan niet, Nelleke.'

'Anne-Wil Bouwmeester, de weduwe, wil met me praten.'

Hij schudt zijn hoofd. 'Die zaak moet wachten.'

'Laat me papierwerk doen, hier.'

'Je kunt niet van jezelf verlangen dat je je werk naar behoren kunt doen. Ik verlang het niet van je.'

'Ik wil een dader. Ook die van...'

'Mmm. Dat begrijp ik. Die moet ook zo snel mogelijk achter slot en grendel, zeker, zeker.'

Ze voelt zijn polsende blik. Ze zwijgt. Zou ze zich kunnen

beheersen als ze hem ziet? Tijdens het verhoor van Te Bokkel voelde ze haar vechtlust terugkomen. Ze heeft zojuist besloten voor zich te blijven houden met wie ze oog in oog heeft gestaan. Hopende dat hij de confrontatie opnieuw opzoekt. En vinden zal ze hem sowieso. Welke risico's ze daarbij loopt, interesseert haar niet.

'Ik kan niet thuiszitten en niets doen, Herman. Alsjeblieft, doe me dat niet aan.'

De commissaris steekt alsnog zijn pijp op. Alsof hij wil demonstreren dat hij lak heeft aan de regels. Als hij dat dan nu, in haar situatie, ook maar heeft. 'Goed. Papierwerk. Ik laat je trouwens vanaf deze ochtend vierentwintig uur per dag bewaken,' zegt Groenenveld. 'Ik heb er een mannetje voor vrijgemaakt, Wagener zal hem later aflossen.'

'Wat? Voor mijn gezondheid, of omdat je bang bent dat ik...'

Hij zwijgt. Propt tabak in zijn pijp. En zucht. 'Ik hoop dat je je aan mijn regels houdt, Nel. Nog een overtreding en ik heb geen andere keus dan daar melding van te maken. Je realiseert je neem ik aan dat ik dat eigenlijk allang had moeten doen, als ik eerder had geweten wat je allemaal niet volgens het boekje deed. Moet ik je uitleggen wat?'

Traag schudt ze haar hoofd.

'Het werkt niet in je voordeel dat je bescherming hebt geweigerd. Ik vind het vervelend om het te moeten zeggen, ik realiseer me dat je verdriet enorm is, maar je hebt jezelf flink in de nesten gewerkt.'

En hijzelf dan? Met zijn alcohol! En heeft ze hem niet verteld dat ze werd achtervolgd? Hij had ook zijn verantwoordelijkheid kunnen nemen! 'Ik begrijp het, Herman. Maak je geen zorgen, ik voel me al schuldig genoeg. Je moet doen wat je denkt dat het beste is. Ben je klaar?' Ze staat op.

'Nee. Ga zitten.'

Ze ziet hoe hij hoopt op een meer instemmende houding in plaats van deze grimmige. Hij had gedacht dat ze een rouwen-

de weduwe zou zijn die hij kan troosten. Met een borrel wellicht. Ineens ziet ze hem met andere ogen. Een zwakke leider
met een alcoholprobleem en ongezond overgewicht. Ze kijkt
hem aan. Wankelend, tegelijkertijd vastbesloten om overeind
te blijven. Schiet op, zou ze willen zeggen, ik heb belangrijker
zaken te doen.

Rotteveel vinden, bijvoorbeeld.

'De reden waarom je afgelopen woensdag in Bocholt was...'

'Suzan.'

'Ze zijn er klaar voor om opnieuw de reis te maken. Ik weet
het niet... Morgen is misschien niet zo...'

Suzan. Natuurlijk heeft haar naam de afgelopen dagen continu in haar hoofd rondgespookt. Het verlangen is groter geworden, is alleen zo afschuwelijk gemengd met andere gevoelens die de hunkering een nare bijsmaak geven. 'Woensdag,'
zegt ze, pogend haar stem zelfverzekerd te laten klinken. 'Dezelfde tijd, dezelfde plaats.' Als Groenenveld wil protesteren is
ze hem snel voor. 'Verstuur jij het verzoek? Wil je hun vragen
of ze haar kunnen laten weten dat ik ontzettend naar haar verlang?'

Dat de commissaris in het kader van de beveiliging liever
een ander moment en een andere plek had gekozen, kan ze wel
raden. 'We hebben twee zaken op te lossen. Er is ons een deadline gesteld voor de zaak-Bouwmeester, heb ik begrepen, dus
ik ga snel aan het werk.' Zijn ontevreden gezicht latend voor
wat het is knikt ze kort ten afscheid.

De volgende uren concentreert ze zich op Bouwmeesters zaak.
Er is te veel uit haar hoofd gewist en ze kan zich geen fouten
meer permitteren, wat dat betreft moet ze Groenenveld serieus
nemen. Dat moet ze sowieso, hij kan op elk moment besluiten
om haar op non-actief te zetten. Ondanks het feit dat hij wankelt op het voetstuk waarop ze hem had gezet waardeert ze het
dat hij achter haar blijft staan. Markant had haar allang op
staande voet ontslagen. Ze leest de rapporten van haar collega's

over de gesprekken met Eric Rots, Anne-Wil Bouwmeester en Harrie te Bokkel. In haar privébestanden checkt ze haar eigen notities. De herinnering aan haar ongepaste optreden in Anne-Wils winkel bant ze direct uit haar geheugen. De KKA, de organisatie waar Utrecht in graaft. Wat hebben de collega's daar ook alweer over gezegd? Ze zoekt de informatie erbij. Onder het mom van een kwaliteitsmerk leveren architectenbureaus miljoenen euro's winst per jaar in. En Rotteveel staat op de loonlijst. Keurig netjes. Ze kunnen niets hardmaken om hem te pakken.

Eric Rots was woensdagavond op het bureau en heeft dus niets te maken met de aanslag. Elke keer als Jaaps naam door haar hoofd flitst, voelt ze zich alsof er iemand met een mes in haar ingewanden wroet. Niemand heeft haar ooit verteld dat het fysiek zoveel pijn doet.

Een klop op haar deur. Wagener. 'We hebben Arnold Keurntjes gesproken.'

'Wie?'

'Nol. De kroegbaas.'

'Had hij iets zinnigs te melden?'

'Ligt eraan. Volgens hem was het na de dood van Rots' vader niet eens een vraag hóé die man is overleden. In het officiële dossier heette het zelfmoord, maar Nol was er zeker van dat het om moord ging.'

'En wist hij ook wie de dader was?'

'Zijn vrouw.'

'Rots' moeder?'

'De vader, Harjo, was dronken, volgens Nol, en hij kon het weten want Harjo had de hele avond in zijn kroeg gezeten. Zijn vader was destijds eigenaar van het café, maar Nol hielp hem vaak, en ook die avond. Hij heeft het met eigen ogen kunnen constateren, Harjo was ladderzat. Zijn vader wilde Harjo naar huis brengen, maar dat wilde hij niet hebben.'

'Met een zatte kop is een val in de Slingeplas geen wonder.'

'Wel als je daarvoor bijna een kilometer moet omlopen. En Harjo hield niet van wandelen. Als hij uit de kroeg kwam ging hij altijd rechtstreeks naar huis. Nooit via zo'n omweg.'

'Waarom stond dat niet in het dossier?'

'Volgens de kroegbaas wist iedereen het en hield iedereen zijn mond, omdat ze medelijden hadden met hun plaatsgenoot.'

'En waarom is dat nu ineens niet meer zo voor Arnold Keurntjes?'

'Die mevrouw Eenink draait volgens hem helemaal door, want ze beschuldigt nu sinds een dag of wat de kroegbaas ervan dat híj haar man heeft vermoord, door hem dronken te voeren.'

'En wie weet zit daar ook een kern van waarheid in. Maak je het rapport hiervan op?'

'Als je dat wilt... Waarom wil je zo'n oude zaak eigenlijk weer oprakelen? Denk je dat er een link is met de zaak Bouwmeester?'

'Ik was erbij toen die zaak vijftien jaar geleden werd geopend en toen had ik al het gevoel dat de mensen dingen voor ons verzwegen.'

53

Haar eerste omzet is binnen. Met gepaste trots noteert Anne-Wil vierhonderdvijfenzestig euro vierentwintig in haar boek-houdprogramma. Opgeteld zijn die cijfers deelbaar door drie, dat voorspelt vast veel goeds. Zes december. Om halfacht ging de laatste klant weg, met de belofte een besteld boek volgende week te komen ophalen. Onno belde zelfs enkelen van zijn antiquariaatvrienden en overtuigde hen dat Boeken-punt-nu beslist een aanwinst voor het stadje was geworden. Ze kwamen, wonder boven wonder, en snoven goedkeurend de geur van het papier op. Toen ze later met Onno bij restaurant Bertram proostte op de geslaagde opening kon ze het stadje ineens met een optimistischer blik bekijken. Iemand zei zelfs goedendag – niet alleen tegen Onno, maar ook tegen háár! – en een ander knikte goedkeurend. De oude klinkertjes leken ineens mooi helder te glimmen in plaats van alleen lastig om op te lopen. Voor het eerst leek Bredevoort haar in de armen te sluiten.

Ellis heeft zich niet laten zien, liet alleen van zich spreken in de vorm van een herfstboeket met een kaartje, waarop ze haar verontschuldigingen uitte. Anne-Wils kwaadheid is gezakt. Hoe kan ze boos blijven op Ellis, die iets deed wat ze zelf heeft gedaan?

Vanochtend heeft ze een sms'je gestuurd naar haar vriendin, met het verzoek om 's middags in de winkel te komen om alsnog de opening te vieren. Samen. Ze heeft een fles brut in de koelkast gezet.

Na Ellis gaat ze schoon schip maken, eindelijk. Eigenlijk wist ze vanaf het begin dat dit moment zou komen. De inspecteur heeft gebeld, vanmiddag is het zover.

Zorgvuldig sorteert ze de boeken. Vult enkele lege plekken op met boeken uit haar voorraad van boven, zodat alle exemplaren weer fier rechtop in de vakken staan. Even de meetlat erlangs. Perfect. Ze neuriet. Een liedje van de radio, ze kent het niet maar het eenvoudige deuntje zit al na één refrein in haar hoofd. Gisteren heeft ze met hulp van Onno enkele dierbare spullen verhuisd. Boven heeft ze nu een knusse woonkamer en een miniatuurslaapkamer. Koken doet ze achter in de winkel, met als enige hulp het kleine keukenblok met een tweepits gasstel. Dat is het. In Doetinchem had ze een riante slaapkamer, een woonkamer waarin je een dansfeest kon houden en een designkeuken van veertigduizend euro.

Zou ze terug willen?

Geen moment.

De tijd terugdraaien om haar fouten te herstellen zodat Berend nog zou leven, daarvoor zou ze een lief ding overhebben. Alles overhebben, al hadden ze elkaar niets meer te vertellen en zouden ze uit elkaar zijn gegaan. Die wens behoort echter thuis in de fantasy-hoek, niet bij de waargebeurde verhalen.

Even resoluut als ze Ellis het sms'je heeft gestuurd stapt ze in haar auto en rijdt naar haar moeder. Zoals gewoonlijk met tegenstrijdige gevoelens.

Als het geen crematie was geweest waarop haar moeder werd geconfronteerd met haar ex-man, dan was die ontmoeting niet zonder woorden verlopen. Ze heeft niet zo op haar moeder gelet, maar haar verbitterdheid kennende hield ze zich in voor het oog van de dood. En dus zet ze zich nu schrap voor de verwijten.

Op de vraag hoe het met haar moeder is volgt enig geweeklaag over het vochtige weer, dat de spieren stram maakt, en andere ouderdomskwaaltjes die ze niet onthoudt. Ze roert in haar koffie en constateert dat de kleine woonkamer keurig is opgeruimd. Ze poetst een vlekje op het schoteltje schoon. 'Ik heb zaterdag de opening gehad van mijn winkel,' interrumpeert ze om het gesprek een andere wending te geven.

Het is haar goed recht om haar vader te zien. En als haar moeder dat niet aanstaat, dan zwelgt ze maar in het zelfmedelijden. Niet één keer heeft ze gevraagd naar de winkel, geen telefoontje of bloemetje heeft ze ontvangen.

'Ik heb het gezien, het stond in de krant. Ik heb het gisteren na de kerk aan de buurvrouw laten zien.'

Dat verbaast haar. Haar moeder, die trots is? Ze zegt het dan wel niet met zoveel woorden, dat lijkt de onderliggende bedoeling.

'Wil je komen kijken?' vraagt ze aarzelend.

'Dat lijkt me leuk.'

Ze twijfelt of ze er iets van zal zeggen, zal vragen hoe of wat. Haar moeder is haar voor.

'Ik zag hoe je op hem lijkt en hoe jullie samen waren. Anne, ik realiseerde me dat ik niet mag oordelen over jou, over jullie. Het spijt me dat ik dat niet eerder heb ingezien.'

Ze merkt dat haar mond openhangt. Een moment verwacht ze dat ze ineens wakker zal worden. Is dit echt haar moeder?

'Ik ben benieuwd hoe je winkel is geworden. Ik heb een cadeautje nodig, volgende week, misschien kun je me adviseren welk boek ik voor tante Caro kan meenemen?'

'Ja, nee, natuurlijk, dat is goed. Zaterdagmiddag? Dan haal ik je tussen de middag op.'

Voor het eerst in lange tijd heeft ze het gevoel dat de afscheidszoen van haar moeder geen routinegebaar is.

Als Ellis haar winkel binnenstapt is ze nog steeds beduusd. Proostend met haar vriendin probeert ze de metamorfose van haar moeder onder woorden te brengen, waarbij ze alsnog met terugwerkende kracht volschiet.

Ze voelt Ellis' arm om haar schouders en glimlacht.

'Ben je nog kwaad op me?'

Haar neus snuitend schudt ze haar hoofd. 'Ik was ontzettend woest. Kort daarna besefte ik dat ik de pot ben en jij de ketel.'

Daar moet Ellis even over nadenken en dan valt kennelijk het kwartje. 'Wat? Jij ook?'

Ze knikt.

Ellis kijkt haar zo verbouwereerd aan dat ze in de lach schiet. 'Wat dacht je, die perfecte Anne-Wil doet zoiets niet?'

'Dat kun je wel zeggen. Ongelooflijk...'

'Vraag me niet met wie, tenminste niet nu.'

'En die?' Ellis wijst op haar buik.

'Ik houd mezelf voor dat die van Berend is. Hoewel ons huwelijk al tijden over was, lijkt het me fijn als die kleine straks een opa en oma heeft die niet beter weten dan dat ze een kleinzoon of -dochter hebben.'

'Berends kind,' knikt haar vriendin. 'Heel goed. Van mij hoort nooit iemand iets.'

'Op onze Bed & Breakfast,' zegt ze, terwijl ze haar glas heft.

'En op jouw winkel. Hij is prachtig geworden.'

Lang nadat Ellis weg is kan ze er nog niet over uit dat haar moeder zo veranderd is. Ze hoopt dat de omslag blijvend is, al wordt haar enthousiasme zwaar getemperd door de gedachte aan de reactie van haar moeder als die straks de hele waarheid te horen krijgt.

Ze zucht.

Geen tijd voor aarzeling.

54

Ze hebben elkaar gekust en omhelsd, zwijgend, de jongste twee tot tranen toe bedroefd. Anouk hield zich groot en probeerde zelfs om haar te troosten, een gebaar dat ze beschaamd over zich heen liet komen en probeerde terug te geven. Er werden weinig woorden gewisseld. Ze kon geen troost bieden, niet voldoen aan haar eigen verwachtingen.

Nelleke herinnert zich niet eens hoe Anouk reageerde, in het ziekenhuis, toen ze hoorde dat haar vader dood was. Zo volledig was ze met zichzelf bezig. Egoïstisch.

Anouk, Emma en Josien buigen zich over hun kommen dampende soep, aan hun vaste plaatsen aan tafel. Verder is niets zoals het ooit was en het zal nooit meer hetzelfde worden. De blik in hun ogen is anders en zij durft er amper in te kijken, te bang dat de kinderen het schuldgevoel erin feilloos zullen oppikken. Vooral Anouk is hypergevoelig voor stemmingen en zal misschien vermoeden dat er iets anders onder de laag van verdriet tevoorschijn kan komen, hoe dik die ook is.

Kippensoep is volgens Evelien geschikt eten voor dit moment. Misschien heeft ze wel gelijk; vaster voedsel zou ze niet door haar keel krijgen en kippensoep wordt in oosterse landen gegeten als vrouwen ongesteld zijn, om op krachten te komen. Tenminste, dat beweert haar Chinese arts, die ze in het verleden regelmatig bezocht om stil te staan bij haar lichamelijke en geestelijke balans. De arts zou haar nu zeker adviseren om een afspraak te maken; ze heeft geen fantasie nodig om te weten dat die balans serieus verstoord is. Compleet vernield is.

'Een van jullie nog soep?' vraagt Evelien.

Een stilzwijgend hoofdschudden. Het doet haar denken aan een avondeten lang geleden, aan tafel met haar ouders en haar broer. Die had iets uitgevreten en tot op de dag van vandaag weet ze niet wat. Maar de spanning was zo te snijden dat ze de hele tijd heen en weer schoof op haar stoel, al had ze geen schuld aan de situatie. Dat is wel een verschilletje, De Winter, houd jezelf niet voor de gek. Een verschilletje? Een wereld van verschil!

Wat zouden deze dochters tegen haar zeggen als ze open kaart zou spelen en hun zou vertellen dat het haar schuld is dat hun vader dood is? Dat ze heeft geaarzeld op een cruciaal moment? Het vreet aan haar.

Zouden ze het haar vergeven omdat ze er zelf niet méér kapot van had kunnen zijn?

Ze realiseert zich dat als ze nu haar mond dichthoudt, ze die nooit meer open kan doen, het voor altijd haar geheim moet blijven. Op een later moment alsnog opbiechten wat er precies is gebeurd zal niet alleen hun vertrouwen in haar onherstelbaar beschadigen, het zal ook hun wonden alsnog dieper maken.

Evelien doet haar best. Streelt over ruggen, vindt lieve woorden.

Jaaps dood wordt in het bijzijn van deze drie bijna tastbaar. Het gemis van zijn belangstellende vragen, zijn grappen aan tafel. Hij was hun bindende factor, de kippensoep maakt dat pijnlijk duidelijk.

Vanmiddag gaan de meiden met hun moeder naar het rouwcentrum. Naar Jaap. Josien weet niet zeker of ze durft te kijken. Daarna gaan ze met hun moeder iets doen. Vanavond komen de drie slapen, als Nelleke dat goedvindt.

'Natuurlijk. Dit is ook jullie huis. Dat hoef je nooit te vragen, goed?'

Ze redden zich wel, samen, meent Anouk. Ze volgt de meiden met haar ogen, terwijl ze ongemakkelijk bedanken voor de soep. Alsof ze op bezoek zijn. Hopelijk vinden ze op hun kamers iets van hun thuis terug. Ze zou willen helpen. Het ontbreekt haar aan kracht, aan vermogen, aan alles.

Ze gaat naar boven om een dikkere trui aan te trekken. De hele ochtend heeft ze het koud gehad, ondanks de op volle toeren draaiende verwarming in haar kantoor. Als ze een wollen vest van een plank pakt, valt haar blik op Jaaps truien op het schap ernaast. Ze pakt er een van de stapel, een donkerblauwe met col, en ruikt eraan. Zijn warmte, god wat mist ze zijn warmte.

Als ze de trui wil terugleggen ziet ze een envelop liggen. Een moment twijfelt ze of ze die zal pakken. Waarom niet?

Het is een kaart. Een wenskaart? Nee, een uitnodiging voor een diner bij sterrenrestaurant De Stenen Tafel in Borculo, gisteren. De zevende. Het was hun trouwdag. Vrijdag 7 december vorig jaar gaf ze haar jawoord aan Jaap. Ze heeft het zich gerealiseerd, gisteren, maar die gedachte onmiddellijk uit haar hoofd verbannen. Ineenkrimpend laat ze zich op bed vallen. God, help me alstublieft, ik red het niet! Morgen moet ze afscheid nemen, in die koude kerk, en daarna op dat nog koudere kerkhof, van de man van wie ze zoveel hield dat die liefde soms pijn deed. Dat was niets vergeleken met deze allesoverheersende, gruwelijke pijn die haar de adem beneemt.

Evelien klopt zacht op de deur. 'Gaat het?'

Ze kan niets zeggen.

De moeder die ze zo lang niet heeft gekend omhelst haar en probeert te troosten. De woorden dringen niet echt tot haar door, maar de manier waarop Evelien haar zacht streelt maakt haar rustiger.

'Een kaart...' zegt ze, wijzend op de afbeelding van een fles champagne die wordt ontkurkt.

Evelien leest de tekst. 'Een jaar alweer... Was dat gisteren?

Ja, de zevende. Ik meen dat jullie toch op een vrijdag zijn getrouwd?'

Ze knikt, terwijl ze snuivend probeert om haar neus open te krijgen.

En dan krijgt ze ineens weer het idee dat ze iets heeft gemist tijdens het onderzoek. Er zit iets in haar hoofd waar ze net niet bij kan, waarvan de randen langs haar herinnering schuren en de inhoud niet doordringt.

Ze dankt Evelien voor de morele steun en de kippensoep. Evelien zal vanavond bijtijds weer hier zijn, ze vindt het geen punt, thuis is ze alleen en ze is blij dat ze iets kan doen. Ze omhelzen elkaar.

'Red jij je?'

'Het gaat wel,' zegt ze. 'Ik heb iets te doen, dat is goed.'

Na een laatste zoen zwaait ze Evelien gedag. Ze besluit hier, in alle rust, na te denken over wat haar niet te binnen wil schieten, voordat ze naar Bredevoort gaat. Ondanks Groenenvelds orders. Soit. Het kan haar niet schelen. Niets kan haar schelen. Wat haar overeind houdt is dat ze twee moordenaars wil vinden. Daarna...

Ze start haar computer op en logt in, zodat ze alle relevante informatie kan raadplegen. Rapporten bieden misschien uitkomst. Systematisch denken; hopelijk helpt het haar om de oplossing te vinden, haar brein af te zoeken naar het missende schakeltje. Misschien kan ze ooit als studieobject van Simone fungeren. Kennelijk heeft haar creatief denken een deuk opgelopen, anders was het haar zonder problemen wel te binnen geschoten. Toch?

Het kost haar een halfuur en dan weet ze wat ze zocht. Op een vreemde, afstandelijke manier is ze blij met haar vondst. Alsof ze eindelijk ergens iets van de speurder in zichzelf terugvindt. Is ze bang geweest dat ze die karaktereigenschap op die afschuwelijke woensdagavond had verloren?

Als ze eerlijk is: ja. Een deel van haar is daar, op de klin-

kers van dat plein, samen met Jaap voorgoed vergaan. Dood-
gegaan.

Onderweg naar Bredevoort voelt ze voor het eerst weer iets van
de ambitie die altijd bij haar hoorde. Die ze nodig had, meende
ze, net zoals ze water en zuurstof nodig had. Alweer een illusie
die de prullenbak in kan. Ze zou die hele ambitie bij kop en
kont pakken en mijlenver de ruimte in schieten als ze daarmee
Jaap kon terugkrijgen. Tien jaar geleden, wat nou, tien dágen
geleden zou ze dat hebben betwijfeld. Wat kon er belangrijker
zijn dan haar missie, die ze twintig jaar geleden zo glashelder
voor zich zag!
   In haar achteruitkijkspiegel ziet ze de auto die haar volgt.
Groenenvelds agent van de geüniformeerde politie. Hij heeft
opdracht gekregen haar geen moment uit het oog te verliezen.
Gelukkig durfde hij niet te protesteren toen ze hem onom-
wonden meedeelde iemand te moeten bezoeken. Geen achtervolger in de vorm van een BMW. Jammer. Opgeven zal ze nooit,
dan heeft hij pas echt gewonnen. Als ze dat niet op zijn minst
gelooft, dan zou ze niet weten waarom ze doorgaat.

Mevrouw Eenink heeft nog weinig gezegd als ze een kop koffie
voor haar neerzet, zelfs de suiker en melk schuift ze zwijgend
over de eettafel. De woonkamer doet nog steeds donker, be-
dompt aan. De kleine ruimte is gevuld met niet-alledaags,
klassiek meubilair. Een enkel antiek stuk. Misschien heeft ze
die ooit geërfd van haar ouders, hecht ze aan de emotionele
waarde ervan. Ze probeert zich te verplaatsen in Rots' moeder.
Is het mogelijk dat deze ietwat stijve, stille vrouw ooit haar
man zo erg haatte dat ze hem het laatste zetje richting zijn
einde kon geven?
   Terwijl ze nutteloos in de zwarte koffie roert informeert ze
naar de dagelijkse bezigheden van de vrouw. Ze blijkt, ondanks haar respectabele leeftijd, volop vrijwilligerswerk te
doen. In het plaatselijke verzorgingstehuis St. Bernardus. Ze

leest voor, gaat met mensen boodschappen doen, spendeert middagen met theezakjes vouwen.

Ondanks de sympathieke daden proeft ze ontevredenheid in de woorden, alsof die oudjes, zelfs al kunnen ze hun rolstoel niet meer uit komen, het toch beter hebben dan zij.

Langzaam verschuift ze het gesprek meer en meer richting het verleden. 'Ik heb me de afgelopen tijd meermaals verdiept in het politieonderzoek, destijds, naar de dood van uw man. U moet een vreselijke tijd hebben gehad, zo kort nadat ook uw dochtertje was overleden.'

'Ach, u bent nog jong, wat weet u in vredesnaam van de dood.'

Ze slikt een keer moeizaam. 'Het blijft ons intrigeren, vooral omdat de geruchten aanhouden dat de dood van uw man geen ongeluk was.'

'Geruchten...'

'Weet u zeker dat het dat zijn?'

De vrouw glimlacht. Haar ogen staan echter bedachtzaam. 'U heeft zeker die barmeneer gesproken,' zegt ze. 'Laat ik u vertellen dat die man een van zijn eigen grootste afnemers is als het gaat om alcoholische dranken.'

'En u beschuldigt hem. Laat me raden, is dat misschien een verhaal dat u heeft bedacht om de aandacht van ú af te leiden? Sinds wij oude wonden openrijten?' Ze laat de woorden expres in de lucht hangen. Drinkt haar koffie. 'Wordt het niet eens tijd om de waarheid te vertellen?' vraagt ze dan, op zachte toon, terwijl ze vooroverbuigt om de vrouw dieper in de ogen te kunnen kijken. 'Over toen, uw man, en nu, uw zoon?'

Mevrouw Eenink lijkt op haar hoede bij die laatste woorden, gaat iets naar achteren zodat ze ruimte tussen hen schept.

'Ik begrijp dat u zoveel van uw zoon houdt dat u bereid bent om voor hem te liegen. U heeft hem een vals alibi gegeven. Ik merkte toen ik uw zoon sprak, dat hij even van zijn stuk was toen we het over uw trouwdag hadden. Ik weet dat in eerste instantie aan de dood van uw man, zijn vader. Nu weet ik de ware reden. Op dat moment loog hij.'

'Hoe...'

'U viert uw huwelijksdag elk jaar precies op de dag zelf, weet u dat u me dat vertelde? Een traditie die u nu met uw zoon in ere houdt? Dat hij u verrast met een etentje? Dit jaar zou u uw gouden huwelijk hebben gevierd, als uw man in leven was geweest. U heeft me ook verteld dat u zich uw trouwdag herinnerde. Een voor november uitzonderlijk warme vrijdag. En daar heeft u zichzelf verraden, net als uw zoon. Als u op een vrijdag bent getrouwd, kan uw gouden huwelijksdag nooit op een woensdag zijn geweest.'

De vrouw kijkt haar niet-begrijpend aan.

'Het is een te controleren feit dat gouden huwelijksdagen de helft van de tijd op dezelfde dag plaatsvinden als de trouwdag zelf, en de andere helft een dag eerder. Er is een bepaling voor het geval er een eeuwwisseling in het spel is als dat getal niet deelbaar is door vierhonderd, maar dat is 2000 wel. En dan nog was uw alibi gedoemd te mislukken. Een verschil van vijf dagen bestaat niet. Ik denk dat u wel op een vrijdag bent getrouwd, misschien de eenentwintigste, en dat u heeft gelogen over deze gouden huwelijksdag, vorige week woensdag. Was die heuglijke dag misschien al die vrijdag ervoor? Wat denkt u, zou de burgerlijke stand van de gemeente dat bevestigen?'

Mevrouw Eenink staat op en loopt moeizaam naar de kast voor in de woonkamer. Nelleke houdt haar nauwlettend in de gaten. 'Wat zoekt u?' vraagt ze.

'Het album. Hier heb ik het.'

De vrouw legt een fotoalbum op tafel en slaat het open, bladert erin. In sneltreinvaart ziet Nelleke lachende gezichten en portretfoto's langskomen. Tot de vrouw haar vinger op een specifieke foto legt. 'Dit was mijn gezin,' zegt ze, fluisterend. 'Marlies, hier bijna drie. Mijn man, onderwijzer, net bevorderd tot hoofd van de school. En Eric, een lieve jongen, deed het prima op school.' Ze rukt plotseling de foto uit het album en scheurt de foto doormidden. De ene helft knijpt ze met een kwaad gebaar tot een prop, gooit die weg. De andere helft legt ze voor haar neer. Een lachende moeder, die haar handen beschermend op de schouders van de zoon heeft gelegd. De vrouw drukt de foto tegen haar hart. 'Hij is de enige die ik nog heb. Begrijpt u?'

55

Ze laat haar auto staan en steekt een sigaret op terwijl ze naar het plein loopt, op de voet gevolgd door Theo Immink. Een lange slungel, een broekie nog. Nelleke vraagt zich af hoe hij zou reageren als Rotteveel nu ineens voor haar zou staan. Moet ze hem niet waarschuwen? Dat risico kan ze niet nemen; ze kent hem niet goed genoeg en vreest – weet vrijwel zeker – dat hij die informatie zal doorbrieven. Omdat elke agent dat behoort te doen.

De boekhandels zijn alweer druk bezig hun waar uit te stallen. De eerste droge dag sinds weken. Het is wel onveranderd koud en guur. De natuur oogt echter minder vijandig nu er geen regen is om haar gezicht te teisteren.

Morgen rond deze tijd is de begrafenis voorbij. Ze ziet ertegen op, de uren die ze noodgedwongen met mensen moet doorbrengen die naar haar zullen kijken met medelijden in hun ogen. Jaaps ouders hebben overal voor gezorgd. Samen met de uitvaartverzorger hebben ze kaarten verstuurd, bloemen besteld, advertenties geplaatst. Zelfs op deze ochtend stond er een late condoleance in *de Gelderlander*. Namens het KLPD, het Korps Landelijke Politiediensten. En de directie van de krant waar Jaap jaren geleden foto's voor maakte plaatste een bericht.

Vrijdag heeft Jaaps vader een rouwadvertentie laten zetten. Ze las het bericht zaterdag pas en het werd zwart voor haar ogen toen ze zijn naam zag, met een geboorte- en sterfdatum eronder.

Er zijn twee klanten in de winkel, Anne-Wil vraagt of ze even wil wachten.

Het lijkt haar ineens bizar dat ze deze vrouw vlak na het overlijden van haar man hebben gehoord als getuige. Dat Anne-Wil in staat was om hele zinnen te formuleren! Zelf is ze dagen compleet van de wereld geweest.

Zou de manier waarop groot verschil maken?

Het is hun manier van werken, Anne-Wil was natuurlijk geen uitzondering. Nooit heeft ze zich echter gerealiseerd wat ze van de partner verlangt die alleen achterblijft. Haar pogingen tot inleven hebben niets met de realiteit te maken. Ze heeft altijd gedacht dat de vermissing van haar dochtertje haar voldoende empathie, genoeg inlevingsvermogen had gegeven. Dat dat de vrijbrief was om al die vragen te stellen. Al die jaren heeft ze het mis gehad. Het verlies van een partner is onevenredig gruwelijker dan wat ook.

Tenzij de liefde is verdwenen.

Dat komt meer voor dan ze zou wensen. Dat was bij Anne-Wil ook het geval. Ze wilde scheiden, heeft ze gezegd. Die beslissing had ze al een tijd geleden genomen.

Haar hart bonkt ineens in haar keel als haar oog valt op een gedichtenbundel van Marsman, in een glazen kistje.

'Denkend aan Holland zie ik brede rivieren,' zegt Anne-Wil. '*Tempel en Kruis* is zijn laatste dichtbundel. Een dichter die lang worstelde met de dood en uiteindelijk tot de conclusie kwam dat die verwijst naar een betere werkelijkheid.'

Een betere werkelijkheid? De dood? Zeker op dit moment kan ze zich daar niets bij voorstellen. 'Is dit niet eerder een boekje voor je collega's hier in Bredevoort?' ontwijkt ze een directe reactie.

'Deze is ook niet te koop,' zegt Anne-Wil. 'Ik heb de bundel van mijn vader gekregen. Die had hem weer van zijn vader.' Ze legt een hand op haar arm. 'Gecondoleerd. Het moet vreselijk zijn om je man zo te verliezen.'

'Dank je. Ik schrok even van de bundel; Marsman was de lievelingsdichter van Jaap. Van mijn man. Hij was net bezig met een foto-expositie, gecombineerd met Marsmans poëzie. Ik heb iets van hem uitgezocht voor de begrafenis, morgen.' Ze haalt een keer diep adem. 'Daarvoor ben ik hier niet. Je wilt me iets vertellen.'

'Ik zet koffie.'

'Ik denk dat ik weet wat je wilt vertellen,' zegt ze even later, als de kersverse boekwinkeleigenaresse koffie heeft ingeschonken. 'Anne-Wil, ik heb sterke aanwijzingen dat Eric Rots je man heeft vermoord. De twee hebben ruzie gehad, dat heb jij ook verklaard, hoewel je daar in tweede instantie niet zeker van was. Omdat je werd bedreigd, heb ik dat goed ingeschat?'

'Gaan jullie Eric oppakken?'

'Als ik genoeg bewijs heb, ja. Dat is alleen nu juist het probleem. Misschien, met jouw getuigenis…'

Anne-Wil schudt haar hoofd. 'Ik ben als de dood. Ze hebben mijn kat vermoord, als waarschuwing.' Nelleke ziet hoe Anne-Wils handen trillen. 'Gewurgd! Het beestje lag vrijdagavond dood op mijn bed! Met een briefje erbij dat ik de volgende zou zijn. Ondertekend door de KKA. In bloed.'

'Waarom heb je me niet meteen verteld dat de ruzie daarover ging?'

'Omdat ik dat helemaal niet zo heb begrepen. Ze hadden woorden over een mogelijk nieuw project, in Aalten. Na dat briefje schoot me pas te binnen dat Berend tegen Eric zei dat hij niet langer lid wilde blijven van die club. Daarna ben ik weggegaan.'

Dus toch.

'Ik ben schuldig aan Berends dood,' fluistert Anne-Wil. 'Dat vergeef ik mezelf nooit. Onze relatie mocht dan ten dode opgeschreven zijn, ik hield van hem, zoals je van een oude vriend houdt. Ik had tussenbeide moeten komen.'

'Je wist niet dat hun ruzie uit de hand zou lopen.'

'Ik ben weggelopen, terwijl ik had moeten weten dat er iets ernstigs aan de hand was.'

'Dan ben je het aan Berend verschuldigd om tegen Eric te getuigen, als het zover komt.'

'Intussen weet ik wat voor bende dat is, daar, die KKA met hun maffiapraktijken. Ik weet niet of ik dat durf. Eric heeft geld zat, die huurt zo'n populaire advocaat in die niets liever doet dan met zijn uitgestreken smoel op tv verschijnen, en voor je het weet ga ik mijn kat achterna. Garandeer jij me dat het niet zo gaat?'

'Nee.'

'Wat zou jij doen in mijn plaats?'

'Dat weet ik niet. Een tijdje geleden had ik misschien gezegd dat ik zou getuigen, maar je begrijpt dat alle zekerheden in mijn leven ook nogal in drijfzand zijn terechtgekomen.'

'Sterkte morgen,' zegt Anne-Wil.

'Dank je.'

'Ik zal erover nadenken. Zeg in godsnaam niet tegen Eric dat ik met je heb gepraat.'

'Dat beloof ik.'

56

De zaak is opgelost en ze kan er niets mee. Er ontsnapt een vloek uit haar keel. De bewijzen zijn te indirect, mevrouw Eenink gaat niet tegen haar zoon getuigen en Anne-Wil Bouwmeester zal uit angst haar mond houden. Ze kan het de weduwe niet kwalijk nemen; ze krijgt er Berend niet mee terug en loopt een levensbedreigend risico.

Nelleke kan bewaking bieden. Dan krijgt de eigenaresse van de boekwinkel ook een agent voor de deur. Dat zal klanten trekken!

Nee.

Even overweegt ze om het op te geven. Dan is alles voor niets geweest, vooral Jaaps dood. Een felle pijnsteek trekt door haar lijf. Ophouden mag niet. Kan niet. Nog niet.

Rots ontloopt zijn straf. Hetzelfde geldt voor Rotteveel. Ze heeft vanmorgen gelezen hoe het onderzoek in Utrecht ervoor staat en de enige conclusie is dat het niet opschiet. Of dat aan de trage rechercheurs ligt of aan de intelligentie van de KKA-top?

Theo Immink volgt haar trouw. Het nadeel van zijn ijverigheid is dat ze niet kan beoordelen of daarachter nóg een auto volgt. Als Rotteveel haar wel in de smiezen heeft, is hij haar een stap voor en dat zint haar niet.

Rots is niet op zijn kantoor. Volgens de receptioniste is hij naar een klant en hij heeft verzuimd haar te vertellen welke. Op zijn mobiel krijgt ze de voicemail. Ze rijdt langs zijn huis, voor de zekerheid, en treft er alleen het modellenvriendinnetje. In tranen.

Eric Rots heeft de verhouding beëindigd, begrijpt ze na enige tijd uit de woorden die met horten en stoten uit de jonge mond komen. En het blonde dametje heeft geen idee waar hij uithangt. En het zal haar worst wezen ook. Waarop een salvo aan verwensingen in zijn richting volgt.

Ze stapt in haar auto, blijft zitten zonder de motor te starten. Een bleke zon doet pogingen door het wolkendek te breken, wat slechts gebrekkig lukt. Een smalle strook licht schijnt op het glas van Rots' woning. Met een nieuwe sigaret overdenkt ze alles wat ze weet over de architect. Zijn verleden met een zusje dat door een tragisch ongeluk om het leven kwam. Door de schuld van zijn vader. Een ongeluk, natuurlijk. De moeder kon het haar man niet vergeven en nam een onomkeerbaar, drastisch besluit toen hij voor de zoveelste keer dronken was. Dat de vrouw het niet met zoveel woorden heeft bekend komt alleen omdat ze niet aandrong. Als ze mevrouw Eenink op het bureau laat komen en onder druk zet, zal ze bekennen. Na al die jaren van zwijgen zal ze zelfs blij zijn eindelijk te kunnen praten over het drama dat haar voor de rest van haar leven heeft getekend, al zal ze weigeren om tegen haar zoon te getuigen. En dat is haar goed recht.

Ze observeert het huis waarin de man woont die dit als kind heeft moeten meemaken en vraagt zich af waarom die glazen bouwstenen haar zo intrigeren dat ze haar blik er niet van kan afwenden.

Het verleden zal ook Eric Rots getekend hebben voor de rest van zijn leven. Prima vooruitzichten als kind van het hoofd van de school, een leuke jongen om te zien, leergierig. In één dag verwoest door de onvoorziene manoeuvre van een tractor die een klein meisje het leven kostte. Dood door een ongeluk, door eigen schuld. Het politieonderzoek, dat pijnlijk uitwees hoe het kind verongelukte door een domme fout. De ouders moeten gek zijn geworden van verdriet. Verdriet dat hen uit elkaar rukte in plaats van dichter bij elkaar bracht.

Net als zij en Gijs. Na Suzans verdwijning hielden ze het nog een paar jaar samen vol, intussen dreef het geluk steeds verder af. Knap als mensen een dergelijk verdriet kunnen omzetten in een hechtere relatie. Voor haar, voor hen samen, was dat niet weggelegd. Gijs heeft niet teruggebeld. Stuurde een onpersoonlijke kaart om haar sterkte te wensen. Evelien schoof haar een stapeltje kaarten toe tussen de middag. Na drie of vier gaf ze de moed op. Het brengt Jaaps dood te dichtbij.

Struisvogelgedrag? Voorlopig noemt ze het liever overlevingsstrategie.

Ze start haar auto en rijdt langzaam de oprit achterwaarts uit. Zwaait even naar de agent, die gehaast zijn broodje aan de kant moet leggen om ook te starten.

Eric Rots, waar hang je uit?

Ze denkt aan wat Wagener vertelde, over de oude klasgenoot van Rots. Dat Rots er geen enkel bezwaar in zag om het verslag van een ander als zijn eigen te bestempelen.

Dán ineens weet ze de draadjes in haar hoofd te verbinden.

Ze rijdt naar huis en vraagt de agent mee naar binnen te gaan. Onderweg heeft ze bedacht hoe ze ervoor kan zorgen dat hij zijn mond dichthoudt over haar uitstapje naar Bredevoort. Dat het een privébezoek was gelooft hij nooit.

In de keuken geeft ze hem een kop koffie. 'Theo,' zegt ze, 'weet jij eigenlijk waarvoor je mij in de gaten moet houden?'

'Voor uw eigen veiligheid,' antwoordt hij. 'Ik heb opdracht gekregen u niet uit het oog te verliezen.'

'Aan wie moet je rapporteren?'

'Commissaris Groenenveld.'

'Ik heb hem net aan de telefoon gehad, hij vroeg me hoe het ermee ging en of jij je taak naar behoren uitvoerde. Ik heb hem gezegd dat ik je uitermate geschikt vind voor de job.' Ze ziet hem glunderen. 'Als je morgenmiddag een rapport inlevert was dat vroeg genoeg,' zegt ze. 'Ik wil namelijk graag dat je je tijd nuttiger besteedt dan aan rapporten schrijven. Wil je me helpen met écht recherchewerk?'

Zijn 'ja' klinkt gretig, zoals ze had verwacht.

'Goed.' Ze verbergt haar tevredenheid onder een koele, delegerende knik. Ze hoeft zich niet in een of andere spagaat te wringen om ervoor te zorgen dat hij voorlopig niet aan Groenenveld overbrieft dat ze vanmiddag op pad is geweest. 'Ik zoek informatie over Karel Mans,' zegt ze even later, als ze een stapel kranten op tafel legt. 'Er staat een artikel over hem in een van deze kranten, ik meen donderdag 27 november, het ging over bouwfraude. Eigenlijk zoek ik een bewijs dat Mans en de architect Rots uit Winterswijk elkaar kennen. En als je straks op het bureau bent: architectensites, Google, kijk maar wat je kunt vinden. Je zou me enorm helpen.'

'Akkoord, inspecteur.'

Als Wagener zich meldt, stuurt ze de agent met de stapel kranten en instructies weg.

'Vreselijk, de hele tijd dat gehijg in mijn nek,' zegt ze, als de dienstwagen de oprit uit rijdt en de weg op draait.

Wagener kijkt haar niet-begrijpend aan.

'Ik heb er een hekel aan en ik ben blij dat jij er nu bent. Eet je mee?'

'Je kent me.'

Ze laat Chinees brengen bij gebrek aan zin om zelf te koken. Normaal zou er lasagne voor haar klaarstaan na het werk, of zouden er zodra ze de keuken binnenkomt lekkere bakluchten haar neus binnendringen. Ze zet die gedachte van zich af en vertelt Wagener over haar gesprekken met mevrouw Eenink en Anne-Wil Bouwmeester. En ze vertelt hem wat ze Immink heeft opgedragen, vraagt of Wagener haar wil helpen om die informatie boven water te krijgen.

'Jij bent in Bredevoort geweest? Je mocht toch alleen papierwerk doen; thuis of op het bureau?'

'O, Ferry, is dat het enige wat jou interesseert?'

'Jouw leven, dat is wat mij interesseert. Je veiligheid.'

'Dat begrijp ik wel, maar ik wil een zaak oplossen en niet lijdzaam gaan zitten afwachten. Dat kan ik niet.'

'Ik deel je mening niet, het spijt me. Ik heb er met Groenenveld over gepraat...'

'Dat weet ik,' interrumpeert ze. 'Je hoeft je niet te verontschuldigen.'

'Doe ik ook niet.' Wagener schept een derde keer op. Waar iedereen altijd te veel heeft aan Chinees eten, blijft bij hem zelfs geen rijst over.

Ze legt een hand op zijn arm. 'Ik weet wat ik doe, welke risico's ik neem. Het is mijn leven.'

Zuchtend legt hij zijn bestek neer en ineens realiseert ze zich weer wat hem de afgelopen tijd heeft beziggehouden.

Ze schuift haar bord van zich af. Een paar schepjes bami heeft ze naar binnen gewerkt voordat het kleffe eten haar te veel tegenstond.

'Overweeg je om te stoppen?' vraagt ze.

'Ja.'

'Daar heeft mijn manier van werken toch hopelijk niets mee te maken?'

'Nee,' bekent hij. 'Je bent eerder de reden dat ik er nog steeds bij ben.'

'Dat vind ik fijn om te horen en ik hoop oprecht dat je blijft. Wil je nu nog horen waarom ik die informatie wil hebben?'

'Als ik het laatste sateetje krijg.'

Ze doet net alsof ze dat zelf ook graag had willen opeten.

De lege plastic bakken verdwijnen in de afvalbak terwijl Wagener in de krantenarchieven duikt. Ze geeft hem net een tweede kop espresso, als de rechercheur heeft gevonden wat ze zoekt.

'Karel Mans heeft de opening van Rots' nieuwe kantoor verricht, in mei 2006,' leest Wagener voor.

'Dus ze kennen elkaar!'

Haar ogen vliegen over de tekst op het beeldscherm. *De Gelderlander* besteedde een kort artikel aan de opening van het kantoor.

'Hier.' Ze tikt met haar vinger op de tekst. 'Op de vraag van de journalist wat een gerenommeerde architect als Mans in de Achterhoek doet...'

'Typisch weer zo'n vraag van een gefrustreerd journalistje,' meent Wagener.

'... antwoordt Mans dat hij iets terug wilde doen. Wát dat dan wel moest zijn, daarop gaf hij geen antwoord. Ik wed dat hij zich daar heeft versproken, dat hij niet alert was omdat hij dacht dat geen hond die regiokrant leest!'

'Wat wilde hij dan volgens jou terugdoen?'

'Rots is sinds 2005 lid van de KKA. Als Mans geld opstrijkt van die club dan is zijn opmerking logisch. Waarschijnlijk in een opwelling, per ongeluk gezegd. In ieder geval heeft Rots gelogen toen hij zei dat hij Mans niet persoonlijk kende en dat zal hij niet voor niets hebben gedaan.'

'Hoe kom jij hier eigenlijk bij?'

'Rots heeft dezelfde glazen bouwstenengevel in zijn woning verwerkt als Mans. Ik kon me niet voorstellen dat een architect dat zomaar doet, een idee kopiëren, als het al niet strafbaar is. En Rots schrok toen ik Mans' naam noemde, dat weet ik zeker. Hij knoeide spontaan koffie en daar is hij niet het type voor.'

Wagener is het met haar eens dat ze gelijk kan hebben en dat lucht haar meer op dan ze laat merken. Kennelijk was ze toch nog onzeker of haar hersens naar behoren functioneren.

'Wat nu?' vraagt Wagener.

'Vandaag niets meer. Ik moet eerst zien morgen door te komen. Wat mij betreft mag je naar huis.'

'Ik heb opdracht je niet uit het oog te verliezen dus dat gaat niet door. Moet je Immink niet melden dat je hebt gevonden wat je zocht?'

Ze schudt haar hoofd. 'Hij vond het erg stoer om de recherche te helpen. Ik laat hem straks graag in de waan dat het mede dankzij zijn inbreng is dat we de zaak gaan oplossen, mits hij de informatie vindt.' Ze kijkt hem zo oprecht mogelijk aan en hoopt dat hij haar gelooft.

57

'Nooit eerder had ik iemand ontmoet die zó volledig leefde. Hij overdonderde me. Onbevangen, geestdriftig en innemend.' Nellekes stem galmt door de rooms-katholieke Bonifatiuskerk.

Ze kijkt even naar de foto's van Jaap, die op enkele schilders-ezels zijn gezet.

'Onze blikken kruisten elkaar voor het eerst door de lens van een camera...'

Het was Pims idee om zijn werk hier neer te zetten, om hem dichtbij te halen. Hij heeft ze uitgezocht, ze zag ze zelf net voor het eerst. En ze schrok. Schrok van een van de beelden, een de-tailopname van een zeegezicht dat hij heeft gefotografeerd in Italië. Het is de plek die ze in haar dromen heeft gezien, haar nachtmerrie waarin Jaap verdronk. Ze haalt diep adem en pro-beert te slikken, zoekt steun in Simones ogen.

'Tegenover al mijn twijfels en onzekerheden zette hij vanaf het begin zijn onvoorwaardelijk vertrouwen in onze liefde. Met een onweerstaanbare vrolijkheid en energie. Ik was jaloers, ja-loers op de geestelijke rust in zijn leven, het geluk dat hij kon halen uit een mooie zomeravond.'

Ze pakt een papier uit de zak van haar colbertje, vouwt het open en laat haar ogen over de woorden gaan, die ze uitzocht.

De zon en de zee springen bliksemend open:
waaiers van vuur en zij;

langs blauwe bergen van de morgen
scheert de wind als een antilope
voorbij.
Zwervende tussen fonteinen van licht
en langs de stralende pleinen van 't water,
voer ik een blonde vrouw aan mijn zij,
die zorgeloos zingt langs het eeuwige water
een held're verruk'lijk-meeslepende wijs:
'het schip van de wind ligt gereed voor de reis,
de zon en de maan zijn sneeuwwitte rozen,
de morgen en nacht twee blauwe matrozen –
wij gaan terug naar 't Paradijs.'

'Dit gedicht van Hendrik Marsman, *Paradise Regained*, was een van Jaaps lievelingsgedichten. Omdat er zo'n intense levenslust van uitgaat. De afgelopen maanden werkte hij aan een serie foto's die bij de gedichten van Marsman tentoongesteld zouden worden. Jaap bewonderde de oude meester, die creativiteit en scheppend vermogen als antwoord zag op zijn angst voor de dood, althans, zo heb ik enkele van zijn gedichten geïnterpreteerd. Aan het einde van zijn leven was hij klaar met zijn worsteling met de dood, en was hij ervan overtuigd dat de dood een betere werkelijkheid zou inhouden. Ik hoop dat Jaap die overtuiging deelde. Helaas hebben we daarover niet gesproken. Niet over de dood, niet op die manier. Hoewel hij graag vanuit deze prachtige kerk begraven wilde worden, speelde religie geen grote rol in zijn leven. Het geloof wel. Hij geloofde dat als iedereen zijn best deed om er te zijn voor de ander, voor familie en vrienden, dat méér het verschil zou maken dan welke religie ook kon prediken. Daarin vonden we elkaar.'

Ze hapert even.

Dat hij vaak moeite had met haar missie, eigenlijk zou ze dat erbij moeten zeggen als ze eerlijk zou zijn. Dat is ze toch al niet. Dan zou ze hier en nu in de microfoon moeten toegeven dat de man in de zware eiken kist daar dood ligt door haar schuld. Waar ze ooit begonnen met haar twijfel en zijn liefde, eindigen ze nu met haar oneerlijkheid en zijn dood. Ze is een lafaard!

Simones hand wijst, tot een vuist samengeknepen, haar kant op. Zet 'm op, betekent dat gebaar, zoals haar vriendin dat ook kon tijdens het hardlopen, al maakte zij dat gebaar vaker dan Simone.

Ze haalt diep adem. 'Jaap was bezig met een expositie, en ik weet dat hij daar ontzettend naar uitkeek. Het museum heeft aangekondigd dat ze genoeg materiaal van hem hebben gekregen om er een volwaardige tentoonstelling van te maken.' Ze merkt hoe haar stem overslaat. 'En de expositie gaat plaatsvinden, zoals gepland, in december. Het is een mooi eerbetoon, ik weet zeker dat hij trots zou zijn geweest.'

Meelevend gemompel. Ze voelt tranen over haar wangen lopen. Nu niet. Nu niet inzakken, dat doe je later maar. Ze recht haar schouders.

'Ik wil u ook namens Anouk, Emma en Josien hartelijk danken voor uw steun, uw woorden, kaarten en aanwezigheid.'

Ze verlaten de kerk met Guns n' Roses.

'I know that you can love me, when there's no one left to blame. So never mind the darkness. We still can find a way. 'Cause nothin' lasts forever, even cold November rain.'

De paar honderd meter van de kerk naar de begraafplaats hebben nooit zo ver geleken. De fietsers die stoppen, een oudere man die een hoed afzet, het gaat in een waas aan haar voorbij. De woorden van de pastoor, bij het graf, dringen niet tot haar door. Pas als Pim, Jaaps broers en zijn vader de kist in de grond laten zakken realiseert ze zich weer waar ze is. Ze rilt. Mensen gooien aarde in het gat. Ze ziet het, wazig vanwege de tranen, en dan willen haar benen haar niet meer dragen. Tot haar opluchting staan Evelien en Simone op dat moment naast haar.

Nelleke schudt handen. Het is druk in het zaaltje, waar langzaamaan de bedrukkende stilte plaatsmaakt voor een geroezemoes van stemmen. Ze voelt zoenen op haar wangen, parfumluchten dringen haar neus binnen en vervliegen. Er wordt wijn geschonken. Na één glas voelt ze al hoe de alcohol verlicht, verdooft. Stemmen gonzen om haar hoofd, en in haar hoofd. Herinneringen, gedachten. Flarden van wat mensen tegen haar zeggen klinken na in haar hoofd. Troostende woorden, getuigenissen van vriendschap en liefde, afgewisseld met meer zakelijke handdrukken en onhandige, haperende wensen. Simone, die Josien omhelst. Jaaps moeder, ogenschijnlijk kalm en berustend.

Als Evelien bij haar komt zitten en een arm om haar heen slaat wordt ze rustiger.

'Je moet iets eten,' zegt Evelien. 'Anders zak je zo opnieuw door je benen.'

Ze neemt een paar happen van een stukje pizza. Als een kind dat met lange tanden eet maar niet eerder van tafel mag voordat haar bord leeg is.

Met een tweede glas wijn in haar hand waarvan ze met mate nipt, observeert ze de mensen die de moeite hebben genomen om afscheid te nemen van Jaap. De commissaris, met een flap van zijn overhemd die onder zijn ruitjescolbert uitsteekt, en haar collega's. Ton Cornelissen, die even naar haar knipoogt als hij merkt dat ze naar hem kijkt en daarna een grote hap van iets in zijn mond propt. Han Simmelinck, bescheidener met een klein hapje op een bordje, die in gesprek is met een van de collega's van de TR. Ferry Wagener staat naast zijn vriendin, een arm om haar schouders. Hij praat met een van de hoofdagenten van het Lichtenvoordse bureau. Ze telt twee tafels met collega's van de Politie Noord- en Oost-Gelderland, een andere tafel met voormalige collega's van Gelderland-Midden, waar haar team ook een tijdje deel van uitmaakte. Sommigen kenden Jaap niet eens, zijn er voor haar en voor haar naaste collega's, die ook geschokt zijn. Dat realiseert ze zich eigenlijk pas sinds ze Ferry tijdens haar speech verwoede pogingen zag ondernemen om zijn emoties onder controle te houden. En Cornelissen, die nerveus met een sigaret zat te spelen, vast popelend om die aan te steken en een flinke hijs te nemen.

Groenenveld loopt op haar af. Gaat naast haar zitten en legt een hand op haar arm. 'Houd je het een beetje vol?' vraagt hij.

Ze knikt.

'Je moeder, mevrouw Doornink bedoel ik, wil de komende week bij je blijven in het huis. Ik weet niet wat je plannen zijn...'

Ze zwijgt.

'... maar ik neem aan dat je in ieder geval een paar weken vrij neemt. Ga op vakantie naar Aruba, zet een tentje op in de bibliotheek zodat je je een slag in de rondte kunt lezen, ik weet niet wat je het liefst wilt doen voor de afleiding. Maar je moet je hoofd rust gunnen, Nelleke, anders krijg je het later dubbel en dwars op je bord.'

Natuurlijk wist ze dat dit zou komen. Hij heeft haar nog even laten doormodderen tot dit moment, omdat hij het niet over zijn hart kon verkrijgen haar maandag naar huis te sturen, en nu is het klaar. Over en uit.

Alleen, dat is het voor haar niet.

'Even een sigaretje,' mompelt ze. Ze geeft hem haar wijnglas en loopt weg. Cornelissen loopt met haar mee.

'Ook een peuk?' Hij biedt haar een sigaret aan.

'Ja.' Wat maakt het ook uit welk merk. Nicotine is nicotine. Tegenover het restaurant laten ze zich op een bankje zakken. Als een gezapig, getrouwd stel zwijgen ze, inhalerend, rook uitblazend. Zou hij met haar meegaan, als ze het hem vraagt? Ze durft het risico niet te nemen.

Na een laatste, forse trek aan haar sigaret staat ze op. 'Ik moet even,' zegt ze. 'Zie je zo, binnen.'

Ze gaat inderdaad naar het toilet. Met haar broek naar beneden vraagt ze zich voor de zoveelste keer af of ze heel zeker weet dat ze dit wil doen.

Hij is op zijn kantoor, heeft de medewerkster aan de telefoon gezegd. Voor de plechtigheid heeft ze gebeld, stiekem, op ditzelfde toilet.

Ze staat op. Dit is wat ze moet doen.

Opnieuw loopt ze naar buiten. Cornelissen is weg, niemand ziet haar de bocht om lopen naar de parkeerplaats waar haar auto staat.

58

Eindelijk alleen. Er komt rust in haar hoofd, tegelijk dringt de werkelijkheid des te harder tot haar door. Nelleke onderdrukt de behoefte om te schreeuwen. Om haar wanhoop eruit te krijsen. Het doet zo'n pijn, god wat doet het pijn. Later. Later mag ze zich laten gaan, nu moet ze haar hoofd erbij houden. Nelleke prent het zich keer op keer in. Concentreer je. In haar achteruitkijkspiegel geen auto te ontdekken. Geen collega die haar toch heeft gezien. Gelukkig. Ook geen BMW. Helaas.

Met Suzan was het anders, daar sloop het verlies in de jaren langzaam naar binnen, werd de hoop haar beetje bij beetje ontnomen om plaats te maken voor pijn die aanvoelde als een slopende ziekte.

Nu hakt het erin, alsof iemand telkens onverwacht een mes in haar ingewanden duwt.

Ze heeft een roos op de kist gelegd, een kus op het hout gedrukt en dat is het dan. Weg, verdwenen, voor altijd over en uit. Dood. Waar zou hij nu zijn? Is zijn geest al onderweg naar haar, om over haar schouder mee te kijken naar alles wat ze doet? Zal ze zijn aanwezigheid gaan voelen?

Ze schrikt ineens van de flits, constateert dat ze bijna dertig kilometer te hard rijdt en is verbaasd dat ze al voorbij Corle is. Met een sigaret probeert ze haar gedachten te ordenen. Rustig blijven. Concentratie.

De Saab van Rots staat er. En hij is er. Verbaasd, voorkomend, koffie aanbiedend.

Hij durft kennelijk niet te vragen wat ze komt doen. Zou hij weten dat ze haar man net heeft begraven? Natuurlijk weet hij dat.

'Heeft u uw moeder gisteravond niet gesproken?'

'Nee, waarom?'

'Dan was u nu beter voorbereid geweest.'

'Ik ben niet thuis geweest.'

'Ach, laat me raden. U had een afspraak in Utrecht, een bijeenkomst van de KKA misschien?'

Hij is goed. Ze merkt niets aan hem. Geen verwonderd opgetrokken wenkbrauw, geen zenuwtrekje bij zijn mond. Alleen zijn charmante glimlach.

'Waar kan ik u mee helpen?'

'Ik weet dat u heeft gelogen. Uw alibi klopt niet.' Ze legt hem uit hoe ze daar achter is gekomen, en dat zijn moeder haar verhaal bevestigde. 'Alleen, dat zal ze nooit voor de rechtbank doen. En dat hoeft ze niet, dat is uw geluk. Uw geluk, mijn pech. Begrijpt u? Ik heb geen enkel concreet bewijs dat u Berend Bouwmeester heeft vermoord.'

'Omdat het niet waar is.'

Hij blijft ontkennen en dat maakt haar woedend, al probeert ze die emotie, net als alle andere, te onderdrukken.

'Als u onschuldig bent, dan had u toch geen alibi nodig?'

'Het leek me veiliger; dat u hier nu bent is het bewijs dat ik gelijk had. Als ik u had verteld dat ik 's middags ruzie had gehad met Berend had ik meteen kunnen inpakken, nietwaar?'

Hij liegt. Met die heldere, grijze ogen van hem staat hij gewoon keihard te liegen. Hij is geslepen, meent dat hij met zijn charme alles kan maken en breken. Vroeger al heeft hij geleerd om zijn gevoelens te onderdrukken. Nadat zijn zusje verongelukte kreeg hij te weinig aandacht van zijn ouders. Van zijn vader sowieso, die kon het licht in kinderogen niet meer verdragen.

'Wist je dat je moeder schuld heeft aan je vaders dood? Dat wil ze bekennen, ik zag het in haar ogen gisteren. Als u blijft liegen, pak ik haar dáárop. De keuze is aan u.'

Eric Rots zakt aangeslagen neer op een stoel, kijkt naar het portret van zijn zusje. Hij strijkt met zijn handen door zijn haar. 'Gaat u mee een sigaret roken?'

Ze knikt. Hij gaat bekennen. Ze checkt het recordertje in haar jaszak.

Buiten biedt hij haar een sigaret aan. Een stoer mannenmerk. Hij houdt zijn hand beschermend om de vlam. Onder het afdak van het kantoor is het droog, maar de wind waait ongenadig om het gebouw en ze trekt haar jas dichter om zich heen.

'Hebt u één moment? Ik ga mijn secretaresse zeggen dat ze mijn volgende afspraak moet cancelen.' Hij strekt zijn arm uit, met in de hand de sigaret. Ze pakt die van hem aan.

Hij loopt de hoek om en ze wacht, inhaleert.

Om even later te vloeken als ze een auto hoort starten. Ze gooit de sigaretten weg en sprint naar binnen. De Saab.

Ze pakt haar tas, grist de autosleutels eruit en haast zich naar haar auto. In de verte ziet ze de Saab. Die draait naar links, de Groenloseweg op.

Waar zal hij naartoe gaan? Naar zijn huis? Naar Utrecht?

Zonder rekening te houden met wat voor flitspalen dan ook rijdt ze met maar één doel. Rots inhalen en hem tot stoppen dwingen. Rots wordt bij de rotonde bij het Frerikshof gedwongen rustig aan te doen. Hij heeft twee auto's voor zich. Die gaan rechtdoor, ziet ze van een afstand, Rots slaat links af, laat het ziekenhuis rechts liggen. Zelf moet ze ook wachten, een fietser steekt over voor ze de rotonde op kan. Ze overweegt het zwaailicht op haar dak te zetten en doet het niet. Geen paniek zaaien. Ze haalt hem wel in. Rots rijdt de volgende twee rotondes ook rechtdoor en dan zijn ze Winterswijk uit. Het wordt rustig op de weg. Ze drukt het gaspedaal in tot de bodem en haar Volvo reageert onmiddellijk. De teller loopt op naar de honderdveertig. Rots rijdt richting Bredevoort. Rijdt hij alsnog naar huis, via een andere route? Wil hij de grens over, straks linksaf richting Bocholt? Ze rijdt langs de tenten- en caravangigant, langs de afslag naar De Twee Bruggen.

En dan ziet ze haar kans.

Een recht stuk weg, geen tegenliggers.

Ze zet groot licht op, geeft nog iets meer gas en nadert de achterkant van de Saab.

Net als ze de inhaalmanoeuvre wil maken ziet ze hoe de achterkant van Rots' auto heen en weer begint te slingeren. Hij verliest de macht over het stuur. Ze remt af, blijft achter hem rijden en wacht af. Het gaat snel. Rots heeft kennelijk besloten het onberekenbare slingeren van zijn auto te stoppen, want de auto maakt remmend een scherpe bocht naar rechts. De Saab schiet met gierende banden, op het randje langs een boom, een zandweg in en slaat over de kop.

Eén keer, dan nog een halve draai en de auto komt tot stilstand in een sloot. Ze stopt haar wagen erachter en stapt snel uit.

Met een hand voor de zekerheid op haar wapen loopt ze naar de auto. De wielen draaien. De voorkant aan de bestuurderskant lijkt flink in elkaar gedrukt.

Ze probeert het portier te openen. Dat lukt niet. Ze bukt, kijkt door het kapotte raam.

Rots kijkt haar verward aan. 'Wat...'

Ze rukt harder aan het portier. Gekraak. Verwrongen staal. Het geeft mee. Ze trekt met al haar kracht, tot de opening groot genoeg is. 'Kun je eruit?'

Rots beweegt. Kreunt.

Eigenlijk zou ze 112 moeten bellen. Hem niet laten bewegen.

'Als je wilt dat ik je eruit haal zul je eerst moeten bekennen. En ik zou niet te lang wachten, want ik weet niet zeker of de auto niet zal ontploffen.'

Een straal bloed loopt vanaf zijn voorhoofd langs een oor, in zijn nek.

Hij zwijgt.

'Ik ruik benzine,' zegt ze.

'Dan ga je er zelf ook aan.'

Kennelijk vindt ook hij de situatie intiem genoeg om haar te tutoyeren. 'Het kan mij niet schelen. Zoals je ongetwijfeld weet heb ik mijn man vandaag begraven. Ik wil niets liever dan hem achterna. Maar ik wil eerst jouw bekentenis. Ik weet dat ik gelijk heb.'

'Help me er eerst uit. Dat ben je verplicht, zelfs als burger.'

'Kan me niet schelen.' Ze doet alsof ze wil weglopen. 'Ik ga je moeder arresteren voor de moord op je vader. En jij probeert maar mooi of je mobieltje het nog doet.'

'Oké, oké.'

Ze bukt zich opnieuw. 'Ja?'

'Je hebt er toch geen reet aan, maar als je het zo graag wilt weten...' Hij kreunt. 'Jezus, mijn been. Je moet me helpen, trut.'

'Mevrouw de inspecteur voor jou. Ik wacht.'

'Ik heb Berend een zet gegeven, ja, godverdomme. Ja, ik heb mijn moeder opgedragen te liegen voor me.'

'De KKA?'

'Ik beken.'

'Wie is de grote baas daar. Karel Mans?'

Hij zwijgt

Ze pakt een aansteker uit haar jas. 'Als die auto vanzelf niet in de fik vliegt zal ik een handje helpen.'

Rots vloekt. 'Mans, ja.'

Ze trekt aan zijn jas. Kreunend werkt hij mee.

'Wie heeft Jaap vermoord?'

'Lodewijk Rotteveel. Dat wist u dan vast ook al wel.'

'Het was de bedoeling dat hij mij zou uitschakelen.'

'Mans vond u een bedreiging.'

Ze krijgt haast, ruikt benzine.

Rots draait zich om, op zijn handen en knieën kruipt hij uit de auto. Hij staat op. Wankelend.

Op enkele meters afstand van de Saab pakt ze haar Walther en richt het wapen op Rots. 'Bel Rotteveel. Nu. Zeg dat je hem wilt spreken. Nu, direct. Dan bel ik 112. Doet je mobiel het nog?'

Hij haalt de telefoon uit zijn zak. Drukt een paar toetsen in. 'Laat zien. Gooi hem naar me toe. Voorzichtig.'

Een 06-nummer. Ze gokt erop dat hij meewerkt.

'Zet hem op de luidspreker.'

Hij doet wat ze zegt en drukt het nummer in.

'Eric?'

'Ja. Ik moet je zien, nu.'

'Waarom?'

'Dat leg ik je zo wel uit. Stront aan de knikker.'

'Ik zit in de Achterhoek.'

'Daar woon ik, kloothommel. Waar zit je precies?'

'In Doetinchem.'

Ze fluistert. 'Bredevoort. Spreek af op het plein. Over een uur.'

Rots maakt de afspraak en beëindigt het gesprek.

Nelleke belt 112 en vraagt om hulp. Ze heeft amper de locatie genoemd als ze schrikt van een oorverdovende knal. Een explosie. Rots' auto staat in brand. Ze kijkt met open mond naar de wild om zich heen slaande vlammen. Voor ze het in de gaten heeft ligt ze op de grond, slaakt een kreet van pijn en grijpt naar haar kaak. Ze ziet de haat in zijn ogen als hij opnieuw wil uithalen en ze rolt snel van hem weg. Op het nippertje ziet ze kans haar wapen te richten voor hij opnieuw dichtbij kan komen. Ze staat op. Lichtelijk wankel en onzeker, maar haar ogen strak gericht op haar tegenstander.

Hij blijft staan. Doet een stap achteruit.

'Lopen,' fluistert ze. 'Of ik schiet je hier ter plekke overhoop.' Ze ontgrendelt haar wapen.

Rots loopt achteruit. Haperend, langzaam. Hij nadert de weg, kijkt om naar het voorbijrazende verkeer en stopt, zijn handen afwerend, smekend omhooggericht.

Ze richt, secuurder ditmaal. En dreigt te schieten. 'Denk

niet dat ik het niet doe,' zegt ze met vastberaden, hardere stem. 'Doorlopen. Nu.'

Hij komt weer in beweging en ze observeert hoe hij met de doodsangst in zijn ogen begrijpt waar ze op aanstuurt.

Zonder het zich werkelijk te realiseren, alsof ze er zelf mijlenver vanaf staat, ziet ze wat er gebeurt.

De chauffeur heeft niet eens tijd om te claxonneren. De vrachtwagen remt, maar dan is het al te laat.

Het gaat zo snel dat ze twijfelt of ze het wel echt heeft gezien.

Voorzichtig loopt ze naar de weg. De vrachtwagen staat stil. Het is een van Rebo's wagens; ze constateert het met een cynische, hysterische lach. Dat had Eric Rots moeten weten! Misschien zag hij het, net van tevoren. Net voordat hij...

In de verte hoort ze de ambulance aankomen.

Op ruime afstand blijft ze staan, dichter bij Rots' lichaam wil ze niet komen. Ze moet haar gedachten erbij houden.

De chauffeur springt uit de wagen. Zijn gezicht oogt bleker dan de laatste keer dat ze hem zag.

'Harrie te Bokkel,' fluistert ze.

'Inspecteur De Winter! Wat is... Jezus... ik ben me doodgeschrokken.'

'We hoeven daar niet naar te kijken. Zoiets vergeet je je leven lang niet. Ga hier zitten. Redt u zich? Ik heb iets dringends te doen.'

59

Ze rijdt de zandweg een stuk in, slaat links af op goed geluk. Iets verder staat Bredevoort aangegeven. Nog twee kilometer. Deze wegen kent ze niet. Ze heeft er zelfs nooit hardgelopen, niet aan deze Winterswijkse kant van het stadje. Dan blijft ze stilstaan en zet de motor af. Trillend pakt ze een zakdoek uit haar tas en maakt die nat met water uit haar spaflesje. Ze veegt haar voorhoofd af en kijkt in de achteruitkijkspiegel. Haar kaak is licht opgezet, minder dan ze had verwacht. Ze koelt een minuut of wat, terwijl ze zichzelf intussen tot rust maant. Nu niet inzakken. Erbij blijven, het belangrijkste moet nog komen.

Haar mobiel.

Cornelissen, ziet ze op haar display. Nu niet.

Neem een sigaret. Rustig worden. Je hebt alle tijd. Met haar ogen dicht, achteroverleunend, inhaleert ze. En ziet de kist voor zich, die tergend langzaam in de grond verdwijnt. Niet toegeven aan emoties nu. Je moet je hoofd erbij houden. Je kunt het, De Winter, je kunt het. Nu is de tijd om het te bewijzen. Zo blijft ze zitten tot de sigaret is opgerookt. Ze spreekt zichzelf moed in, focust op haar volgende zet. De laatste zet.

Even later rinkelt haar mobiel opnieuw. 'Ja?'

'Nelleke? Waar zit je?'

'Dat kan ik je niet vertellen.'

'We kregen net bericht dat Rots is verongelukt. En dat je daarbij was. Wat is er gebeurd?'

'Een ongeluk, Ton. Je moet Mans hebben. Hij is de grote man achter de KKA, zoals ik al dacht. Rots heeft bekend.'

'Wat is er gebéúrd, Nel, een vrachtwagen van Rebo?'

'Ik vertel je er later alles over, niet nu.'

'Laat me je helpen, alsjeblieft. Er is hier...'

Ze verbreekt de verbinding en zet haar telefoon uit. Kalm. Ze start de motor. Een paar minuten later rijdt ze Bredevoort in. Langzaam. Alert op elke beweging, op een geparkeerde BMW. Het is rustig in het stadje. De winkels gaan dicht, de mensen zitten achter hun stamppot boerenkool of groentesoep met suddervlees.

Ze parkeert haar auto op het plein. In de hoek, met de voorkant richting het midden, zodat ze alles in de gaten kan houden. Ze wacht. Rokend. Gefocust. Ze is rustig. Schemering verandert in duisternis. Nog even volhouden en dan is alles voorbij.

Als eerste ziet ze de kleine, ronde lampen. Ze komen traag dichterbij, draaien dan van haar weg. Hij parkeert zijn auto. Met haar blik strak op de wagen gericht stapt ze uit. Drukt het portier zacht dicht. Loopt naar de BMW. Ze ziet hem uitstappen, om zich heen kijken, en dan zijn blik van herkenning als ze vlakbij is.

Verbazing op zijn gezicht zodra hij haar wapen ziet. Direct daarna een grijns. 'Mevrouw de inspecteur. Heeft u een fijne dag gehad?'

Ze moet zich inhouden om niet direct te schieten. 'U? Hebben ze je toch nog wat manieren bijgebracht in de bak? Pak heel voorzichtig je wapen en schop dat deze kant op,' zegt ze.

Hij doet een stap in haar richting.

'Ik ben vandaag niet in de stemming voor waarschuwingen.' Voor de tweede keer die dag ontgrendelt ze haar Walther. 'Een waarschuwing zou de hele bevolking hier op de been brengen, denk je niet? Dus, ik schiet maar één keer, zo meteen, en dat zal raak zijn.'

'Wat is de bedoeling van dit feestelijk weerzien?' Hij pakt met duim en wijsvinger een pistool onder zijn jas vandaan, legt het op de grond en geeft er een schop tegenaan.

Rotteveel doet zich stoer en zelfverzekerd voor, maar zijn lichaamstaal – de zoekende ogen, afhangende schouders – bewijst dat hij zich ongemakkelijk voelt.

'En de andere graag.'

'Ik heb er niet...'

'Laat zien!'

Hij trekt zijn jas uit en draait een rondje.

'Verder?'

Onder zijn broekspijpen heeft hij geen wapens verstopt.

Hij wil zijn jas weer aantrekken.

'Niks ervan. Gooi je jas deze kant op.'

Even ziet ze zijn gezicht betrekken. 'Nu.'

Hij doet wat ze vraagt. Ze knijpt in het soepele leer en voelt iets zwaars. In een van de binnenzakken zit een tweede vuurwapen. Zijn jas verdwijnt in de struiken.

'Hé... dat is een duur dingetje, hoor.'

'Die jas? Of dat wapen? Vertel eens, wat dacht je te vinden bij het Kwaliteitskeurmerk voor Architecten? Eindelijk het echte grote geld?'

Hij zwijgt.

'Eric Rots heeft een boekje opengedaan over de organisatie. Karel Mans? Die naam zegt je vast wel iets.'

Even lijkt hij van zijn stuk. 'Ik dacht dat het een keurige club heren was waar ik een fatsoenlijke baan zou krijgen. Je kunt geloven wat je wilt, dat is de waarheid. Ik schrok me kapot toen ik merkte dat Mans contacten had met de onderwereld.'

'Waarom zou ik je geloven?'

De magere blonde man haalt zijn schouders op.

'Dat zou wel heel cynisch zijn. Jij wilt het goede pad op, dat mislukt, en Mans probeert de onderwereld te bereiken.'

Ze richt om te schieten.

Hij lacht. De grijnzende lach van iemand die allang geen

idee meer heeft hoe een echte lach eruitziet. 'Dat moet je inderdaad doen, als je zeker wilt weten dat het kleine meisje niet van meer dingen last krijgt dan alleen haar knietje.'

Zijn opmerking snijdt door haar ziel en ze moet zich beheersen om niet acuut zijn doodvonnis te voltrekken. Nooit, nooit zal hij ook maar één vinger meer uitsteken naar Josien. Over haar lijk! 'We zullen het vandaag of morgen van hemzelf horen. Het spel is over, Lodewijk. Het is over.' Ze merkt hoe afgemeten en afstandelijk ze klinkt.

Aan de man tegenover haar merkt ze dat hij haar serieuzer neemt.

'Waar is je collega?' vraagt hij.

'Vandaag gaat het tussen jou en mij, en als ik het zo bekijk ben ik in het voordeel. Je hebt precies datgene gedaan wat mij compleet onverschillig maakt over mijn toekomst en ik zie aan je dat je nu begrijpt dat het niet je slimste zet is geweest om mijn man te vermoorden.'

'Het was niet...' Rotteveel zwijgt.

'Niet je bedoeling om hem te treffen. Nee, dat geloof ik wel. Alleen, het kan me niet meer schelen, snap je. Het is gebeurd, en nu moet je de consequenties onder ogen zien. Weet je wat dat betekent, consequenties? Of zijn dat te veel lettergrepen voor je?'

Ze ruikt zijn onzekerheid, zelfs zijn angst. Ja. Hij is bang. Het maakt haar sterker. Kwader. Dat een minkukel als deze het leven van haar man heeft durven wegnemen. De zinloosheid van dit alles. Van het leven, van háár leven. Ze had ver weg moeten blijven van Jaap de Geus, dan was hij nog steeds de intens levende en genietende man geweest, vader van drie kinderen. Verdomme. Die nu door haar schuld...

Rotteveel beweegt zijn armen.

'Stil!'

'Wat wil je nou?'

'Dat jij je ervan bewust wordt dat je binnen vijf minuten niet meer op deze aardkloot rondloopt. Dat wil ik. Ik meen het serieus, Lodewijk, voor zover je daar nog aan twijfelde. Dit is geen grap.'

Nee, dat is het zeker niet. De drie mensen van wie ze het meest heeft gehouden in haar hele leven zijn dood. Haar vader, Jaap en... Ach nee, dat is helemaal niet waar. Suzan is niet dood. Licht verward schudt ze haar hoofd. Hoe kon ze dat nu toch denken! Suzan... die ze gaat ontmoeten. Haar kind, ze zal haar kind terugzien.

Tranen? Nu geen tranen. Ze vermant zich. Niet daaraan denken, niet nu.

'U komt er niet mee weg als u mij overhoopknalt. Nooit!'

'Ineens weer u? Is dat het angstzweet? Ik zit al meer dan twintig jaar in dit vak, kleine, stinkende vis. Denk je nu echt dat ze aan jouw dood veel overheidsgeld gaan besteden? Een formuliertje, misschien een intern onderzoek voor de formaliteit... Als jij zo meteen op de grond ligt, met je mond open van verbazing en een holle, lege blik in je ogen, dan stop ik een van je vuurwapens in je hand en schiet een keer. Dan heb jij eerst geschoten en huppel ik vrolijk door de gangen van het bureau naar buiten. Ik zie het voor me. Jij ook?'

Ze ziet hoe zijn ongerustheid toeneemt. Dat hij haar gaat geloven. Misschien lukt het haar dan toch door te dringen tot dat botte hoofd. Om zich te concentreren recht ze haar schouders en laat haar armen even zakken, om ze vervolgens vastbesloten recht voor zich uit te strekken. De rechter ondersteunt de linker, waarmee ze gaat schieten.

Geen oefening deze keer. Haar gedachten dwalen af naar de schietruimte, waar ze amper twee weken geleden slecht presteerde. 'Wil je nog iets kwijt?'

'U gaat toch niet echt... Dat kan niet...'

'Nog steeds geen zinnig woord. Dan vind ik het heel jammer voor je...' Het besluit is genomen, ze heeft er niet over hoeven nadenken. Haar leven is kapot door deze man. Die verdient het niet om te leven. 'Op je knieën. Nu.'

60

Nelleke haalt diep adem en concentreert zich. Concentreert zich op de man die nooit geboren had mogen worden. Dat had een hoop mensen veel leed bespaard. Ze ziet hoe Rotteveel op zijn knieën gaat. Jammerend. Ze voelt geen greintje medelijden. Ze is er klaar mee. Wat moet gebeuren, moet gebeuren. Klaar. Ze haalt haar wijsvinger langzaam naar zich toe.

'Nélleke!' hoort ze achter zich.

Ineens is daar Ton Cornelissens stem, die paniekerig klinkt.

'Weg, Ton, niet nu!' schreeuwt ze.

'Mama?'

'Wat...' Ze kijkt om, met een schuin oog Rotteveel in de gaten houdend, en plotseling staat haar hart stil. Althans, zo lijkt het. De geluiden om haar heen verstommen, vaag realiseert ze zich dat Cornelissen op Rotteveel af stormt, die wegrent. Haar ogen zijn slechts gericht op één beeld.

Een jonge vrouw, die kleiner is dan ze had verwacht, staart haar aan. Geschrokken, angstig.

'Suzie,' fluistert ze. 'Mijn god.'

Ze hoort dat haar wapen op de grond klettert. Dit bestaat niet! Ze droomt. Nee. Ze ziet hoe de blik van het meisje verandert. Dat de angst verdwijnt, er een fijne lach op het gezicht verschijnt. Vol verwachting.

Alsof de wereld stilstaat. Een ervaring die ze niet kende, nooit had gevoeld. Ja, misschien ruim twintig jaar geleden, toen dit meisje, een kleuter nog, uit haar leven verdween. Altijd heeft ze gehoopt dat dit moment zou komen. Nooit heeft ze het boek dichtgeslagen, een begrafenis gewild, een punt erachter willen zetten. Nooit. Het moest een open einde blijven, dit verhaal kon ze niet afsluiten. En kijk nu wat het haar heeft opgeleverd!

De tranen stromen ineens over haar wangen en ze zakt door haar knieën.

Wagener. Ineens is hij bij haar, vangt haar op.

Hij helpt haar als ze wil opstaan. Haar benen lijken veranderd te zijn in nutteloos elastiek. Nu, ze wil haar nu voelen! Wagener ondersteunt haar.

Steeds dichterbij. Ze registreert het ergens, hoewel haar hoofd als een razende tekeergaat. Suzie heeft haar lengte. Haar postuur. Fijntjes, elegant. De blonde, ietwat rossige krullen, het fijne gezicht dat emoties haarfijn blootlegt... Ook de sproeten, al laten ze zich amper zien op deze koude novemberavond.

Haar armen graaien, omhelzen, houden stevig vast om nooit meer los te laten.

'Eindelijk...' zegt ze, huilend. 'Eindelijk. Je bent er.' Ze lacht, nog steeds huilend, en veegt tranen onder Suzans ogen weg. Voorzichtig. Alsof het gezicht zomaar zou kunnen verdwijnen. Zodat ze elke centimeter van het gezicht in zich kan opnemen. Is het vreemd? Nee. Ja. De geur is vertrouwd. Dat wel. Het is vreemd haar kind vast te houden, dat ineens twintig jaar ouder is. Ergens is ze blij dat Suzan niet langer is en zo jeugdig oogt, alsof ze zomaar zestien zou kunnen zijn; of is dat haar vertroebelde moederblik? Zo moet ze deze jonge vrouw natuurlijk niet beschouwen. Misschien zal het haar dan zelfs afstoten. Voelt ze weerstand in de omhelzing? Nee, dat niet.

'Ik heb zo lang op je gewacht,' zegt ze uiteindelijk, nadat ze met een lichte beschaamdheid Suzan loslaat, met haar handen over Suzans armen glijdt. Ze wil helemaal niet loslaten. 'Sorry. Je zult me wel ontzettend plakkerig vinden.'

Een glimlach. 'Jij hebt ook rood haar.'

De Duitse woorden verrassen haar slechts een moment. Ze is wel benieuwd of onder die Duitse laag nog iets van het Hollandse kind te vinden is. 'En sproeten. Alleen ben ik deze zomer weinig buiten geweest dus bij mij waren ze al in september verdwenen.'

'Ik heb wel eens een blekende crème gebruikt,' zegt Suzan.

Een bescheiden, dunne stem. Niet de ietwat hese stem van haar. Gelukkig. Deze stem past bij Suzan. Zou ze weerbaar genoeg zijn voor de keiharde wereld waarin ze opgroeit? München staat toch ook stijf van de criminaliteit... Er had haar wel ik weet niet wat kunnen overkomen de afgelopen jaren. Als er maar niets is... Ophouden, vermaant ze zichzelf. Dit heeft geen zin.

'Ik ook,' zegt ze knikkend.

'Was dat...' Suzan wijst naar Rotteveel, die verderop, naast de auto van Cornelissen, wordt gefouilleerd.

'Hé, voorzichtig met mijn lak,' hoort ze haar collega zeggen. Dat hij met zijn eigen, o zo dierbare auto op pad is gegaan tijdens het werk mag een wonder heten.

'Een dief,' bagatelliseert ze. 'Ik deed gewoon een beetje stoer om hem te imponeren. Hoe kom jij hier eigenlijk, nu, vandaag? Ik dacht dat ik je morgen zou zien?'

'Die collega van jou,' ze wijst naar Cornelissen, 'zei dat zijn baas zich had vergist in de datum of zoiets. Hij vloekte er nogal bij.'

Ze neemt Suzans gezicht tussen haar handen, streelt zacht haar wangen. 'Ik ben zo ontzettend, zo vreselijk blij dat ik je zie, dat kan ik je in geen honderd jaar uitleggen.'

Suzans hoofd buigt iets voorover, kennelijk verlegen met de situatie.

'Kom, we gaan weg. Weg hier uit de kou. Wil je met mij mee, naar ons huis?'

Ze knikt.

Haar hart zit in een achtbaan. Juichend, zingend. In euforische staat pakt ze haar dochters hand. 'Mag het?' vraagt ze.

Suzan knijpt in haar hand. 'Vorige week, in Bocholt... heb je... ben je...'

Ze doet haar best om zich goed te houden en blijft staan. Kijkt Suzan aan. 'Dat komt later wel. Ik ben nu alleen vreselijk blij dat je er bent. Goed?'

Ze slaat een arm om de ranke schouders. Haar dochter! Ze loopt hier, nu, met haar bloedeigen dochter! 'Heb je eigenlijk een vriend?' De schrik brengt haar ineens met beide benen op de grond, een rilling gaat door haar lijf. Suzan gaat vast morgen weer terug.

'Sinds een klein jaar,' zegt ze.

'Wat leuk voor je.' Of het oprecht klinkt kan ze niet beoordelen. Wat egoïstisch om te hopen dat het niet zo was.

'Zeker.' Het klinkt oprecht en de bruine ogen kijken haar openhartig aan. 'Ik heb iemand leren kennen via Hyves. Een Nederlander.' Die laatste woorden spreekt ze uit in haar moedertaal.

Verrast kijkt ze op.

'Af en toe gaat het alweer vanzelf,' zegt ze. 'Met hem schrijf ik ook zoveel mogelijk in het Nederlands. Hij was laaiend enthousiast toen ik over vandaag vertelde.'

'Waar woont hij?'

'In Velp.'

Bij Arnhem. Een halfuurtje met de auto! Ze kan haar vraag wanneer ze gaat trouwen nog net inhouden. Niet te veel vragen. Er is tijd genoeg.

'Heb je zin in koffie? Thee? Een glaasje wijn?'

'Een wijntje lijkt me erg lekker. Kan ik ergens bij jou in de buurt slapen?'

'Als je wilt kun je in ons huis slapen. Verder is er niemand.' Au. Een pijnlijke steek in haar maag.

Is het echt slechts uren geleden dat ze Jaap heeft begraven? Dat kan gewoon niet waar zijn. Hij had hierbij moeten zijn, hij had Suzan het veilige gevoel kunnen geven dat ze weer thuis is, dat er van haar wordt gehouden.

61

Haar Volvo zoeft over de Twenteroute. Gemengde gevoelens. Haar hart voelt nog steeds alsof het in de achtbaan sjeest. Vol verwachting omhoog stuwend, om daarna als een idioot omlaag te glijden in een onzichtbare afgrond.

Regelmatig heeft ze de behoefte om te huilen. Ze heeft zelfs een paar keer overgegeven, gisteravond, nog voordat ze een fles wijn had opengetrokken.

Evelien was er. Lieve, warme Evelien. Die vertelde en luisterde. En afstand nam toen ze merkte dat het goed was, vertrouwd was.

Voor het oranje verkeerslicht wacht ze. Het verbaast haar dat ze geen gas heeft gegeven om snel door te kunnen rijden. Ziet ze op tegen het gesprek met Groenenveld?

Hij heeft haar ontboden. Ze mocht gerust – moest – een paar dagen, weken vrijaf nemen, maar hij wilde haar zo snel mogelijk spreken. Suzan is naar Velp, dolblij dat ze met Eveliens auto op pad mocht om haar vriend te zien, die voor het laatst in het voorjaar in München is geweest. Of ze vanavond thuiskomt weet ze niet.

Ook dat hoort bij vijfentwintig jaar.

Tot vannacht twee uur hebben ze gepraat. Over het moment. Suzan kon zich er niets meer van herinneren. Ze had ervan gedroomd, zei ze. Dat er iets naars was, en dat daarna alles anders was geworden. Haar 'ouders' hadden het later uitgelegd en waarom zou ze twijfelen aan hun woorden?

Ze heeft nog niet durven vragen naar Suzans plannen, mocht ze die zelf al omkaderd hebben. Suzan moet zich niet opgejaagd voelen, en als ze eerlijk is had ze niet eens de behoefte om het direct te weten. Het komt zoals het komt. De haast is eruit. Dat is het.

Jaaps kinderen zijn bij hun moeder. Ze willen morgen komen, heeft Anouk aan de telefoon verteld. En blijven slapen, voorlopig. Of eigenlijk niet eens voorlopig. De kinderen willen hun leven hier, met hun vrienden en vriendinnen, niet opgeven en ze beschouwen de boerderij als hun thuis. Daarna moest ze weer overgeven. Van alle spanning die ze in haar lichaam had. Het schuldgevoel weegt zwaar. Ze heeft Simone gevraagd of die vandaag tijd heeft, ze moet erover praten met iemand, dit is iets wat ze niet alleen kan dragen. De twijfel of ze wel of niet open kaart moet spelen ligt op een weegschaal. De ene keer helt die over naar wel, de andere keer naar niet, afhankelijk van haar gemoedstoestand. En die is niet stabiel. Het verscheurt haar, verlamt haar in pogingen om Jaaps kinderen te troosten. Boven op het verdriet om Jaap is dat onverteerbaar. Vannacht droomde ze over Jaap. Hij was zo echt, zo realistisch dichtbij, bijna alsof ze hem kon ruiken en kon aanraken. Ineengekrompen van de pijn werd ze wakker. Daarna was er het weten dat Suzan terug was, bij haar in huis zelfs, rustig slapend. Ze is gaan kijken, op haar tenen lopend om de teruggevonden dochter niet wakker te maken. Haar hart liep over toen ze haar in het logeerbed zag liggen. Terug op de eigen slaapkamer zag ze de grote lege helft van haar eigen bed. Tegenstrijdige, gemengde gevoelens. Haar leven op zijn kop en geen idee hoe ze verder moet. Of eigenlijk ook wel. Sinds ze gisteravond Anouk aan de telefoon heeft gehad weet ze het.

Het is alsof ze een vreemd gebouw binnenloopt. Of dat het eeuwen, levens geleden is dat ze er naar binnen liep. Gerritsen knikt haar gedag. Haar kantoor is koud, somber en leeg.

Ze haalt koffie en loopt bij haar collega's naar binnen.

Alleen Wagener is er. Hij begroet haar, twijfelend, onzeker.

'De pot is voor jou,' zegt ze. Ze geeft hem zestig euro, die ze even daarvoor uit de la van haar bureau heeft gehaald.

Hij kijkt haar aan alsof ze van een andere planeet komt.

'Jij dacht dat het een relatie van Bouwmeester was, en dus zat je er het dichtst bij.'

Wagener mompelt iets en laat de biljetten op zijn bureau liggen.

'Weet je waar Groenenveld is?' vraagt ze.

'Die zit boven,' antwoordt de assistent die haar assistent niet is. Hij is de afgelopen dagen ouder geworden, ze merkt het aan zijn houding. Hij was altijd al serieus, maar hij had nog iets jeugdigs in zijn doen en laten, in zijn aanstekelijke lach met de rechte rij witte tanden. De lach is uit zijn ogen verdwenen, dat is het belangrijke verschil.

'Hoe is het?' vraagt ze.

'Dat lijkt me de vraag die ik moest stellen,' zegt hij. 'Het spijt me, ik ben mezelf niet, het heeft me erg aangegrepen.'

Ze gaat op Cornelissens bureau zitten, neemt een slok koffie.

'Ik heb promotie gekregen,' zegt hij. 'Brigadier, vanaf 1 januari.'

'Gefeliciteerd.'

'Ik heb geweigerd.'

Ze wist het.

'Ik ga weg bij de recherche.'

'Dat is jammer. Voor de recherche in ieder geval.'

'De band heeft een contract gekregen voor vier jaar. Cd, promotie, het ziet er gelikt uit. Karin wil blijven werken en verdient goed.'

'Je hebt gelijk. Als dat is wat je hart je ingeeft...'

'Voor een deel. Dat is het moeilijke ervan. En jij?'

Terwijl ze twijfelt of ze hem zal vertellen wat er in haar hoofd omgaat, komt Groenenveld, met al zijn geluiden, binnen.

'Zo! Goeiesmorreges deze morrege,' zegt hij vrolijk. Daarna realiseert hij zich blijkbaar dat dit niet de juiste begroeting is op deze dag en de gulle lach verdwijnt van zijn gezicht, om plaats te maken voor een vergoelijkende blik. Hij legt een hand op haar arm. 'Fijn dat je er bent, Nelleke, zullen we praten?'

Ze knikt. 'Ik loop met je mee.' Ze gebaart naar Wagener. 'Ik spreek je nog.

'Lodewijk Rotteveel praat alsof zijn mond wekenlang dichtgenaaid is geweest.' De commissaris stopt zijn pijp, kijkt haar van onder zijn zware wenkbrauwen polsend aan. 'Wat heb je tegen hem gezegd dat die jongen zo loslippig is?'

'Wat heeft hij bekend?'

'De moord op jouw man, om mee te beginnen.'

'Daarom had ik hem bijna neergeschoten. Ton was net op tijd. Of liever gezegd, Suzan kwam ertussen.'

'Dat is dan iets om blij mee te zijn. Die hele club wordt opgepakt, onze beroemde architect Mans voorop. Utrecht staat te juichen.'

'Dat is mooi.'

'Waar ik niet blij mee ben,' zegt Groenenveld, terwijl hij zijn pijp aansteekt en onduidelijk praat, 'is het ongeluk van meneer Rots.'

'Dat is precies wat het was, een ongeluk.'

'Weet je dat zeker?'

'Wie beweert anders?'

'Niemand. Meneer Te Bokkel is het juist ontzettend bijzonder gloeiend met je eens. Die is zich het apezuur geschrokken, maar komt niet terug op zijn verklaring dat die meneer de architect zelf de weg op rende.'

'En dat is ook zo.'

'Mmm.' Groenenveld lurkt aan zijn pijp, blaast een wolk rook uit. 'Dit is een fijne plek. Van hieruit kan ik zo zien of ze komen controleren. Het roken, bedoel ik.' Hij kijkt met een intens tevreden blik naar buiten. 'Ik krijg sterk de indruk dat meneer Te Bokkel liegt. Jij hebt hem ondervraagd afgelopen maandag. Ik heb de band afgeluisterd en het rapport gelezen van Wagener. Jij zet op een gegeven moment de band stop, en dan duurt het zeker een kwartier voor je naar buiten komt en opdracht geeft om hem te laten gaan.'

'Meneer Te Bokkel heeft mij verteld dat de kroegbaas in Bredevoort meer wist van dat lijk in de Slingeplas. Het ging ook over mevrouw Eenink. Wat hij over haar te zeggen had wilde hij anoniem doen, dus ik heb de apparatuur niet opnieuw aangezet.'

'Het is wel heel toevallig dat Te Bokkel net daar rijdt waar jij met een verdachte bent.'

'Dat is het. Toeval. Wat denk je, dat ik zoiets zou kunnen plannen? Herman, kom op! En waarom zou ik Rots dood willen hebben... Als het nou Rotteveel was geweest...' Ze verdringt de gedachte dat ze de waarheid voor zich houdt.

'Precies! Had je niet gehoopt dat die zijn snuit zou laten zien op de begrafenis? En dat je hem daarna mee zou kunnen lokken?'

'Maar het was Róts.'

'Goed. We laten het erbij. Ik ga geen intern onderzoek laten uitvoeren. We moeten toch al op de kosten letten, en het resultaat is wat we wilden.'

'Ik wil ook het dossier Eenink sluiten. De vrouw heeft niets te maken gehad met de dood van haar man, dat zet ik onder aan het laatste vel papier.' Toe maar. Nog een leugen. Ze wendt haar hoofd af, zodat de commissaris niet in haar ogen kan kijken.

'Ook goed. Verstop dat dossier alsjeblieft ergens waar niemand het de komende tien jaar kan vinden. Mijn zegen heb je. Het zal mij jeuken, zo'n stoffige zaak. Wat ik wel wil...'

'Ik stop ermee.'

Groenenveld verslikt zich in de rook. Hij hoest, zijn gezette hoofd loopt rood aan. 'Wat zeg je?'

'Ik neem ontslag.'

Het is stil.

Tot ze zelf het woord weer neemt. Ditmaal durft ze hem recht in de ogen te kijken. 'Ik heb te veel meegemaakt de laatste tijd, waardoor ik niet meer insta voor mijn integriteit. Het scheelde een haar of ik had Rotteveel een kogel door zijn hoofd gejaagd.'

'Nou, dat had ik knap gevonden, gezien je laatste schiettoets...'

Even is ze verbouwereerd. En dan moet ze lachen, en ze ziet hoe haar chef zich ook niet goed kan houden. Ze kan niet anders dan keihard lachen. Tot de tranen haar over de wangen biggelen en het verdriet zich aan de oppervlakte meldt.

Groenenveld pakt zijn kleine fles uit de kast. Ze weigert. Veegt haar tranen droog. 'Ik wil geen lapmiddel,' zegt ze resoluut.

'Goed van je.' Hij bergt het flesje op.

'Ik heb me onprofessioneel gedragen, niet alleen gisteren. Als er een onderzoek zou komen ontslaan ze me. Wagener had gelijk.'

'Het lijkt wel een virus...'

'Wageners vertrek zat er al langer aan te komen. Hij droomt van het podium. Wist je dat hij een uitnodiging heeft liggen van een cabaretier, om de man te gaan begeleiden tijdens zijn theatershows?'

Groenenveld schudt zijn hoofd. 'Ik ga je missen,' zegt hij.

'Dank je. Ik jou ook. En Ton, en Han. Hopelijk laten jullie je gezicht af en toe nog eens zien.'

'Je gaat toch niet achter de geraniums zitten kniezen?'

'Afgezien van het feit dat ik geen flauw idee heb hoe die planten eruitzien, nee, ik ga er zijn voor vier jonge vrouwen die wel wat vriendschap kunnen gebruiken. Hoop ik. En als mijn vriendin het nog steeds wil, ga ik me inkopen in haar maatschap.'

'Psycholoog. Je eerste liefde.'

'Dat was Gijs. Verder heb je gelijk.'

Groenenveld staat op en omhelst haar. 'Ik wens je geluk. En als je wilt praten dan bel je maar. Mijn deur staat altijd voor je open.'

Ze neemt afscheid van Wagener, en van Cornelissen en Simmelinck. Ze beloven dat ze binnenkort bij haar thuis echt afscheid komen nemen. Met pijn in haar hart kust ze de mannen. Wenst ze Wagener alle goeds. 'Ik kom naar je optredens kijken. Met Anouk, en met Suzan, wie weet.'

Cornelissen houdt het niet droog; het is een van de zeldzame keren dat ze tranen bespeurt in de zeeblauwe ogen. En Simmelinck houdt haar lang in zijn armen. 'Ik voelde het aankomen,' fluistert hij, 'en ik denk dat je een goede beslissing neemt, vooral voor die vier meiden. Ze mogen je dankbaar zijn.'

Daar wil ze nog niet aan denken. Jaaps dochters willen misschien niet eens blijven, vluchten misschien het huis uit zodra ze de waarheid vertelt. Ze zet het van zich af. Voor het moment. Als ze haar eigen kantoor binnenloopt weet ze zeker dat het voor de laatste keer is. Jaaps foto's aan de muur. Ze zal ze laten hangen, misschien haalt ze ze later op. Thuis is er nog zoveel materiaal van hem, deze drie grote afbeeldingen herinneren haar te veel aan haar recherchewerk. In een kartonnen doos stopt ze de foto van een lachende Jaap en kinderen. Een paar pennen, een lippenstift die vergeten achter in een la ligt. En het dossier Eenink. Dat zal ze thuis verstoppen en over een paar jaar weggooien. Ze zal mevrouw Eenink eerdaags vertellen dat ze zich geen zorgen hoeft te maken over vervolging vanwege de dood van haar man. De vrouw is genoeg gestraft. Het heeft haar allerminst verbaasd dat de gedachte bij Groenenveld is opgekomen dat ze de dood van Rots met opzet zou hebben geforceerd.

Toen de architect wilde ontsnappen, gedwongen door haar wapen, heeft ze de vrachtwagen gezien en geen moeite gedaan om hem te waarschuwen. Integendeel. Eén ogenblik had ze gedacht dat het jammer was dat Rots daar stond, en niet Rotteveel, maar daarna... Leek het haar niet de ultieme wraakactie? Had ze Rots anders niet alsnog neergeschoten vanwege zijn betrokkenheid bij Jaaps dood, ook al was die indirect? De vanzelfsprekendheid waarmee ze die vragen bevestigend beantwoordt beangstigt haar.

Ze stopt er niet voor niets mee.

62

Thuis is niemand. Bij Simone kan ze nog niet terecht, ze heeft cliënten tot het middaguur. En daarom rijdt Nelleke naar Bredevoort. Oog voor de omgeving heeft ze niet, er zijn te veel beelden en herinneringen die haar hoofd zo vullen dat er geen ruimte is voor de natuur om haar heen. Lopend over het plein denkt ze terug aan gisteren. Voor hetzelfde geld was dit nu een plaats delict geweest.

Anne-Wil Bouwmeester lijkt blij haar te zien, begroet haar met drie kussen, koffie en stukken chocolade. 'Die heeft Onno gisteren meegenomen uit België. Neem gerust.'

Voor het eerst sinds dagen heeft ze trek. Ze constateert het met verbazing, neemt een stukje en laat het smelten in haar mond. Haar smaak is weg geweest en is nog niet terug, nog lang niet, net zoals de watten in haar hoofd geen aanstalten lijken te maken om te verdwijnen. Maar het stemt haar even positiever dat ze het zoet proeft. De eerste en enige smaak die baby's direct appreciëren. Geldt dat ook voor volwassenen die opnieuw moeten beginnen?

'Onno?'

Anne-Wil bloost als een puber. 'Hij heeft me uitgenodigd voor de expositie aanstaande zaterdag. Dat beeldje van Hendrikje Stoffels wordt onthuld. Een receptie op het gemeentehuis, alles erop en eraan. En jij?' vraagt Anne-Wil.

Ze merkt de aarzeling in de stem van de vrouw, die zelfs

als haar blosjes zijn weggevaagd meer kleur in het gezicht heeft gekregen. Verliefdheid doet goed werk voor het lichaam.

'Ik heb gehoord wat er is gebeurd gisteren,' zegt Anne-Wil. 'En ik heb er iets van gezien zelfs. Ik durfde niet naar buiten te komen, het zag er erg dreigend uit.'

Ze neemt een slok koffie, denkt na over een antwoord. 'Ik heb zojuist mijn baan opgezegd,' zegt ze dan.

'Wauw. Dat was toch niet zomaar een baan voor je.'

'Als ik er later op terugkijk misschien niet. Nu zou ik het wel zo willen zien.'

'Heb je enig idee wat je gaat doen?'

'Voor mijn kinderen zorgen. Dat eerst. En dan zie ik wel verder.' Ze neemt een slok koffie en kijkt rond in de boekwinkel, complimenteert de kersverse eigenaresse met de opening en de uitnodigende sfeer. 'Ik wilde eigenlijk een boek kopen. Voor mijn dochter.'

'Heb je... Is ze...'

'Ze is terug, ja.' Ze hoort haar eigen stem, die zacht klinkt. Alsof ze het zelf amper kan geloven. Als ze de woorden hardop uitspreekt worden ze pas realiteit. Ze laat ze nogmaals uit haar mond klinken. 'Ze is terug.'

'Wat geweldig voor je.' Nelleke ziet hoe ze even twijfelt. 'Je moet je vast voelen als een... als een weet ik veel wat voor kronkel. Aan de ene kant je man, die... en aan de andere kant je dochter terug. Het moet moeilijk voor je zijn.'

'Alsof ik in een achtbaan zit.'

Het is even stil. Geen onaangename stilte.

'Wat voor boek wil je?'

Ze denkt na. 'Ik heb geen idee wat ze mooi vindt.'

Anne-Wil springt op uit haar stoel, loopt zelfverzekerd op een kast toe en glijdt met haar vinger over een rij boeken, tot ze op een ervan tikt met een lange, goed verzorgde nagel en die eruit pikt. 'Een prachtig verhaal over een moeder die haar kind afstaat voor adoptie. Twintig jaar later staat er ineens een jonge vrouw voor haar deur. Meeslepend, intens drama. Ik denk dat het jullie beiden zal aanspreken.'

Met het in vrolijk glanzend bloemenpapier ingepakte boek op de achterbank rijdt ze terug naar Lichtenvoorde, voornemens om gauw weer eens naar de boekwinkel terug te gaan. Anne-Wil heeft haar uitgenodigd om samen een avondje door te zakken, daarna kan ze wel in de Bed & Breakfast blijven slapen als ze dat wil.

Simone neemt net afscheid van een cliënt als ze aanbelt bij de praktijk.

'Kom erin.'

Ze ziet aan Simones blik dat ze nieuwsgierig is naar de reden van haar komst. Ze hebben elkaar immers gisteren nog gesproken.

Het kost haar een lange aanloop voor ze de ware reden van haar bezoek durft uit te spreken. Ze praten samen nooit over koetjes en kalfjes, toch voelt het praten over de kinderen, over Jaap en de begrafenis als zodanig. Alle moed die ze in zich heeft, tot onder in haar tenen, haalt ze tevoorschijn en dan komt eigenlijk het hoge woord eruit. 'Het is mijn schuld. Jaap is dood door mijn schuld.'

Simone laat van schrik bijna haar glas op de grond vallen. Haar vriendin kan het nog net redden, knoeit alleen een flinke plas water op het donkerrode tapijt.

'Ik dacht dat je wilde bekennen dat die ene verdachte dood is door jouw schuld,' zegt Simone. 'Dit had ik niet verwacht.' Met een handdoek dept ze het water van het tapijt, gooit dan nonchalant de handdoek over een stoel.

Zo gedetailleerd als de beelden in haar hoofd zijn teruggekeerd vertelt ze wat er precies is gebeurd. 'Ik waarschuwde. Eén keer. Jaap dacht volgens mij dat het zo'n vaart niet zou lopen.'

'Typisch Jaap,' meent Simone.

'Toen zei hij dat ik me met mijn eigen zaken moest bemoeien en dat hij dat al eerder had gezegd. Op dat moment wist ik zeker dat het om Rotteveel ging. En hij wilde niets. Alleen mij kapotmaken.'

'Heeft hij bewust op Jaap geschoten?'

'Nee. Zijn kogel was voor mij bestemd, dat heeft hij bekend. Hij deed het voorkomen alsof hij Suzan had. En daarmee had hij me te pakken. Ik durfde niet te schieten, ik was bang dat hij Suzie ergens gevangenhield en dat ik haar nooit meer zou zien. Ik zag de beelden voor me, Siem.' En ze ziet ze opnieuw, aan de binnenkant van haar hoofd. 'De jonge meisjes, bij wie een vinger miste, soms meer. Ik zag Suzan voor me. Opgesloten, mishandeld, verkracht.' Ze stelde zich voor hoe Rotteveel te werk ging, koelbloedig, meedogenloos. Ze rilt. 'Ik twijfelde. En daardoor ging het compleet mis. Hij ontgrendelde zijn wapen en ik deed hetzelfde. Ik dacht nog: niet twijfelen. Dat deed ik toch. Ik was zo bang dat hij Suzan... Ik vroeg het hem en hij antwoordde niet. Dat maakte Jaap kwaad, geloof ik. Hij wilde naar hem toe, en ik kon hem niet tegenhouden. Voor ik het in de gaten had lag hij op de grond. Een fractie van een seconde, meer was het niet.'

'Ik geef je eerst nieuwe koffie.'

Ze heeft niet eens gemerkt dat die koud is geworden.

'Of wil jij ook water?' vraagt Simone.

Ze knikt.

Als Simone een glas voor haar heeft neergezet, gaat ze op haar bureaustoel zitten. Zo lijken ze net psycholoog en cliënt. Een minder ernstig woord voor patiënt. Is ze dat? Waarom zegt haar vriendin niets? Ze denkt vast na over een verstandig antwoord dat de boodschap niet te hard zal overbrengen. 'Het is jouw schuld', in een vriendelijke verpakking, zo zal de psycholoog haar wijzen op haar verantwoordelijkheid. Siem is eerlijk. Zo eerlijk dat het soms pijn doet. Maar de bijbehorende motieven snijden altijd hout.

'Ik denk dat deze man, Rotteveel, verantwoordelijk is voor Jaaps dood,' zegt Simone uiteindelijk.

'Ik wist wie ik voor me had en dat de man niet zou twijfelen om te schieten. Nou ja, je kent het verhaal van Josien, twee jaar geleden, en wat hij verder op zijn geweten heeft. Ik had direct moeten schieten.'

'Zo ben je niet opgeleid. Eerst waarschuwen, proberen de ander op andere gedachten te brengen. Jij bent geen meedogenloze moordenaar. Want dat zou je zijn als je had gedaan wat je volgens jou had moeten doen. Jaap zou het je nooit hebben vergeven, zijn liefde zou waarschijnlijk zijn doodgebloed als je die man zomaar had neergeknald. Jaap had nooit van je aangenomen dat Rotteveel zomaar zou schieten. Want zulke mensen kennen wij niet.'

Ze kijkt haar vriendin aan. Vragen of ze dat meent is niet nodig. Mag zij er ook zo over denken? In gedachten hoort ze Jaap vergoelijkend lachen. Relativerend, zoals alleen hij dat kan. Kon. Kan, dus toch. 'Ik moet het de kinderen vertellen.'

'Nee. Dat moet je niet. Hun verdriet is diep genoeg, daar hoef jij niets aan toe te voegen. Het draagt niets maar dan ook niets bij, Nel, als jij hun iets gaat vertellen wat alleen in jouw hoofd leeft. Laat ze rouwen zoals ze dat nu doen. Ik kreeg de indruk dat ze daar aardig in slagen. Het is voldoende. Anouk heeft me verteld dat ze alle drie graag bij je willen blijven wonen en dat meende ze oprecht. Ze houden van je. Je moet er voor ze zijn nu, ze niet opzadelen met een gevoel dat jij zelfs niet hoeft te hebben.'

Ze ziet hem voor zich, instemmend knikkend, zoals alleen hij dat kon. Een moment sluit ze haar ogen.

'Het is Rotteveel die het schot heeft gelost, Nel, en niet jij. Dat is eigenlijk het enige wat je hoeft te onthouden.'

'Goed,' fluistert ze.

'Zeker weten?'

'Ja.' Ja. Ze accepteert. Dankzij Simones woorden en Jaaps instemming. Of ze zich die inbeeldt of niet.

Ze drinkt haar water. Simone laat broodjes brengen en ze drinken koffie. Ze vertelt over haar wens om voor de kinderen te zorgen. Thee. Dat ze haar baan heeft opgezegd verbaast Simone niet eens. Ze vraagt zich alleen af of het geen overhaaste stap is, of ze niet liever een halfjaar of zelfs een jaar ertussenuit had gewild en het daarna opnieuw had willen bekijken. 'Als het ooit zover komt dat ik terug wil, dan moeten ze me weer aannemen. Nu heb ik alleen de behoefte om vrij te zijn. Volledig over mijn eigen toekomst te kunnen beslissen. Zolang ik met een draad aan de recherche vastzit lukt dat niet.'

Meer water. Het doet haar goed om te kunnen vertellen zonder dat ze over een woord hoeft te dubben. Simone heeft ook haar verdriet. Voor het eerst dringt het tot haar door dat haar vriendin een vriend kwijt is.

Als ze eindelijk – er lijken uren voorbij te zijn sinds ze binnenkwam – het gevoel heeft dat alles is gezegd, blijft er nog één vraag over. De vraag die zich sinds vanmorgen steeds luidruchtiger aandient in haar hoofd. 'Siem, wil je mij nog steeds als je partner in de praktijk?'

Het glas valt alsnog op de grond. Het breekt niet eens dankzij de hoogpolige vloerbedekking. Opnieuw moet de handdoek eraan te pas komen. Pas dan verschijnt er een lach op het donkere gezicht van haar vriendin. 'Ik dacht dat je het nooit zou zeggen.' Dan wordt haar blik serieuzer. 'Ik eis wel van je dat je eerst drie maanden vrij neemt. Als je het thuis niet uithoudt ga je je voor mijn part inwerken. Geef je op voor een paar bijspijkercursussen. Je mag met me meelopen. Ik wil vooral dat je de tijd neemt om te rouwen. En daarna mag je je eigen nieuwe werkkamer inrichten. Deal?'

Ze schudden elkaar de hand. Om het officieel te maken. Simone omhelst haar. Ze is de laatste twee dagen vaker omhelsd dan in het hele afgelopen jaar.

'De meiden komen vandaag terug. Alle drie. En Suzan. Als je tijd hebt, zou ik het fijn vinden om je vanavond te zien. Omdat ik me zorgen maak over hen allemaal.'

'Doe ik.' Simone lacht. 'Je gedraagt je al als een echte moeder,' zegt ze.

De tranen komen alsnog. 'Ik ga niet zeggen dat het het enige is wat ik ooit heb gewild,' zegt ze, 'dan zou ik liegen. Maar voor de komende paar maandjes lijkt het me wel lekker.'

'Dan ga jij nog raar opkijken,' zegt Simone. 'Weet je hoeveel overspannen moeders ik in mijn praktijk heb?'

'Daarover ga je me de komende tijd vast alles vertellen.'

Simone knikt, blazend in een kop thee waar de damp vanaf slaat. 'Ik ben wel trots op je,' zegt ze dan.

'Trots?'

'Ik vind dat je nu al beter wordt in Kierkegaards motto.'

'Het leven achteruit begrijpen en vooruit leven.'

'Precies.'

Nawoord

Er is geen restauratiebedrijf Bouwmeester in Bredevoort, laat staan dat de directeur ervan onlangs is gestorven. Bredevoort is een pittoresk, monumentaal stadje, gelegen in de Achterhoek, waar liefhebbers van het geschreven woord hun hart ophalen dankzij de plaatselijke boekenmarkten en de vele antiquariaten, en voor zover mij bekend is er geen haat en nijd tussen de eigenaars ervan.

Kortom, *Open einde* is een misdaadroman. Alle opgevoerde personages en situaties zijn het resultaat van mijn eigen fantasieën. Het verhaal zóú waargebeurd kunnen zijn, want ik schets in mijn romans een beeld van deze tijd, met mensen van deze tijd, maar het is fictie.

De passages over de eeuwenoude historie van Bredevoort zijn overigens wel op waarheid gebaseerd. Voor zover ik tenminste gepubliceerde naslagwerken over de boekenstad mag geloven. En voor zover ik Jan de Ruijter mag geloven, de gids die zo geëngageerd kan vertellen over het stadje door de jaren heen. Een aanrader tijdens een verblijf in Bredevoort. Bezoek dan daarna restaurant Bertram. Daar serveren ze het lekkerste warme appelgebak dat ik ooit heb geproefd. Dat is in ieder geval zeker waar. Althans, in feite is dat natuurlijk slechts mijn waarheid.

Lichtenvoorde, december 2008.